毛姆短篇小说精选集

Selected Stories of W.S.Maugham

[英国] 毛姆 著
嫣然等 译

江苏凤凰文艺出版社
JIANGSU PHOENIX LITERATURE AND ART PUBLISHING, LTD

图书在版编目（CIP）数据

毛姆短篇小说精选集 /（英）毛姆著；嫣然等译.
— 南京：江苏凤凰文艺出版社，2019.1（2025.7 重印）
ISBN 978-7-5594-1048-1

Ⅰ.①毛… Ⅱ.①毛… ②嫣… Ⅲ.①短篇小说－小说集－英国－现代 Ⅳ.①I561.45

中国版本图书馆 CIP 数据核字(2018)第 279786 号

毛姆短篇小说精选集

（英）毛姆 著
嫣 然等 译

出 版 人	张在健
责任编辑	唐 婧 黄孝阳
出版发行	江苏凤凰文艺出版社
出版社地址	南京市中央路 165 号，邮编：210009
出版社网址	http://www.jswenyi.com
印　　刷	苏州市越洋印刷有限公司
开　　本	880 毫米×1230 毫米 1/32
印　　张	11
字　　数	217 千字
版　　次	2019 年 1 月第 1 版
印　　次	2025 年 7 月第 3 次印刷
标准书号	ISBN 978-7-5594-1048-1
定　　价	42.00 元

江苏凤凰文艺版图书凡印刷、装订错误，可向出版社调换，联系电话 025－83280257

目 录

1	雨
47	一个五十岁的女人
65	一个浪漫的年轻女子
76	舞男舞女
96	逃之夭夭
101	生活的真相
120	全懂先生
127	内阁大臣
130	蒙德拉哥勋爵
153	蚂蚁和蚱蜢
158	路易斯
165	领事
170	教堂司事
178	简
207	患难之交
212	格拉斯哥来的人
224	赴宴之前
252	风筝

278　大班
285　承诺
292　公主与夜莺
301　倒闭的妓院
309　信

雨

快到上床的时间了,第二天醒来时就可以见到陆地啦!麦克菲尔医生点燃烟斗,倚靠在船栏上,仰望天空,搜寻着天际的南十字星座。两年的前线生涯之后,有一处伤口迟迟未能痊愈,他很高兴能在阿皮亚[1]安静地待上至少一年的时间,旅行刚开始他就已经感觉好多了。第二天会有部分乘客在帕果帕果[2]下船,因此他们当晚举办了一个小型舞会,机械钢琴的刺耳琴声至今仍撞击着他的耳膜。甲板上终于又恢复了平静。不远处,他看见他的妻子坐在长椅上和戴维森夫妇聊着天,就踱步到她身边。他在灯光之下坐下,你会发现他长着一头深色的红发,头顶秃了一圈,长满雀斑的红色脸庞与他的深红色的头发交相辉映。他年已四十,瘦骨嶙峋,脸颊干瘪瘪的,一副谨小慎微又迂腐的样子,说起话来满口的苏格兰腔,声调低沉缓慢。

麦克菲尔夫妇与传教士戴维森夫妇之间,莫名地有种同舟共济的亲密感,这倒不是因为他们品位一致,至多说他们在观念上相近。把他们拴在一起的主要原因是他们都看不顺眼那些在船上没日没夜,把时间耗在吸烟室打扑克、玩桥牌或酩酊大醉的人。麦克菲尔夫人为他

---

[1] 阿皮亚(Apia)是位于太平洋中南部西萨摩亚首都和主要港口的城市,是座美丽的热带城市,依山傍水,风光绮丽。
[2] 帕果帕果(Pago-Pago)是位于太平洋中南部的美属萨摩亚首府及主要港口,位于图图伊拉岛南岸中部帕果帕果湾内。

们夫妇俩是船上戴维森夫妇唯一愿意结识的朋友而感到得意,甚至连麦克菲尔医生本人也有这种感觉——虽然他有些腼腆,但并不愚蠢——他潜意识中也认可这是对自己的恭维。但由于他本人禀性好辩,所以在夜幕降临后,他总会在船舱里对这两口子吹毛求疵。

"戴维森夫人说,如果没有我们,他们夫妻俩都不知道该怎么熬过这趟旅程,"麦克菲尔夫人一边说着,一边麻利地整理她的假发。"她说,我们是这条船上他们唯一愿意结识的人。"

"我之前一直不知道传教士有这等派头,竟然这样装腔作势。"

"这并不是装腔作势,我完全理解她的意思。如果让戴维森夫妇和一堆粗鄙的人一起待在吸烟室,这对他们来说也太痛苦了。"

麦克菲尔医生咯咯地笑着:"他们宗教的创始人可没像他们那样,与他人格格不入。"

"我跟你说了多少遍了,不要拿宗教开玩笑,"他妻子答道,"我不该喜欢你这种性格的人,亚历克。你从不能看到别人身上的好。"

他那双暗淡的蓝色眼睛斜瞥了她一眼,但却没有说话。夫妻生活多年后的经验告诉他,得到安静的最好办法就是让他妻子讲完最后一句,不再回嘴。他比她先换下衣服,爬上上铺,躺下看会书,便可以入睡了。

第二天早晨,当他来到甲板上时,船已经快靠岸了。他用渴望的目光注视着陆地上的一切。那是一条狭长的银色海滩,后面紧挨着一片茂密繁盛的丛林。浓密而青翠的椰子树一直延伸到海滨,在丛林掩盖下隐约可以看到萨摩亚人的草屋,还有随处可见的一座座闪耀的白色小教堂。戴维森夫人也来到了甲板上,她走到他的身边。她身穿黑衣,颈间戴着一条坠有小十字架的金项链。她身材矮小,有着一头精心打理过的干枯的褐色头发;夹鼻眼镜后,她那双蓝色眼睛异常地向外突出。她的脸长长的,就像羊的脸一样,但是却不给人以愚钝之感,反而是极度地机警。她动作矫健,如飞鸟一样。她身上最引人关注的是她的语调,高亢,刺耳,单调;当你听到如此僵硬乏味的声音时,就像无情喧闹的风钻一样,让你心神不宁。

"这对你来说一定很像家乡。"麦克菲尔医生说,勉强地挤出一丝微笑。

"我们家乡那里的岛屿地势很低,你知道的,和这儿是不一样的。我们那儿都是珊瑚岛,而这儿都是火山岛。再有十天的时间我们就能到达那里了。"

"到了这儿,就像是到了自家门口一样。"麦克菲尔医生开玩笑地说道。

"哎,那就有点夸张了。不过,这里是南海附近,人们确实对距离的认知不太一样。要是这么说的话,您的想法也是对的。"

麦克菲尔医生轻叹了口气。

"我很高兴我们没有定居在这里。"她接着说道,"人们都说在这个地方很难开展工作。来来往往的汽船让人们无法安心,而且还有海军驻地,这对当地人来说都是灾难。而我们那片区域就没有这些类似的问题。当然也会有一两个商贩,但我们会留意他们的行为举止,而且一旦他们不服从管教,我们就会让他们待不下去,然后他们会心甘情愿地离开。"

她扶了下眼镜,冷酷地凝视着这座葱茏苍翠的岛屿。

"对传教士来说,要想在这里传经布道,那简直是不可能完成的事。我对上帝感激不尽,至少让我们幸免于难,没派我们来这里。"

戴维森夫妇所负责的教区也是由萨摩亚以北的一群岛屿组成的,这些岛屿之间彼此相隔遥远。戴维森先生经常要乘独木舟穿梭其间,每逢此时,他的妻子便会留在总教区,打理教区事务。想到她雷厉风行的办事风格,麦克菲尔医生心里不禁一沉。谈到当地人的邪恶卑劣,她滔滔不绝,让人不寒而栗。她非常敏感。早在他们见面相识时,

雨　3

她曾对他说过：

"你知道的,我们刚来到岛上的时候,被他们的婚姻习俗吓了一跳,简直无法向您亲口叙述。我会告诉您的夫人,她会转述给您的。"

随后他便看到他妻子和戴维森夫人的帆布躺椅紧紧地靠在一起,她们深切交谈了差不多两个小时。当他在她们旁边来回走动活动筋骨时,他听到了戴维森夫人激动的低语声,仿若远处波涛汹涌的山间洪流,同时他也瞧见了他妻子瞠目结舌,脸色发白,似乎她很享受这一骇人的体验。夜晚,在船舱里,他妻子压低嗓音把听到的内容完完全全地跟他复述了一遍。

"您看,我是怎么跟您说的?"第二天早晨,戴维森夫人对他得意地嚷起来,"您听过有比这更恐怖的事吗?这下,您就不奇怪我为什么不能亲口告诉您了吧?就算您是医生,我也不能亲口告诉您。"

她打量着医生的脸,渴望得到她预想的结果。

"您能想象我们刚到那儿时,心情有多沉重吗?如果我告诉您,在那里的村庄里找到一个好姑娘是根本不可能的事,您一定不敢相信。"

她严格地按照字面意思选用这个"好"字。

"戴维森先生和我讨论后的第一件事就是禁止舞蹈。那些土人对舞蹈简直是痴迷。"

"我年轻那会儿也对跳舞无法抵抗。"麦克菲尔医生说道。

"当我听到您昨晚邀请您的夫人跳舞的时候,我便猜出一二了。我认为一个男人和自己的妻子共舞是无可厚非的事,但是您的太太拒绝了,这倒是挺令我欣慰的。在这种情况下,我觉得咱们还是和他们保持距离为妙。"

"在哪种情况下?"

戴维森夫人透过夹鼻眼镜迅速瞄了他一眼,没有说话。

"但是,这些在白人身上,情况就不一样了,"她接着说道,"尽管我承认我赞同戴维森先生的想法。他不理解,作为一名丈夫怎么能就这么待在一旁、袖手旁观,看妻子对别的男人投怀送抱而熟视无睹。拿我个人来说,我结婚后就再也没跳过一步舞了。但土人的舞蹈就另当别论了。舞蹈不仅是不道德的,它还明显有伤风化。不管怎么说,感谢上帝,我们禁止了舞蹈,我们的教区已经有八年没人跳过舞了。"

说话间,他们的船驶入了港口,麦克菲尔夫人加入了他们之间的交谈。船来了一个急转弯后便鼓轮慢慢地向前行进。这是一个被陆地环绕的大港口,足以容纳整队军舰停泊。港口周围被绿色的群山峻岭环绕着。港口不远处,总督府矗立在花园中,海风轻拂,一面星条旗懒洋洋地垂在旗杆上。他们一行人经过了两三栋带阳台的平房、一个网球场,来到一个带货栈的码头。戴维森太太一眼就认出了泊在二三百码之外的纵帆船,那是要送他们去阿皮亚的船。从岛屿各处拥来一群土著,他们热切喧闹,兴高采烈,有的是来看热闹的,有的是来跟去悉尼的旅客做买卖的,他们带来了菠萝、大串大串香蕉、塔帕纤维布、贝壳或鲨鱼牙骨串成的项链、胡椒木碗,还有战船模型。岸上的美国水兵都穿着齐整,胡子被刮得干干净净,他们面带坦诚,在土人中穿来穿去。此外,还有一伙官员也夹杂在那些土人之间。卸行李时,麦克菲尔夫妇与戴维森太太站在一旁,望着来来往往的人群。麦克菲尔医生发现,似乎大部分的孩子和青少年都患有一种传染性皮肤病——雅司病,他们的身体也因此受到损害,那些伤口看上去就像是溃疮结的疤。他平生头一次亲眼看到这种皮肤病的症状,出于职业的敏感,他两眼放光。那些男人有的甩着粗笨的手臂,有的拖着严重变形的腿,在蹒跚前行。在这儿,男人女人都裹着"拉瓦拉瓦"[1]。

---

[1] 拉瓦拉瓦(lava-lava):在萨摩亚及其他太平洋岛屿,随处可见到当地人无论男女老幼都穿着一种叫"拉瓦拉瓦"的传统装束的裙子。妇女喜欢色彩鲜艳、长及脚面的连衣裙,耳边戴一朵火红的木槿花或淡黄色的鸡蛋花。男子也穿长过膝盖的彩色花短裙,将一块长方形花裙布围于腰间,上边两角前方订一个结。

雨 5

"这是最猥琐的穿着了,"戴维森太太说,"戴维森先生认为该从法律上禁止这种穿着,这些只在腰间围着一块红布的土著人,你怎么能期望他们有什么道德感呢?"

"这衣服倒是和这儿的天气很搭。"医生一边说着一边抹着头上的汗。

现在他们到了岸边,尽管才是清晨,这儿的热气就已经让他们吃不消了。帕果帕果被封闭在群山里,一丝风儿都吹不进来。

"在我们的岛屿上,"戴维森太太以她那尖细的嗓门接着说,"实际上我们早就已经废除了拉瓦拉瓦,只有少数一些年纪大的老人会穿,但也仅此而已。女人都穿上了长罩衣,男人也穿上了裤子和汗衫。我们初到岛上的时候,戴维森先生就曾在他的一份报告里写到:十岁以上的男子都得穿上裤子,否则这个岛上的人就永远不能成为基督徒。"

戴维森夫人用她那鸟一样的目光对着港口上空浓密的乌云望了两三眼。雨开始滴落下来。

"我们最好先找个地方避避雨。"她说。

他们跟着人群来到一处瓦楞铁皮的大棚下面,刚到那儿,天空中就下起了瓢泼大雨。他们在那待了一会后,戴维森先生随后也加入了他们的躲雨行列。一路下来,戴维森先生一直对麦克菲尔夫妇彬彬有礼,但他缺乏他太太的社交能力,所以大部分时间里,他都在低头读书。他是个沉默寡言,甚至有些阴鸷的人,而且你能感觉到,他的那份友善是他作为基督徒不得不表现出来的;他生性矜持,甚至有点孤僻。他的长相也有些特别:瘦高的身材,长长的四肢松松垮垮地连在躯干上,他的脸颊深陷,伴着奇高的颧骨;同时他浑身一副死气沉沉的做派,但让人大吃一惊的是,他有着一张如此饱满而又性感的嘴唇。他留着长发,眼窝深陷,乌黑色的大眼睛流露出一股悲天悯人的神气;他手掌粗大,手指修长、匀称,看上去强健有力。但最令人印象深刻的是,他的内心有着一团被压抑住的欲火。这团欲火让人难以忘记却又让人隐约感到不安。他不是那种可以随意亲近的人。

眼下,他给大家带来了一个坏消息。岛上的卡纳卡人[1]中间正流行麻疹,这是一种非常严重的疾病,很有可能会致命。他们准备搭乘去阿皮亚的帆船水手中也发现了一位感染者。病人已被送上岸,在医院的检疫站里接受治疗,可是阿皮亚来电报说,必须在确认了没有其他感染者存在之后,帆船才允许出港。

"这就意味着我们要在这里至少待上十天。"

"可我急着回阿皮亚。"麦克菲尔医生说。

"没办法,要是船上没有其他被感染的病人,帆船就可以开船,但也仅限于搭乘白人旅客,所有的土人都被禁止出港三个月。"

"这儿有旅店吗?"麦克菲尔夫人问道。

戴维森低声笑了笑。

"没有。"

"那我们怎么办?"

"我和总督联系过了。前边有个商人,他有房间出租。我看,等雨一停,我们就过去看看情况,可不能指望它有多舒服。只要身下有张可以睡觉的床、头顶上有片遮风挡雨的瓦咱们就该谢天谢地了。"

但雨似乎没有要停的意思,他们最后只能撑着伞披着雨衣出发了。这儿算不上是一个城镇,只有一个官署区,一两家商店,在街后的椰子树和大蕉丛里,还有几处土人的居处。

他们要找的房子离码头只有差不多五分钟的路程。这是一幢两层楼的木板房,每层楼上都有宽敞的阳台,屋顶上都盖着瓦楞铁皮。屋主是个混血儿,名叫霍恩,他娶了个当地的妻子,生了一群棕色皮肤

---

[1] 卡纳卡人(Kanakas):即夏威夷人,美国的少数民族,分布在太平洋北部夏威夷群岛。

的孩子。他在房子的一楼开了个铺子,主要出售罐头食物和布匹。他们被领着去看的房间几乎都是空空荡荡的,什么家具也没有。麦克菲尔的屋子里除了一张破破烂烂的床、一顶千疮百孔的破蚊帐之外,就剩下一把快要散架的椅子和一个脸盆架。他们沮丧地打量着四周。倾盆大雨一直哗啦啦下个不停。

"除非是拿非用不可的东西,否则我是绝对不会打开行李的。"麦克菲尔夫人说。

戴维森夫人一面打开手提箱一面走进来。她看起来机灵、活跃,貌似周围的丧气环境对她毫无影响。

"你若是听我的建议,就赶紧去拿针线来补缀蚊帐,"她说,"否则今晚你们就别想安心睡到天亮。"

"有这么可怕吗?"麦克菲尔夫人问道。

"这时候正是蚊子猖獗的时候。在阿皮亚,倘若你被邀请去参加政府晚宴,你就会发现,那儿的太太小姐们都用发给她们的枕头套来把腿藏起来。"

"我希望这雨能消停一会,"麦克菲尔夫人说,"要是太阳出来,兴许我还有心思把这地方收拾得舒坦点。"

"噢,你要是这么想的话,那你可得等段时间了。帕果帕果是太平洋上雨下得最多的地方。你看,山脉、海湾,它们都容易招引水,不管怎么样,一年中这个时候雨水最多。"

她的目光从麦克菲尔身上转到他夫人这边:他们两口子无助地站在房间的两侧,跟丢了魂一样,麦克菲尔夫人噘着嘴。戴维森夫人意识到,她得手把手照顾他们了;看到这种无精打采的人,她心里就会不耐烦,而且还会双手发痒,一定要把一切给收拾得井井有条,这是她的天性。

"来,把针和布给我,趁着你收拾行李,把蚊帐缝补好,一点钟开饭。麦克菲尔医生,你最好去码头瞧瞧你们的行李,让他们把它放置在干燥的地方。你知道的,这些土著人的德行,他们真有可能会把你的行李放在整日风吹雨打的地方。"

医生再次穿上雨衣,走下楼。在门口,霍恩先生正站在那儿,跟他们搭乘的船上的一位舵手说着话,另外还有一位二等舱的乘客,麦克菲尔医生在船上的时候遇到过几次。那个舵手个子矮小、体形干瘪,看起来非常猥琐,麦克菲尔走过他身边时,舵手朝他点了点头。"麻疹真是件棘手的事啊,医生,"他开口说道,"我猜你一定已经安顿好了。"

麦克菲尔医生想着,这人可真是自来熟,可医生是个谨小慎微的人,不会轻易动怒。

"是啊,我们就住在楼上的房间。"

"汤普森小姐跟你们一样,也是坐船要去阿皮亚,所以我把她带来了这里。"

这个舵手用大拇指指了指站在他旁边的女人,她看起来约莫有二十七岁了,丰满、粗野的长相,颇有姿色。她身穿一条白裙子,戴着一顶白色的大礼帽,裹在白纱袜子里的粗胖小腿从小山羊漆皮的白色长筒靴顶端鼓出来。她向麦克菲尔医生打了声招呼。

"就这么一小间房,这家伙居然想用一天一块五的价格敲诈我。"她哑着嗓子说。

"乔,我实话告诉你,这位是我的朋友,"舵手说,"她最多付一块钱,你得照她的意思办。"

那位商人长得肥圆,也油腔滑调,在嘿嘿地笑着。

"好吧,既然你都这么说了,斯旺先生,我来想想办法。我去和霍恩太太商量一下,看看我们能不能降低价格。"

麦克菲尔医生笑了。他敬佩她杀价时的单刀直入。他自己是那种别人开多少价就给多少钱的人,他宁愿多付点钱也不愿去跟人讨价

雨　9

还价。那个商人叹了口气。

"好吧,看在斯旺先生的面子上,这次我认了。"

"这才是做生意嘛,"汤普森小姐说,"到屋里来喝杯土烧酒吧。斯旺先生,帮我把手提包拿来,我带了些上好的黑麦威士忌。你也一起来,医生。"

"哦,我想我怕是不能进去了,感谢您的美意,"他回答道,"我要去看看我们的行李是否被安置妥当。"

他跨出门走进雨中。大雨从港口冲刷过来,对岸一片模糊。他在路上遇到两个裹着拉瓦拉瓦,顶着巨大雨伞的土人。他们走得很从容,步伐轻快、缓慢,腰板也挺得笔直;当他和他们擦肩而过时,他们微笑着并用奇怪的方言向他打着招呼。

等他回来的时候,已是午饭时分,他们的饭食就摆在那个商人的客厅里。设计这个房间时没有考虑用来住宿,纯粹是为了装装门面,房间里散发着一股阴郁的霉味,一套印花的长绒沙发沿着墙边整齐地摆放着,天花板的中央,挂着一盏镀金吊灯,上面还盖着防苍蝇的黄色棉纸。戴维森先生没有出现。

"据我所知,他去拜访总督了,"戴维森夫人说,"我猜总督一定留他吃饭了。"

一个土著小女孩给他们端上一盘汉堡煎牛肉饼,不一会儿,那个商人也过来看看饭菜是否符合客人的心意。

"我见到了那个要和我们同住的旅客了,霍恩先生。"麦克菲尔医生说。

"她就只住一个房间,也就仅此而已,"商人回答道,"伙食自理。"

他一脸巴结地看着两位妇人。

"我把她安排在楼下,这样就不会妨碍到大家,她绝不会给大家添麻烦的。"

"是我们同条船上的人吗？"麦克菲尔夫人问道。

"是的，太太，她搭的是二等舱。她正准备去阿皮亚，那边有个收银员的工作等着她。"

"哦！"

商人走后，麦克菲尔夫人说：

"我想她在自己的房间里用餐应该不是很开心。"

"要是她是二等舱的，我想她还是这样做为好，"戴维森夫人说，"也不知道她是哪一路货色。"

"舵手把她带过来的时候我碰巧在那，她姓汤普森。"

"就是昨晚和舵手一起跳舞的那个女人？"戴维森夫人问道。

"可能就是那个了，"麦克菲尔夫人说，"那时候我便疑惑她是干什么的，在我看来，这个女人应该很放荡。"

"一定不是什么好货色。"戴维森太太说。

她们随后又换了话题，饭后，由于早起，大家都有点疲惫，便各自分手回去休息了。等他们醒来时，外面的天空依然是灰蒙蒙的，乌云低垂，雨却停住了，于是他们便相约去大路上散步，这条路是美国人沿着海湾修建的。

他们散步回来时，恰好戴维森先生刚从外面回来。

"我们可能要在这里待上两星期了，"他烦躁地说，"我刚和总督争论了半天，可他说他也无能为力。"

"戴维森先生渴望回去工作。"他的妻子说，用焦急的目光瞟了他一眼。

"我们已经离开一年了，"他说，在阳台上来回走动，"教会工作现在已经被当地的牧师管理了，我心里万分不安，很担心他们会懈怠。他们是好人，我不会说一个字来斥责他们。他们敬畏上帝，虔诚，是忠诚的基督徒——他们的基督信仰会让国内那些所谓的基督徒们无地自

雨　　11

容——可惜的是,他们缺乏干劲。他们可以坚持一次,可以坚持两次,但他们不可能一直坚持下去。倘若你把教会事业托付给当地的牧师,无论他们看起来有多么可靠,日子长了你就会发现他又故态复萌了。"

戴维森先生凝神伫立。他体格高大而又松垮,有着一双放光的大眼睛,他浑身散发着一种威严感。他热情的姿势和深沉而又响亮的声调都无不充分地展示着他的诚挚。

"我热切希望我的工作能被安排好。我要采取行动,而且要立刻行动。早已腐烂的树木需要被早点砍掉,然后被扔进火里去。"

下午五六点,他们用过正式茶点,坐在那间呆板的客厅里,妇人们做着活计,麦克菲尔抽着烟斗,这位传教士给他们讲他在岛上的工作。

"我们刚到的时候,他们完全不知罪孽为何物,"他说,"他们一而再再而三地触犯十诫,而且拒不认错。对我来说,把罪孽的概念逐步灌输给这些土人,是传教工作中最棘手的部分。"

麦克菲尔夫妇了解到,戴维森先生在遇到他妻子以前,就已经在所罗门群岛工作了五年。她曾经在中国传教,而他俩是在休假时参加波士顿的传教集会认识的。婚后,他们被派遣到这些岛上工作至今。

在麦克菲尔夫妇和戴维森先生的历次谈话中,我们不难发现,这个男人有着百折不挠的勇气。他是个医务传教士,所以任何时候都有可能被叫到各处的岛屿上。雨季时节,太平洋上暴风雨肆虐,就算是捕鲸船都不敢贸然行动,他却常常驾着独木舟出海,危险程度可想而知。若非疾病或事故,他从未动摇过。茫茫黑夜里,他曾数十次死里逃生,戴维森太太不止一次地以为自己要失去他而万念俱灰。

"有时,我恳求他不要过去,"她说,"或是至少等到外面风平浪静时再出发,可他从不听。他是个倔脾气,一旦是他认定的事,谁都不能劝住他。"

"要是我自己都害怕的话,我又怎能要求土人信仰上帝呢?"戴维森先生喊叫起来,"而且我不怕,不怕。他们知道,只要是人力可为的事,一旦他们向我开口了,我就会去帮忙。并且你觉得上帝会在我为他行道的时候离弃我吗?须知只有上帝才拥有呼风唤雨的能力。"

麦克菲尔是个胆怯的人。他从未能适应战壕里的枪林弹雨,他在前线包扎、在救护站做手术时,由于要努力稳住自己颤栗的双手,汗水老是从眉间流下模糊住他的眼镜。所以当他注视着这位传教士时,他不禁打了个冷颤。

"真希望我也能够无所畏惧。"他说。

"真希望你说自己一向信奉上帝。"另一位反驳道。

不知是出于什么原因,那天夜里,传教士的思绪追溯到了他们夫妻俩刚到岛上的那段时光。

"有时,我和我的夫人相对无言,却都泪流满面。我们没日没夜地工作着,却看似毫无进展。那时要是没有她的话,我真不知道该怎么办。当我心绪低沉或是将近失望时,是她给予我勇气和希望。"

戴维森夫人埋头做着针线,她瘦削的脸颊上泛起了一圈浅浅的红晕。她双手颤抖,一言未发。

"那时的我们孤立无援,远离同胞几千里,被包围在黑暗中。每当我遭受打击,意志消沉时,她就会放下手头的工作,拿起《圣经》念给我听,直到平静再次降临我的心境,恰如睡意降临在婴儿的眼睑上。当她读完合上书时,她会跟我说:'无论如何,我们都将拯救他们。'那时,我便又一次强烈感受到我对上帝的笃信,我就回答她:'是的,在上帝的帮助下,我一定会拯救他们的。我必须要拯救他们。'"

他走到餐桌前,就好像这是教堂的讲经坛。

"你知道的,土著人天性堕落,以至于他们连自身的邪恶都无法认清。我们不得不从他们习以为常的行为中将邪恶抽离出来。我们不仅把通奸、撒谎和盗窃定为犯罪,而且把暴露身体、跳舞和不去教堂也定

雨　13

为犯罪。姑娘展露胸脯和男人不穿长裤,都被我列入了犯罪的行列。"

"怎么个定法呢?"麦克菲尔医生惊讶地问道。

"我施行了惩罚。很明显,要使人们知道什么是犯罪,唯一有效的方法就是在他们做那类事情时就惩罚他们。不去教堂,罚。跳舞,罚。穿着不当,罚。我写了张处罚表,每桩罪行都必须支付相应的罚金或是劳役。最终,我让他们学乖了。"

"但他们从来没有拒付过吗?"

"怎么个拒付法?"传教士问道。

"能站出来顶撞戴维森先生,这人胆子可真够大的。"他的妻子说完,紧抿嘴唇。

麦克菲尔医生一脸惶惑地看着戴维森。他刚听到的这番话着实让他大开眼界,但是他很犹豫是否要表示自己的不赞同。

"你听着,我的最后一招,就是把他们从教堂里开除出去。"

"他们会介意吗?"

戴维森先生微微一笑,轻轻地搓着双手。

"他们卖不出椰子干的时候,会出去捕鱼,他们分不到鱼的时候,就要挨饿。所以,是的,他们十分介意哦。"

"告诉他弗雷德·欧尔森的故事。"戴维森夫人说。

这位传教士双目灼灼地盯着麦克菲尔医生。

"弗雷德·欧尔森是个在岛上生活了多年的丹麦商人。作为一个商人,他十分富有。我们去时,他很不乐意。你知道的,他之前在那儿可以随心所欲。收购椰子干的时候,他想付多少就付多少,而且是拿食物和威士忌当钱用。他有位土人妻子,可他对她明目张胆地不忠。他还是个酒鬼。我曾给过他改邪归正的机会,可他对此不理不睬,甚至还嘲笑我。"

说到最后一句时,戴维森先生的声音渐渐低了下来,而后他沉默了一两分钟,这一沉默里满是凶狠。

"在接下来的两年时间里,他就完蛋了。他失去了半个世纪里的积蓄,我把他搞得倾家荡产,最后他只能像个乞丐一样可怜巴巴地来找我,哀求我给他几个钱买张船票回悉尼去。"

"真希望你当时能在场,你就能看到他来找戴维森时的模样。"他的妻子说,"他曾经是个五官端正身强力壮的人,身上还有不少肥膘,说起话时声音洪亮,可如今的他,身形缩了一半,颤颤巍巍,一瞬间他就变成了个老态龙钟的老头子了。"

戴维森出神地望着夜空。外面又下起了雨。

猛地从楼下传来一阵声响,戴维森先生转过身来,一脸疑惑地望着他妻子。这是留声机的声音,刺耳、吵闹,呼哧呼哧地奏出音节交错的舞曲。

"这是什么?"他问道。

戴维森太太紧了紧她的夹鼻眼镜。

"这栋楼里住着一位二等舱的乘客。我猜声音应该是从那儿传来的。"

他们默默地听着,很明显还有跳舞的脚步声。接着音乐停了下来,他们又听到了开酒瓶的声音和嘈杂的对话声。

"我猜她准是在给船上的朋友办欢送会,"麦克菲尔医生说,"是十二点开船吗?"

戴维森没有说话,只是低头瞅了眼手表。

"你完了吗?"他问他妻子。

她站起身来,把手头的活计折叠好。

"对,我觉得完事了。"她答道。

"现在上床是不是有点早啊?"医生问。

"我们还有一些书要读,"戴维森夫人解释道,"不管在哪,我们都

雨　15

会在临睡前读一章节的《圣经》,然后按照详注做些研究,你知道,也就是更彻底的交流探讨。这对心智来说是很棒的训练。"

他们互相道了晚安。这样屋子里便只剩下了麦克菲尔夫妇两人了。接下来的两三分钟里,他俩相对无语。

"我想还是把纸牌拿来吧。"最后医生开口了。

麦克菲尔夫人一脸疑惑地望着他。和戴维森夫妇的谈话让她感到一些不安,但她又不愿说他们最好还是不要玩纸牌了这种话,毕竟戴维森夫妇很可能会突然出现,这不免会有些尴尬。麦克菲尔医生拿来了纸牌,她在旁边看着他一个人打通关,虽然心里有种说不清的做了错事的感觉。楼下,酒会的喧嚣仍在继续。

第二天天气晴朗,既然要在帕果帕果待上两个星期,麦克菲尔夫妇只能想办法好好利用这段时间。于是他们来到码头,从行李里拿出了一些书。麦克菲尔医生去拜会了海军医院的外科主任,还跟他一起去转了转病床。他们还在总督府递交了求见的帖子。在路上,他们遇到了汤普森小姐。医生脱帽致礼,她快活地大声回了句"医生早上好啊"。她仍是那天的装扮,一身白色连衣裙,一双闪亮的白色高筒靴,她那肥胖的小腿还是鼓出在靴沿上,在异国风情中,她的这身装扮着实有些古怪。

"照我说,她穿得不三不四,"麦克菲尔夫人说,"看来真是庸俗不堪。"

当他们回到房间时,汤普森小姐正在阳台上和商人的一个深肤色孩子玩耍。

"和她打声招呼,"麦克菲尔医生对他妻子耳语道,"她只身一人待在这儿,不理睬人家未免有些无情。"

麦克菲尔夫人有些害羞,但她习惯了按照她丈夫的话办事。

"我想我们是同住在这幢楼里的旅伴。"她说,不免有些笨嘴笨舌。

"很可怕吧,一直待在这么个偏僻无聊的地方,"汤普森小姐回答道,"他们还告诉我,我很幸运能在这有个住处,我不愿住在土人家里,可有些人却不得不为之。我不明白为什么他们不开个旅馆呢?"

他们又聊了几句。汤普森小姐声音既大,又喋喋不休,很明显是个喜欢嚼嘴舌的人,但是麦克菲尔夫人却不善于说三道四,显然无法招架汤普森小姐,所以没过多久,她就说:

"嗯,我觉得我们该上楼去了。"

晚上,他们坐下吃茶点时,戴维森一进门就说:

"我看到楼下那个女人那儿坐了好多个水手,我很好奇他们是怎么认识的。"

"她根本不懂什么叫规矩。"戴维森夫人说。

在无所事事且无聊的一天之后,他们感到异常疲惫。

"要是这样的日子一直持续半个月,到最后,真不知我们会腻烦到什么地步。"麦克菲尔医生说。

"唯一能做的就是把日子分配给不同的活动,"传教士回答道,"我准备每天留出几个小时用来学习,还有一段时间用来锻炼,不论是晴天还是下雨——雨季里你无法去考虑晴雨与否——另外还要留出一些时间用来消遣娱乐。"

麦克菲尔医生疑虑重重地看着这位旅伴,戴维森的计划让他有点受不了。他们又是吃的煎牛肉饼。这貌似是厨子唯一能做的菜。接着,楼下的留声机又响起来了。戴维森一听就立刻紧张起来,但却没有出声。楼下又传来一阵男人的声音。汤普森小姐的宾客们正在合唱一支很流行的曲子,而且立刻就能听到她本人的声音夹在其中,嗓门又嘶哑又高亢。此刻,喧闹声、哄笑声此起彼伏。楼上听着声响的四位,本来想借着谈话来忽略这些嘈杂,却总是不自觉地留神去听楼下的碰杯声和椅子挪动的嘎吱声。显然,楼下又来了很多人。汤普森

雨 17

小姐正在举办晚会。

"我很好奇她是怎么招来那么多人的。"麦克菲尔夫人突然开口说道,打断了传教士和他妻子之间关于医疗问题的讨论。

这就能看出她的心思现在飘到什么地方了。戴维森脸上的抽搐也证明了这一点,尽管他嘴上谈论着科学的东西,但他的思绪也同麦克菲尔夫人走向了一处。就在这时,正在医生大谈德兰特尔前线抢救伤员的经验时,戴维森忽然大喊了一声,从椅子上跳了起来。

"怎么了,阿尔弗雷德?"戴维森夫人问道。

"一定是这样的!我之前怎么就没想起这点呢。她是从伊威里来的。"

"这不可能。"

"她是在火奴鲁鲁[1]上的船。这就很明显了,她居然把生意做到这儿了。"

他用憎恨的激情吐出了最后几个字。

"什么是伊威里?"麦克菲尔夫人问。

戴维森转过身来,悲悯的眼神落在她的身上,他的声音颤颤兢兢,带着恐怖。

"那是火奴鲁鲁的罪恶之地。红灯区。是我们文明里的污点和耻辱。"

伊威里位于火奴鲁鲁市区的边缘地带。你从港口边上的穷窟陋巷进去,在黑暗中,走过一座即将散架的小桥,就到了一条坑坑洼洼、荒无人迹的街道上,猛然间,灯火通明处便会显现在你的眼前。路的两旁都设有停车场,还有光怪陆离的酒吧,到处是光怪陆离的色彩和光亮,每一家都充斥着机械钢琴的喧闹声,这一路上还夹杂着理发店

---

[1] 火奴鲁鲁(Honolulu)是美国夏威夷州首府与港口城市,华人称之为檀香山,位于北太平洋夏威夷岛中瓦胡岛的东南角。

和烟草铺。一股骚动在空气中弥漫,充斥着寻欢作乐的期待。你转进一条把伊威里分为两半的狭窄胡同,无论是向左还是向右,你都会发现自己被这样的景象包围:一排排带阳台的小屋,清一色地被刷上了绿漆,夹在它们之间的通道又宽又直,它的布局就像座花园城市。它那值得尊敬的齐整规矩、井然有序和清洁潇洒的外表,却又让人对此嗤之以鼻,冷嘲热讽;因为寻欢作乐之事从未如此的系统化和制度化。僻静的胡同里闪着微弱的灯光,要不是从这些开着窗的小屋里射出光亮来,这儿就只有漆黑一片。男人们在此踯躅往返,偷窥着坐在窗前的女人,她们有的在看书,有的在做针线,多半时间压根儿对那些过路人连正眼也不瞧;而那些路人唯一能与这些女人们相媲美的便是他们五花八门的国籍。那儿有美国人,他们是港口船舶的水手或是炮舰上的列兵,他们喝得醉醺醺的,还有驻扎在岛上的士兵,白人黑人都有;那儿还有日本人,两三成群地走在一起;除此之外,还有夏威夷人、穿着长衫的中国人和戴着样式荒唐的帽子的菲律宾人,他们像是受到压抑一样全都默不作声。七情六欲都是忧郁的。

"这是太平洋上最最臭名昭著的地方,"戴维森大声地说,"传教会多年来一直对此强烈反对,最后连当地的报社也予以响应。但警察却拒绝采取行动。你听听他们的谬论,他们居然说罪恶是无法避免的,而最好的解决办法就是划定区域加以控制。而事实却是他们收了好处,被买通了。酒吧和妓院的老板们贿赂他们,甚至连那些女人也加入其中。最后,警方还是不得不采取行动。"

"在火奴鲁鲁停泊的时候,我在报纸上读到过这些消息。"麦克菲尔医生说。

"伊威里——罪恶与耻辱的象征,可我们到达那里时它却不复存在了。那儿的所有人都受到了审判。我真搞不懂我自己,居然没能一下子将这种货色的女人认出来。"

"听您这么一说,"麦克菲尔夫人说,"我想起当时她是在开船前几分钟才上的船,我当时还在想她可真会踩着点儿来。"

"她怎么可以出现在这里!"戴维森愤愤不平道,"我绝不允许。"

他向房门大步走去。

"你要去干什么?"麦克菲尔夫人问道。

"你认为我要去干什么?我要亲自去结束这一切。我决不能眼睁睁看着这栋房子沦为——沦为……"

他想找寻个文雅点的字眼,免得唐突了在场女士的耳朵。但因激动的情绪,他双眼幽幽发光,本就苍白的脸颊也越发惨白。

"听动静,楼下像是有三四个男人,"医生说,"你不觉得现在冲进去有些太莽撞了吗?"

传教士鄙视地瞧了他一眼,一言未发,就走出了房间。

"要是你觉得,戴维森先生会因波及个人安危而畏惧、而拒绝履行自身任务的话,那你就太不了解他了。"他妻子说道。

她坐在那里,双手紧握在一起,高高的颧骨上起了一阵阴影,凝神听着楼下的动静。所有人都在认真地听着。他们听到戴维森跑下木制楼梯,猛然把房门推开。歌声戛然而止,但留声机仍继续放着低俗的调子。他们听到戴维森的声音,紧接着便是重物摔地的嘈杂声。音乐停止了。他把留声机狠狠地摔在地上,而后他们又听到了戴维森的声音,但听不清他说了什么,再后来是汤普森小姐的声音,又尖又高,随后便是混乱的吵嚷声,听起来貌似有好几个人在声嘶力竭地吼叫。戴维森夫人倒吸了口冷气,双手攥得更紧了。麦克菲尔医生用不确定的眼神从她身上扫过,又转向了自己的妻子。他不愿下楼去,却又不清楚是否她俩盼着他下去。接着又是一阵听起来像是扭打的声音,吵闹声听得越来越清晰了。也许是戴维森被人扔出来了。只听砰的一声摔门声,有一刹那的沉寂,他们又听见戴维森上楼的脚步声。他径直回了自己的房间。

"我得去看看他。"戴维森夫人说。

"如果有需要,就叫我一声,"麦克菲尔夫人说,等戴维森夫人走后,她又说,"希望他没受伤。"

"谁让他多管闲事?"麦克菲尔医生说。

他们默默坐下,沉默了两三分钟后,忽然被吓了一跳,因为楼下留声机又响了起来,挑衅似的,嘲弄的声调嘶哑地吼着下流的调子。

第二天,戴维森夫人脸色苍白,面带疲态。她抱怨头疼,样子憔悴枯槁,像老了许多。她告诉麦克菲尔夫人说,传教士昨天一夜未眠,脾气变得暴戾异常,今早五点的时候就起身出门了。他被泼了一身啤酒,衣服上也沾满了酒渍,散发着恶臭。但每当戴维森太太提到汤普森小姐时,她的眼中便冒出阴沉的怒火。

"她会为她曾经羞辱了戴维森先生而追悔莫及的,"她说,"戴维森先生是个善良的人,任何来找他倾诉烦恼的人都会从他那里得到宽慰,但他也是个嫉恶如仇的人,一旦激起他的义愤,他会变得十分可怕。"

"为什么这么说?他会做什么?"麦克菲尔夫人问道。

"不知道,我才懒得为那种货色的女人操心呢。"

麦克菲尔夫人不寒而栗。这位矮小女人胜券在握的神气里有着某种实实在在的恐吓。那天早上,她们一起出门,并排着走下楼。汤普森小姐的房门是开着的,她们瞧见她正在用简易的炉子煮着东西,身上裹着件脏旧的罩袍。

"早上好,"她高声嚷道,"今早戴维森先生有好些了吗?"

她们昂着头,不予回应地走出了房子,仿佛汤普森小姐根本就不存在一样。可一听到背后传来的一阵嘲弄的大笑声,她们不禁气得满脸通红。戴维森夫人突然转过头去。

"你好大的胆子,居然还敢跟我搭话,"她嚷道,"要是你敢对我出言不逊,我就能让你在这儿消失。"

"喂,是我请戴维森先生到我这儿来的吗?"

"别理她,"麦克菲尔夫人急忙压低声音说。

她们气冲冲地一直往前走,直到听不到汤普森的叫嚷声。

"太不要脸了,她简直厚颜无耻。"戴维森夫人脱口而出。

她的怒气来势汹汹,几乎让她窒息。

回去的路上,她们又碰到了汤普森小姐,只见她盛装披挂,慢悠悠地晃过来。她那顶白色的礼帽上别着一堆庸俗的花,更为显眼。当她经过她们时,她兴致勃勃地和她们打着招呼,站在路边的几个美国水手一看到两位太太冰冷的眼光,就不禁咧着嘴笑开了。她们前脚刚进店,屋外就又下起了雨。

"她活活糟蹋了那身漂亮衣服。"戴维森夫人尖酸地说。

午饭进行到一半的时候,戴维森先生才现身。他浑身被淋得湿透,却执意不去换衣服。他坐了下来,愁眉不展,不作声,吃了口东西便不再吃了,就只紧紧盯着斜扫的雨脚。当戴维森夫人把今天两次遇到汤普森小姐的经过告诉他时,他仍旧一言未发。只是他越发紧蹙的眉头表示他什么都听到了。

"你不觉得我们应该找霍恩先生把她赶出去吗?"戴维森夫人问道,"我们不能让她受侮辱。"

"这儿似乎没有其他地方可以让她落脚。"麦克菲尔先生说。

"她可以去和土人住在一起。"

"像这样的天气,土人的茅屋住着一定很不舒服。"

"我就曾在茅屋里住过几年。"传教士说。

当土著小女孩端来煎香蕉当作甜点时,戴维森转身向着她。

"去问一声汤普森小姐什么时候有空,我想去拜访一下。"他说。

女孩怯生生地点点头,就转身离开了。

"你要见她做什么,阿尔弗雷德?"他妻子问。

"这是我的职责。我得做到仁至义尽,在我给足她回头的机会之后,再采取行动。"

"你不清楚她是什么货色,她会侮辱你的。"

"那就让她侮辱好了,让她唾弃好了。她有永恒的灵魂,我必须尽我所能去拯救她。"

戴维森夫人的耳边仍回荡着那个妓女的嘲弄声。

"她在那条路上走得太远了。"

"远到上帝的慈悲都无法触到吗?"他的双眼瞬间有神起来,口气也柔和了许多,"不可能的。深陷罪恶的罪人,就算他陷得比地狱还深,上帝耶稣的爱仍可触碰到他身上。"

那个小女孩带着口信回到房间里。

"汤普森小姐让我问候您,她说,只要戴维森牧师不是在她营业时间里拜访,其他时间她都在屋里恭候。"

听到这个回信后,所有人都陷入了石头般的沉默,麦克菲尔医生则很快抹去了嘴角上扬的笑意。他深知要是觉得汤普森小姐无动于衷的厚颜是件有趣的事,他的妻子准会大发脾气。

他们在无声中结束了这场午餐。之后,两位女士起身拿起了她们的针线活,麦克菲尔夫人又织起了围巾,自从战争爆发以来,她不知道自己已经织了多少条了。医生则抽起了烟斗。戴维森仍旧坐在椅子上,出神地盯着桌子。最后他站起身来,一句话也没说,离开了屋子。他们听见他下楼,随后又传来他的敲门声,以及汤普森小姐挑衅的"进来"。他在那儿待了一个小时。麦克菲尔医生盯着屋外的雨,心里很不安。这儿的雨水并不像英国的细雨,下起来丝丝点点,而是毫不留情的,甚至是有些可怕的雨,使你感觉到原始力量的恶意。雨水不是倾泻而下,而是奔涌而来,就像是决了堤似的。这好似洪水自天而降,冲打在瓦楞铁皮屋顶上,发出噼里啪啦的声响,持续不断,惹人心烦。雨水仿佛也带着满腔的愤恨。有时,使你感到如果它再不停息,你就会高声叫嚷,而后一瞬间你会觉得浑身无力,筋骨松软,只有痛苦和绝望。

传教士回来的时候,麦克菲尔扭过头来。两位女士也抬起头来望着。

"我已经给过她所有的机会了。我劝诫她去忏悔。她就是个毒妇。"

他顿了一下,麦克菲尔注意到他的眼神阴沉得厉害,苍白的脸孔变得僵硬冷酷。

"现在,我要拿起我主耶稣的鞭子,他曾将高利贷者和换钱商从最崇高的神殿里鞭笞驱逐出去。"

他在屋里来回走动,双唇紧闭,眉间紧蹙。

"就算她逃到天涯海角,我也一样会找到她。"

他猛然转身,大步走出房门。他们又听到了他下楼去了。

"他打算去干什么?"麦克菲尔夫人问道。

"我不知道,"戴维森夫人擦拭着刚取下来的夹鼻眼镜,"当他为上帝工作时,我从不过问他任何问题。"

她轻叹了口气。

"怎么了?"

"他会把自己累垮的,他从不知爱惜自己。"

麦克菲尔医生从出租给他们房子的欧亚混血商人那儿了解到了传教士行动的初步计划。医生经过商店的时候,商人把他拦到门廊里说话。商人臃肿的脸上看起来忧心忡忡。

"戴维森牧师怪我不该租房给汤普森小姐,"他说,"但我出租给她的时候,我也不清楚她是做什么工作的。别人过来向我询问能否租房给他们的时候,我关注的只是他们能否有钱付房租。况且她又预付了一个星期的房租。"

麦克菲尔医生不愿牵扯其中。

"说来说去,这终究是你的房子。您能租房子给我们,我们是非常感激的。"

霍恩一脸疑惑地看着他,不清楚麦克菲尔是否坚定不移地站在传教士那边。

"传教士之间总是互相支持的,"他吞吞吐吐地说,"如果他们针对一个商人,那他只能关掉店面卷铺盖走人。"

"他要你赶她走吗?"

"不,他说,只要她守规矩,他就不能要求我这么做。他说不想为难我。我保证她不会再招揽客人了。我已经转告她了。"

"她是什么反应?"

"她把我臭骂了一顿。"

商人一身旧帆布衣,手足无措地浑身抖着。他觉得汤普森小姐也不是个善茬。

"哦,好吧,我敢说她会离开的。我觉得她应该不愿再住下去,倘若她在这儿没了客人。"

"可她无处可去了,除非去土著人的房子,但眼下没有一个土著人愿意收留她,尤其是传教士已经开始插手此事。"

麦克菲尔医生看着一直落下的雨。

"好吧,我想等天放晴是不可能的了。"

晚上,他们坐在客厅里,戴维森讲述他早年在大学的故事。那时,他身无分文,只能凭借在假期时做着的各种稀奇古怪的兼职才勉强完成了学业。楼下一片寂静。汤普森小姐独自一人坐在她狭窄的房间里。但突然留声机又唱起来了。她挑衅似的故意打开它,以此来掩盖她的寂寞,但是那儿无人唱和,曲调也异常凄凉。这声音听起来就像是寻求帮助的哭泣声,戴维森对此不屑一顾。他故事正讲到一半,却依旧面不改色地讲下去。留声机仍在播放着,汤普森小姐一张又一张地换着唱片,看来夜的静默惹得她心神不宁。天气闷热得让人透不过气来,麦克菲尔夫妇上床后根本无法入睡。他们并排躺着,把眼睛睁得大大的,听着蚊帐外面蚊子恼人的嗡嗡声。

"那是什么?"最后麦克菲尔夫人低声说。

他们听到声响,那是戴维森先生的声音,从木板隔断那面传来。他连绵不绝的声音显示他单调热切而固执的语调。他在大声地祷告,为汤普森小姐的灵魂祈祷。

两三天过去了。现在他们再遇到汤普森小姐时,她不再用那种讽刺的热情或者满脸堆笑跟他们打招呼;她抬头朝天,脸上涂着厚厚的脂粉,紧蹙双眉,只当什么也没看到。商人告诉麦克菲尔说,她尝试过在别处找居所,但均以失败告终。到了晚上,她就在留声机上放着不同的唱片,很明显那是装出来的快乐。散拍舞曲的节奏支离破碎,让人心碎,简直成了绝望的独步舞曲。礼拜天她也开留声机,戴维森派霍恩去让她立刻停止,因为这天是主日。唱片被拿下来后,这栋房子又一次恢复了平静,除了永无休止地滴落在铁皮屋顶上的雨声。

"我觉得她开始有些坐不住了,"第二天商人跟麦克菲尔说,"她不知道戴维森先生在搞什么名堂,这让她很不安。"

麦克菲尔那天早上瞥见了她,让他惊讶的是,她那副自傲的神气如今已经荡然无存了,她的脸上只剩下被追捕的恐慌。欧亚混血的商人瞟了他一眼。

"我猜你也不知道戴维森先生接下来要干什么吧?"他试探地问。

"当然,我怎么会知道。"

这很奇怪,霍恩居然会问他这种问题,因为他也知道传教士工作的神秘性。

他隐约感觉到,传教士正在这个女人的四周精细编织一个大网,小心算计,只待时机成熟时猛然收线。

"他让我转告她,"商人说,"任何时候只要她需要,他就会出现。"

"你告诉她时,她说了什么?"

"她什么也没说,我也没有停留。我转述完他的话就立刻离开了,我想她又要哭了。"

"毫无疑问,这种孤独让她精神崩溃,"医生说,"还有这雨——也足够让人神经质了,"他烦躁地接着说,"这倒霉地方的雨就没有停过的时候吗?"

"在雨季里,雨会一直下的。每年我们这儿都有三百英寸的雨量。你看,都是由于海湾的地势,好像把全太平洋的雨都招过来了。"

"这见鬼的海湾地势。"医生说道。

他挠着被蚊子叮咬的地方,心情变得很急躁。等到雨过天晴,岛上就会摇身一变,变成一个大暖房,炽热、潮湿、憋闷、窒息,你会有一种奇怪的感觉,仿佛万物都在无声无息地野蛮生长。那些土人,一向以生性愉快、天真活泼闻名于世,当你看到他们的刺青、染色的头发,看起来莫名散发一股邪气;当他们赤着脚在你脚跟后面啪嗒啪嗒走时,你总会不由自主地转过头去。你会有一种错觉,觉得他们会时刻从后面敏捷地冲到你的面前,将长刀刺入你的肩胛之间。你摸不清他们长得很开的双眉之间,到底藏着什么不可告人的邪念。他们有点像古埃及神庙墙壁上的壁画,周身散发着一股亘古不变的恐怖气息。

传教士进进出出,一副十分忙碌的样子,但麦克菲尔夫妇不知道他到底在忙什么。霍恩告诉医生说,传教士每天都去找总督,戴维森之前还提到过这位总督。

"看起来总督的决心很大,"戴维森说,"但一让他真正做决定的时候,他又立马成缩头乌龟了。"

雨　27

"我想他是不会按你的意思办了。"医生开玩笑地说。

传教士面无表情地站在一旁。

"我希望他能做正确的事,这本就是正常人该做的事。"

"但又如何在众说纷纭中分辨出什么是正确的呢?"

"要是一个人腿上得了坏疽病,又迟疑不决究竟锯不锯掉,你有那个耐心等他做决定吗?"

"坏疽病是客观事实。"

"那么罪恶呢?"

戴维森私下的所作所为不久就水落石出了。刚用过午饭的四人,还未各自分开去午睡,由于天气炎热,两位太太和医生都犯起了瞌睡。戴维森很看不惯这种懒散的作风。突然,房间的门被重重推开,汤普森小姐冲了进来。她眼光向屋内扫了一周,便径直走向戴维森。

"你这个无耻混蛋,你到底在总督面前说了我什么?"

她怒气冲冲,口沫横飞。房间里顿时鸦雀无声。然后,传教士把椅子推给她。

"不坐下吗,汤普森小姐?我一直想找机会再和您谈谈。"

"你这个杂种无赖。"

她满嘴侮辱骂人的话,难听而又蛮横。戴维森一脸严肃地看着她。

"我对您的谩骂毫不在意,汤普森小姐,"他说,"但我希望你注意一下,毕竟要照顾一下在场的两位太太。"

这时,泪水与愤怒交织,她满脸涨得通红,气息短促。

"发生了什么事?"麦克菲尔医生问道。

"刚才来个家伙,他让我在下次开船的时候立刻消失。"

传教士的眼中闪过一丝喜悦之情,但他仍旧面无表情。

"你从未想过吗?你这种情况,总督会让你继续待下去吗?"

"一定是你搞的鬼,"她尖叫道,"你别想骗我,一定是你干的。"

"我不想骗你,我只是让总督采取唯一可行的措施,以此来履行他自己的职责。"

"你为什么一定要赶我走?我又没有伤害过你。"

"你可以相信,即便你真做了伤害我的事,我也会是最后一个憎恨你的人。"

"你以为我愿意待在这个连小市镇都不如的鬼地方吗?我像是个乡巴佬吗?"

"既然如此,我想不出你有什么可以抱怨的理由。"他答道。

她含糊不清地骂了一声,就跑出了房间。接下来又是一阵短暂的沉默。

"总督终于有所行动了,这可真是让人轻松,"戴维森开口道,"他是个懦弱的人,做事犹犹豫豫。他说无论如何汤普森只能在这儿留半个月,要是她去阿皮亚,那里是英国法律的统治范围,他就不再过问了。"

传教士站起身,走向屋子的另一头。

"那些手握权力的执行者居然逃避责任,这真是糟糕。就好像不在眼前的罪恶就不是罪恶一样。这种女人的存在就是一件丑事,无论放在哪个岛上都如此。"

戴维森双眉倒竖,下巴刚毅,看起来凶狠决绝。

"你这话是什么意思?"

"我们教会在华盛顿也是有一定影响力的。我告诉总督,要是有人投诉他在这儿管理不当,这对他来说,可一点儿好处都没有。"

"她该什么时候走?"医生略一沉吟,问道。

"下周二便有一辆从悉尼到旧金山的船经过这儿,她必须搭这条船走。"

雨　29

那还有五天的时间。第二天,麦克菲尔从医院回来,他大部分时候都到那儿去打发时间,他回到住处刚要上楼的时候,那个欧亚混血商人就拦住了他。

"不好意思打搅您了,麦克菲尔医生。汤普森小姐病了。你能过去看一下吗?"

"当然可以。"

霍恩带他进了她的房间。她懒懒地坐在椅子上,既不看书也不做针线,只呆呆地看着前方。她依旧穿着那件白裙,头上戴着堆满花的巨大帽子。麦克菲尔注意到她脸色蜡黄,脂粉被泪水湿成斑斑块块,眼泡浮肿。

"听说你身体不太舒服,我真抱歉。"他说。

"哦,我才没有生病。我这么说,只不过是要见到你。我现在不得不坐船去旧金山。"

她盯着他,使他看到她的眼睛突然像从梦里醒来。她痉挛似地放开又握紧自己的双手。商人站在房间门口,听着他们的谈话。

"我明白了。"医生说。

她哽咽着。

"眼下要我去旧金山,对我来说是十分不方便的。昨天下午我去找了总督,但他不见我。我见到了他的秘书,他告诉我必须乘那艘船离开,其他的也没别的话好说。无论如何,我必须要见到总督,今早我在官邸门前等他出现,他一出来,我就跑上前去跟他说话。但他不想搭理我,可我不让他有机会甩掉我,最后他总算说,只要戴维森牧师同意,我就可以留在这儿等到下一艘到悉尼的船来,到时候我也不会有异议。"

她顿了会儿,急切地望着麦克菲尔医生。

"我不清楚我能帮什么忙。"他说。

"嗯,我想你应该不介意去替我向他求个情。我向上帝发誓,只要他同意让我留下来,我保证不会重操旧业。只要他愿意,我可以不出屋门半步。眼下日子也不到两个星期了。"

"我会去问问他。"

"他不会同意的,"霍恩插嘴道,"他还是会让你周二离开,你还是死了这条心吧。"

"跟他说我会在悉尼找份工作,我是说,正经工作。这要求不过分吧。"

"我会尽我所能的。"

"一有消息请立刻告诉我,好吗?得不到准信的话,我会心神不宁的。"

这对医生来说称不上是件美差,而且,由于性格的缘故,医生并没有直接开门见山去办这件事。他把汤普森小姐的话告诉自己的妻子,要她去和戴维森夫人谈谈。传教士的态度似乎相当坚决,但让这个女人再在帕果帕果多待上两周似乎也没有什么危害。可他外交策略的结果,却出乎他的意外。传教士直接来找他了。

"戴维森夫人已经把汤普森小姐托您说的话告诉我了。"

如此直面的质问,不免有些让这个生性腼腆的男人露出尴尬的神色。他感到怒火中烧,脸色涨红。

"我觉得纠结于她是去悉尼还是旧金山,这两者根本毫无差别。而且她既然保证在这儿遵守规矩,我觉得也就没必要这么狠地去针对她。"

传教士一脸严峻地盯着他。

"为什么她不愿意回旧金山?"

"我没有问,"医生没好气地回答,"而且我认为一个人还是少管闲事。"

或许这并不是一个圆滑的回答。

"总督已经下令让她乘第一班船离开这座岛,他不过是在执行公务,我不会去干涉的。在这儿,她的存在就是种危险。"

"我觉得你太严厉专横了。"

两位女士一脸震惊地看着医生,但她们用不着害怕发生一场口角,因为传教士只是温和地笑笑。

"我很抱歉,你竟然是这么想我的,麦克菲尔医生。相信我,我的心为这个不幸女人流着血,但我不过是在做我该做的事。"

医生没有说话,他愤怒地看向窗外。终于雨停了,远眺海湾,可以看见掩映在树丛中的土著村落。

"我想趁这会雨停到外面走走。"他说。

"请不要因为我拒绝实现你的愿望而埋怨我,"戴维森苦笑着,"我十分尊敬你,医生,要是你对我有意见,我很抱歉。"

"毫无疑问,你的自我感觉异常良好,好到不能接受我的建议。"他反唇相讥。

"你这就是对我有意见了?"戴维森咯咯地笑出声来。

无端的失礼使得麦克菲尔医生生着自己的闷气,他只好走下楼去,汤普森小姐正虚掩着房门等他的消息。

"那么,"她说,"您和他都说了吗?"

"是的,很遗憾,他不同意。"他回答道,尴尬得不敢直视她。

但他快速地瞥了她一眼。她开始抽搭起来。他看到她脸色苍白,满脸布满了恐惧,这让他大为吃惊。就在这时,他想到一个主意。

"现在还没到放弃的时候。他们这么对待你,我都觉得羞耻。我要亲自去找总督和他谈谈。"

"现在?"

他点了点头。她的脸上顿时精神焕发。

"哦,您真是位好人。我想,有您为我说话的话,总督他一定会让我留下来的。只要能让我留下,一件不该干的事我都不会做。"

麦克菲尔医生也不明白为什么自己要下定决心去请求总督。汤普森小姐的事,他一向都不愿过问,但这次传教士惹怒了他,他胸口憋了一股怒气。他在官邸里找到总督。总督是个高大威猛、形容英俊的人,水手出身,蓄着刷子般的络腮胡,身穿干净整洁的白斜纹制服。

"我这次来,是为了谈谈跟我们同住一栋房子的那个女士,"他说,"她名叫汤普森。"

"我想我对她的事差不多已经了解个一二了,麦克菲尔医生,"总督笑着说,"我已经下了命令,让她下周二离开,我已经尽我所能了。"

"我来是想请问你能否宽限些时间,让她待到旧金山的船来再离境,这样她可以到悉尼去。我保证她会规规矩矩的。"

总督虽然还面带微笑,但他的眼睛却渐渐眯起来,而且严肃起来。

"我很乐意能满足您的要求,麦克菲尔医生,但我已经下了令,不能收回了。"

医生与总督又据理力争一番,但现在总督的脸上笑意全无了。他面带愠色,将目光看向别处。麦克菲尔意识到他现在说什么都没用了。

"很抱歉,我给那位女士带来了不便,但她必须得在周二动身,此事就到此为止吧。"

"但对你来说,她到哪里去又有多大的区别?"

"请原谅,医生。我认为自己没有向除了规定的上级之外的人解释任何职权行动的必要。"

麦克菲尔眼光犀利地看着他。他想起了戴维森的暗示,戴维森曾采用过威胁的手段,而且从总督的态度上,他也读出了一丝窘迫。

"多管闲事的戴维森。"他愤怒地说。

"你我之间,麦克菲尔医生,我不能说戴维森先生给我留下了多好的印象,但我不得不承认,他有权向我指出,汤普森小姐这样品行的女人出现在这儿的危险度很高,毕竟这儿有不少在役士兵驻扎在土人中间。"

他站起身来,麦克菲尔也跟着站了起来。

"请原谅,我还有个约会。请代我向麦克菲尔夫人问好。"

医生垂头丧气地离开了。他知道汤普森小姐一定正在等着他的消息,他很不愿意告诉她自己失败的事实,所以他从后门进了房子,偷偷地溜上楼,就好像有什么事情需要藏藏掖掖一样。

晚餐时,他一言未发,而且浑身不自在,但传教士却兴高采烈。麦克菲尔医生注意到他的眼神不时落在自己身上,那眼神透露出一股胜利的滋味。他突然意识到戴维森一定已经知道他去见过总督并且落了一鼻子灰的事。但他究竟是怎么知道这件事的?显然,这个人手段阴险,不容小觑。晚餐之后,他看见霍恩在阳台上,便装作有话要跟他说的样子,走了出去。

"她想知道你是不是已经见过总督了。"商人低声地说。

"是的,但他拒绝了。我真的很抱歉,我尽力了。"

"我就知道他不会答应的。他们怎么敢得罪传教士。"

"你们在谈论什么?"戴维森和善地说,走过来加入他们的谈话。

"我刚才说你们运气不好,还得等上一个星期才能到阿皮亚。"商人脑子很灵光。

商人离开后,留下他俩回到客厅里。戴维森先生每次饭后都要消遣放松一个小时。

就在这时,传来一阵轻轻的敲门声。

"请进。"戴维森夫人用高亢的声调说。

可是门却没有开。她起身去开了门。他们看到汤普森小姐站在门前。但她的外貌却有了异常醒目的变化。眼下只剩下一个失魂落魄、胆战心惊的女人,不再有曾经在路上对他们嘲弄讥笑时得意泼辣的神气。她的头发,曾被梳理得井井有条,而今却蓬蓬松松地垂在脖颈。她趿拉着拖鞋,穿着短裙长衫,身上的衣服脏乱一气,被揉得皱皱巴巴。她站在门口,满脸泪痕,不敢进门。

"你想干什么?"戴维森夫人粗鲁地说。

"我可以和戴维森先生谈谈吗?"她哽咽道。

传教士站起身来,向她走去。

"进来吧,汤普森小姐,"他用一种很热诚的口吻说,"有什么我可以为您效劳的吗?"

她走进了房间。

"嗯,我为我那天的出言不逊向你道歉,包括其他的一些事情。我想当时我是被气得冲昏了头。请你原谅我。"

"哦,那不算什么。我觉得我的心胸还没有小到承受不了几句不中听的话。"

她走上前来,极度畏畏缩缩的样子。

"你彻底把我打败了,我认输。你现在能收回让我去旧金山的命令吗?"

他的和颜悦色顿时消失了,声音也立刻变得冷峻严酷起来。

"为何你不愿去那儿?"

她站在传教士面前,浑身发抖。

"我想我的家人在那儿,我不想让他们看到我这副样子,我愿意去其他任何你要我去的地方。"

"你为何不愿意回到旧金山去?"

"我已经说了。"

他靠上前来,紧盯着她,他那双异常明亮的眼睛仿佛要刺进她的

雨　35

灵魂中去。他猛地喘了口气。

"感化院。"

她随即尖叫起来,扑通跪倒在他的脚下,紧紧抱着他的小腿。

"求你别把我送去那里。我在上帝面前向你发誓,我会做个本分的女人,所有的这些我都会改。"

她语无伦次地苦苦哀求,泪水在她抹过脂粉的脸上滚滚而下。他俯下身来,抬起她的脸,迫使她看着自己。

"就因为这个,感化院?"

"他们要抓我时,我就逃掉了,"她啜泣道,"如果被警察抓到,那就是三年的牢狱之灾。"

他把手放下来,她就瘫倒在地上,痛苦地抽噎着。这时,麦克菲尔医生站了起来。

"这回情况不同了,"他说,"如今所有的情况你都知晓了,你就不能再逼她回去了。再给她一次机会吧,让她重新开始。"

"我要给她一次前所未有的好机会,倘若她真心悔改,那就让她接受这个惩罚吧。"

她错会了他这话的意思,抬起头来向上望着。她那早已哭肿的眼睛里闪烁出几丝希望。

"你放过我了?"

"不,是下周二你必须启程去旧金山。"

她发出可怕的呜咽,之后又爆发出一阵非人的低吼,且音色沙哑,之后她向着地板拿头重重地撞去。麦克菲尔医生跃身向前,将她扶起来。

"别这样,快起来。你现在最好回房间去躺一会儿,我去给你拿点药。"

他把她拉着站起身来,半拖半抱地将她送到楼下。他对戴维森夫人和自己的妻子十分气恼,因为她们两人全程无动于衷。混血商人站在楼下,在他的帮助下,他们两人把她放到床上。她呜咽着,哭泣着,几乎陷入了失去意识的昏迷状态。他给她注射了一针。他又回到楼上,感觉自己又热又累。

"我已经让她躺下了。"

两位女士和戴维森还是保持着医生离开房间时的姿势,自从他一走,他们一言未发,一动未动。

"我在等你,"戴维森以一股诡异而又疏远的口吻说道,"我希望你们能和我一起,为我们坠入歧途的姐妹的灵魂祈祷。"

他从书架上拿下《圣经》,坐在餐桌旁。餐桌还未清理,于是他把碍事的茶壶给推开了。在洪亮、高亢和深沉的音调下,他读起了耶稣基督与犯通奸罪的女人会面的那一章。

"现在,和我一起跪下,为我们亲爱的姐妹——萨迪·汤普森小姐的灵魂祈祷。"

他一口气念了一长串富有激情的祷告文,他祈求上帝宽恕这个罪恶的女人。麦克菲尔夫人和戴维森夫人跪下身子,紧闭双眼。医生则吃了一惊,但也笨拙而又顺从地跟着跪了下来。传教士的祷告激情澎湃,富有口才,连传教士自己也不禁为之感动,当他滔滔不绝时,眼泪也不禁从脸颊上滑落。屋外,无情的雨下着,不停地下着,带着人世间的凶残,继续下着。

最后他的祷告结束了。他停顿了一会,然后开口道:

"现在,让我们重念一遍主祷文。"

他们跟着他念,而后,又跟着他起身。戴维森夫人的脸色苍白安详。她感到既宽慰又平和,但麦克菲尔夫妇却忽然感到无地自容,他们不知该把脸藏向何处。

"我下楼去看看她现在怎么样了。"麦克菲尔医生说。

雨

他一敲门,居然是霍恩为他开的门。汤普森小姐坐在摇椅上,默默地流着眼泪。

"你坐在那儿干什么?"麦克菲尔大声地说,"我嘱咐过你需要躺下。"

"我不能躺下。我要去见戴维森先生。"

"可怜的人儿啊,你觉得做这些又能有什么用吗?你不可能让他改变心意的。"

"他说过,只要我去找他,他就会见我。"

麦克菲尔朝着商人做了个手势。

"去把他找来。"

商人上楼去了,他安安静静地陪着她,不一会儿,戴维森进来了。

"劳驾你跑一趟。"她神色黯淡地望着他。

"我正等着你来叫我,我知道上帝会回应我的祷告的。"

他们对视了一会儿后,她便转过了视线。她说话时眼神躲躲闪闪。

"我是个坏女人,但我想赎罪。"

"谢天谢地,上帝总算听到了我们的祷告。"

他转身向另外两位男士。

"请让我和她独处一会。顺便转告戴维森夫人,告诉她我们的祷告应验了。"

他们走了出去,带上了身后的房门。

"真是神了。"商人说道。

那天晚上,麦克菲尔医生夜不能寐,他听到传教士上楼的动静时看了眼自己的表,已经是凌晨两点钟了。但即便如此,传教士也没有立刻上床去,透过分隔他们两间房的木隔板,他听到传教士在大声祷告,一直听得他精疲力竭了才昏昏睡去。

第二天早上，医生看到传教士，不禁为他的外貌吃了一惊。他的脸色愈加惨白，一脸的疲态，但他的双眼却闪着非人般的欲火。看起来，他好像异常欢乐。

"我想让你立刻下楼去看看萨迪，"他开口道，"我不敢说她的肉体已经好起来了，但她的灵魂——她的灵魂已经脱胎换骨了。"

医生感到心情暗淡而且情绪不安。

"昨晚你在她那儿待到很晚。"他说。

"是的，她无法忍受我离开她半步。"

"看起来你倒是一副很受用的样子啊。"医生有些生气地说。

戴维森的眼中闪过一丝心醉神迷的神色。

"我被恩赐了极大的恩宠，昨晚我有幸将一个迷失的灵魂带到了上帝爱的怀抱里。"

汤普森小姐又坐在摇椅上。床没有整理，整个房间乱七八糟。她怠于梳妆打扮，只披了件脏兮兮的浴衣，乱糟糟的头发被她随手挽了个髻。她用湿毛巾抹了一下脸，但脸上浮肿，布满泪痕。她看起来毫无生气。

医生一进门，她的眼神就呆滞地看向他。她完全一脸被吓傻了的样子。

"如果你需要他的话，他立刻就会到，"麦克菲尔尖酸地说，"我来看看你现在怎么样了。"

"哦，我想我还好。你不用担心。"

"你吃过东西了吗？"

"霍恩给我带来了咖啡。"

她一脸热切地盯着门口。

"你觉得他会立刻下来吗？我觉得有他和我在一起，貌似也就没那么糟糕了。"

雨　39

"下周二你还是得启程吗?"

"是的,他说我必须得走。请让他赶紧过来,你在这对我没有什么用处,眼下只有他可以救我。"

"很好。"麦克菲尔医生说。

接下来的三天时间里,传教士几乎和萨迪·汤普森形影不离。他只有在用餐时才和其他人见面。麦克菲尔医生注意到他几乎没吃什么。

"他已经筋疲力尽了,"戴维森夫人怜惜地说,"再不上心的话,他会垮掉的,但他总是不放过自己的身子。"

她自己的脸色也变得白里透青。她告诉麦克菲尔夫人说,自己几乎无法入眠。传教士从汤普森小姐那儿回来后,他便一直祷告直到筋疲力尽才罢休,可即便这样,他也睡得很短。不到一两个小时,他就起床穿衣,沿着海湾散步。他做了些奇怪的梦。

"今早他告诉我,他梦到了内布拉斯加的山岭。"戴维森夫人说。

"那还真是有些奇怪。"麦克菲尔医生说。

他回想起自己横穿美国的时候,透过火车的窗口,他看到过那山岭,就像是巨大的鼹鼠丘,浑圆光滑,从平原上突兀地拔地而起。麦克菲尔医生回想到这一风景如此打动他的原因是因为它们酷似女人胸前的双峰。

戴维森的夜不能寐甚至他自己都快忍受不了了,但他又时时有种飘飘欲仙感。他居然把这个可怜女人内心角落里隐藏着的最后一丝残余罪恶连根拔起。他陪着她一起读经,一起祈祷。

"太神奇了,"一次晚餐时,他和其他人说,"这就是一次新生。她那曾如黑夜般暗无天日的灵魂,如今变得洁白如雪。我感到卑微与畏惧。她对自己罪恶的忏悔是那样的美,我根本就不配去触碰她的裙边。"

"你还想着把她送回旧金山吗?"医生问道,"三年的美国牢狱之灾啊,我原以为你该饶了她呢。"

"额,你为何还不明白呢?这是必要的。你以为我的心就没有为她淌着血吗?我爱她,就像爱我的妻子,我的亲生妹妹。她在监狱时,我将和她一起共同忍受煎熬。"

"笑话。"医生不耐烦地吼道。

"你不明白,因为你的眼睛是被蒙蔽的。她是有罪之人,必须为此赎罪。我知道她会经历些什么。她会经历饥饿、折磨和耻辱。我让她欣然接受这些惩罚,作为奉献上帝的祭祀。我让她心甘情愿接受这一切。她得到的机会比我们多,这机会是世人少有的。上帝是善良的,仁慈的。"

戴维森的声音激动得有些颤抖。他口齿模糊不清,这些话是从他颤抖的双唇间抖落出来的。

"我整天和她一起祷告,即便我离开她,我也会再次祈祷,我用尽全身的心力来为她祷告,以求基督能怜悯宽恕她。我要让她打心底里接受惩罚,即便我放过她,她也会拒绝的。我要让她体会到监狱里的辛酸,是她放在上帝脚下的感恩祭供,因为上帝曾为她捐献过自己的生命。"

时间过去得很慢。整屋子的人都关注着楼下那位备受折磨的女人,生活在一种不正常的骚动之中。她像是个供祭凶神恶煞的祭品,恐惧使她变得呆呆的。她无法忍受戴维森离开她一步,只有和他在一起的时候,她才有勇气,她像是奴隶般百依百顺地依赖着他。她经常哭,念《圣经》、做祷告。有时候,她筋疲力尽,呆若木鸡。之后她真会以期待的心情迎接苦难,看来只有这样,才能使她从目前难以忍受的苦难中,找到一条直截了当的出路。她再也忍受不住眼下主宰她的恐惧。身披着罪恶,她放弃了一切所谓的个人虚荣,她在房间里转来转去,蓬头垢面,披着那件花里胡哨的晨衣。她已经连续四天没有脱下她的睡裙,也不愿穿上长筒袜。她的房间里脏乱不堪。与此同时,屋外的雨仍残忍地下个不停。你感受到九天之水全已枯竭,但却还在下注,滂沱倾泻,在瓦楞铁皮的屋顶上疯狂地敲打,周而复始。所有的衣物都因天气变得潮湿黏糊,四壁墙上和放在地上的皮靴都发了霉。长夜无眠中,蚊群嗡嗡地狂歌着。

"就算是只停一天的雨,这日子也不会这么难过。"麦克菲尔医生说。

他们都翘首等待着星期二那一天,等待从悉尼到旧金山的船靠岸。这种紧张感简直让人无法忍受。就麦克菲尔医生而言,眼下,他只希望那个可怜的女人早些离开,他的遗憾与怨恨都因这种心情而烟消云散了。不能避免的事儿就只能选择妥协接受。他觉得只要那艘船一离开,他就可以更加自在地呼吸。萨迪·汤普森按规定由总督府派来的一名办事员押送上船。这人星期一晚上来过一次,告知汤普森小姐让她次日上午十一点钟准备妥当。戴维森当时也陪在一旁。

"我会确保一切准备妥当的,我的意思是到时候我会亲自陪她上船。"

汤普森小姐没有说话。

麦克菲尔医生吹灭了蜡烛,小心翼翼地钻进蚊帐,如释重负般叹了口气。

"啊,感谢上帝,这一切终于要结束了。等到明天的这个时候,她早就走了。"

"戴维森夫人也一定会为此高兴的,她说戴维森先生现在瘦得不成人样了,"麦克菲尔夫人说,"这个女人不寻常啊。"

"谁?"

"萨迪,我从未觉得此事是可能做到的,这件事让一个人能够谦恭一些。"

麦克菲尔医生没有回答,不一会便入睡了。他累得浑身无力,比往日都睡得沉许多。

早上醒来时,他发觉有只手放在他手臂上,他睁眼一看,发现霍恩就站在他的床前。那个商人把一只手指放在嘴边,让他不要发出动静,并且招呼他起身。霍恩一贯穿着破旧的帆布裤,但今天他却光着脚,只裹着土著人的拉瓦拉瓦。他突然打扮得像个土人一样,麦克菲尔下了床,看见霍恩满身的刺花。霍恩比划着让他到阳台去的手势,麦克菲尔便起身跟了过去。

"别发出声响,"他轻声说道,"找你有事情,穿上衣服鞋子,快。"

麦克菲尔医生的第一感觉是汤普森小姐出了什么事。

"发生了什么事?需要我带上医疗器械吗?"

"请快点,快。"

麦克菲尔医生蹑手蹑脚地溜进卧室,在睡衣上披了层雨衣,穿上了一双橡胶底鞋子后,便出去和商人碰面,他们一起踮脚走下楼梯。大门是开着的,门外站着五六个土人。

"发生了什么事?"医生又问了一遍。

"跟我来。"霍恩说道。

他走出大门,医生跟在他后面,一小群土人又跟着他们。他们穿过马路,来到海滩边。医生看到海岸边有一群人站在那围着什么东西。他们快步走了过去,大概走了二十多码,医生走近时,那些土人自觉地闪出一条路来,商人把医生往前一推,而后他便看到一个可怕的物体,那个物体一半浸在水里一半露在沙滩上,那是戴维森的尸体。麦克菲尔医生弯下腰——他不是那种会在突发事件中慌了手脚的人——将尸体翻过来。喉咙部位被从左耳割到右耳,尸体的右手里还握着肇事用的剃刀。

"他的身体已经凉了,"医生说,"他应该死了有好一会了。"

"刚刚一个仆人在去上班的路上看到他躺在那儿,就马上过来告诉我。你觉得这会是自杀吗?"

"是,得有人去报警。"

霍恩用土话说了几句,两位年轻人听后就跑开了。

"警察来之前我们得保护现场。"医生说。

"不能把他抬到我家里去,我是不会让他进我的房子的。"

"你得按上头说的办,"医生严厉地说,"事实上,我盼望他们把他送去停尸所。"

他们就在那儿等着。商人从拉瓦拉瓦的兜里掏出一个烟盒,递了支纸烟给麦克菲尔医生。他们一边抽着烟,一边盯着尸体。麦克菲尔满脑的疑惑。

"你觉得他为什么要这么做?"霍恩问道。

医生耸了耸肩。不一会,一位海军陆战队的士兵带了当地的土著警察抬着担架来了,不久一些海军舵手和海军医生也来了。他们用公事公办的态度把一切例行手续办完。

"他妻子呢?"其中一位官员问道。

"既然你们已经来了,我就回去穿衣服。我会把这个噩耗转告给他妻子。最好等到你们把他收拾妥当,再让她看见。"

"我觉得可以。"海军医生说。

麦克菲尔医生回去的时候,他发现自己的妻子已经差不多穿好衣服了。

"戴维森夫人对她丈夫担忧得很,"他一出现她便开口说道,"他昨晚一夜未归。她听到他在两点的时候离开了汤普森小姐那儿,但之后他就出了门。要是他不在附近漫步,那么到这时候他就一定出了什么大事了。"

麦克菲尔医生把发生的事情告诉了她,并让她把这个噩耗转告戴维森夫人。

"但是他为什么要这么做呢?"说着她感到莫名恐惧起来。

"我不知道。"

"但我不能去,我不行。"

"你必须去。"

她一脸害怕地望了他一眼,便走出了房间。他听到她走进戴维森夫人的房间。他待了一分钟好让自己振作起来,然后便去刮脸洗面,穿戴齐衣服,就坐在床沿边上等着妻子。最后她总算出现了。

"她想要去见他。"她说。

"他们已经把他送到停尸所去了,我们最好和她一起去。她受得了吗?"

"我想她一定吓坏了,她没哭,却像树叶子一样浑身哆嗦。"

"我们最好立刻过去。"

他们敲了敲戴维森夫人的房门,她走了出来。她看起来脸色惨白,但眼里却是干涩的。医生以为,她不免有些不合情理。他们全程无交流,就这么一言不发地上了路。当他们到了停尸所时,戴维森夫人开口了。

"让我进去,我要一个人去看他。"

他们站在一旁。一个土人为她开了门,待她走进去后随即又关上了大门。他们坐下来等着。有一两个白人走过来,压低着嗓子和他们聊天。麦克菲尔医生把他对这场悲剧所知道的一切对着他们又复述了一遍。最后那扇门悄悄地打开了,戴维森夫人走了出来,大家都沉默着。

"我现在要回去了。"她说。

她的声音既冷酷又坚定。麦克菲尔医生不理解她的那股眼神,她惨白的脸上布满了严峻。他们缓缓地走着,全程没说一句话,最后走

雨　　45

到拐弯角上,对面便是他们的住处。戴维森夫人深吸了一口气,他们在那儿停了一会儿。突然,一个难以置信的声音撞击着他们的耳膜。沉寂许久的留声机居然又响了起来,又吵又刺耳。

"这是什么?"麦克菲尔夫人有些害怕地问。

"我们走。"戴维森夫人说。

他们上了楼梯,走进大厅。汤普森小姐站在她的房门口,正在和一个水手聊天。现在的她和之前比简直判若两人。她不再是前两天那副俯首帖耳的卑贱模样。她穿着漂亮衣服,身着一袭白裙,蹬着那双发亮的靴子,裹在长筒纱袜里的胖乎乎的小腿鼓了出来;她的头发被精致地打理过;头上还戴着那顶插满鲜艳俗气花朵的大帽子。她擦脂抹粉,双眉被画得又粗又黑,嘴唇也被抹得鲜红。她笔直地站着,又变回了刚开始见到她时的那个招摇的皇后了。他们一进门,她便爆发出一阵响亮的讥笑;之后,当戴维森夫人不自觉地停下来时,她便蓄了口唾沫,冲着她啐了过去。戴维森夫人被吓得后退了几步,脸上突然出现了两点红色,然后,她用手捂着脸,猛地向楼上跑去。麦克菲尔医生为此勃然大怒,他把汤普森推进她的房间。

"你到底在干什么?"他喊道,"把那该死的机器关掉。"

他径直走向留声机,把唱片扯了下来。她转过身面向他。

"嗨,医生,别跟我来这套。活见鬼,你来我房间是要干嘛?"

"你这话是什么意思?"他吼道,"你什么意思?"

她镇定了一下。此刻的她,一脸鄙夷的神情,满嘴嘲弄的语气,简直轻蔑得无法用言语描述。

"你们男人!你们这些下流肮脏的猪!你们都一个样,你们男人都是,猪!猪!"

麦克菲尔医生倒抽了一口冷气。他现在全明白了。

一个五十岁的女人

　　我的好友怀曼·霍尔特在美国中西部一所规模较小的大学里担任英语文学教授,听说我正在临近的城市做演讲——相对于幅员辽阔的美国来说确实是很近,就写信给我,问我是否能去和他的学生们谈一谈。他提议我在他那多待几天,这样他能带我参观一下乡下的环境。我接受了他的邀请,但是告诉他,根据行程安排,我只能和他待两三个晚上。他到车站来接我,先开着车一起去了他家,之后我们喝了两杯,步行到了校园。我多多少少有点吃惊,因为我本来以为听众不会超过二十个,就没打算进行一次正式的讲座,而是随意和学生们交流就行,结果到了以后才发现大厅里挤满了人。见到其中还有一些中年和年长的听众,我有些吓到了,我怀疑他们可能是教职工,害怕他们会觉得我讲的东西很肤浅。然而,怀曼把我正式地介绍给观众后,特别是他满口赞美之词让我自知受之有愧时,我知道自己已经别无选择,只好硬着头皮开始我的演讲。演讲结束,我竭尽所能回答了大家提出的众多问题,然后就和怀曼一起回到了讲台后的小房间。

　　一些人进来了。他们对我说了些客套话,而我也同平常一样做出了礼貌的回答。我有些口渴,想喝点儿水,这时一个女人走了进来,对我伸出手。

　　"能够再次见到您,真的太好了!"她说,"我们上次见面已经是很多年前的事了。"

然而我十分确定以前从未见过她。我用疲惫而僵硬的嘴唇勉强挤出一个诚挚的微笑,热情地和她握手,心里纳闷她到底是谁。我的教授朋友从我的表情中看出我的疑惑,因此他介绍道:

"格林夫人是我们一位教员的妻子,她在教授一门有关文艺复兴和意大利文学的课程。"

"是吗?"我问道,"听起来很有趣。"

我还是摸不着头脑。

"怀曼告诉您明天晚上我们一起用餐了吗?"

"我很荣幸。"我说。

"这算不上一个正式的聚会。只有我的丈夫,他的弟弟和弟媳。我想佛罗伦萨这些年来已经改变了很多吧。"

"佛罗伦萨?"我对自己说,"佛罗伦萨?"

那显然是我认识她的地方。她是一个五十岁左右的女人,灰白的头发烫成微卷。她太胖了,穿得很整洁,但没有什么特别之处,我猜她是在一家大商场的本地分店买的现成衣服。她有一双淡蓝色的大眼睛,面色苍白;脸上没涂胭脂,嘴上也只浅浅地涂了一层口红,看上去端庄大方。她的行为举止中带有一种母性的光辉,既平和温婉又充满自信优雅,我觉得很吸引人。我猜想在我频繁的佛罗伦萨之行中的某一次途中可能偶然碰见过她,因为也许那是她唯一一次到那里,我们的会面给她留下的印象比我更深刻。我必须承认,我和教职员工的妻子们相识的机会非常有限,但她和我想象中的教员的妻子是一种类型的人。他们的生活可能充实却平淡无奇,忙碌却沉闷,由于缺乏交际手段,他们的社交活动不多,同他人有点争吵,也可能有些闲言碎语。我可以很容易地想象,她的佛罗伦萨之旅,一定是令人兴奋而难忘的经历。

在回家的路上,怀曼对我说:

"你会喜欢贾斯帕·格林的,他很聪明。"

"他是什么学科的教授?"

"他不是教授,是一位讲师,一位知识渊博的学者。他是格林夫人的第二任丈夫,她的前夫是一个意大利人。"

"哦?"那和我的猜想完全不一样,"她前夫叫什么名字?"

"我也不知道,我猜那段婚姻不太幸福,"怀曼轻笑说,"那只是我从一些事实推断出来的,因为她家里没有任何东西证明她曾在意大利住过一段时间。我本指望她至少有一张饭桌,一两个旧衣柜,一件绣花斗篷挂在墙上。"

我笑着。我知道人们在意大利买的那些枯燥的东西,像镀金的木质烛台,威尼斯的玻璃镜子,还有坐起来不舒服的高背椅子。在古玩商人拥挤的店里,你看到它们的时候,可能觉得还蛮好的,但是等你把它们带到另外一个国家,就可能会让你感到失望。即使它们确实是正品,当然很少有正品,看起来却和周围的环境格格不入,而且过时了。

"劳拉是个有钱人,"怀曼继续说道,"他们结婚的时候,她把芝加哥的房子从地窖到阁楼整个都装修了一遍。各种物品应有尽有,算得上是丑陋和庸俗相结合的杰作。我每次走到客厅都会惊讶于她那无可挑剔的品位。她挑出了你在大西洋城的一家二级酒店新婚套房能够找到的所有东西。"

为了解释这些带着点讽刺意味的话,我应该说明一下,怀曼的客厅摆设的全是铬制品和玻璃制品,布制品都是粗糙的现代面料,地板上还铺了立体派大胆风格的地毯,墙上挂着毕加索的版画和特切尔切夫的画作。怀曼请我吃了一顿丰盛的晚餐,我们愉快地聊了一晚上我们都感兴趣的话题,最后还喝了几瓶啤酒。我睡在一间有点现代气息的房间里,读了一会儿书之后,关上灯,准备睡觉。

"劳拉?"我自言自语,"劳拉是谁?"

我尝试着回忆在佛罗伦萨碰见过的所有人,希望能通过各种关联回忆起我何时何地见过格林夫人。因为即将和她共进晚餐,我希望能够回忆起一些事情,以此来证明我没有忘记她。如果你不记得一个人的话,人们会觉得这是一种轻视。我认为我们大家对自己都很看重,而意识到我们对和我们有关系的人没有留下丝毫印象,更是一件丢人的事情。我昏昏欲睡,但在我即将陷入昏睡的幸福之前,我的潜意识从回忆中挣脱出来,变得活跃,我突然清醒过来因为我记起劳拉·格林是谁了。我和她的见面已经是二十五年前了,那时我在佛罗伦萨待了一个月,是偶然间碰到她的,难怪我把她忘了。

那是第一次世界大战结束之后。她的未婚夫在战争中身亡,她和母亲设法去法国探访他的坟墓,她们是旧金山(圣弗朗西斯科)人。做完这件悲伤的事,她们去了意大利,在佛罗伦萨度过了冬天。那时候有一大群英国人和美国人聚在那。我有一些美国朋友,其中有哈定上校和他的妻子,上校在红十字会担任要职,所以在波伦亚街有一栋漂亮的别墅,他们邀请我和他们住在一起。上午的大部分时间我都用来参观,中午时分,我则在托纳布奥尼街的多尼酒店和朋友相聚会面,喝鸡尾酒。多尼酒店是众所周知的聚会场所,美国人,英国人,还有意大利人时常出入这里。你可以在这里听到镇上所有的流言蜚语。一般来说,在餐馆和别墅里都有午餐派对,那里有漂亮的旧花园,离市中心大概一两英里远。我有一张佛罗伦萨俱乐部的会员卡,下午的时候,我和查理·哈丁常带着三十二张牌去那里打桥牌或者玩一种刺激的扑克游戏。晚上会有一个晚宴,可能会有更多人打桥牌而且经常还有人跳舞。人们可能一直碰见这群相同的人,但是这个团体人数已经足够多,有很多个性不同的人,所以不会太无聊。每个人或多或少都对艺术感兴趣,因为在佛罗伦萨,艺术是唯一正确而且适合生活的东西,所以看起来人们的生活似乎很懒散,但并不是完全虚度时光。

劳拉和她守寡的母亲,克莱顿夫人,住在一个较好的公寓里,日子似乎过得很舒服。她们拿着介绍信来到佛罗伦萨,很快结识了许多朋友。劳拉的经历博得了众人的同情,人们愿意为这两个女人做些力所能及的事情,而她们本身为人处世也很得体,很快,人们就喜欢上了她们。她们热情好客,经常在餐馆设宴,邀请人们吃意大利粉,每次必不可少的有煎牛肉,还有意大利基安蒂红葡萄酒。在这个各国人士聚集的社交圈子里,克莱顿夫人难免有些情绪低落,因为人们兴致勃勃地谈论着那些对她来说陌生的事情。而劳拉却认为这些是她的本族元素,很是习惯这样的生活。她雇了一个意大利女人教她意大利语,不久就能和她一起读《地狱》,她全神贯注地阅读关于文艺复兴时期的艺术和佛罗伦萨历史上的书籍,我有时在乌菲齐教堂或某个教堂里看见她手里拿着贝德克尔旅游指南,仔细研读。

她那时二十四五岁,而我已经四十多岁,我们经常见面,很快变得熟悉起来,但关系并不密切。她长得一点儿也不美,但是某些方面看来还是蛮清秀的。她有一张椭圆形的脸蛋,明亮的蓝眼睛,乌黑的秀发简单地从中间分开,束在耳后,绾成髻,低低地垂在脖子后面。她皮肤光滑,肤色自然;五官端正匀称,却又不引人注目,牙齿平整,小而白;而她最大的优点是举止优雅,人们告诉我她舞姿非常优美,我毫不意外。她的身材非常好,比那时流行的身材要丰满一些,而我觉得她最大的魅力是她如同后来意大利画家圣坛作品中的圣母玛利亚一般的外表和丰满的身材相结合。当然,这些优点使得她对于那些早晨在多尼酒店聚会,或者偶尔被邀请去美国人或意大利人的别墅参加午宴和晚宴的意大利人来说颇具诱惑力。她显然习惯于应付那些热情奔放的年轻男人,因为她既有魅力又高贵,而且对他们态度友好但同时又保持一定的距离。她很快发现,他们在寻找一个拥有大笔财产的美国女继承人。而令我钦佩的是,她那种高雅端庄的气质巧妙地让那些年轻男人明白,她并不富有。他们稍稍叹了口气,将目标转移到多尼酒店,那里是他们欢乐的狩猎场,有更多可能的目标。他们继续和她跳舞,与她打情骂俏,但并没有结婚的打算。

但是有一个年轻人始终不放弃。我对他略知一二,因为他是俱乐部常来的扑克手之一。我偶尔会玩一玩。那些不满的外国人有时会说,想赢是不可能的,意大利人联合起来对付我们,但可能只是因为他们更了解这种游戏,玩得比我们好。劳拉的仰慕者蒂托·迪·圣·彼得罗是一个莽撞而粗心大意的玩家,经常输掉他付不起的钱。(那不是他的真名,但是我这样叫他,因为他自己的名字在佛罗伦萨历史上很出名。)他外表英俊,个子既不高也不矮,眼睛黑得发亮,浓密的黑发从额头梳到脑后,油光锃亮的,皮肤散发着橄榄色的光泽,五官端正,颇具古典特色。他很穷,没有正规的职业,这似乎并不妨碍他的娱乐,他总是穿着漂亮。没人知道他到底住在哪里,可能住在一个装修颇好的房间,也可能住在一些亲戚家的阁楼里;他的先辈们留下的全部遗产只有一栋十六世纪意大利艺术风格的别墅,离市中心大概三十英里远。我从没看见过那栋别墅,但听说它非常漂亮,有一个种满了柏树和橡树的花园,杂草丛生的亭子、游廊、人工洞穴以及一些损坏的雕像。他丧偶的父亲,是一位伯爵,独自住在别墅里,靠他所拥有的小部分土地上产出的葡萄酒和橄榄油为生。他很少来佛罗伦萨,所以我从没见过他,但查理·哈丁非常了解他。

"他堪称托斯卡纳旧贵族的完美典范,"他说,"年轻时在外交部工作,对这个世界无所不知。他举止高贵优雅,风度翩翩,他向你问好时,你可能觉得他在真切地关心你。他十分健谈。当然他一分钱也没有,他把他继承的全部财产全都花到了赌博和女人身上,但他忍耐着贫穷时又竭力维护着自己的尊严,表现得好像钱对他来说什么也不是一样。

"他多大年纪了?"我问。

"我应该说,虽然他有五十了,但他仍然是我这一生中见过的最英俊的男人。"

"哦,是吗?"

"贝茜,你来说说他吧。他第一次来这儿的时候就挑逗你呢。我还不知道你们发展到什么地步了?"

"查理,别犯傻了。"哈丁夫人笑着说。

她呈现的是一副一个女人嫁给丈夫多年,并且婚姻幸福的样子。

"他对女人来说非常有吸引力,他自己也知道这一点。"她说,"他对你说话的时候,会给你一种你是世界上唯一的女人的错觉,令你享受其中。可这只是一场游戏,如果一个女人对他认真了,她就是个大傻瓜。他长得很英俊,又高又瘦,身材控制得很好。一双又黑又亮的眼睛,像小男孩一样炯炯有神;他的头发雪白,但仍然浓密,与他古铜色的年轻面孔形成惊人的对比。一副饱受蹂躏、久经虐待的外表,但同时又让人觉得有股难以置信的浪漫感觉。"

"他那一双又黑又亮的眼睛也善于发现好机会,"查理·哈丁淡淡地说,"他决不会让蒂托娶一个像劳拉一样穷的女孩儿。"

"劳拉自己每年大概能有五千美元的收入,"贝茜说,"等她母亲死后,她能得到更多。"

"她的母亲还能再活三十年,而一年五千元完全不可能维持她的丈夫、公公、两三个孩子的生活,更不可能负担得起维修他们残破的没有一件家具的别墅的费用。"

"我觉得那个男孩儿非常爱她。"

"他多大呢?"我问。

"二十六岁。"

几天后,我们正在吃饭,查理回来吃饭时告诉我,他在托纳布奥尼街偶然遇到克莱顿夫人,她说她和劳拉下午开车跟着蒂托一起去见他的父亲,顺便参观别墅。

"你以为那是什么意思?"贝茜问。

"我猜蒂托正要带劳拉去见他的父亲,如果父亲同意,他就会向她求婚。"

"那他会同意吗?"

"绝对不会!"

但是查理错了。这两个女人参观完房子之后,被带到花园里散步。不知道具体怎么回事,克莱顿夫人发现自己和老伯爵单独站在一条小巷里。她不会说意大利语,但伯爵在伦敦当过随员,英语说得还行。

"克莱顿夫人,你的女儿很迷人,"他说,"我毫不意外蒂托会爱上她。"

克莱顿夫人不傻,可能已经猜到这个年轻人叫她们去参观祖传别墅的原因。

"意大利年轻人非常敏感。劳拉也足够明智,没把他们的注意力太当回事儿。"

"我希望她不会对那男孩太冷淡。"

"我没有理由相信她会喜欢你儿子比其他和她跳舞的年轻男人多。"克莱顿夫人有些冷冷地回答,"我觉得我应该立刻告诉你,我的女儿有适当的收入而且我死之前她不会得到更多。"

"我坦白和你说。除了这栋房子和周围的几英亩土地,我在这个世界上一无所有。我的儿子不会娶一个一贫如洗的女孩儿,但他也不是一个追求财富的人,他爱你的女儿。"

伯爵不仅气度显贵,而且有很大的魅力,克莱顿夫人并非无动于衷,她稍稍放软了态度。

"所有这些问题都无关紧要。在美国,我们不会安排孩子的婚姻。如果蒂托想娶我的女儿,就让他问她自己的意愿吧,如果她准备好要嫁给他,她大概会如实说的。"

"除非我大错特错,否则他现在应该就在做这件事。我真心希望他能够成功。"

他们继续漫步往前走,不久就看见两个年轻人手拉着手向他们走过来。不难猜出已经发生了什么事。蒂托亲吻了克莱顿夫人的手背和他父亲的脸颊两边。

"克莱顿夫人,父亲,劳拉已经答应嫁给我了。"

他们的婚事在佛罗伦萨引起了不小的轰动,很多人为这对年轻夫妇举办了派对。很显然蒂托很爱劳拉,但劳拉没有那么喜欢他。他外表英俊,受人仰慕,精神抖擞,而且乐观开朗。她很可能已经爱上了他,但她是一个不太爱表露情感的女孩儿,保持着以往的样子,性情温和,和蔼可亲,有些严肃,但对人友好,而且平易近人。我想知道,她受到蒂托的多大影响,接受蒂托的邀请因为他的大名及其历史渊源,还有那一栋有漂亮景观的别墅和浪漫的花园。

"无论如何这无疑是他身边的爱情比赛,"我们谈论这件事时,贝茜·哈丁说到,"克莱顿夫人告诉我,蒂托和他的父亲都没有显示任何想知道劳拉有多少财产的意向。"

"我打赌一百万美元,他们知道她有多少钱并且他们已经精确算出会有多少到劳拉手里。"哈丁咕哝着说。

"你真是个可恶的老头儿,亲爱的。"她回答。

他又咕哝了几句。

那之后不久,我离开了佛罗伦萨。婚礼在哈丁家的别墅举办,许

一个五十岁的女人

多宾客都到了婚礼现场,尽情享用美食和香槟。蒂托和妻子在隆加诺租下一个公寓,老伯爵回到了山上孤零零的别墅。三年后,我又来到佛罗伦萨,在那里待了一个星期。期间仍和哈丁一家住在一起。我问起我老朋友的近况并且想起劳拉和她的母亲。

"克莱顿夫人回了旧金山,"贝茜说,"而劳拉和蒂托与伯爵住在别墅里,他们过得很幸福。"

"他们有孩子了吗?"

"没有。"

"你继续往下讲吧。"哈丁说。

贝茜瞪了丈夫一眼。

"我无法想象我是怎样和一个如此讨厌的男人一起生活了三十年,"她说,"他们放弃了隆加诺的公寓。劳拉花费了大量的钱来装修别墅,里面没有浴室,她装了暖气,还买了很多家具让房子看起来能住人,后来蒂托因为玩牌输了一大笔钱,可怜的劳拉必须得付清他的债务。"

"蒂托有工作吗?"

"赚不了多少钱,就没做了。"

"贝茜的意思是他被解雇了。"哈丁插了一句。

"好吧,长话短说,他们觉得住在别墅更经济,而且劳拉认为这样可以让蒂托远离危害。她喜欢花园,让它变得有生机。蒂托崇拜她,老伯爵也很喜欢她。所有事情的结果都还蛮好的。"

"你可能会有兴趣知道,蒂托上周四来过,"哈丁说,"他表现得就像一个疯子,不知道他输了多少钱?"

"噢,查理。他跟劳拉保证过他绝不会再打牌了。"

"好像赌徒从不会遵守诺言。就像上次一样。他痛哭流涕说他爱她,欠债会影响家族荣誉,除非他能弄到钱还债,不然他会被追杀的。

劳拉也一定会像以前一样帮他付清债务。"

"亲爱的,他很懦弱,但这是他唯一的缺点。不像大多数的意大利丈夫,他对她绝对忠诚,而且也心地善良。"她用一种带着幽默的严肃神情看着哈丁,"我一直在找这样完美的丈夫。"

"你最好马上找,否则就太晚了。"他咧着嘴反驳道。

我和哈丁一家告别,回到了伦敦。查理·哈丁和我断断续续地保持着通信,大概一年之后,我收到了一封他的来信。同往常一样,他告诉我在这期间,他做的一些事,并且提到他去了蒙特卡蒂尼泡温泉,并和贝茜一起拜访了在罗马的朋友;他还谈到我在佛罗伦萨认识的许多人。某某买了一幅意大利画派贝利尼的画作,某某夫人和丈夫离婚去了美国。然后他继续写道:"我想你应该已经听说圣·彼得罗一家的事了吧。我们所有人都很震惊,一直在谈论他们的事。劳拉情况非常不好,真是个可怜的人,她马上要生孩子了,警察还一直审问她,这对她来说真是不容易。当然,我们让她在我们家住了一段时间。蒂托还有一个月就要接受审判了。"

我一点也没搞明白是怎么回事。所以我马上写信给哈丁问他到底是什么意思。他给我回了一封很长的信。他告诉我的事真是骇人听闻。我尽量简短地将这赤裸的残忍的事实讲出来。我从哈丁的信和两年后又与哈丁、贝茜两人见面时,他们告诉我的故事中了解到这些情况。

伯爵和劳拉之间相处愉快,蒂托为他们迅速建立起深厚的情谊而感到高兴,因为他对他的父亲就像爱他妻子一样忠诚。他很高兴伯爵比以往更频繁地来到佛罗伦萨。他们公寓里有一个空房间,偶尔伯爵会与他们待上两三个晚上。他和劳拉会到古董店买些便宜的老物件放到别墅里。他精明能干,知识渊博,慢慢地,宽敞的房子铺上了大理石地板,一改往日凄凉的气氛,变成了一个适合居住的地方。劳拉对

一个五十岁的女人　　57

园艺很感兴趣,她和伯爵花费了很长时间一起规划,还监督工人们恢复了花园古老庄严的美丽景致。

即使蒂托的经济困境迫使他们不得不放弃佛罗伦萨的公寓时,劳拉也毫不在乎;那时她已经受够了佛罗伦萨社会,并且对于一起住在属于他先辈们的大别墅里并未感到不快。蒂托醉心城市生活,尽管前景让他沮丧,但他也不能抱怨,因为是他自己的愚蠢导致了他们不得不缩减生活开支。他们还有辆车,父亲和劳拉很忙的时候,他却成天开车到处乱逛,即使偶尔他们知道了他开车去佛罗伦萨的俱乐部小赌一场,也对此视而不见。一年很快过去了。后来他几乎不知道为什么心中有一股隐隐的不安,无法安心做任何事情。心中有一股不妙的感觉,也许劳拉不像第一次见面时那样关心他了;有时他的父亲似乎对他也有些不耐烦;他们似乎有很多话要对彼此说,但他感觉自己被排挤于他们的谈话之外,就好像他是一个孩子,长辈们在谈话时,安安静静地坐着就好,不要去打扰;而且他觉得,他的存在常常是不受到欢迎的,他不在的时候,他们好像更自在。他了解他的父亲,也知道他的荣誉,但内心产生的怀疑是如此可怕,以至于他拒绝接受这个念头。然而,有时他注意到两人之间的眼神交流会让他仓皇失措,他父亲眼中有一股温柔的占有欲,劳拉眼中有一股感官上的自满,如果他在别人眼中看到,他肯定认为他们是一对爱人了。然而他不能,也无法相信他们之间有些什么。伯爵禁不住对一个女人求爱,这很可能让劳拉察觉到了他非凡的魅力。一想到他们两人,他爱的这两个人,已经产生了一种犯罪的,几乎可以说是乱伦的关系,真的很可耻。他确信劳拉不知道在她的情感中,除了一个年轻、幸福的已婚妇女对她的公公所存在的天然情感之外还有什么。他认为她最好不要和他父亲保持日常联系,所以有一天,他提出他们应该回到佛罗伦萨住。劳拉和伯爵很吃惊,劳拉说,她已经花了这么多钱在别墅上,不能离开它,既然别墅已经变得这么舒服,为什么还要去城里住一个简陋的公寓呢?一场争吵开始了,蒂托情绪十分激动。他认为劳拉那些话的意思是她之所以住在别墅就是为了让他远离诱惑,而谈到他在赌桌上的损失,这激怒了他。

"你总是在我面前提你那些钱,"他激动地说,"如果我想娶的是钱,那找一个比你更有钱的人,会让我更有结婚的感觉。"

劳拉脸色苍白,瞥了一眼伯爵。

"你没有权利跟劳拉那样说话,"他说,"你就是个没教养的呆子。"

"我和我的妻子说话,想怎么说就怎么说。"

"你错了。只要你待在我的房子里,你就有义务尊重她的权利。"

"父亲,我想学习您的行为举止时,我会告诉您的。"

"你真的太没规矩了,蒂托。请你离开房间。"

他看起来很严肃,很有尊严的样子。蒂托非常气愤,然而又有些害怕,他跳起来,大步走过去,砰地关上了身后的门。他坐上车,开车去了佛罗伦萨。那天他赢了很多钱(打牌运气好,爱情却不顺),为了庆祝赢钱,他喝得有些醉。直到第二天早晨他才回到别墅。劳拉和往常一样,很友好,很温和,但他的父亲多少有点冷酷。这样的场景下,没有人说话。然而从那时起,事情每况愈下。蒂托变得闷闷不乐,郁郁寡欢,而伯爵又爱挑剔,偶尔他们之间会发生尖锐的争吵。劳拉没有干涉,可蒂托觉得,父子两人争吵之时,劳拉总是为父亲说话,那以后,伯爵也不再生气,开始对他容忍、有耐心,就像对待一个任性的孩子一般。他坚信他们是共同行动的,他的猜测变得可怕起来。劳拉以一种和蔼可亲的态度对哈丁说,他在乡村待了这么久,一定很无聊,并且鼓励他常去佛罗伦萨看他的朋友时,他的疑心更重了。他突然得出结论,她这样说只是想摆脱自己。他开始暗暗观察他们,会突然进入他们俩所在的房间,希望能抓住他们不恰当的举动,或者悄悄地跟随他们到花园的隐蔽处。他们在漫不经心地谈论一些琐事。劳拉露出一个愉快的微笑向他问好。无法证实的怀疑令他备受折磨。他开始酗酒，变得紧张不安，脾气暴躁。他没有证据，没有任何的证据，证明他们之间有什么不耻勾当，然而，他骨子里深信他们完全在欺骗他。他一直在心里盘算直到要发疯了。一场黑暗的痛苦的火焰在他心里燃烧，消耗着他的生命。一次去佛罗伦萨，他买了一把手枪。他下定决心，如果他能证明他内心所确信的东西，他会杀了他们两个。

我不知道是什么造成了最后的灾难。审判的时候，所有的事情都暴露出来，在忍无可忍的情况下，蒂托冲进他父亲的房间待了一晚上，企图和他讲个明白。他的父亲蔑视他，嘲笑他。他们发生了激烈的争吵，蒂托拿出手枪，打死了伯爵。然后他崩溃了，瘫坐在地上，扑在他父亲的尸体上歇斯底里地大哭；几声枪响引起劳拉和仆人们的注意，他们冲进了房间。他跳起来，抓起手枪要朝自己开枪，但是他犹豫了，或者大家动作太快，将枪从他手里夺走了。警察到了现场。他大部分时间都在监狱里哭泣；他不吃东西，被强制喂食。他告诉地方预审法官，他杀了父亲，因为他和妻子偷情。劳拉被审问了一遍又一遍，她发誓她和伯爵之间，除了天然的公公和儿媳妇的关系之外，没有任何其他的关系。这起谋杀案引起了佛罗伦萨公众的恐慌。意大利人觉得她有罪，但她的朋友、英国人和美国人觉得她不应该承担被指控的罪责。他们说，蒂托就是个神经病，疯狂的嫉妒，蠢得把劳拉的行为自由当成了一种犯罪的激情。表面上看，蒂托的指控是荒谬可笑的。卡洛·迪·圣·彼得罗比劳拉大了将近三十岁，是一个头发花白的老男人；谁能想象在她丈夫如此年轻、英俊，并且爱她的情况下，她和公公之间会有什么呢？

哈丁在场的时候，她看见了地方预审法官和那些受雇为蒂托辩护的律师。他们已经决定借口说蒂托精神不太正常。辩护律师的专家已经给他做了检查,认为他精神失常,而检察机关的专家也给他做了检查,觉得他精神正常。事实上,他犯下这一可怕罪行的三个月之前就去买了一把手枪,这已经证实此事是有预谋的犯罪。据调查,他负债累累,债主们向他施压,唯一能够解决这件事的办法就是卖掉别墅,而他父亲的死就能够让他拥有别墅。意大利没有死刑,但预谋杀人可以处以终生监禁。审判过程中,律师告诉劳拉,唯一能够解救蒂托的方法是承认伯爵是她的情人。劳拉脸色煞白。哈丁激烈地抗议,说他们没有权利让劳拉作伪证,毁了自己的清白,只为了救她不幸嫁的这个无能的醉汉和赌徒。劳拉沉默了一会儿。

"很好,"她最后说,"如果这是唯一救他的方法,我会这样做的。"

哈丁试图劝阻她,但她已经下定决心了。

"如果我知道蒂托必须得在监狱里度过余生,我心里会没有片刻安宁。"

这就是所发生的事。审判开始了。她被传召,宣誓说,她的公公已经成为她的情人一年多了。蒂托被宣布精神失常,被送到了精神病院。劳拉想马上离开佛罗伦萨,但意大利审判的准备工作没完没了,那时她已经将近临产。哈丁一家坚持要求她和他们住在一起,直到分娩。孩子生下来,是个男孩儿,但只活了二十四个小时。她打算回旧金山,找一份工作,和母亲一起生活。因为蒂托的奢侈浪费,她把钱都花在别墅上了,而且之后审判的费用使得她极度贫困。

哈丁告诉了我大部分的事情。然而,一天他在俱乐部时,我和贝茜一起喝茶,又开始谈论这些悲惨的事情,贝茜告诉我:

"你知道吗?查理告诉你的不是全部的故事,因为他不知道。我从来没有跟他说过。男人有些时候是有些可笑的,比女人还容易受到惊吓。"

我挑了挑眉毛,没说话。

"劳拉走之前,我们谈了谈。她情绪低落,我觉得她是伤心失去了她的孩子。我想说些什么来安慰她。'你不要太为孩子的死而伤心。'我说,'事实上,也许他死了也不是坏事。''为什么这么说?'她说。'想想这个可怜的孩子的将来,会有一个杀人犯做父亲。'她用那种奇怪而安静的眼神看了我一会儿。然后你猜她说了什么?"

"我不知道。"我说。

"她说:'是什么让你觉得他的父亲是一个杀人犯?'"

"我感觉自己满脸绯红,几乎无法相信自己的耳朵。'劳拉,你说的话是什么意思?'我问。'你在法庭上,'她说,'你也听到我说了卡洛是我的情人。'"

贝茜·哈丁瞪着我就像她在瞪着劳拉一样。

"然后你说了什么呢?"我问。

"我有什么可说的?我什么都没说。我没有被吓到,只是有些困惑。劳拉看着我,不管你相不相信,我被她那双闪闪发光的眼睛说服了。我感觉自己就是一个十足的傻瓜。"

"可怜的贝茜。"我笑了。

可怜的贝茜,当我想到这个奇怪的故事时,我再次喃喃自语。她和查理已经死了很久了,他们死的时候,我失去了两位好朋友。然后我去睡觉了。第二天,怀曼·霍尔特开车载我去了很远的地方。

晚上七点,我们要和格林一家吃晚饭。我们准时到达了他们家。既然我已经记起劳拉是谁,对再次见面充满了好奇。怀曼没有夸大任何事情。我们进去的客厅堪称庸俗的典型。它足够舒服,但完全没有一点个性特点。它可能是由邮购商店整体装修的,有一个政府机构萧瑟惨淡的感觉。我首先被介绍给主人贾斯珀·格林,然后被介绍给了他的弟弟埃默里和他弟弟的妻子范妮。贾斯珀·格林身材魁梧,长着一张月牙色的脸和一头乌黑、粗糙、蓬乱的头发。他戴着一副纤维素材质边框的大眼镜。我被他的年轻所震惊。他不可能超过三十岁,因此他比劳拉小将近二十岁。他弟弟埃默里是纽约一所音乐学院的作曲家兼老师,可能有二十七八岁。他的妻子非常漂亮,直到失业那一刻还是个演员。贾斯珀·格林给我们调了一杯恰到好处的鸡尾酒,但有点儿太苦了,于是我们坐下来吃晚饭。谈话很愉快,甚至有些喧闹。贾斯珀和他弟弟声音洪亮,他们三个人,贾斯珀、埃默里和埃默里的妻子,都是喋喋不休的人。他们互相打趣,相互开玩笑;他们讨论艺术、文学、音乐和戏剧。怀曼和我偶尔见机加入他们的谈话,但机会不多;而劳拉并没有试图这样做。她静静地坐在桌子的一端,嘴角带着被逗乐的宽容的微笑,听着他们漫不经心的废话;你要知道这些话不是无稽之谈,反而是聪明而现代的,但照样是废话。她的神情里有一些母性的成分,我奇怪地想起这样的场景:一只皮毛光滑的腊肠狗静静地躺在阳光下,看似很慵懒,但时刻都在观察着身边围绕的一窝小狗。我不知道她是否意识到与她所记得的血腥和激情的事件相比,这些关于艺术的唠叨没有什么了不起的。但她还记得吗?事情已经过去了这么多年,感觉就像做了一场噩梦。也许那些平凡的生活场景是她有意努力忘去的一部分,身处这些年轻人当中,她的精神是平静的。也或许贾斯珀的聪明憨厚是一种安慰。经历过那些令人痛心的灾难之后,她什么也不想要,唯一想要的可能只是一种平凡人的安全感。

可能因为怀曼是莎士比亚戏剧研究方面的权威,所以当时的谈话触及了这个话题。我也发现贾斯珀·格林准备对所有人和事物制定法律,现在他发表了如下言论:

"我们的戏剧已经彻底完了,因为现在的戏剧家们害怕处理悲剧主题的强烈情感,"他大声说,"十六世纪,他们用丰富的戏剧题材和血腥的主题来迎合他们的创作目的,因此他们创作了许多伟大的戏剧。但是我们现在的剧作家能够在哪儿找到适合的主题呢?我们盎格鲁-

一个五十岁的女人　　63

撒克逊人的血液中的冷漠慵懒,无法提供可以创造任何事物的素材,因此,老被谴责用社会交往各种琐事占据自己的身心。"

我不知道劳拉怎么想,但我小心翼翼避开她的眼神。她本可以告诉人们一个关于禁忌的爱情、猜忌和杀父的故事,莎士比亚的一位继承人可能把它当作极好的素材,但我想如果他创作好了,舞台上会多留下一具尸体。但正如我现在所知道的情况那样,她的故事结局显然是出乎意料的,平淡乏味,又有些怪异。现实生活总以人们的啜泣结尾,而不是砰的一声就结束。我也不知道她为何又特地来重新认识我们这些老朋友。当然,她没有理由知道我会了解这么多情况;也许她有一种真正的直觉,自信我不会赶她走;也许她不关心我是否在乎她的事。我不时偷偷瞥她一眼,她安静地听着这三个年轻人的喋喋不休,那友好开心的笑脸什么也看不出来。要不是我知道事情的经过,我一定会发誓,在她平凡的生活中从未遇到任何不幸。

晚宴结束了,我的故事也讲完了。但是为了好玩,我要讲一件怀曼和我回家时发生的小意外。我们决定睡前喝瓶啤酒,就进厨房去拿。客厅里响起了十一点的钟声,这时电话铃响了。怀曼去接,等他回来,一个人安静地在那傻笑。

"什么事那么好笑?"我问。

"是我的一个学生。他们十点半以后不应该打教职员的电话,但是他慌慌张张的,问我这世上有多少邪恶?"

"那你告诉他了吗?"

"我告诉他,圣托马斯·阿奎那也对这个问题很感兴趣,他最好自己想办法弄清楚答案。等他找到问题的答案再给我打电话,无论任何时间都可以。如果他愿意,凌晨两点都行。"

"我觉得你现在安全了,整个晚上都不会被打扰了。"我说。

"不瞒你说,我也是这样想的。"他咧嘴一笑。

一个浪漫的年轻女子

　　现实生活不完美之处之一,是生活中发生的故事往往都是不完整的。有些故事里,主人公就像是招惹了魔鬼一般,被困于泥潭中,激起了你的兴趣,你很想知道后面发生了什么,然而往往发现在故事的最后,一般什么都不会发生。你设想的那场灾难,尽管看起来无法避免,事实上,也是可以避免的;本该是沉重的悲剧,结果却只能沦为人们茶余饭后的谈资,失去了它本该有的艺术美感。不可否认的是,年龄的增长会伴随许多弊处,但它也会给你一点这样的补偿(我们得承认,它还是存在益处的):多年前你亲眼见证过的一些事情,它赋予你能够看到它们的结果的机会。你知道,你本来对这些事情的结局不抱任何希望,可就在这时候,结局却和盘托出,呈现在你的面前。

　　我把圣埃斯特班侯爵夫人送上车后,便转身回到酒店。在休息厅里,当我再次坐下时,便想到了以上的这几句话。我要了杯鸡尾酒,点上一根烟,随后便沉浸在整理思绪的过程中。这个新开张的酒店十分豪华,与欧洲其他的一流酒店很相像。为了体验现代水暖,我舍弃了曾经经常光顾的装潢优美的"马德里酒店",如今想来,不免有些后悔自己当初的决定。的确,从我的房间可以看到瓜达尔基维尔河,那景象十分壮观,但这也无法消除我对这儿的"下午茶舞会"的不耐烦。一周之中总是有两三天,音乐响彻饭店大堂,衣着光鲜的人群高声谈论,连爵士乐队发出的刺耳声响都能被他们的声音淹没。

整个下午,我都在外面。等我回来时,发现自己已经被这群沸腾的人群给团团围住了。我向前台要了钥匙,想直接回到房间。工作人员把钥匙交给我的时候,转告我说有位女士在等我。

"等我?"

"她十分想要见你。她是圣埃丝特班侯爵夫人。"

我不认识这个人。

"一定是弄错了。"

我一边说着一边随意朝四周打量,只见一位女士面带微笑地伸出双手朝我走来。我搜索枯肠,怎么也想不起来自己什么时候见过她。她亲热地握住我的双手,然后用一口流利的法语,说道:

"这么多年过去了,居然还能见到你,这感觉真是太棒了。报纸上写你住在这儿,我就告诉自己:你一定要去见他。我们曾经共舞过,可那都是很久之前的事了。我简直不敢去想。现在你还跳舞吗?我是还坚持跳的,尽管我已经是个做奶奶的人了。虽然我现在身材臃肿,可我不在乎这些,如果我不坚持跳舞的话,我的身材估计会更加臃肿的。"

她的语速很快,我光是听着就莫名有种噎住的感觉。她看起来十分壮实,应该是过了中年的年纪,脸上的妆花得很浓,留着一头明显染过的暗红色短发。她身着巴黎最时髦的服饰,尽管那服饰和西班牙女子不太相称。可她那欢快甜美的笑声,能够不自觉地感染到你。很明显,她是个很会享受生活的人。如今的她也称得上是徐娘半老。我敢打赌,她年轻的时候准是个大美人。可我偏偏一时想不起来在哪见过她。

"一起喝杯香槟吧,我们聊聊过去。还是你想喝鸡尾酒?你发现了吗,我们亲爱的塞维利亚已经变了。这些下午茶舞会,还有这些鸡尾酒,都已经和巴黎、伦敦那边的一模一样。我们也成了新潮、会享受新兴艺术的人了呢。"

她把我领到舞池旁的一个桌子,我们坐在那儿。我知道自己是无法继续伪装下去了,不然到时候场面一定变得很尴尬。

"请原谅我的愚蠢,"我说,"在塞维利亚,我不记得有哪个人是你刚才说的那个名字。"

"圣埃斯特班?"她打断我的话,"哦,那是肯定的。我的丈夫本来是萨拉曼卡的。他是个外交官。如今他已经离开了,只留下我一个人。我俩刚认识的时候,我还叫皮拉尔·塔利昂。当然,我的红头发可能会让我看起来和以前不大一样,但除此之外,我想其他应该没什么变化吧。"

"当然,"我赶忙回答道,"我只是一时想不起来名字而已。"

现在,我想起她是谁了。在玛贝拉伯爵夫人的派对和义卖会上,我都和她跳过舞,可如今,她居然变成了这样一个身材臃肿、穿着显眼的贵妇人。这样的变化着实让我感到惊讶,并不由得感到有点好笑。我努力掩盖自己内心的真实想法,尽量保持端正的举止。我很好奇,好奇她是否知道当年曾让塞维利亚全城轰动的事,至少这件事对我来说,依然令人印象深刻。她热情地同我道别后便离开了。终于,我可以安心地回忆当年的旧事了。

四十年前,塞维利亚还没发展成现在这样繁荣的商业城市。白色的街道上铺满了鹅卵石,城市里四处都是静悄悄的。这儿有随处可见的教堂,各处的钟楼上,到处都有鹳鸟在上面筑巢。斗牛士、学生,还有一些无所事事的人,终日在西耶普斯街上溜达。这儿的生活可谓相当惬意。当时汽车还没出现,塞维利亚人便把拥有一辆马车当作是一种奢侈,他们宁愿耐住贫穷,甚至是放弃许多必备的生活用品,也要省下钱来为自己买一辆马车,去享受这份荣耀。凡是有身份的人,在每个美好的午后,都会驾着马车来到瓜达尔基维尔河的沿岸——当地人称之为"欢苑"的公园里,从五点到七点人群络绎不绝。在这儿,你可以看到各式各样的马车,不管是伦敦刚推出的新款马车——维多利亚马车,还是那种快要散架的破旧的两轮轻便马车;你还会发现,这儿的马有的是神采俊逸的,而有的则看起来是上了一定年纪的,你看到它就会对其产生一种怜悯之情,因为你仿佛预见了它即将被送进斗牛场的悲惨结局。倘若你刚来这儿,你一定会发现有辆马车与众不同,这是一辆崭新又时髦的维多利亚马车,拉车的两头骡子也很俊美,御马者和侍从都穿着浅灰色的安达卢西亚民族服装。在塞维利亚,人们从未见过这般的排场。这辆马车的主人便是——玛贝拉伯爵夫人。她是位法国女人,嫁到西班牙后,对本地的风俗习惯极其着迷,她有着与生俱来的那种巴黎的优雅,使得她的马车在众多马车中脱颖而出。其他的马车都驾驶得异常缓慢,这样一方面是能够让乘客观赏到车外的景色,另一方面又能够让自己的马车被别人细细观赏。可唯独伯爵夫人的马车与众不同,她马车前的两头骡子在公园里那两条缓慢行进的车流间一路小跑,急速跑上两个来回后,便立刻离开。整个过程下来,不由为其增添了几分贵族气势。你会发现,玛贝拉伯爵夫人优雅端坐在飞速前行的马车上,肩膀以上的部位一直是端庄的姿势,她的金发在阳光下非常耀眼,以至于让人怀疑是真是假。如此种种,你便会明白,她能有现在的地位靠的是高卢人的活力和坚定。时尚在她的手中被孕育出来。她所做的决定便是时尚风范。但有太多崇拜者时,就难免会让有些人看不惯。玛贝拉伯爵夫人的对头中,最看不惯她的便是多斯·帕罗斯公爵的遗孀。当地的社交圈中,这两个人都是可以成为领头羊的人。公爵夫人,靠的是出身和社会影响力,而这位法国女士,靠的是她的优雅、智慧和人格魅力。

公爵夫人有个独生女名叫多娜·皮拉尔。我第一次见她的时候,她是年仅二十岁的花样少女。那时,她出落得楚楚动人,长着一双迷人的眸子,无论你怎么想不落入俗套地去形容她的美,最后你只能想到这么一个比喻,皮肤如"水蜜桃一般"白里透红。她身材苗条,在西班牙姑娘中算是高挑的。她唇红齿白,一头浓密的乌黑长发,梳着那时时髦的繁复发式;可以肯定的是,这是一个充满魅力的女子。她那漆黑的双眸中闪着火焰,暖心的笑颜和她那充满魅惑的一举一动,都会让人不禁谴责上帝的不公。那个时期,人们在努力想废除西班牙的旧习俗,所以正经人家的女子都可以在出嫁之前露面。皮拉尔经常和我一起打网球,也经常会在玛贝拉伯爵夫人的派对上与我共舞。伯爵夫人在派对上不仅提供香槟,还让客人坐下来好好吃顿饭,公爵夫人对这种行为嗤之以鼻,在公爵夫人眼中,这就是明显的摆阔行为。一年之中,公爵夫人只举办两次上流社会的派对,并且只给客人提供柠檬水和饼干。但除此之外,公爵夫人也接手了其丈夫饲养斗牛的产业,有时与朋友们试验完年轻的斗牛之后,公爵夫人也会邀请他们一起参加中午的野餐,人们在野餐中会感到心神放松、愉悦,这样的气氛着实带着一股封建时期的贵族派头,也不免引起本人的浪漫遐想。有一次公爵夫人的斗牛要正式出场,我负责护送多娜·皮拉尔,伴着夜色,我骑着马同这批公牛前往斗牛场。当天,多娜身着不同于平常的服饰,看起来像极了戈雅笔下的画儿一样。天暗了之后,我骑着一匹矫健的安达卢西亚马,隆隆的牛蹄声从后面传来——那是被阉牛围绕的六头公牛,这真是令人难以忘怀。

许多男人,无论他们出身富贵,还是财产丰厚,或者两者兼而得之,都曾向多娜求婚,但多娜几乎不顾母亲反对,全都一一回绝了。公爵夫人是十五岁结婚的,在她眼中,二十岁的女儿依旧待字闺中,这简直有伤风化。她很好奇自己的女儿到底在期待什么,世上怎会有如此难以取悦的女子,可皮拉尔依旧固执,但凡是想要追求她的人,她都能

一个浪漫的年轻女子

挑出让人无法反驳的瑕疵出来。

后来,大家才知道真相。

皮拉尔每天都陪公爵夫人坐马车去"欢苑"。她们乘坐的是一辆好看的老式活顶的四轮马车,碰巧,她们迎面遇见了车速是她们两倍的伯爵夫人。两位夫人互相瞧不起对方,因而都转过头忽视对方的存在,可皮拉尔却耐不住好奇地打量起对面那辆时尚的维多利亚马车,以及那两头俊美的骡子。伯爵夫人那略带嘲讽的眼神让她不自在,因而她便不自觉地将目光转移到了对面的车夫上,他是塞维利亚最俊美的男子,身穿帅气的制服的他,简直是一道亮丽的风景线。当然,没人知道这里面具体发生了什么,总之,皮拉尔越看那个车夫,就越喜欢他。后来不知怎的,他们两人见了面。在西班牙,等级制度是有些匪夷所思的,即便是不同级别的两个家族往往也会有联姻的情况发生,一个管家甚至可能拥有比他主人更高贵的血统。皮拉尔后来发现,她中意的车夫实际上是古老的莱昂家族里的一员,在安达卢西亚,再也找不出一个比这地位更为显赫的家族,这样的发现让她不免得意。事实上,在出身上,这两人并无高下之分。但唯一的差别就在,一个是生活在公爵府邸中,而另一个却在命运的迫使下靠驭马维生。可他们两人却毫无怨言,因为当初正是因为这个显眼的职位,才使得这个小伙子赢得了塞维利亚最难动心的女子的爱。他们疯狂爱着彼此。而恰好此时,一个年轻的圣埃斯特班侯爵写信给公爵夫人,信里他表达了自己想要迎娶皮拉尔的愿望。去年夏天,她们曾在圣塞瓦斯蒂安见过这个男人。对于丈夫这个角色而言,他可谓是无可挑剔,况且从腓力二世起,两方家族就不时地宣布联姻。这次,公爵夫人下定决心,不能再任由女儿胡闹下去。她把圣埃斯特班的求婚消息转告给她女儿时,并告诉她,她不能再耗下去了,现在,她要么选择嫁给这个男人,要么就选择去修道院。

"我不要嫁给他,我也不要去修道院。"皮拉尔说。

"那你想怎么办?你待字闺中太多年了。"

"我要嫁给何塞·莱昂。"

"谁?"

皮拉尔犹豫了片刻。正如人们想的那样,她此刻脸上可能还泛着微红。

"他是伯爵夫人的车夫。"

"哪一个伯爵夫人?"

"玛贝拉伯爵夫人。"

我仍旧能够想起公爵夫人的脾气。她动起怒来是毫无顾忌可言的,她愤怒、哀求、哭泣、甚至是与皮拉尔争吵,可以说当时的场面是极其恐怖的,有传言说她当时动手打了她女儿耳光,还扯了她的头发。以我对皮拉尔的了解,倘若真是如此的状况,她很有可能会选择回击。皮拉尔口里重复地喊着她爱何塞·莱昂,何塞·莱昂也爱着她,她铁了心要嫁给这个男人。为此,公爵夫人召集全族人开会商讨此事,会议决定要把皮拉尔送到乡下去,等她冷静下来后,再把她接回来。皮拉尔偷听到了他们的计谋。一天夜里,趁所有人都熟睡的时候,皮拉尔从房间的窗户里溜了出去,跑去住在了情人的父母家里。莱昂家是体面的人家,住在瓜达尔基维尔河叫做特里亚娜的古旧地区。

纸包不住火,这件事瞬间就变得一发不可收拾了。西耶普斯街上的俱乐部里,大家都在议论纷纷,服务生为此忙得手忙脚乱,他们要一趟趟地跑到隔壁铺里买来雪莉酒。人们交头接耳,嘲笑这桩丑闻,而那些曾经被皮拉尔拒绝过的男士们,此时也成了被祝福的对象,祝福他们险中逃生。公爵夫人感到无可奈何,束手无策。她别无他法,只好求助于她信任的朋友和曾经的告解神父——大主教,求他亲自劝说沉迷于热恋无法自拔的女儿。皮拉尔被叫到大主教的宫殿里,这个善良的老头习惯了处理家庭纠纷,他费尽心思劝说皮拉尔,想让她迷途知返,可皮拉尔却没有就这么乖乖低头,谁都不能让她选择离开自己的心上人。公爵夫人待在一旁的房间里,大主教让她进来,她再一次哀求女儿,可这些都是徒劳无功的。皮拉尔又回到了她简朴的住处,只留下公爵夫人痛苦地待在大主教身边。大主教心思的敏锐程度,堪比他对自身信仰的虔诚度。眼下,公爵夫人几尽崩溃,当她总算能听得进一两句话时,他给她想了最后一个办法,那就是去找玛贝拉伯爵夫人。伯爵夫人是塞维利亚公认的最聪明的女人,或许她能够解决这个难题。

自然,一开始公爵夫人是拒绝的,她无法忍受向自己最大的对头求教所带来的耻辱。她宁可忍受多斯·帕罗斯家族在她面前崩塌瓦解,她也不愿干那样的事。大主教对那些惹人心烦的夫人早已见怪不怪,他知道,自己得用些其他的办法,才能让她慢慢采纳这个意见。不久,她便同意拉下脸面,去寻求伯爵夫人的帮助。她满腔愤怒地写了一封信给伯爵夫人,询问她是否能否和自己见上一面。当天下午,公爵夫人就被请进了伯爵府的会客厅。当然,伯爵夫人是最早发现此事的人之一。可她却装作对此一无所知的样子,听着这个母亲痛苦的倾诉。她对于此时此刻发生的一切感到异常满意——公爵夫人就这么在她的面前服软,这对她来说无疑标志着一种无形的胜利。但就本质而言,她是一个心地善良的女人,同时也不乏幽默。

"这真是不幸。"她说,"我的仆人成了这件事的罪魁祸首,为此我深感抱歉。可我实在不知道自己能帮什么忙。"

公爵夫人此刻很想朝着那张打扮得花枝招展的脸上来上一巴掌,但她忍住了,她的声音变得有些颤颤巍巍。

"我不是为了我自己,而是为了皮拉尔才求助于你的。我知道,而且众所周知,你是这个城市里最聪明的人,不管是对我,还是对主教而言,我们都是这么认为的。您灵活的大脑一定能立刻想出什么办法的。"

伯爵夫人知道公爵夫人这是在放下尊严恭维她,她内心对此毫无波动,甚至她还很享受这个过程。

"让我想想。"

"当然,要是他是个绅士,我就可以派我儿子解决他。可多斯·帕罗斯公爵是不允许与玛贝拉伯爵家的车夫决斗的。"

"这恐怕行不通。"

"这要是以前,处理这种事很容易。我只要雇几个流氓,等到夜里,让他们到街上去把那混账的喉咙割了,就算完事了。可现在,因为有了法律,这就造成体面人家根本没办法在遭受羞辱的时候自我保护。"

"要是这办法让我失去一个出色的车夫的话,我肯定是反对的。"伯爵夫人低声自言自语道。

"要是他娶了我女儿,他就不能再继续当你的车夫了。"公爵夫人有些生气。

"你打算给皮拉尔一笔收入,让他们以此为生吗?"

"我?一个子儿都不可能。我已经郑重告诉皮拉尔了,她休想从我这得到任何东西,他们以后就算是饿死,也和我没有丝毫关系。"

"哦,要是这样的话,我想,他应该更倾向于继续为我赶车,至少我马厩上的有些房间还称得上是舒服的。"

公爵夫人的脸色煞白,随后又变得通红。

"忘记我们的过去,让我们冰释前嫌,成为朋友吧。你怎能让我忍受那样的羞辱,要是我曾无意冒犯你,我这就给你跪下,以求你的宽恕。"

公爵夫人哭了起来。

"别哭了,公爵夫人。"伯爵夫人开口说,"我会尽我所能的。"

"你想到办法了?"

一个浪漫的年轻女子　　73

"或许吧,皮拉尔没有自己的经济收入,对吧?"

"不经过我点头就结婚的话,她是一分钱都不会有的。"

伯爵夫人面露微笑,一脸的灿烂。

"通常,大家都以为南方人浪漫而北方人务实,其实不然,北方人才是浪漫到骨子里。我生活在这个国家也够久了,在你们西班牙人心里,最重要的便是认清事实。"

公爵夫人身心俱疲,她现在实在提不起精神去驳回这些刺耳的说法,只是,唉,她实在是瞧不惯眼前这个女人。玛贝拉伯爵夫人起身。

"今晚之前听我的消息吧。"

她坚决地送走了公爵夫人。

这天去公园的时间定在了五点钟,四点五十分时,伯爵夫人已经收拾妥当了,随后,她叫来了何塞。何塞走进客厅时,她无法否认,在他那身制服及其自身气质的衬托下,他的确气宇非凡。要不是他是自己的车夫,算了,现在不是胡思乱想的时候。他来到伯爵夫人的面前,站得极为放松,但浑身却散发着一股意气风发的豪气。他的举止,根本无从让人看出他只是个仆人。

"这简直就是一个希腊神。"伯爵夫人自言自语道,"也只有安达卢西亚才能孕育出这样的人。"然后,她对何塞说:"我听说你要娶多斯帕罗斯公爵夫人的女儿?"

"只要伯爵夫人不反对的话。"

她耸了耸肩。

"我不在乎你娶的是谁,但你肯定也知道,多娜·皮拉尔是不能继承财产的。"

"是的,女士。我的收入不错,养得起皮拉尔,况且我爱她。"

"这我可以理解,她是个美丽的女子。可我觉得,有件事还是应该提前通知你,我向来拒绝使用已婚的车夫,你结婚的那天,你就必须离开这个职位,这就是我要说的,你现在可以走了。"

她又低下头读起了刚从巴黎送到的报纸,但正如她所料,何塞一动未动,他双眼死死地盯着地板。没过一会儿,伯爵夫人抬起头来。

"你在等什么?"

"我从未想到夫人要解雇我。"他忧郁地说道。

"毫无疑问,你会找到别的工作。"

"是,但是……"

"哦,什么意思?"她尖锐地问道。

他痛苦地叹了声气。

"整个西班牙都无法找出与我们这对骡子媲美的另一对,它们简直和人毫无差别,它们听得懂我对它们说的每一句话。"

伯爵夫人朝他笑了笑。这一笑的魅力之大,足以让那些没有迷恋上她的人为之产生爱慕之意。

"很遗憾,你必须在我和你的未婚妻之间做个选择。"

何塞不停地从一只脚换到另一只脚,转移着身体的重心。他伸手去摸口袋,此刻他也想抽根烟,但他又突然记起自己所在的地方,于是又半路停下了自己的手。他面带着一个古怪的微笑,朝伯爵夫人瞥了一眼,而那个表情是安达卢西亚人都很熟悉的。

"倘若是这样的话,我也没什么好犹豫的,皮拉尔一定会理解,我的立场已经彻底变了。任何时候都可以娶妻,但一生中只能拥有一次这样的职位。我不可能为了一个女人而选择抛弃工作,这也太愚蠢了。"

这场轰轰烈烈的恋情就这样草草收尾了。何塞莱昂继续当着玛贝拉伯爵夫人的车夫,与此同时,伯爵夫人发现,每天她们的马车在"欢苑"飞奔的时候,人们的关注点不仅仅是她佩戴的时尚帽子,人们还关注为她驾车的英俊车夫。一年之后,皮拉尔嫁给了圣埃斯特班侯爵。

一个浪漫的年轻女子

舞男舞女

酒吧拥挤不堪。两三杯鸡尾酒下肚,桑迪·韦斯科特开始觉得饿了。按照邀约九点半就应该吃饭了,他撇了一眼手表,现在都快十点了。伊娃·巴雷特总是动作很慢,如果能在十点半吃上点东西,那真得算是他的福气了。他转身向酒保又要了杯鸡尾酒,正好看见了一个刚到酒吧的男人。

"嘿,科特曼,"他说道,"要来一杯吗?"

"如果可以的话,我当然乐意,先生。"

科特曼长相俊美,年纪三十左右,个子不高,匀称的身材却让他看上去一点也不矮,他得体地穿着一件双排纽扣的礼服,腰身紧了些,戴个大得夸张的蝴蝶领结。他长着一头浓密的黑色卷发,光滑而柔顺,从前额一直梳到后脑勺,一双大眼睛忽闪忽闪的。他谈吐优雅,但带点伦敦口音。

"斯特拉最近怎么样?"桑迪问。

"哦,她很好。你知道的,她总是喜欢在表演前躺一会儿,她说这样能缓解一下她紧张的情绪。"

"就算给我一千英镑,我也不会干她那个绝活。"

"我也觉得您不会干。除了她,谁也干不了,不仅仅要从那么高的地方跳下,更关键的是,水只有五英尺深啊。"

"这真是我见过的最让人提心吊胆的表演了。"

科特曼微微一笑。这样的话在他看来是恭维。斯特拉是他的妻子,当然,表演的是她,冒险的也是她,但想出火焰这个主意的那个人却是他,也正是这场火焰惊艳了全场,让节目大获成功。斯特拉要从一个六十英尺高的梯子跳进一个水箱,就像他说的那样,水箱里的水只有五英尺深。在斯特拉跳下之前,他们在水的表面铺上满满的一层汽油,科特曼亲自点燃,火焰骤然窜起,与此同时,斯特拉纵身坠入其中。

"帕科·埃斯皮诺尔告诉我说这是夜总会有史以来最受欢迎的节目。"桑迪说。

"我知道。他说,计划到八月份才能招待到的客人数量,我们七月就做到了。这都是你们的功劳啊,他和我说。"

"那么,你们应该赚了不少吧。"

"恩……还谈不上。你看,我们是签了合同的,本来我是没料到节目会如此成功的,但是,埃斯皮尔诺先生提出要多留我们一个月,实不相瞒,如果我们得到的报酬和以前没什么差别,怕是很难留住我们了,要知道我今早还收到了一封信,说是一个经理人的来信,要请我们去多维尔。"

"我们的人来了。"桑迪说道。

他朝科特曼点了点头就走开了。伊娃·巴雷特领着她的客人走了进来。一共八个人,在楼下就聚集了起来。

"我就晓得你在这里,桑迪。"她说,"我可没迟到吧?"

"半个小时,不算什么。"

"看看他们喝些什么鸡尾酒,然后我们就吃饭。"

在他们说话这会儿,酒吧间的人差不多都走光了,所有人都到下面的露台吃饭去了。帕科·埃斯皮诺尔经过酒吧间的时候,停下来和伊娃·巴雷特握了握手。帕科年纪轻轻,花钱大手大脚,他现在替夜总会安排吸引顾客的节目,这是他的主要收入来源,为了生意,自然要

舞男舞女　　77

对出手阔绰的客人彬彬有礼。查洛纳·巴雷特太太是家财万贯的美国遗孀,不仅取乐时出手阔绰,而且还赌博。说得直白一点,提供午餐与晚餐,以及进餐时的两场表演,都是为了引诱人们到赌桌上去输钱。

"为我留好座位了吗,帕科?"伊娃·巴雷特问道。

"包您满意。"他的眼睛是阿根廷人的深色,十分深邃,流露出对巴雷特太太风韵犹存的赞佩,虽然她已是半老徐娘。这也是做生意。"斯特拉的表演,您看过了吗?"

"那是自然,看了三次啦,这表演当真吓人。"

"每晚桑迪都会来看她表演。"

"在她摔死的时候,我想亲眼看着。她早晚会因此丢了性命的,我可不想错过这场好戏。"

帕科笑了笑。

"她为我们招揽了不少生意,我要多留她一个月。只要她在八月底之前活着就没问题。在那之后她变成怎么样,我可不在乎。"

"天哪,我难道在八月底之前每晚都要继续吃鳟鱼、烤仔鸡吗?"桑迪嚷嚷道。

"你真是个粗人,桑迪。"伊娃·巴雷特说,"好了,别闹了,都进去吃饭吧,我肚子还真是饿了。"

帕科·埃斯皮诺尔问酒吧的伙计有没有看见科特曼。酒保说他刚刚和韦斯科特先生一起喝了一杯。

"哦,好吧,你要是再看到他,告诉他我有话和他说。"

巴雷特太太故意在通往露台的台阶顶端停了下来,等那位报界代表走上来——这位女士头发凌乱,瘦小而憔悴,手里还拿着笔记本。桑迪小声告诉了她今天嘉宾的名字。这是个典型的里维埃拉聚会。在场的有英国勋爵和夫人,这两人都又瘦又高,他们和谁一起吃饭都无所谓,只要不用他们付钱就行。在午夜之前,他们两人肯定就会喝得烂醉。还有一位瘦弱不堪的苏格兰女人,她的脸就像是饱经上千年风吹雨打的秘鲁面具,她的丈夫看上去是英格兰人,尽管他的职业是经纪人,但给人留下了一种热心、豪爽的印象,挺有军人的做事风格。他还会给你一种正直的感觉,以至于当他把一个东西作为特别的恩惠推销给你,结果到头来却一无用处时,你反倒更替他感到惋惜,而不是可怜自己。里面还有一位女士,既不是意大利人,也不是伯爵夫人,但人们却叫她意大利伯爵夫人,她打得一手漂亮的桥牌。还有一位俄罗斯的亲王,最近正打算把巴雷特太太娶进门,现在兼职替别人倒卖香槟酒、汽车和古董画。舞会正在进行中,巴雷特太太注视着跳舞的人群,在等着他们跳完舞,不得不说,她短短的上唇让人感到她露出一副轻蔑的神情。今晚是个联欢晚会,所以晚餐的桌子都特意拼在了一起。阳台外是静寂深沉的大海。音乐戛然而止,领头的侍者满面笑容地走上前去,引领巴雷特太太到餐桌上就座。她气度不凡地走下了台阶。

"真是个好位置,看跳水正适合。"她边说边坐了下来。

"我倒是喜欢坐在靠水箱的位子,"桑迪说,"可以把她的脸看得一清二楚。"

"看上去她长得挺漂亮?"伯爵夫人问道。

"我不关注那个,是为了看她的眼神,每次她的眼神都充满了恐惧。"

"哦?我还真不信。"说这话的是一位商人,他叫古德哈特上校,尽管没有人知道他是怎么拿到这个头衔的。"要我说,这个听上去了不起的绝活都是糊弄人的。一点也不危险。"

"你不知道你自己在说些什么。从那么高的地方跳下来,再加上水又那么浅,她必须一碰到水面就像闪电一般地转身。要是她稍慢了些,脑袋就一定会狠狠地撞到水箱的底部,摔断她的脊梁骨。"

"那不就是一回事嘛,兄弟。"上校说,"这就是骗人的,我说,没什么好说的。"

"要是真的一点都不危险,那可就太无趣了。"伊娃·巴雷特说道,"也就一分钟的时间。要是她不玩命的话,那就真的是这个时代最大的骗局了。别说我们看了一次又一次,其实就是被骗了一遍又一遍。"

"都是糊弄人的,我不可能说错的。"

"是啊,你倒是该知道。"桑迪说。

要是上校听出了这话中的讽刺之意,那他可掩饰得太完美了。他笑了笑。

"也不怕告诉你,我对这个略知一二,"他承认,"我是说,我的眼睛全程都擦得够亮,要想逃过我的眼睛可不容易。"

水箱在露台最左边的尽头,后面有一个很高的梯子支撑,在梯子的顶部有一个极小的平台。又跳了两三支舞后,伊娃·巴雷特和客人们正在吃竹笋,这时音乐停了,灯光也逐渐暗淡了下来。一束灯光打在了水箱上。科特曼在耀眼的白光中若隐若现。他踏上了六级的梯子,高度与箱顶齐平。

"女士们,先生们,"他高声喊道,声音洪亮,"你们即将目睹本世纪以来最神奇的表演。斯拉特女士,全世界最优秀的跳水家,将要从六十英尺的高度跳进冒火的五英尺水中。在此之前,从未有人表演过这个绝技,要是有人愿意试一试,斯特拉女士愿意奉上一百英镑。女士们,先生们,请允许我荣幸地向大家介绍斯特拉女士。"

一个瘦小的身影迅速地出现在通往露台的台阶顶端,她先是快速地跑向了水箱,接着向鼓掌的观众鞠了一躬。乍一看,她穿着一件男式的丝绸浴衣,头戴游泳帽。特意化上了舞台专用妆。意大利伯爵夫人透过长柄眼镜打量着她。

"不好看。"她说。

"可是身材确实不错。"伊娃·巴雷特夫人说道。"你看就知道了。"

斯特拉脱下了自己的浴衣,递给了科特曼。科特曼从梯子上走了下来。她站了一会,看着观众。人群都在暗处,她只能看见模糊的白脸和白衬衫的前胸。斯特拉身材瘦小,曲线优美,长腿窄臀。紧身的泳衣勾勒出了完美的身形。

"这话不假,身材确实很好,伊娃,"上校说,"但是太瘦了些,当然,我知道你们女人就是喜欢这样的。"

斯特拉开始爬梯子,一束聚光灯紧紧跟随着她。这看上去是个不可思议的高度。一个侍者用汽油泼满了水面。科特曼手里拿着一个点燃的火炬。他看着斯特拉登上了梯子的顶部,在平台上站好。

"准备好了吗?"他喊道。

"嗯。"

"跳。"他嚷道。

就在他话刚说完的一瞬间,他就把火炬扔进了水里。火焰骤然蹿起,火舌高舔,着实吓人。与此同时,斯特拉纵身一跳。她就像一道闪电,穿过熊熊烈火,当她入水后不久,火焰逐渐熄灭。一眨眼的工夫,她已经钻出了水面,在观众们暴风般的掌声中跃出水箱。科特曼用浴衣将她包裹好。她向观众鞠了一个又一个躬。掌声经久不息,音乐声响起。最后,她挥了挥手,跑下了台阶,在餐桌之间穿梭,向门口冲去。灯再一次亮起,侍者们才再一次忙起被他们忽视的工作。

桑迪·韦斯科特长长舒了一口气。不过连他自己也不清楚,到底是为了什么,失望还是释然。

"妙不可言。"英国贵族说道。

"糊弄人的,"上校说道,不得不说大不列颠人天生就是固执,"打赌吗,赌什么都行。"

"就是时间太短了,"英国夫人说,"我是指,要花这么多钱着实贵了些。"

不管怎么说,花的也不是她的钱。从来也没花过她的钱。意大利

舞男舞女

伯爵夫人将头凑了过来。她英语是不错,除了口音太重。

"伊娃,亲爱的,阳台下的门旁边,站在桌子旁的两个人,怪怪的,是谁啊?"

"很有趣,是不是?"桑迪说道,"我的眼睛简直离不开他们。"

伊娃·巴雷特向伯爵夫人提到的那张桌子看去,本来是背对着的亲王,也转过身来看。

"这不可能,"伊娃叫道,"我得问问安吉洛他们是谁。"

巴雷特太太是可以叫出欧洲所有大饭店侍者领班名字的女人。她吩咐正在给她斟茶的侍者,把安吉洛叫来。

那两人真的很古怪,他们独自坐在小桌子旁。两个人年纪都不小了。男人高大粗壮,一头白发乱糟糟的,花白的眉毛十分浓密,还留着大片白色胡子。他看上去就像已故的意大利国王亨伯特,但就气质来说,他倒是更像个国王。他坐得笔挺,穿着整套的晚礼服,系一条白领带,还有硬领,款式很老旧,差不多过时了三十年。他的伴侣是一位上了年纪的老妇人,身穿黑缎子的舞会礼服,领口开得很低,腰身很紧。脖子上围着好几串五颜六色的彩珠项链。一看就知道,她头上戴着的是假发,一点也不适合她;做工倒是十分精细,密密麻麻的都是卷发,黑得发亮。她画着夸张的妆容,眼下的眼睑处涂着艳丽的蓝色眼影,眉毛涂得漆黑,两边的脸颊上还有大块的粉色腮红,大红的唇彩。她脸上的肌肉松弛下垂,皱纹很重。她敏捷的双眼,四处打量,热切地注视着一张又一张餐桌。她将一切都看在眼里,时不时地让男人看看这里,望望那里。在男人只穿礼服,女人只穿浅色长裙的时尚人群里,这对男女显得尤为怪异,吸引了大家的目光。众人的注视并没有让这个老妇人感到不适,当她感到人群正在看着她时,反而调皮地挑起眉毛,欣然一笑,还转了转眼珠。看上去就像是在享受这种被注视的感觉。

安吉洛匆匆赶到伊娃·巴雷特眼前,毕竟这可是个大客户。

"请问有什么吩咐,尊贵的夫人?"

"哦,安吉洛,我们只是想知道在靠门餐桌旁坐着的两个老家伙是谁呀?"

安吉洛看了那边一眼,一脸不以为然的样子。他脸上的表情,肩部的动作,脊背的扭动,手上的姿势,甚至就连脚尖的转动都让人觉得他是在半开玩笑地表达歉意。

"不用在意,尊贵的夫人。"他当然知道巴雷特夫人受不起这种称呼,就像他知道那位意大利伯爵夫人既不是意大利人,也不是伯爵夫人,而那位英国勋爵只要有人出钱,就从没自己掏过钱一样,但是他也明白,这种称呼绝不会使巴雷特太太不高兴。"他们求我给他们一张桌子,说是以前也是干这个的,所以想看斯特拉女士跳水。我知道,以他们的身份是绝对不配在这里吃饭的,但看在他们一直求我的份上,我实在不忍心拒绝他们。"

"这没什么,他们看上去很有趣,正合我的胃口。"

"我和他们认识了很多年了。讲真的,我和那个男的还是老乡呢。"领班侍者有些不好意思地笑了笑,"他们答应我不跳舞,我才给了他们一张桌子。毕竟我可不想出什么差错,尊贵的夫人。"

"唉,可惜了,我还是挺想看看他们跳舞是什么样子的呢。"

"凡事都是要看场合的呀,夫人。"安吉洛一本正经地说道。

他笑了笑,又鞠了一躬,退了下去。

"看,"桑迪叫道,"看样子他们要走了。"

那对老家伙正打算结账。老男人站了起来,给妻子围上了一条不怎么干净的白色羽毛大披肩。老妇人也站了起来,他把手臂递了过去,站得笔直,相比之下,她看上去又瘦又小,挽着丈夫的手轻快地走了出去。她的黑色缎袍有一个长长的裙摆,伊娃·巴雷特(她已经五十好几了)尖叫了起来,看上去十分激动。

"看,这条裙子,我记得我母亲在我上学的时候也穿过。"

那滑稽的一对夫妇手挽着手走着,穿过了夜总会的一间间大厅,一直来到门口。老头子对一个看门的人说:

"如果能告诉我演员化妆室在哪里,就再好不过了。我们想亲自去向斯特拉女士献上我们的诚意。"

看门人看了他们一眼,大概知道了七七八八。他们这种人用不着恭恭敬敬。

"你们在那里是找不到她的。"

"她应该还没走吧?我以为她两点的时候还要表演第二场呢。"

"那倒是真的。他们可能在酒吧间。"

"我们只是去看一眼,不会有什么问题的,卡洛。"老妇人说道。

"好的,亲爱的。"他说话时卷舌音很重。

他们缓缓走进了酒吧间。酒吧里已经没什么人了,除了一些值班的小伙计,还有一对男女,坐在角落里的两张扶手椅上。老妇人松开了挽着丈夫的手,向前跑去,步伐十分轻快。

"你好啊,亲爱的。我觉得我必须要来祝贺一下你。真巧,我也是英国人。我们以前也是干这个的。这节目真的不错,亲爱的,它值得获得如此大的成功。"她转身望向科特曼。"这位一定是你的丈夫吧?"

斯特拉从扶手椅里站了起来,听着老妇人滔滔不绝的夸奖,她有些羞涩地一笑。

"没错,这是希德。"

"很高兴认识你。"他说道。

"这是我的丈夫,"老妇人介绍道,用胳膊肘指了指高个子的白发男人。"他叫潘内齐。坦白说,他是个伯爵,那么我就是潘内齐伯爵夫人了,但是,自从我们退休以后,就不这么自称了。"

"你们来一杯吗?"科特曼问道。

"不了,我们来请吧。"潘内齐太太回答道,边说边坐到了一张扶手椅上。"卡洛,你看看我们喝点什么。"

酒保来了,在讨论了一番后,叫了三瓶啤酒。除了斯特拉,她什么也不喝。

"她一直这样,在第二场结束之前什么也不喝。"科特曼解释道。

斯特拉十分瘦小,年纪约莫二十五六岁,一头浅棕色的头发,剪得短短的,还烫了烫,灰色的眼睛。她上了唇彩,但只涂了淡淡的一点胭脂。她的皮肤十分苍白。她长得不算太漂亮,但是五官端正耐看。身上的白绸夜礼服十分简朴。他们点的啤酒送上来后,不太善谈的潘内齐太太喝了一大口。

"你是从事什么职业的呢?"希德·科特曼问道,十分有礼貌。

潘内齐太太用她化过妆的眼睛看了他一眼,转身对丈夫说:

"快告诉他们我是谁,卡洛。"

"美人炮弹。"他宣布。

潘内齐太太笑了起来,十分明媚,她还用小鸟般的眼神飞速地看了看这个,瞅了瞅那个。他们惊恐地看着她。

"弗洛拉,"她说,"美人炮弹。"

显然,她太过期待着这两人听后的强烈反应,这让他们感到无所适从。斯特拉递了个迷惑的眼神给希德,这才救了尴尬。

"那时候我们还没有出道呢。"

"自然是要比你们早的。为什么呢,在维多利亚女王驾崩的那一年,我们就退休不干了。我们当时名声可大了。你们也一定听说过我们。"她在他们的脸上看到了一脸茫然,变换了语气。"我那时是伦敦最受欢迎的。就在老水族馆[1],那些有头有脸的人都来看我表演。

---

[1] 指"皇家水族馆",是当时观赏娱乐活动的主要场所,地处威斯敏斯特。

舞男舞女

威尔士亲王,还有好多我叫不上名字的。我可是满城谈论的焦点,是不是,卡洛?"

"整整一年,水族馆座无虚席,就是因为她。"

"那可是他们见过的最壮观的节目啦。没错啦,前几年我就是用莉莉·兰特里这个名字,向德·巴思夫人介绍我自己的,你知道的。她早些时候经常住在这里。夫人对我印象深刻,她说看过我的表演十次呢。"

"那么您的表演方式是什么样的呢?"斯特拉问道。

"我是被大炮射出去的。相信我,这可震惊了全城。在伦敦演出之后,我还去世界各地表演。是啊,亲爱的,我已经是个老太婆了,这没什么好说的。潘内齐先生七十八岁,我也不可能再回到七十岁了,不过那时候整个伦敦的广告牌上都贴着我的画像。德·巴思夫人告诉我:亲爱的,我们是一样有名气的。但是你也知道人们是什么样的本性,看到点好东西,他们就为之疯狂,疯上一会儿,然而不管是多好的东西,他们都想找些新花样,他们感到厌倦的时候,就自然不会再想来观看。你也一样啊,亲爱的,就像从前的我。我们都会遇上这样的事。但是,潘内齐先生在这方面脑子要灵活多了。他从个子这么高的时候就开始干杂技。马戏团,你知道的,他还是个领班。我们就是这么相识的。我早些时候是在杂技团表演空中飞人的,就是你知道的那个。他现在还是那么英俊,但是当年他的模样,你们真该看看,穿着俄国长靴,马裤,合身的大衣,胸前都是丝绦,骑着马在剧场飞奔,时不时地挥舞着长鞭,真是我这辈子见过的最俊俏的男人了。"

潘内齐先生保持沉默,只是若有所思地捋了捋白色的大胡子。

"是呀,就像我说的,他花钱不大手大脚,当经理人说不想再留我们的时候,他说,我们也退休吧。这话在理,毕竟在伦敦那么有名气,马戏团肯定是不能再去的了。你懂的,潘内齐先生毕竟是个伯爵,总是要考虑自己的尊严。然后我们就来到这里买了处房子,开了家庭旅馆。一直以来,潘内齐先生都有要干这一行的想法。现在想想我们到这儿,都三十五年了。最近两三年之前,我们的生意一直不差。现在经济不景气,客人也变了,卧室里得有电灯和自来水,还有些我从未听过的东西。卡洛,把我们的名片给他们。潘内齐先生亲自下厨,这样当你们想要个真正像家的地方,就知道上哪里去找。我喜欢同行,我们肯定有很多共同语言,你和我,亲爱的。一朝卖艺,永远同行。"

这时候,酒吧主管吃完晚饭回来了。他一眼看到了希德。

"哦,科特曼先生,埃斯皮诺尔先生正在找你,他想现在立刻见你。"

"好的,他在哪儿?"

"你应该可以在这附近找到他。"

"我们也要走了,"潘内齐太太说道,站了起来。"什么时候和我们一起吃个饭,好吗?我想给你们看看很多旧时的照片和剪报。你们没听说过美人炮弹,倒是真奇怪。为什么呢,要知道那个时候我可是和伦敦塔齐名的。"

潘内齐太太并不生气这些年轻人没听说过她,只是觉得可笑。

道别过后,斯特拉又重新坐回了自己的椅子。

"我先把酒喝完,"希德说,"然后我就去看看帕科有什么事。亲爱的,你要留在这吗,还是回到化妆室去?"

斯特拉紧紧地攥着双手,一言不发。希德看了她一眼,赶忙移开了目光。

"那个老太太,可真是有趣,"他接着说道,脸上乐呵呵的,"真的很有意思。说的应该是真的,只不过很难让人相信。轰动了整个伦敦?还是四十年前?好笑的是,她觉得还有人会记得她。看上去她似乎根本无法理解我们为什么没有听说过她。"

他又用余光偷偷地瞥了斯特拉一眼,斯特拉并没有察觉到他在看她。他发现斯特拉在哭,他慌了。泪水顺着她苍白的脸颊流了下来。

舞男舞女 87

但是她没哭出声来。

"怎么回事,亲爱的?"

"希德,我今晚没法儿再表演了,"她哽咽地说。

"怎么干不了?"

"我害怕。"

他握住了她的手。

"我知道你不会的,"他说,"你是世界上最勇敢的女人。喝口白兰地,就能让你振作起来。"

"不,那让我感觉更糟。"

"观众还在等你呢,你不能让他们失望啊。"

"什么狗屁观众,就是群只会胡吃滥喝的猪。一些钱多得不知道该怎么办的蠢货。我受够他们了,他们才不在乎我有没有生命危险。"

"那是自然,他们就是来找刺激的,我不否认,"他不安地回答着,"但是你我都明白,只要你稳住,就不会出什么问题的。"

"但是我已经没办法稳住了,希德。我会摔死的。"

她提高了些许音调,希德飞快地瞟了酒吧伙计一眼。幸好,伙计正在看《尼斯的侦察兵》,没注意到他们。

"你根本不知道当我站在那么高的地方,梯子的顶部,看向水箱是什么样的感受。我说真的,我觉得自己都要昏过去了。告诉你,我今晚不表演了,你得想办法帮我脱身,希德。"

"要是你今晚害怕,明天会更加害怕的。"

"不会的。关键是连演两场啊,这会要了我的命。那么漫长的等待,就是这么回事。你去和埃斯皮诺尔先生说一下,我以后一个晚上演不了两场。我没办法忍受了。"

"他是不会答应的。整个晚上的生意都指望你呢。他们来这里就是为了看你的。"

"我管不了那么多,我就是干不了。"

他沉默了一会儿。泪水还在顺着斯特拉苍白的小脸往下流,他知道她已经快要控制不了自己了。他这几天一直烦躁得很,觉得要出什么事。他极力地避开和她谈话。他隐隐感到她不把情绪说出来就会没事。但是他又非常担心,因为他爱斯特拉。

"反正,刚好埃斯皮诺尔先生也有话和我说。"他回答道。

"什么事?"

"不知道。我会告诉他,你一个晚上只能表演一次,看看他是什么反应。你要在这里等我吗?"

"不了,我直接去化妆室。"

十分钟后,希德在那里找到了斯特拉。他看上去高兴不已,脚步轻快。他迫不及待地打开了门。

"好消息啊,亲爱的。他们要多留我们一个月,两倍的价钱。"

他跳上前拥住了斯特拉,想要亲吻她,但是斯特拉推开了他。

"我今晚还要表演吗?"

"怕是要的。我尽力说服他,想让你一晚只表演一次,他不愿意听。他说,晚餐时你的那场是至关重要的。不管怎么说,看在两倍的价钱份儿上,也是值得的。"

斯特拉一下子扑倒在地上,号啕大哭。

"我做不到,希德,真的。我会摔死的。"

他坐在了地板上,扶起斯特拉的脑袋,把她抱进了怀里,安慰着。

"撑住,亲爱的。这么一大笔钱,谁也拒绝不了啊。你想想,足够我们过一个冬天了,而且我们什么也不要干。还好,只有四天就是七月的月底了,然后就到八月了。"

"不,不,不行。我害怕。我不想死啊,希德,我爱你。"

"我知道你爱我,亲爱的,我也爱你。你明白的,自从我们结婚以来,我的眼里就不曾有过别的女人。但是这么多钱,我们从未有过,以后也不会有啊。你应该知道这是怎么一回事,我们现在炙手可热,但是我们不能指望我们永远会像现在这样红。我们得趁热打铁呀。"

"你要我去死吗,希德?"

"别胡说,没有你我哪里都不会去,你不能就这样放弃。你还要考虑自尊心,还有你在世界上享有的名声。"

"和那个美人炮弹一样吗?"她叫道,又带着一丝愤怒地笑了起来。

"那个该死的老女人!"他暗自心想。

他知道那是压垮骆驼的最后一根稻草。真不走运,斯特拉真的相信了。

"真叫我开了眼界,"她继续说道,"他们一次次来看我表演到底是为了什么呢?不就是为了亲眼看到我摔死吗?我死了一周后,难道他们还会记得我的名字不成?观众就是这样的。那个涂脂抹粉的老太婆不就证明了这一切吗?唉,希德,我太难受了。"她伸出手臂环上了他的脖子,把脸贴了过去。"希德,这行没什么好的,我干不了了。"

"你是指今晚吗?要是你真的不想再干了,我就去告诉埃斯皮诺尔,就说你昏倒了。我觉得就这么破例一次应该没什么问题。"

"不只今晚,以后都不干了。"

她觉得希德的身子一绷。

"希德,亲爱的,不要觉得我很傻。不单单是今天,这种感觉让我越来越难以忍受。晚上睡觉的时候,我一直在想这些,刚要睡着,我就仿佛又站在了梯子顶端向下看去。今晚我差点都爬不上梯子了,浑身发抖,当你点火让我跳的时候,我背后像是被东西拉着。我甚至不知道自己是怎么跳的。我大脑一片空白,直到我发现自己已经站在台上,听见他们鼓掌。希德,如果你爱我的话,你肯定不舍得我受这份罪。"

他叹了口气,眼睛里布满了泪水。因为他真心地爱着斯特拉。

"你知道这代表着什么,"他说道,"过去的生活,马拉松舞之类的东西。"

"比现在好就行。"

过去的生活。他们两人都忘不了。希德十八岁的时候就成了一个职业的男舞伴,他生就一副西班牙人的模样,肤色黝黑,漂亮得很,还充满生气,老女人和中年妇女都乐意花钱和他跳舞,他也从来不缺生意。他曾经从英国漂到欧洲大陆,然后就在这里定居了下来,去了一个又一个饭店,冬天到里维埃拉,夏天到法国海滨浴场。他们的日子过得不算差,通常都是两三个男人一起,他们一起租一个廉价的寓所。早上还能睡个懒觉,只要能来得及在十二点穿戴整齐,到达酒店,陪那些想减重的肥胖女人跳舞就行了。他们直到下午基本都是空闲的,五点到酒店,在餐桌旁坐着,三个人一起,擦亮眼睛打量周围的人,看看谁有可能成为他们的主顾,他们每个人都有些老主顾。夜里去餐厅,那里总是能给他们提供一顿像样的饭。他们在上菜的空隙跳舞,收入十分可观,他们通常能从和他们一起跳舞的人那里拿到五十或一百法郎的报酬。有时要是遇到了有钱的妇人,连续跳两三个晚上,一千法郎就能进账。有时候,某个中年妇女和他们当中的一个度过一晚上,又有二百五十法郎的报酬。此外,总会有这种可能,在个别老女人犯糊涂的时候,会送些金蓝宝石戒指、烟盒、衣服和手表给他们。希德的一个朋友就和其中的一个女人结了婚,女的年纪大得可以当母亲,但是她不仅买车给他,还出钱供他赌博取乐。他们还住在比亚里茨的一栋漂亮别墅里。那段时光,大家都有钱,日子过得舒舒服服。后来,经济不景气,舞男行业受到了强烈冲击。酒店空荡荡的,客人们似乎也没什么闲钱去和漂亮的小伙子跳舞取乐了。希德常常连杯酒钱都赚不到,而且不止一次了,有个千斤重的老女人居然好意思只给他十个法郎。他的花费没有减少,衣服必须穿得像样,要不然酒店经理要有意见,洗衣服也要花钱,而且他需要很多衬衫,还有鞋子,那些地板太费鞋子了,然而鞋子又必须看上去是新的。他还要付房租,吃饭也要钱。

他和斯特拉就是那个时候认识的。那是在依云[1],一段非常糟糕的演出季。斯特拉那时是游泳教练,她是一个优秀的澳大利亚跳水运动员。她每天上午和下午都要在泳池教课,做示范动作,晚上到酒店跳舞。他们两个在饭店里的一张小桌上吃饭,因为要与客人分开来,演奏声一响起,他们就要开始跳舞,吸引顾客到舞池。但是很少有人会进舞池跳舞,于是,他们就自己跳舞。职业舞伴的收入十分微薄。但是他们却双双坠入了爱河,并在那个季末结婚了。

他们从未为此后悔过。他们互相支撑挺过了难熬的岁月。为了工作,他们的婚姻无法公开(上了年纪的女人是不愿意和一个结了婚的男人跳舞的,何况他的妻子还在场)。找到一个他们两人都能工作的酒店,着实不容易,仅凭希德一人的收入是养活不了他们两个人的,斯特拉不得不出去工作,就算是最简陋的公寓他们也住不起。舞男这个行业已经干不下去了。他们还特意去巴黎学习了一种新舞蹈,但是激烈的竞争让他们难以拿到餐厅的合约。尽管斯特拉是一个优秀的舞厅舞女,但是,当时人们只对惊险的杂技感兴趣,无论她训练多么刻苦,都无法吸引人们的注意。他们早就看腻了阿帕什舞。有一次,连着好几个星期,他们什么生意都没有。希德当掉了手表、金烟盒、白金戒指。最后,在尼斯,他们发现自己竟然沦落到连夜礼服也不得不当掉。那次真的是个大危机。走投无路的他们参加了一场马拉松舞展示,那是一个大胆的经理举办的。他们一天要跳二十四个小时的舞,每个小时只有十五分钟的

---

[1] 法国的一个小镇

休息时间。真是段噩梦般的回忆。他们常常跳到腿都麻木了,跳到不知道自己在干些什么,只能尽量少花点力气,被动地跟着音乐。就算是这样,挣到的钱也是微不足道的,人们有时会给他们一百或者两百法郎作为鼓励,有时为了吸引人群的注意,他们会强打精神,来一场舞蹈表演。如果人们看得高兴,收入或许能多些。他们俩都没有力气。跳到十一天的时候,斯特拉体力不支晕了过去,不得不放弃。希德只好自己一个人跳,不停地跳,怪可笑的,因为他没有舞伴。那段时光苦不堪言,他们走投无路。现在回想起来,十分悲惨。

但也正是在那个时候,希德来了灵感。那是他独自一人慢慢绕着大厅跳舞时想到的。斯特拉总是说她能往碟子里跳水。就是这个主意没错了。

"这个想法来得真怪。"他后来说,"就像是被闪电击中,忽然就来了。"

他突然想起来曾经看过一个男孩点燃浇在车道上的汽油,火焰呼地一下窜了出来。抓住人心的,还是水面的烈火和壮观的跳水。他马上停了下来,真是太兴奋了,他没法儿接着跳下去了。他和斯特拉说了自己的想法,斯特拉也激动不已。希德便给他的一个经理人朋友写了封信,希德很讨大家的欢喜,因为他人不错,经理人出资给他们买了设备,又在巴黎的一家马戏团为他们拿到了一份合约,然后,他们一炮而红。他们成功了,合约四处而来,希德为自己买了套新服装,当他们获得海滨夏季夜总会的合同时,那是这一切的高潮。希德说斯特拉红得发紫,真是一点也不夸张。

"一切苦日子都过去啦,我的好姑娘,"他爱惜地说道,"现在我们也存上了钱以备不时之需,观众要是不想再看这个节目了,我就再想点别的新花样。"

但是现在,没有任何准备,斯特拉想要在他们最成功的时候结束这一切。他不知道怎么和她说。看到她这么不开心,他的心都要碎了。他现在对她的爱意,比刚结婚那时还要多。他爱她,因为他们一起克服了这么多难关,不管怎么说,有一次,连着五天,他们每人每天只能吃上一块面包和一杯牛奶;他爱她,因为让他走出困境的人,是她,他重新穿上了好衣服,每天能吃上三顿饭。他不敢看她,她那双灰色眼睛里的痛苦是他无法承受的。斯特拉胆怯地伸出了一只手,摸了摸他的手。希德叹了口气。

"你知道这意味着什么,亲爱的。我们不可能再回到酒店,不管怎么说,那一行也是干不成了。现在的生意都是年轻小伙子的了。你我都知道那些老女人是什么样的东西;她们想要的是年轻的男孩,除此以外,我个子也不够高。这在我年轻的时候没什么关系。说我看上去年轻也没用了,因为我已经老了。"

"那我们可以去拍电影。"

他耸了耸肩膀。我们在山穷水尽的时候干过。

"干什么都可以。我可以去商店里卖东西。"

"工作不是一找就能找到的。"

她又哭了起来。

"亲爱的,不要哭,我心都要碎了。"

"我们已经有了一些积蓄了。"

"我知道,够我们花六个月的样子。在那之后我们就要挨饿了。接着我们就要像以前一样,先把零碎的东西典当掉,接着是衣服。再者就是去那些低俗的酒馆跳舞,为了一顿晚饭的钱,也就五十法郎。也许好几个星期都不会有生意。一听说有马拉松舞就去参加,这次又能吸引大家多久的注意呢。"

"我知道你觉得我在无理取闹,希德。"

他转身看向了她。斯特拉的眼睛里都是泪水。他笑了笑,温柔而充满魅力。

"不,怎么会呢,我的宝贝。我想让你过得开心点。你知道的,你就是我的一切,我爱你。"

希德把她拥进了怀里,他能听到斯特拉的心跳声。要是斯特拉是这样想的,那他也没什么办法。万一她真的摔死了呢?不,不行,就照她说的做吧,就让那些钱见鬼去吧。斯特拉微微动了动。

"怎么了,亲爱的?"

她挣脱了希德的怀抱,站好了,走到了梳妆台前。

"我得准备上场表演了。"她说。

希德一下子站了起来。

"你今晚不是不上第二场了吗?"

"今晚,每个晚上,直到我摔死为止。我没得选。你说得很对,希德。以前的那些苦,我再也不想吃了,那些臭气熏天的五流旅馆房间,还吃不饱。哦,对了,还有那个马拉松舞,你提那个干什么?连着好几天又累又渴,直到我的身体撑不住了才不得不放弃。我也许还能表演上一个月,我们挣到足够的钱,这样你也有机会想想其他门路。"

"不行,亲爱的,我不允许。算了吧。我会有办法的。我们以前也不是没挨过饿,再挨一下饿又有什么关系呢。"

斯特拉脱掉了衣服,只穿着袜子,看着镜子里面裸着的自己,苦笑了一下。

"我一定不能让我的观众失望。"她冷笑道。

逃之夭夭

一个女人一旦下定决心要嫁给一个男人,除非这个男人马上逃离,要不然什么也救不了他。这是我一直深信不疑的事。但现实并非总是如此:我有一个朋友,在他预见到这场不可避免的悲剧迫近之时,他在一个港口乘船(一把牙刷是他的全部家当,他意识到了自己的危险,因此他必须立即采取行动),花上一年的时间周游世界。当他以为自己已经成功脱险(他说,女人都是善变的动物,一年的时间足以让她把我忘得干干净净),他在当初离开的港口下了船。刚下船就看见一个女人站在码头上高兴地朝他挥手,就是这个小妇人使得他仓皇出逃。我认识的唯一一个在这种情况下还能全然脱身的家伙叫罗杰·查林。他爱上露丝·巴洛的时候已经不是一个毛头小子了,丰富的情感阅历使得他对此小心翼翼。但是露丝·巴洛有一种能力(或者叫一种特质会更好一点)让大多数男人缴械投降。也正是这点使得罗杰·查林的常识、精明和人情世故像九柱戏的那些木桩一样,轰然倒塌。这就是楚楚可怜的人自带的特点。巴洛夫人曾两次守寡,她闪亮的黑眼睛是我见过所有眼睛中最惹人怜爱的。她的双眼总是泪光闪闪,仿佛在控诉这个世界的纷繁复杂。你能感觉到,这个可怜的人儿承受着比常人多得多的苦难。如果你像罗杰·查林一样,是个既身强体壮又多金的男子,你不可避免地会对自己说:我必须要站出来保护这个无助的小女人，让她免受伤害，要是能抚平那双可爱的大眼睛里的悲痛该多好啊。我从罗杰那里得知大家对她都不是很友好。显然，她是那种天生坏运气的携带者：如果她嫁给她丈夫，那人会对她实行家暴；如果她雇佣一个经纪人，她经纪人会骗走她的钱财；如果她招一个女厨师，那个人会是个酒鬼。幸亏她没有养小羊羔，否则它也难逃一死。

罗杰告诉我说他终于成功说服了她嫁给他时，我祝他幸福。

"我希望你们能成为好朋友，"他说，"你知道的，她有点怕你，她觉得你这个人有点儿铁石心肠。"

"我不知道我说了什么会让她这样想。"

"你喜欢她，对不对？"

"没错，是有点喜欢。"

"可怜的人儿，我对于她痛苦的经历感到很抱歉。"

"是的。"我说。

我不能说多了，我觉得她是在扮猪吃老虎，她看起来很蠢，但实际上很精明，是个很有心机的女人。

第一次遇见她，我们俩在一起打桥牌，她跟我搭档，两次打掉了我最好的牌。我表现得像个天使，但我承认如果有人要流泪，那一定是我而不是她。到了晚上的时候，她欠了我一大笔钱，她说会给我寄支票，但从未兑现。我不禁想，下次再见到她我要摆上一个可怜的表情。

罗杰把她介绍给自己的朋友，送她珠宝，带她到处游玩。他们即将举行婚礼。罗杰很开心，因为他做了一件好事，同时这也是他非常想要去做的事。这种情况可不常见，所以那段时间罗杰总是神采奕奕的。但福祸相依，太好的事总伴随着点坏事。

短短几天内，罗杰对爱情失去了兴致。我不知为什么，但绝对不可能是他厌倦了与她聊天，因为她很少说话。或许只是因为这副楚楚可怜的样子再也无法撩拨他的心弦了。他的眼睛睁开了,恢复了他精明的本质。他敏锐地意识到露丝·巴洛已经下定决心要嫁给他,他也郑重地发过誓,绝不会违背心意娶她过门。他曾陷入困境,但现在已经找回理智,他清楚地预见到他要对付的是什么样的女人,而且他还意识到如果让她先放手,她就会(以她那楚楚可怜的方式)以一个过高的价格计算她受的情伤。另外,男人抛弃女人总是很尴尬的。人们往往会觉得这个男人品德败坏。

他没有告诉别人他的想法。也没有从任何一言一行上透露他对露丝·巴洛的情感发生了变化。他依然给她无微不至的关怀,带她去餐厅用晚餐,一起游玩,给她送花;他体贴入微,魅力四射。因为他住在单人套间里,她住在有家具的房间里。所以他们已经决定好只要找到一处适合他们的房子就立马举行婚礼。他们开始寻找理想中的房子。房产中介给罗杰介绍了一些房源信息,他便带着露丝去考察。想要找到使人百分百满意的东西是很困难的。他找了更多的中介,一间房一间房地看,每间房都仔细打量,从地下室的天花板到屋顶下的阁楼,一个角落都不放过。有时候房子太大了,有时候又太小了;有时候离市中心太远有时又太近;有时候太贵了,有时候需要自己装修的又太多;有时候房子里太闷热了,有时候又太通风了;有时候房子太暗,有时候又不怎么遮光。罗杰总能挑出毛病然后说房子不合适。他当然是很难满足的,他无法忍受让他亲爱的露丝住在一个有任何一点不完美的地方,而完美的房子仍需寻找。找房子是一件累人的事,也是一件令人厌烦的事,不久,露丝开始变得有些急躁。罗杰恳求她要有耐心,他们要找的房子肯定就在某个地方,只要有点毅力,他们就会找到。他们看了几百间房子,爬了几千阶楼梯,检查了无数的厨房。露丝筋疲力尽,不止一次地发脾气。

"如果你再不赶快找到一个房子,"她说,"我就要重新考虑我的决

98　毛姆短篇小说精选集

定了,为什么非要这样,如果你继续这样找下去,我们什么时候才能结婚?"

"别说那种话,"他回答道,"我恳求你有耐心。我刚从我找过的中介那里收到了一些全新的名单。上面有至少六十栋房子呢。"

他们又出发去看房子,他们看过了很多房子,两年时间里他们一直在不停地找房子。露丝变得沉默,言语中流露出轻蔑;她可怜而美丽的眼睛里流露出一丝阴鸷。人类的忍耐是有限度的。巴洛太太纵有天使般的耐心,也最终爆发了。

"你到底还想不想娶我?"她问他。

她的声音里有一种不太常见的硬朗,但这并不影响他温和地回答。"我当然想娶你,找到房子我们马上结婚。另外,我刚听说了一些可能会适合我们的房子。"

"我有点不太舒服,看不了更多的房子了。"

"我可怜的小宝贝,你看起来很累的样子。"

巴洛回到了自己的床上。她不想再看到罗杰,他只好去她的住处询问情况,送花给她。他一如既往地勤劳和勇敢。他每天都写信告诉她,他打听到了另一所房子并邀请她去检查检查。一个星期后他收到了下面的信:

罗杰:

  我认为你不是真正地爱我。我遇到了一个愿意照顾我的男人,我今天就要嫁给他了。

露丝

他回了信并派专人把信交给她:

逃之夭夭

露丝：

　　收到你的来信我很震惊，我将永远无法摆脱这一打击，当然了，你的幸福才是我最先考虑的事情。我随函寄去七份名单，是上午才寄给我的，我相信你一定会在里面挑选出一套非常适合你的房子。

罗杰

生活的真相

亨利·加内特有个特殊的习惯,下午下班出城后,都要到俱乐部打会儿桥牌,然后才回家吃饭。他是个很招人喜欢的牌友,也是个高手,不管什么牌他总能把它打得很好。同时,他赢得起输得起,从不把胜利归结为自己高超的牌技,而是把它归结为运气好。如果他的搭档出错了牌,他也不担心,他总会大气而宽容地为对方找个台阶下。所以,当听到他呵斥搭档打牌如此之烂时,大家都惊讶到了。更让大家惊讶的是,他犯了一个极其低级的错误,而且当他的搭档想要指出来挽回颜面时,他竟然矢口否认。不过,一起打牌的都是老朋友,并没有把这事当真。亨利·加内特是名经纪人,还跟其他伙伴一起经营一家公司,有个牌友猜测会不会是他感兴趣的股票出了差错。

"今天股市怎么样?"他问。

"暴涨,傻瓜都能挣钱。"

很显然,亨利·加内特的烦恼和股票一点关系也没有,但毫无疑问他肯定是遇到了不好的事。他心肠好,对孩子也很尽心尽力,他有深爱他的妻子,还有极好的身体素质和花不完的钱。通常情况下他对任何事都有很高的兴致,打牌的时候,大家说的一些胡话都能轻易地惹他开怀大笑。但是今天他很消沉,一句话也不说。眉头也紧皱着,脸上满是怒气。不久,为了缓和紧张的气氛,一个牌友说起了一个大家都知道亨利·加内特别感兴趣的话题。

"亨利,你儿子近来如何啊?我看他在巡回赛上发挥得挺好。"

亨利·加内特眉头皱得更紧了。

"他没我想象中打得好。"

"他什么时候从蒙特卡洛回来?"

"他昨晚就回来了。"

"他应该挺开心的吧?"

"我看是,不过他算是蠢到家了。"

"哦,他怎么了?"

"如果你们不介意的话,我真不想谈论这个话题。"

三个人好奇地看着他。亨利·加内特阴着脸看着绿色的桥牌桌面。

"不好意思,老伙计,该你叫牌了。"

紧张的沉默中,牌局一直进行着。加内特叫了牌,不过打得极差,连输三局,然后一句话也不说了。又一局开始了,加内特没有继续跟牌。

"没牌吗?"他的搭档问他。

加内特有些烦躁,没有搭理他。等到这局结束时,大家发现他竟然有牌不跟,亲自毁了这一局。他的搭档实在忍不住抱怨他的心不在焉。

"亨利,你到底怎么了?"他说,"你这牌打得真愚蠢。"

加内特有些尴尬。自己输一轮倒没什么,主要是自己的愚蠢让搭档输了,这让他心生愧疚。他勉强打起精神来。

"还是别打了。我想着打几轮我就会平复下来,但事实上我的心思完全不在打牌上。跟你们说实话吧,我今天心情糟糕透顶。"

大家爆笑起来。

"老伙计,你不用说,我们都看出来了。"

加内特苦笑了一下。

"好吧,我敢肯定这件事要是发生在你们身上,你们肯定也会很生气的。说真的,我现在处境十分尴尬,你们谁要是能给我点建议,我真是感激不尽啊。"

"咱们先喝一杯,然后你再跟大家说说到底发生了什么事情。这里有王室的法律顾问,有内政部官员,还有著名的外科医生——如果连我们都给不出建议的话,那就没有人能帮你了。"

法律顾问站起来去按铃让侍者进来。

"是我那个混账小子。"加内特说道。

酒端上来了。然后,加内特给他们说了整个事情的前因后果。

他说的那个孩子是他唯一的儿子,尼古拉斯,当然,大家都叫他尼基,他今年十八了。加内特还有两个女儿,一个十六,一个十二。一般来说,父亲都会更偏爱女儿一点,但是加内特却并不这样,虽然他表现出不偏心于任何一个孩子,但毫无疑问他还是给儿子更多的宠爱。虽然他很关爱女儿,但对她们更加随意一点,过生日和圣诞节就只是给她们买一堆好看的礼物。但他对儿子就更加溺爱了,给他最好的东西,甚至把尼基看作是全世界最重要的人。你也不能责怪他,有尼基这样的孩子,任何父母都很骄傲自豪。他身高六尺二英寸,肌肉矫健,肩宽腰细,身材挺拔,英俊潇洒。尼基有着一头微卷的棕色头发,浓密的眉毛下面是长而密的睫毛和蓝色的眼眸,唇色红润,皮肤白皙而光滑。笑起来有时会露出洁白而整齐的牙齿。他开朗健谈,但是十分谦逊,让人喜爱。社交场合中,他向来都是礼貌从容,安静稳重。一看就是那种健康、随和的父母生养的,生长于良好的家庭氛围之中,又接受了良好的学校教育。这样优秀的男孩子很少见,以至于他成为了青年人的榜样。你能感觉到他很诚实、善良、坦率、表里如一。他从来都没

生活的真相

有让父母担心过。小时候,他从不生病,也不淘气顽皮。长大了更是没做过出格的事情,而且学习成绩优异。在学校里也很受欢迎,担任了学生会主席和校足球队队长,毕业时已经获得的奖项数不胜数。不仅如此,早在十四岁那年,尼基已经在草地网球中展现出了异乎常人的天赋。尼基的父亲不仅很喜欢这项运动,而且还很擅长,当他发现他的儿子很有潜力时,开始准备培养他。假期里,请最好的专业教练来教他打球。到十六岁时,尼基已经获得了一些少年锦标赛的冠军了。现在能把他的父亲轻松击败,要不是孩子真的很优秀,这个老选手真是没办法面对自己的差劲表现了。十八岁时,尼基上了剑桥大学,亨利·加内特满怀期望,认为尼基在读书期间就能代表剑桥打比赛。尼基具备成为一名伟大运动员的所有条件。他个子高,臂展长,移动敏捷,击球点准确,能快速判断来球方向,不慌不忙地把球回过去。他有强悍的发球能力,一旦破发就难以被回破。他的左手抽球又平又远,落点刁钻而致命,右手稍差,截击球缺乏章法。但是在进入剑桥大学前的暑假,亨利·加内特请来全英国最好的教练来帮助他改进不足。虽然还没有向尼基谈起,在他的内心深处有一个更大的抱负,他希望尼基能参加温布尔顿网球锦标赛,说不定,还能代表国家参加戴维斯杯。当他幻想着看到儿子跳过球网,跟刚刚击败的美国冠军握手,然后走出场地,接受现场震耳欲聋的欢呼声时,他的喉咙似乎被什么大的东西噎住了。

作为经常被温网邀请观看的嘉宾,亨利·加内特有许多网球圈的朋友。在参加工商界的一次晚宴上,他身边坐着的是网球界的一个朋友——布拉巴宗上校。他很自然地跟上校提及尼基下个赛季有没有机会代表剑桥大学参加比赛。

"你怎么不让他去参加明年春天的蒙特卡洛大师赛呢?"上校突然问道。

"哦,我觉得他水平不够,他才十九岁,他去年十月才进入剑桥大学学习。就算去了,他也不是那些强者的对手。"

"当然,奥斯汀和冯克拉姆那些人会轻易地打败他,但是也许能赢上一两局,如果碰上实力弱点儿的选手,赢上两三场也不是没有可能。他从没有跟顶尖球员交过手,这对他来说是个难得的锻炼机会。比起你送他参加的那些低级别赛事,他能学到更多东西。"

"我从没想过这件事,我不想让他学期中途离开剑桥。我一直在教导他,网球只是游戏,不能影响学业。"

布拉巴宗上校问他这个学期何时结束,加内特回答了他。

"他没问题,他只需要耽误三天时间,肯定可以安排好的。你看,本来我们可以依赖的两个队员,却让我们非常失望,所以现在队伍还不完整。我们想尽可能派出实力强劲的队伍。德国和美国都派出了实力强劲的队员。"

"老伙计,肯定不行的。首先尼基还打得不够好,其次呢,我不想让他在没有人照顾的情况下独自去蒙特卡洛。如果我能抽身去陪着他的话,我会同意他去参加,但是我没空啊。"

"我应该会在那里。我会作为英国队的场外队长前去蒙特卡洛,我会照看他的。"

"你肯定会很忙,还有,我不想让你承担责任。他从未离开过家,说实话,他在那里,我会一刻都不得心安。"

他们离开宴会后,亨利·加内特立刻回到了家。布拉巴宗上校给他的建议让他受宠若惊,忍不住告诉了妻子。

"想不到他认为尼基打得很好,都可以参加大师赛了。他说他看过尼基打球,还说他击球的手法很好。他想让尼基再多加训练,提高得更快。我们将来就会看到尼基打温网的半决赛了。"

让亨利疑惑的是,他以为夫人会反对,但是并没有。

"毕竟尼基已经18岁了,也没有出过差错,所以并没有理由说他现在就会出差错。"

"别忘了他还有功课要做,一旦让他中途停下,就是一个糟糕的开端。"

"就三天而已,不给他这个机会实在可惜。我敢肯定你告诉他之后,他会高兴得跳起来的。"

"好吧,但是我并不想告诉他。我送他去剑桥大学不仅仅是为了打网球的。我知道他的学习成绩很稳定,但诱惑他实在是太愚蠢了。他还是太小了,不能让他独自一人去蒙特卡洛。"

亨利·加内特轻轻地叹息。刚才驱车回家的途中他想到奥斯汀的健康状况和冯·克拉姆的状态。假如,只是就事论事,尼基运气好的话——那他肯定会被选中代表剑桥参加比赛。当然,这些都是胡乱猜测。

"不行,亲爱的。我已经决定了,并且不会改变。"

加内特夫人不再说话了。但第二天她就写信把事情告诉了尼基,并设身处地地建议他如何劝说他的父亲以得到允许。一两天后,亨利·加内特收到了儿子的来信。儿子激动不已,说已经见过同是网球选手的导师,还找到了认识布拉巴宗上校的院长,院长同意了他在学期期末之前离校,导师和院长都认为这是个不能错过的机会。他也想不出如果去了蒙特卡洛会有什么坏处,如果就这一次,父亲能够同意他参加的话,他保证下个学期会加倍努力。这是一封相当有说服力的信,加内特夫人看着她的丈夫在餐桌旁读完,装作没看到丈夫脸上的不悦。亨利把信扔到她面前。

"我真的不知道你会觉得有必要把我私下告诉你的事情给尼基说。你这个人太差劲了,现在可好,他已经分心了。"

"抱歉,我想着他知道布拉巴宗上校很看好他后会很开心的。我不明白为什么只能告诉人们别人不看好他的地方？当然了，我也很清楚地告诉他，他是不可能去参加的。"

"你现在让我进退两难啊。而且，我很讨厌让儿子以为我是一个令人讨厌的、专制的父亲。"

"哦，他不会的。也许他会觉得你很傻，还不讲理，但我确定他肯定会理解你不让他去是为了他好。"

"天呐。"亨利·加内特说。

他太太实在忍不住想笑，她知道，亨利的决定动摇了。哎呀，让男人按照你的意愿行事简直太简单了。但怕面子上挂不住，亨利·加内特仍然坚持了四十八个小时，不久就妥协了。两周之后，尼基回到了伦敦，第二天清晨就动身前往蒙特卡洛。吃过晚饭，等到夫人和大女儿离开后，亨利借机对尼基叮嘱了几句。

"我实在是不放心让你这个年龄的孩子独自一人去蒙特卡洛。"他接着说，"既然要去，我只希望你万事多加小心。我不想扮演一个十分严厉的父亲，但是有三件事我要特别警告你：第一，不要赌博；第二，不要借钱给别人；第三，不要跟女人有牵扯。如果你不碰这三样东西，你就不会被伤害到，所以你要记住了。"

"好的，爸爸。"尼基笑着回道。

"最后再跟你说一句，我太了解这个社会了，所以相信我，我的建议十分管用。"

"我保证我不会忘记的。"

"这才是好孩子，现在我们上楼找你妈妈和妹妹吧。"

在蒙特卡洛大师赛上，尼基输给了奥斯汀和冯·卡拉姆，但是他的表现也算可圈可点。他出人意料地赢了来自西班牙和澳大利亚的选手。混双比赛中，他进入了半决赛。他的魅力征服了每一个人，而且他自己也很享受其中。大家都觉得他前途无量，布拉巴宗上校告诉

生活的真相

他,等他再大一点,再多跟顶尖球员交手,他肯定会成为他父亲的骄傲。大师赛结束了,第二天,他就要飞回伦敦了。为了比赛期间打出好球,他十分节制自己,不抽烟喝酒,早睡早起。但是到了最后一天,他想去体验一下蒙特卡洛的生活方式,这种他听说过很多次却一次也没有体验过的生活。组委会为球员们举办了晚宴,之后,他还和其他人一起去了体育俱乐部。这个地方他还是第一次来参观。蒙特卡洛十分拥挤,俱乐部里人山人海。除了在电影里见过的,尼基从来没见过轮盘赌,他不知所措、迷迷糊糊地走到第一张台子前,看到不同大小的赌注筹码放在乱糟糟的绿色桌布上。赌台管理员猛地转动转盘,又把一个小白球轻轻地扔进去。不知等了多久,小白球停下了,另一位赌台管理员面无表情地把输家的筹码都给捞了过去。

不一会儿,尼基溜达到一个在玩"红与黑"的纸牌游戏的桌面旁,但是他看不懂怎么玩的,觉得很无聊。他看到另外一个房间挤满了人,便走了过去。一场巴卡拉纸牌游戏正玩得激烈,他很快就感觉到了牌局的紧张气氛。为了保护玩家,挤来挤去的看客被隔在一根黄铜栅栏外面。玩家围着桌子坐下,每侧九个人,发牌的人坐在中间,赌台管理员坐在他的对面。他们的赌注都很大,发牌的人来自希腊财团。尼基观察了他一下,他的目光专注地盯着台面,不管输赢他都面不改色,这太奇怪、吓人了。看到有人为一张纸牌就冒险拿出一千英镑来,即使输了,也只是笑一笑,这场面让从小节省惯了的尼基感到一种奇特的刺激。这个时候,一位熟人向他走了过来。

"玩得好吗?"他问。

"我没有玩。"

"你太明智了,这玩意儿一点都不好,走吧,喝一杯去。"

"好吧。"

喝酒的时候,尼基告诉他的朋友,这是他第一次来这种地方。

"哦,那你走以前,一定得玩一把小的。来蒙特卡洛,如果不试试你的运气就离开的话,那简直不能再愚蠢了。毕竟,输个一百法郎也没什么。"

"我觉得也没什么,但是我来之前父亲告诉我有三件事一定不能碰,其中一个就是赌博。"

但当与同伴分别后,他又回到一张正在轮盘赌的桌子旁。他站了一会,看到输家的钱被赌台管理员拿走,而后给了赢家。不得不说,这太刺激了。他朋友说得对,不在蒙特卡洛赌上一把确实很愚蠢。这就是一次经历而已,在他这个年纪,就应该去经历,去体验。他只是承诺他的父亲不忘记他的建议,没有保证不去赌啊,这完全不是一回事,对吧?他从钱包里拿出一张一百法郎的支票,并羞怯地把它放在了十八号上。他选择这个数字,是因为他十八岁了。他看着轮盘,心脏猛烈地跳动着。小白球不停地转着,像个心怀恶意的小恶魔。转盘转得越来越慢,小白球犹犹豫豫的,不知道是停还是不停,最后,小白球落进了十八号洞里,尼基简直不敢相信自己的眼睛。一大堆筹码推了过来,他双手颤抖地拿着,看起来是很大一笔钱!他太紧张了,都不知道要给下一轮押注,事实上,他不想玩了,一次就够了。但是当小球又一次落在十八号上时,他惊呆了。而且这一次,十八号上只有一个筹码。

"天啊,你又赢了。"站在他旁边的一个人道。

"我吗?我又没有下注。"

"不,你下注了。你原来下的注,这个筹码会一直有效,除非你要回来,难道你不知道吗?"

另一堆筹码推到了他的面前,尼基已经眩晕了,他数了数赢的钱:七千法郎。一种古怪的感觉涌上心头,他觉得自己实在是太聪明了,这是他听过最容易赚到钱的方式了。他迷人的、坦诚的脸上露出灿烂的笑容,有神的眼睛盯着站在旁边的一位女士,他们相视而笑。

"你太幸运了。"她说。

她说的是英语,但带着外国口音。

"太难以置信了,这是我第一次玩这个。"

"原来是这样啊,能借你一千法郎吗?我都输光了,半个小时后就还给你。"

"好吧。"

她从他一摞筹码中抽走了一个红色大筹码,说了句谢谢,然后就消失不见了。刚刚跟他说话的男人咕哝着说:

"你再也见不到那个女人和你的法郎了。"

尼基很懊恼,他父亲特别提醒他不要借钱给别人。把钱借给一个他不认识的人,这真是太愚蠢了!但是事实上,在借钱的那一刻,他对人类充满了爱意,以至于他想都没想就把钱借出去了。还有那个红色的大筹码,他根本不知道它价值多少钱。唉,好吧,也没关系,至少他现在还有六千法郎,他还想再尝试一两次,如果输光了,他就回家。他把一个筹码放在了十六号上,因为他的大妹妹十六岁,但是输了。然后,又在十二号上放了筹码,因为他的小妹妹十二岁,但是还是输了。他又随意试了几个数字,也没有赢。搞笑的是,他赢钱的诀窍失效了。他想着再试一次,然后就不玩了,他竟然赢了。不仅把输的又赢回来了,还有富余。一个小时后,经过了一番跌宕起伏,他从来没有体验过这种刺激的游戏。他准备走了,发现口袋已经快要装不下筹码了。他走到了兑换处,当看到一张两万法郎的支票在手上时,他紧张得喘不过气来。他把支票放在口袋里,转身准备走时,借他一千法郎的女人走了过来。

"我到处找你呢,"她说,"我担心你走了,我快急死了,要是不还给你,你指不定会怎么想我呢。这是你的一千法郎,非常感谢你能借钱给我。"

尼基的脸突然变得涨红起来,惊讶地盯着她。他竟然误解她了!他父亲告诉他,不要赌博,好吧,他赌了,还赚了两万法郎;他父亲告诉他,不要借钱给陌生人,好吧,他借了,但是人家还给他了。事实上,他并不像他父亲想的那么愚蠢:他有一种本能的预感,他可以放心地把钱借给她,你看,他的本能是对的。不过,他吃惊的表情太明显了,那位娇小的女士忍不住笑了起来。

"你怎么了?"她问。

"说实话,我真没想到你会把钱还给我。"

"你把我当成什么人了?你认为我是那种水性杨花的、骗人的女人?"

尼基脸红得好像头发根儿都红了。

"不,当然不是。"

"我看着像吗?"

"一点也不像。"

她穿得非常素净,一身黑,脖子上戴着一串金珠链,一身款式简单的连衣裙把她曼妙的身材展露得十分完美。她长着一张漂亮精致的脸,一头利索的短发,妆容不浓不淡,简单大方。尼基猜想她顶多大他三四岁,她冲着尼基和善地笑了笑。

"我丈夫在摩洛哥的政府部门工作,而我来蒙特卡洛也已经几周了,因为他认为,我想换换环境。"

"我要走了。"尼基说,因为他想不出来其他的话题了。

"是吗!"

"对,我明天要早起,坐飞机回伦敦。"

"是啊,大师赛今天就结束了,对吗?我看过你的比赛,两三次吧。"

"是吗?我不知道你竟然注意到我了。"

"你打球很好看,你穿着运动短裤的样子很迷人。"

尼基并不是那种自负的年轻人,但是他认为这个女士来向他借一千法郎只是为了搭讪。

"你去过尼克伯克歌舞厅吗?"她问道。

"不,我从未去过。"

"哦,离开蒙特卡洛之前你得去体验一下,去跳一下舞,怎样?说实话,我现在很饿,想去那里吃培根煎蛋。"

尼基记得他父亲的建议,不要跟女人有任何的牵扯。但这次是不同的。你只要看一眼这个娇小可爱的女士,你就会知道她很正派的。他猜她的丈夫是个公务员,他父母有一些公务员朋友,而且经常来他家吃晚餐。那些太太既不年轻也不漂亮,跟她比简直差远了,但是她跟那些太太一样贤淑。而且,现在已经赢了两万法郎,去玩一下也无妨。

"我很乐意和你一起去,"他说,"但是希望你不要介意我只能待一会儿,我给宾馆留了便条,让他们明早七点叫醒我。"

"你想什么时候走,就什么时候走。"

尼基在尼克伯克玩得很开心,他非常有胃口地吃了培根煎蛋,还和那位女士一起喝了一瓶香槟。他们还一起跳了舞,那位娇小的女士告诉他,他跳得很好。他知道自己跳得很棒,当然了,跟她一起跳很轻松,她舞姿轻盈得像羽毛一样。她把脸颊贴着尼基的脸颊,当他们目光相对时,她的笑容让他心跳个不停。一个黑人女歌手唱歌的声音低沉性感,歌舞厅里挤满了人。

"有人跟你说过你长得非常帅气吗?"她问道。

"我觉得没有,"他笑了笑,心想,"天呐,我觉得她喜欢上我了。"

尼基并不愚蠢,他当然知道有很多女子喜欢自己。她的话让尼基把她抱得更紧了。她闭上了眼睛,发出了一声轻轻的喘息。

"我当着这么多人的面吻你,是不是不太好?"尼基问道。

"你觉得他们会怎么想我?"

已经很晚了,尼基说他真的要走了。

"我也要走了,"她说,"你能顺便送我回宾馆吗?"

尼基付了账,钱数多得他有点吃惊,但是他口袋里有一大笔钱,也就不在乎这点钱了。然后,他们搭上了出租车,她紧紧地依偎在他的身上,尼基吻了她,似乎她还挺喜欢的。

"天呐!"他心想,"不会发生什么事情吧。"

毫无疑问,她已婚,但是她的丈夫在摩洛哥,而且看起来她已经爱上他了,绝对地。他父亲的确告诫他不要跟女人有任何牵扯,但是,他又想了想,他没有承诺父亲不跟女人有牵扯,只是承诺他不要忘记他的建议。好吧,他没有忘记,直到这一秒,他还记得呢。但是要随机应变,她是如此的娇小可爱,就像一盘菜端到你面前,你如果错过了,那实在是太愚蠢了。到宾馆后,尼基付了车钱。

"我会走回去,"他说,"歌舞厅太闷了,我需要呼吸一下新鲜空气。"

"上去坐一下吧,"她说,"我想给你看看我小儿子的照片,可以吗?"

"哦?你有儿子了?"尼基有点沮丧。

"是的,非常可爱的一个小男孩。"

他跟着她上了楼,他并不是真想看她儿子的照片,但是出于礼貌,他得假装想看。他担心自己会出丑,因为他想到,她带他看照片只是提醒他,他想错了。他告诉她自己只有十八岁。

"想着她只是觉得我是个小孩子。"

他开始懊悔在夜店花了太多钱喝香槟。

但是,她根本没有给他看她儿子的任何照片。一进房间,她就转过身子,用双臂搂着他的脖子,深深地吻住他的嘴唇,他从未有过如此

生活的真相

激烈的亲吻。

"亲爱的。"她说。

一会儿,他父亲的建议涌入脑海,但是很快他就忘记了。

尼基睡得很轻,最小的声音都会把他吵醒。两三个小时后,他醒了,而且一时记不得他在哪里。房间并不是很暗,卫生间的门开着,里面的灯还开着。突然,他意识到有人在屋里走动,然后他知道他在哪里了。他看到他娇小的朋友,正想说话,但是她奇怪的动作让他没有说话。她走得非常小心,好像非常害怕尼基会醒来。她走一两步就会停下来看看他。他很好奇她在干什么,但是一会儿他就知道了。她走到他放衣服的椅子旁,还朝他的方向看了看,似乎在等待一个最佳的时机,这对于尼基来说像是一个世纪那么长。房间里的寂静让尼基感到特别紧张,以至于可以听见心跳的声音。然后,她非常缓慢地、静悄悄地拿起他的外套,手伸进口袋里拿走了所有尼基引以为傲的那些漂亮的法郎。轻轻地把外套放回去,又放了几件其他的衣服在外套上,看起来好像没有人碰过一样。她手里拿着一大把钞票,站在那里等了好久。尼基压制住自己跳起来抓住她的冲动,因为刚才发生的事情震惊了他,另外,自己身处异乡,如果闯了祸,还不知道会发生什么事。她看着尼基,尼基半闭着眼,他肯定她一定觉得他睡着了。寂静之中,她一定能听出尼基均匀的呼吸声。当她再次确定自己的动作没有惊醒尼基时,她小心翼翼地走到了房间的另一边。窗户旁的小桌子上有一盆富贵菊。尼基睁开眼睛看了看她,盆里富贵菊的土壤显然很松,因为她抓着花茎一下子就拿起来了,她把钱放在盆底,然后把花放了回去。盆底确实是个藏东西的好地方。没有人会想到开得如此茂盛的花下面会藏着东西。她慢慢地用手指压了压土,小心翼翼以防发出任何声音,她蹑手蹑脚地穿过房间,钻进了床上。

"宝贝儿。"她轻声地唤道。

尼基的呼吸很均匀,像是在熟睡中。这个娇小的女人翻过身来,很快就睡着了。虽然尼基一动不动,但是他的心绪难平。刚才的那一幕让他愤怒极了,生气地心想:

"她什么也不是!就是个臭女人!还说她有儿子,丈夫在摩洛哥工作,我真是瞎了!她就是个盗贼!竟然把我当傻瓜!如果她想她会拿走我的一切,那她就大错特错了!"

尼基已经决定如何花掉那些用聪明赚来的钱了,很早他就想拥有一辆属于自己的车了,父亲实在是太抠了,都不给他买。毕竟,小伙子都不愿意坐着家用汽车到处跑。哼!他就要给他的老父亲上一课,他要给自己买一辆。两万法郎大概就是两百英镑,就可以买一辆非常漂亮的二手车了。他想把钱拿回来,但不知道怎么拿回来。他不想大呼小叫,他人生地不熟,对宾馆也一无所知。而且很有可能这个女人在这里有朋友,他不怕跟人公平地打一架,但是如果让那个人拿枪指着自己就太愚蠢了。想了又想,好像也没有什么证据证明那些钱是自己的。如果那个女人赌咒那些钱是她的,他很有可能会被关进警察局。他真不知道该怎么办,现在,这个娇小的女人呼吸均匀,已经熟睡了。她一定是睡熟了,因为这事她非常完美地办成了。看着她熟睡的样子,而自己却害怕得要死要活,尼基气疯了。突然,他想到了一个好办法。这个办法太好了,以至于他想跳下床立即去干,然而一丝理智告诉他现在还不是时候。以其人之道还治其人之身,她既然把钱偷了过去,那自己就可以再偷回来啊,彼此彼此嘛!他决定先静静地等待,等到那个骗子完全睡熟了再行动。他等了很久,她一动不动。呼吸均匀,像个孩子一样。

"亲爱的。"他终究还是喊了一声。

没有回答,没有动作,睡得很死。尼基开始慢慢地行动,动一下,停一下,悄无声息地下了床。他站了一会儿,看看她有没有被吵醒。

她的呼吸非常平稳。停下来的时候,他仔细地看了看房间里家具摆放的位置,以防走过去的时候碰撞到桌椅而发出声响。他走走停停,步子很轻,没有任何声音。他足足用了五分钟才走到窗前,然后他又停下来等了一会儿。这时,床突然响了一声,他吓了一跳,原来只是那个女人翻了个身。尼基强迫自己再等一下,从一数到一百。女人仍然一动未动地睡着,像根木头一样。他小心翼翼地抓住富贵菊的花茎,把它从花盆里轻轻地拿了出来。另一只手伸进盆底,当手指头碰到钱时,他心脏都快跳出来了,抓住钱,慢慢拿出来。然后又把花放回去,这回轮到他用手小心地把土压平了。过程中,他不断地回头瞟着那个女人,一切都还是那么平静。停顿了一会儿之后,他小心翼翼地走到放衣服的椅子旁,把那叠钱放到外套的口袋里,然后开始穿衣服。因为不能发出声音,他花了整整十五分钟才把衣服弄好。尼基很庆幸自己的晚礼服里面穿着一件质地柔软的衬衣,穿起来声音比那些粗硬的衬衣小了很多。不过,房子里没有镜子,系领带是个麻烦,但是系不好也没有关系,他聪明地这样想着。这个事情太像一个恶作剧了,他开始兴奋起来。最后,除了鞋子还没有穿,一切都穿戴好了。他手提着鞋子,准备到走廊上再穿,现在他必须穿过房间走到门口,他毫无声息地走过去,即使睡眠最浅的人也无法被惊醒。但是,房门必须打开,他轻轻地转动钥匙,还是发出了声音。

"是谁?"

那个女人突然在床上坐了起来。尼基的心脏都到嗓子眼了,他努力让自己保持冷静。

"是我,已经六点了,我得先走了。我不想惊醒你。"

"哦,我忘记了。"

她又重新躺回枕头上。

"既然你醒了,那我就穿鞋子了。"

他坐在床边穿上了鞋子。

"出去的时候不要发出噪音,宾馆里的人不喜欢。啊,我实在是太困了。"

"你再接着睡一会儿吧。"

"吻我一下再走吧。"他起身吻了她一下。

"你是个甜蜜的男孩,当然也是完美的情人。祝你一路顺风。"

直到出了宾馆的大门,尼基才感到舒心。天已经亮了,没有一片云彩。游艇和渔船停靠在海港边,一动不动。岸上的渔民又要开始新一天的工作了。街道上一个人都没有。尼基深深地呼吸了一口早晨的清新空气,他感到一丝清醒和舒畅。他也很高兴,迈着轻快的步伐,肩膀向后仰着,走上山去,沿着赌场前的花园往前走着。在那清澈的光下,花儿散发出一种露珠般的光彩,那是多么美妙啊!最后,他走到了酒店,这里的一天已经开始了。大厅里的搬运工,脖子上戴着围巾,头上戴着贝雷帽,正忙着清扫。尼基回到他的房间,洗了个热水澡。他躺在浴缸里,满意地想,他不像有些人所想的那样是个傻瓜。洗澡后,他做了一些运动,穿好衣服,收拾行李,准备下楼吃早饭。他胃口很不错。这是在欧洲大陆吃的最后一顿了。他吃了葡萄柚,喝了一些粥,又吃了培根和鸡蛋,刚出炉的面包卷,又脆又好吃,到嘴里很快就融化了,还吃了橘子酱,喝了三杯咖啡。虽然他饭前感觉很好,但饭后他感觉更好了。他点燃了——他最近学会了抽烟——烟管,付了账,上了那辆等着送他去戛纳对岸的尼斯机场的汽车。这条路一直通到美丽的山顶,下面是蓝色的大海和海岸线,他觉得这景色太宜人了。他们在清晨时穿过了美丽的、愉快的和友好的尼斯,没一会儿,他们开上了一条悠长笔直的滨海公路。尼基付了车费,不是用前一天晚上赢来的钱,而是用他父亲给他的钱;在尼克伯克酒店,他换了一千法郎买单,可是那个狡猾的小女人把他借给她的一千法郎还给了他,所以他

生活的真相

口袋里还有两万法郎的钞票。他想把钱拿出来看看,它们几乎就快没有了,他从屁股口袋里拿出来,为了安全起见,当他穿上衣服时,他把它们塞进旅行衣口袋里,一个接一个地数着。很奇怪的是,本来应该有二十张的,现在却有二十六张了,他实在是想不明白。他又数了两遍,没有出错啊,他有两万六千法郎,而不是两万法郎,还真是百思不得其解。他想是否有可能他在体育俱乐部赢的钱比想象的要多。不可能,他清楚地记得兑换处的工作人员把纸币分成四份放在桌子上,每份五张,自己也是检查过的。他突然想到,当他把手伸进花盆里拿出富贵菊后,把盆底所有的钱都拿出来了。花盆是那个小荡妇的钱箱,他不仅取出了自己的钱,而且还取出了她的存款。尼基向后靠了靠,大笑起来,这是他一生中听到的最可笑的事情了。当他想到她醒来,尤其是在他走后,走到花盆前,期待着找她昨晚拿走的钱,然而却发现它不仅不在那儿,而且她自己的钱也没有了,他笑得更开心了。对尼基来说,他既也不知道她的名字,也不知道她带他去的那家旅馆的名字,即使他愿意,他也不能把钱还她了。

"这是她罪有应得。"他说。

这就是亨利·加内特在桥牌桌上对他的朋友们讲的故事。前一天晚饭后,当他的妻子和女儿回屋休息后,尼基把整个事情告诉他。

"你们知道吗?激怒我的是他如此高兴自得的样子,好像做了一番大事。你知道他结束后对我说了什么吗?他用那双无辜的眼睛看着我,说:'你知道,父亲,我不禁想到你给我的建议有些不对。你说,不要赌博,好吧,我赌了,还赚了一大笔;你说,不要借给别人钱,好吧,我借了,但我拿回来了;你说,不要和女人有任何关系,好吧,我做了,但我赚了六千法郎。'"

亨利·加内特的三个同伴突然大笑起来,但他并不感到轻松好笑。

"对你们来说当然好笑了,但是你们不知道我有多尴尬!这个孩子以前很尊敬我,他把我说的每一句话都当作福音真理,而现在,我从他的眼睛里看到了,他只是把我当作一个满嘴废话的老傻瓜。我再跟他说什么道理也没有用了,他不认为这个事情只是侥幸,而是觉得是自己的聪明才智起了作用。这会毁了他的。"

"你看起来确实有点愚蠢,老家伙,"其中一个人说道,"这是不可否认的,是吧?"

"我知道我很傻,很愚蠢,但是我接受不了这件事情的发生。太不公平了!命运没有权利像这样耍花招,毕竟,我的建议是好的。"

"确实非常好。"

"这孩子真让我头疼,他应该吃点苦头才对,但是他没有。你们都是见多识广的人,你们告诉我现在我该如何处理这种情况。"

他们谁也说不出来。

"好吧,亨利,如果我是你,我不会担心,"律师说,"我相信你的儿子天生就很幸运,从长远来看,这比天生聪明或富有要好得多。"

全懂先生

我早已准备要讨厌麦克斯·克达拉,虽说我之前还不认识他。战争刚刚结束,远洋航行客轮的客运量很大。船舱供不应求,无论售票机构提供什么样的住处,你都得接受。单人的客舱是没什么希望了,很庆幸的是,我得到了一个有两个铺位的隔间。但当我得知同住之人的名字时,我的心都沉了。这个名字就像紧闭的舷窗和被严密阻挡在窗外的晚风,让我倍感不适。和任何人同住一间客舱十四天已经够糟糕的了(船是由旧金山驶向日本横滨),但如果我的室友名字叫史密斯或者布朗的话,我应该就不会那么沮丧了。

上船时,我发现克拉达先生的行李已经放在下铺了。我一点也不喜欢它的样子:行李箱上标签太多了,放衣服的柜子体积也很大。他已经安放好洗漱用品,我观察到他是杰出的考蒂先生的顾客,因为我看见洗衣台上他的香水,洗发水和发蜡全是这个牌子的。克拉达先生的乌木梳子上刻着金色的字母组合,要是能擦洗一下就更好了。我一点儿也不喜欢他。我走进吸烟室,找了一副牌,开始玩单人纸牌游戏。刚一开始,就有人过来问我是不是某某人。

"我是克拉达。"他微笑着补充道,露出一排闪闪发亮的牙齿,坐了下来。

"噢,是的,我想我们住在同一间客舱里。"

"我想这些都看运气。你永远也不会知道你会被分到和谁住一起。听说你是英国人,我很高兴。我完全赞成我们英国人身处异乡时应团结在一起。希望你能明白我的话是什么意思。"

我眨了眨眼。

"你是英国人吗?"我有些不太礼貌地问。

"当然啦。你看我长得也不像美国人吧?从外表深入到骨髓我都是英国人。"

为了证明这一点,克拉达先生从口袋里掏出他的护照,得意地在我面前挥动。

乔治国王有许多奇奇怪怪的臣民。克拉达先生个子矮小,身体强健,胡子刮得干干净净,皮肤黝黑,肉肉的鼻子呈鹰钩状,一双眼睛大而有神,卷曲的黑发又长又滑。他说话特别流利,一点儿也不像英国人,动作、手势看起来也是充满活力。我确信,如果仔细检查一下他的英国护照,会发现克拉达先生出生时的天空应该比英国平时的天空更蓝。

"你想喝点儿什么?"他问我。

我怀疑地看着他。禁酒令已经生效,而且从表面上看,这艘船上没有任何能喝的东西。我口不渴的时候,姜汁汽水和柠檬汁两者之间确实不知道更讨厌哪一个。但克拉达先生对我露出一个东方人的微笑。

"威士忌、苏打水或纯的马提尼,你只需说一句话就行了。"

他从裤子后袋里掏出一个瓶子,放在我面前的桌上。我选择了马提尼,他给乘务员打电话,要了一大杯冰和几个玻璃杯。

"这鸡尾酒真不错。"我说。

"我还有很多这样的酒,如果你船上有朋友的话,你可以告诉他们你有一个朋友,他有这世上所有的酒。"

克拉达先生很健谈。他谈到了纽约和旧金山,谈到了戏剧、电影和政治。他非常爱国。英国国旗是一块令人印象深刻的布,但要是亚

全懂先生

历山大人或者贝鲁特的人来挥舞它,我不禁感觉它失去了其高贵的意义。克拉达先生很自来熟。我并不想装腔作势,但我觉得要是他称呼我时,能在我的名字前加"先生"这两个字的话,应该更礼貌些。无疑为了让我安心,克拉达先生没有那么拘谨,顾虑礼节。我实在不喜欢这个克拉达先生。他坐下来时,我就把我的牌放到一边了,但是现在我觉得我们的第一次谈话已经够久了,我又继续玩起我的游戏来。

"三接上四呀。"克拉达先生说。

玩纸牌的时候,没有什么比这更让人恼火的了。刚刚翻起牌,自己还没来得及看一眼,就有人告诉你要把牌放在哪里。

"马上出来了。马上出来了,"他叫道,"十接上杰克(纸牌中的J)啊。"我的心中充满愤怒和仇恨,就停了下来。这时他抓住牌。

"你喜欢纸牌魔术吗?"

"不,我讨厌纸牌魔术。"我回答道。

"好吧,那我就表演一个给你看看。"

他给我表演了三个,然后我说我要去餐厅找座位。

"哦,没关系,"他说,"我已经帮你订了一个座位。我觉得既然我们是住在同一间特等舱里,我们还是坐在一桌吧。"

我真的不喜欢这个克拉达先生。

我不仅和他同住一个客舱,每天同桌吃三顿饭,而且每次我在甲板上散步时,他都要加入进来。要拒绝他是不可能的,他从来没想过,别人会不欢迎他。他相信你见到他会和他见到你一样高兴。在你自己家,你可以把他踢下楼,当着他的面砰的一声关上门,丝毫不用怀疑,他是一个不受欢迎的客人。他是一个非常善于交际的人。三天时间里,他就认识了船上的所有人。他插手一切事务,管理清扫工作,主持拍卖会,为运动会筹集资金买奖品,举办套环游戏和高尔夫球比赛,组织音乐会,安排化妆舞会。无论何时何地都能看见他。显然,他是船上最讨厌的人。我们给他取了个外号叫"全懂先生",甚至当着他的面这样称呼他。他把这个当作是一种赞美。吃饭时间是最让人难以忍受的。在用餐的这一个小时的大部分时间里,我们所有人都得任由他摆布。他精力旺盛,天性快活,喋喋不休,能言善辩。他比其他任何人都了解一切,而且因为他那过分的虚荣心,如果你不同意他的观点和做法,那就是对他的侮辱。不管一个话题多么不值得一谈,除非他把你带到他的思维方式并认同他,否则他不会放弃这个话题。他从来没有想到过自己会犯错的可能性,他是个无所不知的人。一天我们和医生一起吃饭。因为在场的医生很懒,我也非常冷漠,克拉达先生本能地畅所欲言,但一个叫拉姆西的人也同我们坐在一起。他和克拉达先生一样固执,对黎凡特人的过于自负愤怒不已。他们讨论得很激烈,言辞辛辣,没完没了。

拉姆西在美国领事馆服役,驻扎在神户。他是来自美国中西部的一位重量级人物,皮肤下紧紧包裹着一层厚厚的脂肪,身上的衣服被撑得鼓鼓的。他之前飞去伦敦接了已经在家里待了一年的妻子,现在正要回去复职。拉姆西夫人非常漂亮,举止和蔼可亲,说话幽默风趣。领事馆的工资很低,她的穿着总是很简朴,但她知道怎么打扮自己。她性格非常安静,我本不应该注意到她的,但她拥有一种特别的品质,也许女人都有,但现在你已经不大能从她们的言谈举止中找到了。你看着她,不能不被她的端庄朴实所打动。她这样的品质就像大衣上别着的那朵花,非常耀眼。

一天晚上晚饭的时候,谈话偶然地转到了关于珍珠的话题上。报纸上有很多关于狡猾的日本人制造的养殖珍珠的报道,医生说,这些珍珠必然降低了真正珍珠的价值。它们已经做得很好了;很快它们就会变得完美。克拉达先生照例提出了新的话题。他给我们讲了关于珍珠的所有知识。我认为拉姆西一点儿也不了解它们,但他无法抗拒能有一个嘲讽黎凡特人的机会,五分钟后我们就身处激烈的争论中了。我之前见过克拉达先生健谈的一面,但从未见过他如此健谈,情绪如此激动的样子。最后,拉姆西说的某些话可能刺痛了他,他捶着桌子喊道:

"好吧,我说的东西真的不能再真了。我去日本就是要看看日本的珍珠生意。我是做这个生意的,做这行的没有人会告诉你我刚才说的那些都不对。我知道世界上所有最好的珍珠,而我不知道的那些关于珍珠的东西就是不值得知道的。"

这对我们来说是个大新闻了,因为尽管克拉达先生老是喋喋不休,但他从来没有告诉过任何人他是做什么生意的。我们只隐约知道他去日本是因为生意上的事。他得意洋洋地环视了一下桌子上的人。

"养殖的珍珠像我这样的专家一眼就可以辨别出来。"他指着拉姆西夫人戴的一条项链,"相信我的话,拉姆西夫人,你现在戴的那条链子永远不会比现在少一文。"

拉姆西夫人微红着脸温和地冲他示意了一下,把链子塞进裙子里。拉姆西身体前倾,他看了我们一眼,眼中闪烁着笑意。

"我太太的链子挺漂亮的吧,不是吗?"

"我一眼就注意到了,"克拉达先生回答,"我对自己说,天啊,那些是真的珍珠啊。"

"当然,这项链不是我自己买的。我很想知道你认为它值多少钱。"

"哦,要是懂行的人买的话,大约一万五千美元。但如果它是在第五街买的,花上三万美元,我也不会感到惊讶。"

拉姆西冷冷地笑了一下。

"你要是知道这条链子是离开纽约前一天,我太太去百货公司买的,花了十八美元,就会感到惊讶了。"

克拉达先生脸涨得通红。

"胡说。它不仅是真的,而且就这种尺寸来说,是我所见过的项链中品质上乘的。"

"你敢打赌吗?我跟你赌一百美元,这是仿制品。"

"好,赌就赌。"

"埃尔莫,你都已经确定的事怎么能打赌呢?"拉姆西夫人说。

她的嘴角露出一丝微笑,语调温和,略带不赞成。

"我为什么不能?如果我有机会那样容易得到钱,却不接受它,我就是个傻瓜。"

"但是怎样才能证明呢?"她继续说道,"最后只是我和克拉克先生意见不一罢了。"

"让我看看那条链子,如果是仿造的话,我马上就能告诉你。我可输不起一百美元。"克拉克先生说。

"亲爱的,取下来吧。让这位先生好好看个清楚。"

拉姆西夫人犹豫了一会儿。她把手放在扣环上。

"我解不开它,"她说,"克拉达先生只好相信我的话了。"

我突然有种预感,不幸的事情即将发生,但我想不出有什么好说的。

拉姆西跳了起来。

"我来解它。"

他把链子交给了克拉达先生。黎凡特人从口袋里掏出一个放大镜,仔细观察。他那光滑黝黑的脸上洋溢着胜利的微笑。他把链子还了回去。正要说话时,他忽然看见拉姆西夫人的脸色变得如此苍白,像是要晕倒似的。她睁大眼睛,惊恐地盯着他。眼神中绝望的呼吁是如此清楚,我想不明白为什么她的丈夫看不出来。

克拉达先生停了下来,嘴还大张着。他满面绯红。你很容易看出

全懂先生　　125

他在极力克制自己。

"我看错了,"他说,"这条链子是高仿货。当然,我用放大镜一看就知道它不是真的了。我看这破东西值十八美元差不多。"

他掏出钱夹,从里边拿出一张一百美元的纸币,一言不发地递给了拉姆西先生。

"也许这可以教会你下一次不要太过于自信。我年轻的朋友。"拉姆西一边接过钱,一边说道。

我注意到克拉达先生的双手在颤抖。

这件事在整个船上传开了,那天晚上,克拉达先生不得不忍受众人的逗趣。全懂先生居然犯错了,这真是个大笑话。而拉姆西夫人因为头痛回了她的舱房。

第二天早上我起床开始刮胡子。克拉达先生躺在他的床铺上抽烟。突然,我听到一阵刮擦声,看见一封信塞进了门缝里。我打开门,四处望了望,发现外边没有人。我拾起信,看见上面写着给麦克斯·克拉达先生,我把信交给了他。

"谁写给我的?"他打开信,"哦!"

他打开信封,发现并不是一封信,而是一张一百美元的钞票。他看着我,脸再一次红了。他把信封撕成碎片,然后给了我。

"你能帮我把它们扔出窗外吗?"

我照他说的做了,然后微笑着看着他。

"没有人想被当作完完全全的傻瓜。"他说。

"那些珍珠是真的吗?"

"如果我有一个那么漂亮的妻子,我就不会让她一个人在伦敦待一年,而我自己却留在神户。"

那一刻我有点喜欢克拉达先生了。他掏出自己的钱包,小心地把一百美元的钞票放进去。

内阁大臣[1]

他在一间狭长的房间里接待了我,房间正对着一个沙地花园。花园里,低矮枝条上的玫瑰已经枯萎,参天古树也萧索零丁。他请我在一张方桌旁的太师椅上坐下,自己坐在我的对面,随后仆人敬上两杯花茶和美式香烟。他身材消瘦,中等个儿,有着优雅纤细的手掌。一双大而深邃的忧郁的眼睛,透过金丝框眼镜望着我。他看起来像个学者或是个梦想家,笑容很亲切。他身穿一件棕色的丝质长衫,外罩一件黑色的丝绸马褂,头上戴了一顶圆顶礼帽。

"很奇怪对吧?"他脸上带着迷人的微笑,"我们中国人之所以穿这种长衫,就因为三百年前,满族人是马背上的民族。"

"没那么奇怪,"我反驳道,"就好比英国赢得了滑铁卢战役的胜利,阁下应该戴圆顶礼帽。"

"你认为那是我戴礼帽的原因?"

"我能轻易证明这一点。"

我担心他因为要保持君子的翩翩风度而不向我追问如何证明,于是我斟词酌句,向他解释。

他摘下帽子,看着它微微叹息。我环顾了一番房间,地上铺着带

---

[1] 本文节选自毛姆随笔集《在中国的屏风上》

有大朵鲜花图案的布鲁塞尔地毯,沿墙是一溜精雕细刻的黑檀木椅。墙壁的挂画条上挂着些卷轴,上面是古代书法名家的墨宝。与这些风格迥然不同,另有一些用闪亮的金色画框框着的油画,若是在十九世纪九十年代,完全可以拿到英国皇家艺术院展出。房间里还有一张他用于办公的美式卷盖书桌。

他面带忧愁,同我谈起中国的现状。如今,世界上最古老的一种文明正在被无情地摧毁。那些从欧洲和美国回来的留学生,正在践踏一代代人建立起来的东西,却拿不出新的东西来代替。他们不爱自己的国家,对于它没有一丝信仰和尊重。一座座庙宇被信徒和僧侣遗弃,逐渐衰败坍圮,不久,它们的壮美就会化为乌有,只残存于人们的记忆里。

说到这儿,他那纤细又富有贵族气派的手一摊,便把这个话题搁在一边,问我是否乐意欣赏他收藏的艺术品。我们在房间里走动起来,他领我看了一些价值连城的瓷器、青铜器,还有唐代塑像。其中一尊从河南古墓出土的马匹塑像,精致优雅,造型美观,足以同古希腊的艺术品相媲美。在他书桌旁的一张大桌子上,放着不少卷轴,他挑了其中一个,抓住卷轴的顶部让我打开它。那是一幅年代久远的山水写意画,云蒸霞蔚,山峦连绵。我欣喜地观赏着画作,他见此眼里洋溢着微笑。他把这幅画放在一边,把其他的画作一幅又一幅地打开向我展示。不一会儿,我声称不能让他一个大忙人在我身上浪费时间,但他就是不让我离开,还继续把画作一幅接一幅地拿出来。他是位收藏家,乐此不疲地告诉我画作属于哪个流派,哪个时代,还有画家们的趣闻轶事。

"但愿你能欣赏我这些珍贵的宝贝,"他说,一边指着装饰墙面的卷轴,"你看,这可是中国书法的最佳典范。"

"比起画,你更喜欢书法,是吗?"

"可不是嘛,书法的美更加高雅,没有华而不实的成分。但我十分理解,作为欧洲人,可能无法欣赏如此简洁而又精妙的艺术。我觉得你对中国艺术的品位有点倾向于怪诞荒唐的东西。"

他拿出了一些绘画集,我一一翻看。多么精妙绝伦的作品!凭着收藏家不同寻常的直觉,他把这本绘画集放到了最后。绘画集上是一系列花鸟画,寥寥几笔,却栩栩如生,饱含对自然的深厚情感和嬉戏玩耍的意趣,惊艳得让人忘了呼吸。挂满枝丫的李子花,鲜艳烂漫,展现了春天的所有魔力;怒竖羽毛的麻雀,透露出生命的节拍和律动。这是伟大艺术家的杰作!

"美国学者能够创作出类似的作品吗?"他反问了一句,露出一抹苦涩的微笑。

但在我看来,最有意思的是,我一直知道他是个恶棍、混蛋。他贪污腐败,软弱无能,肆无忌惮,扫除阻挡自己的一切障碍。他是搜刮民脂民膏的高手,用卑鄙的手段搜刮了大量的钱财。他虚伪,残忍,充满恶意,贪婪成性。中国之所以衰败到如此令人绝望的境地,他有着不可推卸的责任,但他却对此深感痛惜。然而,当他手握一个天青色小花瓶时,手指仿佛带着一种令人着迷的温柔,忧郁的眼睛一遍遍爱抚着花瓶。他的嘴唇微微张开,仿佛要发出一声充满欲望的叹息。

蒙德拉哥勋爵

奥德林大夫瞥了一眼书桌上的钟：五点四十分。他很惊讶他的病人竟会迟到，因为蒙德拉哥勋爵向来守时，并引以为豪；他爱用简洁精炼的方式表达自己的意思，就算是一句普通的话语，都带有格言的味道，他常说守时是对智者的敬意，对愚者的斥责。蒙德拉哥勋爵预约的时间是五点半。

奥德林大夫相貌平平。他又高又瘦，肩窄，背微驼；头发灰白稀疏，灰黄的长脸上刻着很深的皱纹。他没到五十岁，但看起来很苍老。他那一双大大的灰蓝色眼睛里透出深深的疲倦。在和他相处不久后，你会发现，他的眼珠子几乎不怎么转动，只是一个劲儿地盯着你的脸看，但又不含一丝感情，所以不会让你感到不安。这对眼睛难得闪亮，既叫人摸不透他内心的想法，也不随他的话语而变换神情。如果你善于观察，你可能会惊讶地发现他眨眼的次数比我们大多数人都少。他的手很大，有着纤长的手指；柔软而结实，清凉而又不黏湿。除非仔细打量过，不然你简直说不上来奥德林大夫的穿着是什么样的。他穿着深色的衣服，系着黑色领带，这种装束衬得他气色不佳的脸越发苍白，灰暗的眼更暗淡，给你一种病得十分严重的印象。

奥德林大夫是一位心理分析学家。一个偶然的原因，他从事了这门职业，但工作时他一直忧心忡忡。大战爆发后他刚拿到执业资格证没多久,就在各个医院里实习;他主动向当局申请服务,过了一阵就被派往法国。就是在那时,他发现了自己惊人的天赋。他能用他冰凉而结实的手掌抚摸病人从而缓解他们的某种痛苦,也能通过与病人交谈帮助患有失眠症的人入眠。他语速很慢,嗓音没有什么特色,声调不随话语而改变,却悦耳柔和,使人镇静。他告诉病人他们得休息,不必担心,必须睡觉。于是休息潜入他们疲倦的骨骼,平静驱散他们的焦虑,就像一个人为了在拥挤的长凳上占一个座位而挤开别人一样;睡意降落在人们的眼皮上,如春天里的细雨飘落在新翻的土地里。奥德林大夫发觉,用他那单调的低音和病人说话,用他平淡镇静的眼睛看着病人,拿他结实的长手抚平他们皱着的眉头,就能减轻他们的忧愁,解决惹他们心烦意乱的内心矛盾,消除折磨他们的恐惧。有时他能取得不可思议的疗效。有一个人被爆炸的炮弹埋入土中而变哑,他通过谈话治好了他;另一个人因飞机失事而双腿瘫痪,经过他的治疗,也恢复了健康。他弄不明白他的这种能力,并生性多疑,即使人们说这种情况下,要相信自己的能力,他就是做不到。只是因为他的医疗效果连最怀疑他的人都表示深信不疑,他也不得不承认他有种不知打哪儿来的,说不清道不明的能力,帮他创造了一些连他也无法解释的奇迹。大战结束后,他去了维也纳学习,后来去了苏黎世,随后在伦敦安定下来,干他这不知怎么得来的手艺。如今,他干这一行已经十五年了,在业内负有盛名。人们争相传颂他所取得的惊人成就,尽管他收费不低,找他看病的病人还是络绎不绝。奥德林大夫也明白自己取得了一些惊人的成就,他使一些人放弃自杀的想法,另一些人不用进疯人院;他减轻了使人痛苦的悲伤,让一些不幸福的婚姻变得幸福;他根除了变态的本性,让不少人免受那令人憎恶的束缚,并且治好了一些精神病态的人。但是,就算他已经取得了这么多成就,他依然怀疑自己是个庸医。

运用一种他也无法理解的能力,非他所愿;在自己都不信自己的情况下,利用人们对他的信任,也违背了诚实的原则。他现在已经富裕得不需要再工作,这份工作使他筋疲力尽,不知有几次他想过要退休。他熟悉弗洛伊德和荣格等人的全部著作,但他并不满意;他坚信他们的理论都是骗人的把戏,可是效果却显著到匪夷所思。这十五年来,数不清的病人光顾他这间开在温普尔大街的诊所,在这间昏暗的密室里,有哪种人性是他没有见识过的呢?许多秘密灌入他的耳中,讲述的人或痛痛快快,或带有羞愧,或有所保留,或怒不可遏,这些事早已不能让他感到惊讶了。可以说,再没有什么是能让他为之震惊的了。现如今,他认识到男人都是骗子,虚荣心极强;他知道他们比这更糟糕,但他也明白这还轮不到他来评判或是谴责。然而,年复一年地听这些令人作呕的秘密,他的脸色变得更灰白了,他的皱纹加深,暗淡的眼睛更加疲倦。他几乎不怎么笑,只有偶尔在看小说放松时会露出微笑。那些作家当真以为他们所描绘的男男女女真是那样的吗?但愿他们明白他们是多么的复杂,多么的更加令人意想不到,灵魂里同时存在着什么互不相容的因素,什么隐晦而邪恶的念头在折磨着他们啊!

差一刻六点。在所有奥德林大夫所治疗的古怪病例中,他不记得有哪个病例能比蒙德拉哥勋爵这个更古怪。光病人的身份就使得这个病例特殊了。蒙德拉哥勋爵是个很有才干的知名人士,四十岁不到就被任命为外交大臣,任职三年,现在他的政策体现出了优越性。所有人都承认他是保守党里最有能力的政治家,可是他的父亲是贵族,一旦他父亲去世,他就得继承爵位,不能继续在下议院取得席位,也就不可能有机会当选首相。不过,在这个民主的时代,即使英国首相不能从上议院推选出来,也不妨碍蒙德拉哥勋爵在下几届保守党执政的内阁里继续担任外交大臣,长期指导国家的外交政策。

蒙德拉哥勋爵有许多优良品质。他机智、勤奋,游历过许多国家,能流利地说很多种语言。从青年时期起他就专攻外交事务,认真了解他国的政治和经济情况。他有胆量,有见识,有决心。他是个出色的演说家,不论是在公众面前还是在议院,他的话条理清晰,严谨又不失风趣。他还是个杰出的辩论家,答辩敏捷,受人称颂。他仪表堂堂,个高,英俊,就是秃顶得厉害而且太胖了点,但这给他增加了成熟稳重的气质,对他颇为有利。他年轻时做过运动员,曾是牛津大学划船比赛的划手,亦是英国有名的优秀射击手之一。二十四岁时,他娶了一名十八岁的姑娘,她父亲是一位公爵,她母亲则继承了一大笔美国财产,所以他妻子不光有地位更有财富。他和妻子生了两个儿子。多年来,他俩私下里一直分居两地,但人前一直和和睦睦,为了保全面子,双方都没有让人八卦的外遇。蒙德拉哥勋爵的确雄心勃勃,勤勤恳恳,不得不提的是,他十分爱国,一切可能会妨碍他事业的享乐都诱惑不了他。总之,他有很多能让他受人欢迎、卓有成就的优点。遗憾的是他也有很大的缺点。

他是个十足的势利眼。假如你知道他父亲是第一个拥有如此称号的人,你就不会那么惊讶了。如果他父亲是一位受封的律师、一名制造商或是一个制酒商,他过分看中自己的头衔也是情有可原的。蒙德拉哥勋爵父亲的伯爵封号是继承当年查理二世册封给他祖先的,他们的祖先首次被封爵可追溯到玫瑰战争时期。三百年来,历任爵位继承者和英国其他贵族家庭的关系紧密。但是,蒙德拉哥勋爵就像暴发户看中他的钱那样看中他的出身。他从不放过任何可以向他人炫耀自己出身的机会。但凡他愿意,他也能风度翩翩,但他仅对那些他认为能和他平起平坐的人展示这一面。对那些他认为社会地位低他一等的人,他则表现得冷淡无礼。他粗鲁地对待仆人,肆意侮辱秘书。政府部门里的下级官员,一直对他又怕又恨。他的傲慢无礼简直让人厌恶到了极点。他知道他比大部分他必须打交道的人聪明得多,并且毫无顾忌地把这一点告诉他们。他讨厌人性的缺点。他觉得自己生来就该指挥别人,一旦有人期望他听听别人的意见,他就会异常恼怒。他极端自私自利,任何为他效劳的事,他都看作是因他的地位和才智理所应当得到的权利,无需感谢。而为他人做些什么,他是从不会考虑的。他有很多仇人,他鄙视他们。他不觉得有人值得他帮助、同情和怜悯。他没有一个朋友。他的上司不信任他,怀疑他不忠诚;在党内,他也不得人心,因为他专横跋扈,毫无礼貌;而他的长处也很突出,爱国精神显著,学识扎实,管理事务的才能卓越,所以人们不得不忍受他。造成这种情况的另一个原因是,他偶尔也能变得迷人:在面对他觉得与他地位相当的人时,或者跟外国显要、名媛在一起,想要征服他们时,他总能表现得欢悦、诙谐而温文尔雅;他的举止在那一瞬总能让你想起他的血管流着切斯特菲尔德曾流过的同样的血液;他会讲个幽默的故事,不做作、通情合理,甚至意义深刻。你会觉得他是世上最好的伙伴,而忘了他在昨天还侮辱了你,并且第二天见着你还能装作没看见。

蒙德拉哥勋爵差点没当成奥德林大夫的病人。一个秘书打电话给奥德林大夫,说勋爵大人想请他看病,希望他能在明天上午十点来府邸问诊。奥德林回复他说很抱歉不能去勋爵府邸,但他很乐意安排后天下午五点钟与勋爵在他的诊疗室见面。秘书记下口信,没过多久又打来电话说蒙德拉哥勋爵坚持在自己府里接受治疗,诊费由大夫自己定。奥德林大夫答复说他只在自己的诊所看病,遗憾地表示,除非伯爵大人准备来访,那么恕他不能为之效劳。过了不到一刻钟,又传来口信,伯爵大人将在明天而不是后天的五点造访。

蒙德拉哥勋爵被引进来的时候,并没有径直往前,而是站在门口,傲慢地从上到下仔细打量他。奥德林大夫察觉到勋爵正在发脾气,便不出声,目不转睛地凝望着他。他所见到的是一个魁梧的男人,头发花白,额前的头发往后平梳,给他的眉毛增添了一点贵族气派,胖胖的脸上,五官深刻而端正,一副傲慢的神情。他看起来不知怎的有点像十八世纪波旁王朝的一位君主。

"看来见你就像跟见首相一样难啊,奥德林大夫。我可是个大忙人。"

"请坐。"大夫说。

从奥德林大夫脸上看不出丝毫受勋爵那句话影响的痕迹,他坐在书桌旁的椅子上,而蒙德拉哥勋爵仍然站着,阴郁地皱着眉头。

"我想我得告诉你,我可是陛下的外交大臣。"他语气尖刻。

"请坐。"大夫重复了一遍。

勋爵做了一个手势,仿佛要立马转身,昂首阔步地走出房间;但如果说这是他的打算,显然他经过考虑后又改变了主意,他坐下了。奥德林大夫打开一本大簿子,拿起笔,看也不看病人就写。

"多大年纪?"

"四十二。"

"结婚了没有?"

"结了。"

"多少年了?"

"十八年。"

"有子女吗?"

"有两个儿子。"

奥德林大夫把蒙德拉哥勋爵这些生硬的回答一一记下。然后,他往椅背上一靠,细细打量他。他没说话,只是用他不怎么转动的灰白眼睛严肃地端详他。

"你为什么来找我?"他终于问道。

"我听说过你。我知道卡努尔夫人是你的病人。她告诉我你的治疗很有效。"

奥德林大夫没有回答。他的眼睛一直盯着对方的脸,但其中空无一物,仿佛根本就没有在看对方。

"我创造不出什么奇迹,"他终于回答,没带笑容,但眼睛却闪着微笑的影子,"假如我真的做到了,英国皇家医学院也不会认可。"

蒙德拉哥勋爵嘻嘻一笑,似乎减少了些敌意,说起话来亲切多了。

"你声名远播,大家好像都很信任你。"

"你为什么来找我?"奥德林大夫重复了一遍。

现在轮到蒙德拉哥勋爵沉默了,他看起来难以回答这个问题。奥德林大夫等着他。最后蒙德拉哥勋爵像是下定了决心,他开口说道:

"我身体好得很,就在前几天我的私人大夫奥古斯特·费兹赫伯特先生,还给我做了常规检查,我敢保证你一定听说过他,他跟我说我有着三十岁男人的体格。我拼命工作,但从不会疲倦,并且十分享受我的工作。我很少抽烟,喝酒也相当节制。我运动量足够,生活规律。我是绝对健康的正常人,早就料到来向你咨询,你会觉得我愚蠢又幼稚。"

奥德林大夫认识到自己必须得帮助他。

"我不知道能否帮到你,但我会尽力。你很心烦意乱吗?"

蒙德拉哥勋爵皱起了眉头。

"我从事的工作很重要,我奉命做出的决定轻易就能影响国家的福利乃至世界的和平。我的判断不能出错,头脑必须保持清晰,这是极其重要的。我认为我有责任排除任何可能干扰我干劲的烦恼。"

奥德林大夫的视线从没离开过他。他看出了很多问题。他发现,在他的病人外表浮夸、傲慢而自负的背后,有着难以排遣的焦虑。

"我叫您到这儿,是因为根据我的经验,比起自己所习惯的环境,病人在大夫昏暗的诊疗室里更容易畅所欲言。"

"确实挺昏暗。"蒙德拉哥勋爵尖刻地说,他顿了顿。很明显,他有着极强的自信心,反应很快,行事果断,从不惊慌失措,但此时却尴尬不已。他企图以微笑来告诉大夫自己很放松,但是他的眼睛出卖了他,他内心的不安无法掩盖。他再次开口的时候,语气异常热忱。

"只是一桩微不足道的小事,我都不好意思来打扰你。恐怕你会告诉我别多想了,白白浪费了你宝贵的时间。"

"即便看起来微不足道的事情,也可能有它的重要之处。它们可能是潜在的精神分裂前兆。我的时间完全由您支配。"

奥德林大夫声音低沉而严肃,单调的语气起到了一种奇妙的镇静作用。蒙德拉哥勋爵最终决定坦白。

"我最近总是做一些令人筋疲力尽的梦。我知道花时间关心这些很愚蠢,可是——哎,坦白说我真的被搅得心神不宁。"

"你能讲讲其中的一个梦吗?"

蒙德拉哥勋爵笑了,努力想要笑得自然些,却成了苦笑。

"太荒诞了,我都不好意思提起。"

"没关系的。"

"好吧,第一个梦是在大约一个月前做的。我梦到自己在康纳马拉府邸参加宴会,一个官方宴会,国王和王后双双出席。当然,这种场合需要佩戴勋章,我就戴上了星形勋章和绶带。我走进一间存放衣帽的房间,让人脱下我的大衣。有个小个子正在那里,他叫欧文·格里菲思,是一名威尔士议员。说真的,我看到他的时候很惊讶。他粗俗不堪,我对自己说:'真是的,莉迪娅·康纳马拉太过分了,这种人都请,真不知道她下一个会请谁呢?'我发现他很好奇地看着我,我没理会他,事实上我的确没理睬那个粗俗的矮子,径直上楼了。我想你从没去过那里吧?"

"没去过。"

蒙德拉哥勋爵　137

"也是,这决不是那种你可能会去的人家。那所府邸俗气得很,大理石楼梯倒是挺不错,康纳马拉夫妇站在楼梯尽头迎接客人。我过去跟康纳马拉夫人握手时,她惊讶地看了我一眼,咯咯地笑起来;我毫不在意,她本就是个傻里傻气、没有教养的女人,她的礼仪不比那些查理二世封爵的祖先好到哪去。不得不说康纳马拉府邸的接待室十分富丽堂皇。我穿堂入室,跟一些人点头握手;然后我看到德国大使跟一位奥地利大公在聊天。我恰好有话要对他说,所以我就上前跟他握手。大公一看到我突然就放声大笑。我觉得自己受到了深深的侮辱。我严肃地上下打量他,他却笑得更厉害了。我正打算说句尖刻的话反击他,忽然客厅里安静了下来,我意识到是国王和王后来了。我背过身,不看大公,我走上前,然后,猛地发现自己没穿长裤。我只穿了丝制短内裤跟鲜红色的吊袜带。怪不得康纳马拉夫人咯咯傻笑,怪不得大公放声大笑。我说不上来那一刻究竟是什么感受,痛苦又羞耻吧。我在一身冷汗中清醒过来,发现原来只是一场梦,哎,你不知道,我有多庆幸,大大松了一口气。"

"这种梦不算多古怪。"奥德林大夫说。

"我也是这么想的。可是第二天发生了一件古怪的事。我正在下议院的大厅里,格里菲思那家伙慢慢从我身边走过。他故意瞧了瞧我的大腿,又直勾勾盯着我的脸,我敢肯定他还眨了眨眼。我脑子里冒出了一个荒谬的想法:他昨晚一定在场,并目睹了我出糗,在笑话我呢。当然我知道这是不可能发生的,因为那只是个梦。我冷冰冰地瞪了他一眼,他就走开了,但他突然咧嘴大笑起来。"

蒙德拉哥勋爵从口袋里掏出手绢,擦掉手心里的汗。这时,他毫不掩饰自己的不安。奥德林的目光从未离开过他。

"再跟我说说别的梦。"

"就在第二天晚上,这个梦甚至比头一个梦更加离奇。我梦到我在议院，正在进行外交事务的辩论，不仅仅是全国，还有全世界，都在密切关注这场重大的辩论。政府已经决定要改变政策，这会极大地影响到帝国的未来。这个场面具有历史意义，议会大厅里果然座无虚席，各国的大使都到场了，旁听席上也坐满了人。像我这样的人，敌人不少，很多人怨恨我年纪轻轻就到了这么高的位置，即使是最聪明的人在我这个年龄得到个一官半职就心满意足了。因此我决定要让这次演说配得上这个场面，还要让那些诽谤我的人闭嘴。一想到全世界都要倾听我的演说我就激动不已。假如你去过议会的话，你就会知道辩论过程中议员们如何互相聊天啦，沙沙地翻动纸张啦，查阅报告啦。可我一开口全场鸦雀无声，静得像坟墓一样。突然我看见那个讨厌粗俗的矮子，威尔士议员——格里菲思，他冲我吐了吐舌头。我不清楚你是否听过杂耍剧场里的一首粗俗的歌曲，名为《一辆双人自行车》[1]，流行了很多年。为了表示我对他是多么地鄙视，我开始唱这首歌。第一段我唱得还不赖，一瞬间，人们有些惊讶，我唱完这段后，对面长凳上的议员就喊：'听啊，听啊！'我举手示意他们保持安静，开始唱第二段。议员们静静地听着，我发现自己第二段没发挥好，很恼火，因为我有着一副男中音的嗓子，我确信他们会对我做出公正的评判。当我开始唱第三段时，笑声顿时传遍全场，各位大使啦、贵宾席上的旁听者啦、妇女席上的女士啦，新闻记者啦，他们全都前仰后合，大吼大叫，捧腹大笑，在位子上打滚，人人都笑得不能自已，除了紧坐在我身后席位上的大臣。在那难以置信、史无前例的喧闹声里，惊呆地坐在那里。我朝他们瞥了一眼，刹那间意识到自己闯了大祸，我成了全世界的笑柄。难过地想：我必须要辞职了。我惊醒过来，发现不过是一场梦。"

---

[1] 迪士尼儿歌，*A Bicycle Built by Two*，曲风轻快，深受听众喜爱。

蒙德拉哥勋爵叙述这个梦时，失去了庄重的举止，说完后脸色苍白，浑身打颤。但他尽力让自己冷静下来，他颤抖的嘴唇强挤出一个笑容。

"整件事太奇妙了，我不免感到好笑。我没有多想，第二天下午当我走进议会大厅，感觉心情不错。辩论很乏味，但我不得不到场，并阅读了一些需要查看的文件。不知怎的，我抬头时碰巧看见格里菲思在说话。他的威尔士口音令人不快，外表也不招人喜欢。我想象不出他能有什么值得我一听的话要说，我正要继续看我的文件，忽然他引用了《一辆双人自行车》中的两句歌词。我忍不住瞟了他一眼，我看见他竟然盯着我，讥讽地咧嘴阴笑。我微微耸了耸肩膀。一个卑贱的威尔士小议员也敢那样看我，真是滑稽可笑。他竟引用了我在梦中唱的那首灾难性的歌曲的两行歌词，真是个古怪的巧合。我又开始继续看我的文件，不介意告诉您，我发现自己很难集中注意力。我有点困惑，欧文·格里菲思出现在我的头一个梦里，就是那个在康纳马拉府邸的梦，后来我十分确定他知道我当众出糗的那件事。他刚才引用了两句歌词，难道是纯属巧合吗？我心里想他可不可能跟我做了相同的梦。但是当然这个想法很荒谬，我不再去想。"

紧接着是一阵沉默，奥德林大夫和蒙德拉哥勋爵两人面面相觑。

"别人的梦都无聊得很，我妻子偶尔也会做梦，第二天非要一点一点地讲给我听，简直要把我逼疯了。"

奥德林大夫微微一笑。

"你没有令我觉得无聊。"

"我再跟你讲之后几天的一个梦吧，我梦到自己进了兰姆豪斯街上的一家小酒吧。我这辈子还从未去过那条街，我也不记得自从进了牛津大学后曾去过哪家酒吧，可我却看见了那条街和我进去的地方，我在那儿就跟在家一样自在。我进了一间屋子，我不知道他们叫它沙龙酒吧还是雅座酒吧；里面有个壁炉，一边有一把大皮制扶手椅，另一边有一张小沙发；吧台横贯了整个屋子，越过它能看见大众酒吧间。门边有张大理石面的圆桌和两把扶手椅。那天是周六晚上，那地方挤满了人，灯光明亮，但是烟雾缭绕，我的双眼被浓烟熏得刺痛不已。我穿得像个无赖，头上戴了顶帽子，脖子上挂了条围巾，看上去滑稽可笑。我觉得大部分人都喝醉了，真是有趣啊。那儿放着留声机还是收音机，我不清楚到底是哪个，两个女人在壁炉前跳着怪诞的舞，一小群人围着他们，笑着，欢呼着，唱着。我走上前想瞧瞧，有个男人对我说，'来一杯吗，比尔？'桌上摆着些玻璃酒杯，里面盛了深色的液体，我明白这就是黑啤酒。他敬我一杯，我不想太引人注意就喝了。一个跳舞的女人甩掉了别人，抓住了那个酒杯，'喂，怎么回事？'她说，'你喝的是我的啤酒。''哦，抱歉，'我说，'是这位先生敬我的，我以为这是他的呐。''没关系，伙计，'她说，'我不介意，来跟我跳支舞吧。'我还没来得及拒绝就被她搂住了，我们就跳起舞来。然后我就发觉自己坐在一把扶手椅上，那个女人坐在我大腿上，我俩同喝一杯啤酒。我得告诉你，性这玩意儿在我生活中从没扮演过重要的角色。我早早地就结婚了，因为处于我这个地位，结婚是必须的，而且是为了能一劳永逸地解决所有性的问题。我决定生两个儿子，现在也有了，然后我就把性这件事抛到一边去，不去理会。我一直忙得不可开交，没有空闲来想那种事；像我这种活在公众视线底下的人，要是做些出丑的事，真是疯啦。一个政治家所能拥有的最宝贵财富就是和女人清清白白、毫无瓜葛的记录。我瞧不上那些为女人自毁前程的男人，我鄙视他们。那个坐在我腿上的女人喝醉了，她既不漂亮也不年轻；实际上，她就是个邋里邋遢的老婊子。她叫我感到恶心，但是她把嘴凑过来跟我亲嘴时，即使满嘴臭哄哄的啤酒味儿，牙也烂了，即使我不喜欢，我还是想要她——全心全意地想要她。突然间我听到一个声音：'这就对了，老小子，尽情玩吧。'我抬头一看,原来是格里菲思。我想从椅子上蹦起来,可是那个可怕的老娘们不让我动。'别理他,'她说,'他只不过是一个爱管闲事的人。''放心,'他说,'我认识莫尔,她不会让你的钱白花的。'你知道吗,叫他见到我荒唐的样子,我并不怎么生气,但他叫我老小子,这可真把我惹火了。我一把将那个女人推开,站起来面对着他,说:'我不认识你,也不想认识你。''我可认识你,'他说,'莫尔,给你提个醒,一定要把钱收到手,他可是会溜掉赖账的人。'附近的桌上有个啤酒瓶,我二话没说,抄起它就使劲往他头上砸去。我的动作如此生猛,一下就把我惊醒了。"

"那样子的梦并非难以理解,"奥德林大夫说,"这是人的复仇本性在人品无可指摘的人身上所起的反应。"

"这个故事很白痴。我还没说我为什么要谈这个梦。就是因为第二天发生了怪事,我才告诉了你。我急着要查点什么东西,于是进了议会的图书馆。我找到了要的书,开始阅读起来。我坐下时没发现格里菲思就坐在我附近的一把椅子上。另一位工党议员进来了,上前跟他说:'嘿,欧文!你今天看起来很虚弱呀。''我头很痛,'他回答,'我感觉自己的头好像被人用酒瓶子砸裂了。'"

这会儿,蒙德拉哥勋爵脸色灰白,痛苦万分。

"我那时才明白,我之前认为荒谬而否定的猜想是真的,格里菲思跟我做着同样的梦,记得同我一样清清楚楚。"

"也许只是个巧合。"

"他说话的时候不是对着他的朋友说的,而是故意冲着我说的。他绷着一张脸,愤恨地看着我。"

"你能解释一下为什么这个男人一再出现在你的梦中吗?"

"不能。"

奥德林大夫的视线一直没离开过他病人的脸,他看得出来他在撒谎。他手中握着枝铅笔,在吸墨纸上画了一两条弯弯曲曲的线。让病人坦白总是要花很长时间,他们也明白,除非自己一五一十地讲出来,否则大夫什么也帮不了他们。

"你刚才跟我说的梦发生在三个星期以前,从那以后还做吗?"

"每晚都做。"

"这个格里菲思每次都出现在你梦里?"

"是的。"

大夫在吸墨纸上又画了几条线。他想用宁静、单调的氛围和狭小房间里暗淡的光线对蒙德拉哥勋爵产生影响。蒙德拉哥勋爵往椅子上一靠,把头一偏,避开对方严肃的眼神。

"大夫,请务必帮帮我,我已经忍无可忍了,再这么下去我会疯的。我害怕睡觉,已经两三个晚上没睡了。我熬夜看书,困了就披上外套起来走动,直到筋疲力竭。可我必须得睡觉啊,我要做的工作这么多,我必须精神饱满,完全掌控自己身体的各个机能。我需要休息,但是睡眠并没有使我得到休息。我一睡着就开始做梦,他总在场,那个粗俗的小无赖冲我咧嘴笑,嘲弄我,瞧不起我。这是一种极可怕的迫害。我告诉你,大夫,我并不是梦里的那种男人,从梦来评判我是不公平的。随便你问谁,他们都会说我是个诚实、正直、得体的人。不论是私事还是公事,没人能在我的品德上说半句不好的话。我的唯一抱负就是为我的祖国效劳,保持它的伟大。我有财富,有地位,那些对地位低微的人的种种诱惑根本动摇不了我的内心,刚正不阿对我来说不值得赞扬;而且我敢说,荣誉啦,个人利益啦,自私的念头啦,都无法诱使我背离自己的责任一丝一毫。我牺牲了一切才成为现在这样的人。拥有崇高的荣耀是我的唯一目标。它触手可及,可我却患上了神经衰弱症。我并不是那个讨厌的小矮子所见的卑鄙、可鄙、懦弱、下流的家伙。我已经向你讲了三个我做过的梦,它们并不代表什么,那个人看到我做了那么野蛮、讨厌、羞耻的事,即使那跟我的生活有关,我也不会告诉别人。他记住了这些。我几乎不敢面对他嘲笑和厌恶的眼神,连说话都犹豫了,因为我知道我说的话对他来说一钱不值,就是一堆谎话。他看到我干的那些事,有自尊的人都不会干,干了就会被同伴赶出社会,被判处长期监禁;他听见我说的那些下流话,看见我不仅荒唐而且令人作呕。他鄙视我而且不再掩饰这一点。我跟你说,你要是不能帮我,我不是自杀就是把他杀了。"

"如果我是你,我不会杀了他,"奥德林大夫用他那令人镇静的嗓音冷静地说道,"在这个国家,杀人的后果很严重。"

"我不会因此被绞死,如果你是这个意思的话。谁会知道是我杀了他呢?我的梦已经教会我怎么做了。我告诉过你,我用啤酒瓶砸了他头的第二天,他头痛得看不清了,这是他自个儿说的。这说明他醒着的时候能感受到梦中的遭遇。下次砸他我就不会用啤酒瓶了,某个晚上,我在梦中会发现自己手中拿了把刀或者口袋中有把枪,一定会这样,因为我巴不得那样,然后我会抓住机会,像宰猪那样宰他,像杀狗那样开枪毙了他,正中心窝。然后我就能摆脱这种魔鬼般的折磨了。"

有的人会认为蒙德拉哥勋爵疯了。奥德林大夫多年来一直在给人看心理上的疾病,他知道要把我们所说的神志正常的人跟精神失常的人清楚地区分开来有多难。有的人表面上健健康康,再正常不过,看上去不会有什么不切实际的幻想,日常生活中恪尽职守,不仅给自己增光,也对同事有利。当你取得了他们的信任,撕开了他们处世的面具,你会发现他们不仅异常得可怕,而且性情怪僻,内心的奢望荒唐至极,因此你会叫他们疯子。如果你把他们送进疯人院,全世界的疯人院恐怕都不够用。但不管怎样,一个人不能因为做怪梦而神经衰弱,就被判定为疯子。这个病例是前所未有的,但是在奥德林大夫的观察下,也不过是其他病例的夸大表现罢了,然而他也没有把握之前通常奏效的法子在这里会不会起作用。

"你咨询过其他心理医生吗?"

"只问过奥古斯塔斯爵士,我只告诉他我被噩梦困扰。他说我只是过度操劳,建议我外出巡游。简直荒唐!国际局势现在正需要密切地关注,我决不能离开外交部。我必不可少,这点我清楚。在这个节骨眼上,我的前途全然取决于我的所作所为。他给我开了镇静药,一点作用也不起;他给我开补药,弄得我的情况更糟,还不如不开。他就是个老糊涂蛋!"

"那你能解释一下吗,总是出现在你梦里的为什么会是这个特定的人?"

"你之前问过我,我已经回答过了。"

的确如此,但奥德林大夫对这个回答并不满意。

"刚刚你谈到迫害,可欧文·格里菲思为什么要迫害你呢?"

"我不知道。"

蒙德拉哥勋爵目光略闪了闪。奥德林大夫敢肯定他没说实话。

"你伤害过他吗?"

"从来没有。"

蒙德拉哥勋爵没有动,但奥德林大夫却古怪地觉得他蜷缩成了一团。他之前所见的是一个傲慢的大个子,给人的印象好像向他提出这些问题是在侮辱他似的,但不管怎么说,在这种假想背后却露出点躲躲闪闪和惊慌失措,让人联想起被困在陷阱里的受惊小兽。奥德林大夫身体前倾,用压迫性的目光迫使蒙德拉哥与他对视。

"你确定吗?"

"确定。你可能不太明白,我俩可不是一路人。我不想唠唠叨叨地说个不停,但我必须提醒你,我是王国政府的大臣,他只不过是个籍籍无名的工党议员。我俩之间自然没什么社会关系,他出身低微,绝不是我去任何府邸想遇见的人;我俩在政治上的观点也截然不同,根本不可能有什么相同之处。"

"除非你告诉我全部的真相,不然我什么也做不了。"

蒙德拉哥勋爵眉毛一耸,气急败坏地说:"我不习惯别人质疑我的话。奥德林大夫,如果你继续这样的话,我觉得占用你的时间就是在浪费我的时间。请告诉我的秘书你的诊疗费是多少,他会给你寄支票的。"

从奥德林大夫的所有面部表情来看,他像是一点也没听见勋爵的话。他一直定定地看着勋爵的眼睛,声音严肃低沉:"您没有对他做过任何在他看来是人身攻击的事吗?"

蒙德拉哥勋爵迟疑了,他避开了对方的目光,接着好像奥德林大夫眼中有种让人无法抗拒的强制力量,迫使他转回了目光。他闷闷地开口道:"他要真是个卑鄙、下等的无赖就好了,我绝对会揍他。"

"但在你描述中,他就是这样的人。"

蒙德拉哥勋爵叹了口气,他有些疲惫。奥德林大夫懂得这声叹息意味着他终于要吐露实情了。现在他也不再坚持。他垂下眼,又开始在吸墨纸上画模糊不清的几何图案。这份寂静持续了两三分钟。

"我愿意把一切对你有用的事都告诉你。要是之前没提,也只是因为我觉得这些无关紧要,没看出来它有任何可能跟病情有关的地方。格里菲思在最近的选举中获得了一个席位,他几乎是立刻就变得惹人讨厌了。他的爹是个矿工,他小时候也在矿场干过活,他还曾当过寄宿学校的校长和新闻记者。他是义务教育从工人阶级中培养出来的自以为是的知识分子,学识浅薄、考虑不周,想出来的计划不切实际。他是个骨瘦如柴、脸色发灰的人,活像没吃饱饭,外表总是非常邋遢。天晓得如今的议员都不大注重穿着喽,他那副打扮简直是对议会尊严的侮辱。他的一身衣服破烂得扎眼,衣领从来没干净过,领带也总是歪歪扭扭;他看起来好像一个月没洗过澡了,双手脏污不堪。工党在前座议员席上总算还有两三个有点本事的议员,剩下的可就不怎么样了。生在盲人国,独眼也称王:格里菲思油嘴滑舌,对许多问题摸到了些肤浅的情况,因此他那个党的议员头头一有机会就推举他发言。看来他真当自己是个外交专家呢,并且没完没了地问我些叫人厌烦的愚蠢问题。不瞒你说,我打定主意狠狠地奚落他,这是他咎由自取。一开始我就讨厌他说话的调调,呜呜咽咽的嗓音,俗不可耐的口音;他那神经质的举动叫我恼怒不已。他讲话扭扭捏捏,犹犹豫豫,好像叫他说话是在折磨他,可他内心又有一股激情,逼着他非说不可,因此他总是说些令人尴尬的话。我承认他偶尔有种慷慨激昂的辩论口才,这对他那个党中议员混乱的思想产生了一定的影响。他们因他那真诚的样儿大受感动,不像我这样对他感情用事的做法感到恶心。政治辩论中出现点感情用事也是常见的。每个国家都以自身利益为先,可工党议员却宁愿相信他们的目标是无私的;政治家如果能用漂亮的词句说服选民他们在做的为国家利益的困难交易是能造福人类的,倒还情有可原。像格里菲思这类人错就错在利用了这些漂亮的词句的表面价值。他是个怪人,一个令人作呕的怪人。他称自己为理想主义者,总爱喋喋不休地说那些冗长乏味的话,尽是些知识阶层讲的让人厌烦了很多年的话。什么不抵抗主义,人类的情谊啦,你知道的,都是些没用的废话。最糟糕的是,这些思想不仅影响了他自己党中的议员,甚至动摇了我们党内某些愚蠢至极、稀里糊涂的党员。我听外面谣传工党政府一旦执政,格里菲思很可能任职;我甚至听说他被推荐掌管外交部。这个想法很可笑,但并非不可能。一天,进行了一场有关外交事务的辩论,由格里菲思作开场白,由我作总结发言。他的演讲有一个钟头。我觉得这是个干掉他的绝佳机会,上帝为证,我干掉了他。我把他的演讲反驳得粉碎:我指出他在推理上的错误,强调他知识欠缺。在下议院里,最大的摧毁性武器是嘲讽。我嘲笑他,挖苦他。那天我状态好极了,议院里笑声震天响。他们的笑声刺激了我,使我超常发挥。反对党议员都脸色阴沉,坐在那里闷声不吭,可是其中几个甚至也没忍住笑了一两次;你知道,看到一位同僚,也可能是敌人,被人嘲讽,并不叫人感到无法忍受。如果说有谁被愚弄出了丑,格里菲思可被我弄得丢尽了脸面。我看见他坐下,缩成一团,脸色发白,不一会把脸埋进手掌中。我坐下的时候,已经毁了他了。我把他的声誉彻底毁掉了。即使工党政府执政,他也不再有机会任职,就如同看门的警察永远不可能出任大臣一样。后来,我听说他父亲——那个老矿工和他的母亲,还有他那个选区的一些支持者都赶来了,期望看到他取得胜利。然而他们看到的却是他的奇耻大辱。他仅靠微弱的优势赢得了一席议员席位。这样一件事很可能轻易让他失掉席位,可那跟我毫无关系。"

"如果我说你毁掉了他的前途,这话不为过吧?"奥德林大夫问。

"我觉得你不该这么说。"

"你对他造成了严重的伤害。"

"他自找的。"

"你对这事从没感到过内疚吗?"

"我想如果我早知道他父母也在场,那我可能会让他输得体面一点儿。"

奥德林大夫无须再说什么,他着手用一种他觉得会奏效的方法来治疗这位病人。他试着用暗示的法子让他在醒着的时候忘掉做的梦,也试着让他沉睡而不做噩梦。但他发现根本不可能消除蒙德拉哥勋爵的抗拒。一小时后,他打发了他。后来他又见了蒙德拉哥勋爵六次,什么忙也没帮上。可怕的梦继续每晚折磨这个不幸的人,显然,他的健康状况越来越糟糕,体质下降很快。他精疲力竭,控制不住自己的浮躁。蒙德拉哥勋爵从没从医生的治疗中得到什么益处,他很生气,可还是继续来治,不仅因为这似乎是他唯一的希望,而且跟他可以敞开心扉的人聊聊天能让他得到一些安慰。奥德林大夫最后得出结论:蒙德拉哥勋爵获得解脱的只有一种方法,但大夫太了解他了,确信他永远也不可能自愿那样做。如若蒙德拉哥勋爵想要从即将来临的精神崩溃中解脱出来,他必须被诱导着做一件事,这件事肯定跟他对于出身的骄傲和自鸣得意不相容。奥德林大夫知道这刻不容缓。他采用暗示的办法治疗他的病人,几次之后发现他对此方式更加敏感。最后他设法让他处于一种昏昏欲睡的状态,用他低沉、单调的嗓音抚慰他倍受折磨的神经。他一遍遍重复着相同的话。蒙德拉哥勋爵十分安静地躺着,闭上眼睛,呼吸均匀,四肢放松。奥德林大夫接着用同样轻柔不变的语调说出了他准备好的话。

"你将拜访格里菲思,告诉他你很抱歉对他造成了极大的伤害,说你会尽自己所能地排除对他造成的不良影响。"

这话在蒙德拉哥勋爵身上起的作用就像鞭子抽打他的脸颊一般。他晃动身体,摆脱了受催眠的状态,噌地站了起来,两眼闪现怒火,劈头盖脸地就对大夫骂起来,那一连串的愤怒的辱骂词甚至连他自己也没听说过。他咒骂他,诅咒他。蒙德拉哥勋爵竟用了如此猥亵的言语,有奥德林大夫听过的各式各样的脏话,有时是出自高雅的贵妇人之嘴的脏话,奥德林大夫感到一阵惊诧,勋爵竟也熟知这些词汇。

"向那个肮脏的威尔士小崽子道歉?我宁愿自杀了事。"

"我相信这是解救你的唯一办法。"

一个神志看起来还算正常的人竟如此控制不住自己的暴怒,这种情况奥德林大夫也不常见到。他的脸变得通红,眼珠子暴出。他的确唾沫横飞。奥德林大夫冷静地观望着,等待这一场暴风雨自行消散,不久，他看见勋爵由于受多个星期以来的焦虑支配，身体虚弱了下去，精疲力竭。

"坐下。"奥德林大夫厉声说。

蒙德拉哥勋爵像一摊烂泥般地瘫在了椅子上。

"天啊，我快不行了，我必须得休息会儿再走。"

大概有五分钟，他俩静静地坐着，一言不发。蒙德拉哥勋爵是个横行霸道的恶棍，但他也是个绅士。当他打破沉默的时候，已经恢复了他的自制力。

"我恐怕对你无礼了。关于方才对你说的话我感到很羞愧，如果你不再给我治疗，也情有可原。可我不希望你那么做。我感觉你的治疗对我的确有帮助。我想你就是我的救命稻草了。"

"不必多想刚才的话了，那没多大影响。"

"可有一件事你不该要求我去做，那就是向格里菲思道歉。"

"对于你这个病例我苦苦思索了许久，我没有不懂装懂，但我相信让你解脱的唯一机会就是遵从我的提议。我认为我们都不止拥有一个自我，而是有多个自我，你的其中一个自我起来反抗你对格里菲思所做的伤害，在你脑海里以格里菲思这个形象出现，在惩罚你，因为你干了那样残酷的事。假如我是神父，我会告诉你那是你的良知借用了格里菲思的形态和相貌，严厉斥责你悔改，劝你补救。"

"我的良心清白无辜。如果那人的事业毁了，也不是我的错。我就像踩死我花园里的一条鼻涕虫那样踩死了他。我没什么好后悔的。"

蒙德拉哥勋爵丢下这句话就走了。奥德林大夫一边翻阅他的笔记本，等待勋爵的到来，一边考虑，既然惯用的方法都失效了，他该怎样让病人在心理上接受唯一能救他的办法呢？他瞥了一眼时钟，六点整。怪事儿了，蒙德拉哥勋爵没来。他知道他本打算来的，早晨一个秘书打电话来告知勋爵会像往常一样准时拜访。他定是被紧迫的工作给耽搁了。这个想法让奥德林大夫想起了其他的事:蒙德拉哥勋爵很不宜工作,不适合处理国家大事。奥德林大夫想知道是否要同一位当权者,首相或常务外交次官取得联系,告知他蒙德拉哥勋爵思想很错乱,因此,把重要的事务交到他手里办是很危险的。这是件棘手的事。他可能会招来不必要的麻烦和一顿臭骂,吃力不讨好。他耸了耸肩膀。

"说来说去,"他心想,"过去二十五年来,政治家们把世界搅得乌七八糟,我可不认为他们清醒还是疯狂有什么区别。"

他按了下电铃。

"如果蒙德拉哥勋爵现在来的话,请你告诉他,我六点十五还有别的预约,所以恐怕接见不了啦。"

"好的,先生。"

"晚报到了吗?"

"我这就去看看。"

仆人不一会儿就把晚报拿来了。头版头条上登着一个大大的标题:外交大臣惨死。

"天呐!"奥德林惊叫出声。

他心里一阵哀痛,头一次失去了惯常的镇定。他震惊了,极度震惊,可一点也不惊讶。蒙德拉哥勋爵可能会自杀的念头在他脑海里出现过几次,所以他是自杀无疑了。报纸上说蒙德拉哥勋爵在地铁站等车,站在月台的边上,列车一来就见他倒在铁轨上了。据估计他是突然昏厥的。报纸接着说蒙德拉哥勋爵已经因连续几周的过度劳累而感到不适,但外交局势需要不间断地关注,深觉不能离开岗位。蒙德拉哥勋爵是重要政治人物在当今政治的紧张压力下的又一牺牲品。另有简短的一篇文章提到这位已故政治家的才干、勤奋、爱国和远见,接着是对首相选择接班人的各种推测。奥德林大夫一字不落地看完了。他并不喜欢蒙德拉哥勋爵。他的死亡带给他的主要情感是不满意，因为他对勋爵的病毫无办法。

或许没跟蒙德拉哥勋爵的私人医生联系就是个错误。他灰心丧气，每当他认真给人看病却遭受失败时，他就厌恶自己那套谋生的江湖医生的理论和实践。他跟黑暗又神秘的力量打交道，这种力量或许超出了人类可以理解的范畴。他就像个蒙着眼的人，试图摸索着走路，却不知道往哪走。他无精打采地翻阅报纸，突然一愣，不由发出一声惊叫。他的眼睛落在靠近一栏底端的一小段话。一名议员暴毙，他读到，欧文·格里菲思先生，某某区议员，午后在舰队街住宅突然发病，被送到查令十字医院时已经死亡。据悉属于自然死亡，但会验尸。奥德林大夫简直无法相信自己的眼睛。会是蒙德拉哥勋爵在死前最后那个晚上的梦里发现他拥有了想要的武器，匕首或者是枪，然后干掉了折磨他的人吗？正如同上次用啤酒瓶砸破他的头让他第二天头痛欲裂一样，这次可怕的谋杀于几小时后在那个醒着的仇人身上起作用了，会是这样吗？或者是，更神秘恐怖，蒙德拉哥勋爵想通过寻死求得解脱，他残忍对待的那个仇敌怒火未息，不惜一死，追着他到别的地方继续折磨他？这很古怪。合乎理性的做法是把这看做一桩巧合。奥德林大夫按响了电铃。

"告诉米尔顿夫人我很抱歉今天傍晚不能接见她了，我有点不大舒服。"

这是真的：他像患了疟疾似的，瑟瑟发抖。他凭某种灵性感知，仿佛注视着一个阴冷而又可怕的空洞。灵魂中的阴暗黑夜吞噬了他，不知对于什么，他生出一种古怪的本能的恐惧。

蚂蚁和蚱蜢

当我还是小孩子的时候,自己曾被大人要求背诵拉封丹的一些寓言故事,他们也会细细地把里面的道理解释给我听。这其中有一篇故事叫《蚂蚁和蚱蜢》,它告诫年轻人,尽管这个世界上存在着不公平,勤勉却总是可以获得奖赏,而轻浮终将获得惩罚;这诚然是个有益的教训。在这篇巧妙的寓言里(很抱歉,我要复述一下这个故事,虽然为了情面,每个人都说自己曾听过它,但大家未必知道得真切),蚂蚁整个夏天都在辛苦地忙着储备冬季的食物,而蚱蜢则躺在草叶上对着太阳悠闲地唱歌。冬季降临,蚂蚁自然是衣食无忧,蚱蜢却空空如也,没有一丁点儿食物。蚱蜢找到蚂蚁讨要点食物,于是,蚂蚁给了它那句经典的回答:

"夏天的时候,你在干什么?"

"说起来怪害臊的,我那时在唱歌,整天都在唱歌。"

"那时你在唱歌,现在,你怎么不去跳舞呢?"

那时候的我全然不能接受这则寓言里所要表达的道理。在这方面,我不觉得是我生性乖张的缘故,也许是因为少年人经常不知孰轻孰重且缺乏道德感。我同情蚱蜢,因而有段时间里,只要一遇到蚂蚁,我就会将它碾死在脚下,我用这种专断的方式(后来我发现,这种举动倒是完全合乎情理的)来宣泄自己对于谨小慎微和恪守常规的不满。

有一天,我遇到乔治·拉姆塞,只见他独自一人坐在餐厅里吃饭,这时我不禁想起了这则寓言。我从未见过哪个人像他那样脸色阴沉。他双眼无神,只呆呆地望着远方,看起来仿佛全世界的重担都一齐压在了他的肩上。我真为他难过。我的第一反应就是,他那个倒霉的兄弟估计又给他惹上麻烦了。我走上前去,伸出手。

"你还好吗?"我问道。

"我的确没有什么所谓的好心情。"

"又是汤姆闹的?"

他叹了口气。

"对了,又是他。"

"你怎么还不跟他一刀两断呢?你对他已经仁至义尽了,如今,你也该知道他根本无药可救了。"

家家都有本难念的经,可汤姆已经为难这个家二十年了。早年他的人生还称得上体面:做了生意,结了婚,有了两个孩子。拉姆塞一家一向受人尊敬,人们满以为汤姆的前程一片光明。可突然有一天,他毫无征兆地宣布自己不喜欢工作,也不适合婚姻,他要的只是独自一人逍遥自在。他不听任何人的规劝。他抛弃了妻子,离开了公司。他拿出自己的积蓄,在欧洲的几个名城里快活、潇洒地度过了两年。他的所作所为时不时地传到亲戚耳朵里,他们都大为震惊。汤姆的确是极尽玩乐之能事。家人朋友也只能无奈摇头,互相议论着,看他把钱花光了怎么办。这个问题的答案他们很快便知晓了:他开始借钱。汤姆是个魅力十足又肆无忌惮的人。在我所认识的人中,没有谁能拒绝他的请求。他从朋友那儿获得一笔稳定的收入,并且对他而言,结交新朋友这种事简直容易得很。他常说,把钱用在必需品上实属无趣,唯有把钱花在奢侈品上才能彰显金钱的意义。为了达到这个目的,他依靠他哥哥乔治。在乔治身上,他用不着浪费自己的手腕。乔治是个严肃的人,他处事正经,花言巧语在他身上毫无效用。有一两次他相信了汤姆要改过自新的承诺,给了他一大笔钱,希望他能改邪归正,重新开始。汤姆用这些钱,买了一辆汽车和一堆价值不菲的首饰。后来,乔治不得不承认,他的这位兄弟从未有过悔改之意,他便下定决心自此不再插手汤姆的事。出乎意料的是,从此以后,汤姆居然毫无歉意地勒索起自己的哥哥来。一个受人尊敬的律师,却发现自己的兄弟在自己常去的饭店里站在吧台后面调酒,或者在自己俱乐部外面坐在出租车驾驶座上等候客人,对于种种这些,乔治根本无法接受。汤姆说在酒吧里工作或当出租车司机完全是正当的工作,但要是乔治能大方点,借给他几百英镑,他不介意为了家族的脸面而放弃自己的工作。乔治只能选择给钱。

一次,汤姆差点就进了监狱,乔治为此烦恼不已,他花了好些功夫才把这些见不得人的事儿摸清楚。汤姆这次做得确实太过分了一些。他放纵、轻率、自私,但至少他从未做过一件不光彩的事情,在乔治的理解中,不光彩的事儿就等同于违法犯罪。一旦现在这起案子上了法庭,汤姆必定会被判刑。乔治总不能眼睁睁地看着自己的兄弟进监狱吧。受汤姆诈骗的人名叫克朗肖,他气势汹汹,一心要诉诸法律,并坚称汤姆是个混球,他无论如何都得接受惩罚。乔治费了很大的事,又拿出了五百英镑才得以平息这件事。谁料,汤姆和克朗肖两人一道去兑现了支票,之后还相拥到蒙特卡洛痛痛快快地玩了一个月,乔治听闻这件事后暴跳如雷,我从未见他发过那么大的火。

二十年里,汤姆只关心赛马、赌博,与最漂亮的姑娘调情,在昂贵的酒店吃饭、跳舞。他总是衣着亮丽,风度翩翩。尽管他已经四十六岁了,但光看外表的话,你一定以为他最多三十五岁。他为人有趣,即便你明白他只是个无所事事的废物,但在他的陪伴下,你会不自觉地感到愉悦。他精力充沛,永远处在极度快乐的状态,同时还魅力四射。

他会定期向我借钱,并以此维持生计,每一次我都心甘情愿借给他。每每我借给他五十英镑,我只会感觉欠债的人并不是他,而是我自己。汤姆·拉姆塞熟悉每一个人,而每一个人也都熟悉汤姆·拉姆塞。自然,你不会对他的种种所作所为表示赞成,但同时,你也很难不喜欢上他这个人。

可怜的乔治只比他这位不可理喻的兄弟大一岁,但他看起来却像个六十岁的老头子。二十五年来,他每年的休假加起来从未超过半个月。他每天早上九点三十就来到办公室,下午六点之前从不离开。他正直、勤勉、受人尊敬。他的妻子是个贤惠的女子,他从未对她不忠,甚至连背叛她的想法都不曾有过。他有四个女儿,在她们眼中,他可以称得上是最好的父亲。他决心要把自己收入的三分之一给积攒下来,并计划五十五岁退休,搬到乡下小房子里去。在那儿他打算侍弄花草,打一打高尔夫。他的一生未曾有过任何可以让人诟病的污点。他很高兴自己上了年纪,因为汤姆同样也上了年纪。他搓着手说:"汤姆年轻漂亮的时候,一切都好办。可他不过是比我小一岁而已。四年之后他就五十岁了。等到了那时候,他就会省悟,生活哪有那么容易。而我到五十岁时,我已经拥有了三万镑的存款。二十五年来,我常说汤姆最终会沦落街头。到那时,我们倒要看看他是否还能快活。我们要看看到底是辛勤工作还是游手好闲能得到善报。"

可怜的乔治!我同情他,此刻,我坐在他的旁边,却猜不出汤姆又干了什么令人蒙羞的事儿。乔治显然十分苦恼。

"你知道最近发生了什么事吗?"他问。

我早已做好了听到最坏消息的准备。我怀疑汤姆已经落到了警察的手上。而乔治他几乎连话也不会说了。

"你不会否认,我这辈子一直都是个刻苦、正直、体面、坦率的人吧。我勤勉节俭了一辈子,期望退休后能有一笔小小的收入,让自己衣食无忧。我始终坚信,不论上帝怎么安排我的境遇,我都要尽力做好自己的本分。"

"你的确如此。"

"你也不能否认,汤姆一直都是个懒惰、没用、放荡、可耻的无赖吧。要是这世上还存有一丝丝的公平正义,他就该住进济贫院里去。"

"这话也没错。"

乔治的脸涨得通红。

"几周之前,他和一个年纪大到足够做他母亲的女人订了婚。现在那个女人死了,把她的财产——五十万英镑、一艘游艇,还有两栋房子,一栋在伦敦,一栋在乡下,全都留给了汤姆。"

乔治·拉姆塞紧握拳头,锤打着桌子。

"这不公平,我跟你说,这不公平。妈的,这根本不公平。"

看着乔治愤怒的面孔,我实在忍不住放声大笑,还差点从椅子上摔下来。为此,乔治再也没有宽恕我。可汤姆却经常邀请我去他那座在梅费尔的漂亮宅子里享用美餐。他还是会时不时找我借点小钱,但每次的金额从不超过二十先令,而这也不过是他的习惯使然罢了。

蚂蚁和蚱蜢

路易斯

我一直不明白路易斯为什么要招惹我。她并不喜欢我,我知道,一有机会她就会在背后用她那种委婉的方式说我坏话。她圆滑世故,从不说什么直白的话,但是凭借一点暗示,一声叹息和她优美的手势,她就能让自己的意思清楚明了。她最擅长冷冰冰地恭维。我们相识确有二十五年了,还算亲密,但我绝不相信她会是念旧情之人。在她看来,我就是个粗鄙、野蛮、愤世嫉俗、庸俗的家伙。我很困惑她为什么不直接与我断绝来往。她从没有那样做,事实上,她都不给我单独静一静的机会,她总是邀请我与她共进午餐,每年还有一两回会邀请我去她乡下的住处共度周末。最终,我认为自己发觉了她的动机。她怀疑我觉得她虚伪,这搅得她心神不安;如果这就是她讨厌我的原因,那这也是她想方设法与我结交的原因了:只有我觉得她滑稽可笑,这让她感到烦躁。除非我屈服,承认自己错了,否则她是不会罢休的。可能她隐隐觉得我看见了她面具下的本来面孔,再加上只有我一个人在顽抗,她坚信我迟早也会把她的面具当做她的真实面目。我倒是向来不认为她是个彻头彻尾的骗子。我好奇她是否像欺骗全世界一样彻底地骗过自己,或者是否她的心底还有些幽默的火花。如果是后者的话,她也许是被我吸引了,两个骗子分享了一个外人都不知道的秘密,他们很可能会互相吸引。

路易斯结婚之前我就认识她了。那时她还是一个脆弱、娇气的小姑娘,有着一双忧郁的大眼睛。她的父母对她宝贝得不行,却也为她的身体忧心忡忡,因为某种疾病,我记得大概是猩红热吧,她的心脏一直很脆弱,必须得精心照顾。汤姆·梅特兰向她求婚时,路易斯的父母有点恐慌,因为他们确信女儿太娇弱,应付不来婚姻的种种艰辛。但他们家家境并不殷实,而汤姆·梅特兰很富有。他承诺可以为路易斯做世上任何事情,最终,他们把照顾女儿这一神圣职责托付给他。汤姆·梅特兰相貌英俊,身材高大强壮,是个运动健将。他对路易斯宠爱至极。他知道路易斯心脏不好,也不指望她能陪伴他多久,他打定主意要尽自己所能让她在人世间剩下的日子都开心快乐。他放弃了自己擅长的运动,不是因为路易斯要求,她倒是很乐意他去打高尔夫和狩猎,而是因为每次他提出离开她一天,她就会碰巧犯心脏病。每当他们夫妻间有分歧时,她就会立马让步,因为她是最体贴的妻子,但她的心脏病往往让她心力交瘁,只好卧床一周,她却温柔而毫无怨言。他又怎好像个畜生一样惹她生气。于是他们会争抢着让步,只是最后他得花上点功夫劝说她坚持自己的本意行事。有一次,她执意要远行,结果她走了八公里,我暗示汤姆·梅特兰她比人们想象的要强壮。他摇了摇头,叹了口气。

　　"不,不,她脆弱得吓人。她遍访了世界上最好的心脏病专家,他们都说她命悬一线,但她拥有不可战胜的意志。"

　　他还将我对她耐力的评价转达给了她。

　　"我明天会为此付出代价的",她伤心地对我说道,"我就在死亡的门口了。"

　　"我有时觉得你强壮得足以做你想做的事。"我嘟囔了一句。

　　我注意到,如果她觉得派对有趣,她可以跳舞跳到第二天早上五点,但如果她觉得很无聊,就会身体不舒服,汤姆就会早早地带她回家。她恐怕是不喜欢我的回答,即便朝我楚楚可怜地微微一笑,那双蓝色的大眼瞧不见半点高兴的意思。

"你大概是在期望我倒地而亡,只是为了取悦你。"她回答。

路易斯比她丈夫活得久。有一次他们出海,所有的毯子都用来给路易斯取暖,汤姆便感染了风寒去世了,留给她一笔足够衣食无忧的财产和一个女儿。路易斯伤心欲绝。她能从这次打击中挺过来简直是个奇迹,她的朋友都以为她很快会随她可怜的丈夫而去,甚至他们都已经在为她的女儿爱丽丝感到痛心,因为她很快就要成为一个孤儿了。他们越发关心路易斯,不允许她动一根手指,坚持事无巨细地为她打点妥当。他们也没办法,因为一旦她做劳累或者麻烦的事,她的心脏就会受不了,置她于死亡边缘。她说离开了男人的照顾,她已经完全地不知所措了,她不知道靠着她这样脆弱的身体要怎样把她亲爱的爱丽丝抚养长大。她朋友问她为什么不再婚。哎,有这样的心脏,再次结婚是毫无可能的了,即便她知道汤姆当然希望她再婚,这样对爱丽丝或许是最好不过的了;然而又有谁愿意摊上她这样一个讨厌的废人呢?但奇怪的是,不止一个年轻人表示他们愿意承担这份职责。汤姆去世一年后,她允许乔治·霍布豪斯牵着她走向婚礼的圣坛。他是个优秀、正直的人,不可谓不富有。我从没见过像他那样感激的表情,只因得到了照料这个柔弱女子的特权。

"我不会麻烦你太久的。"她说。

他是名军人,雄心勃勃,但他辞去了自己的军衔。因为路易斯的健康状况迫使他在蒙特洛卡过冬,在多维尔避暑。放弃自己的事业让他有点儿犹豫,而一开始路易斯也坚决不许,但最终她还是妥协了,就像她一直以来那样。乔治已经准备好让他的妻子的最后几年尽可能过得快乐。

"不会很久的,"她说,"我会尽量不麻烦你。"

接下来的两三年,虽然心脏不舒服,路易斯依旧能盛装出席所有最热闹的派对,尽情地豪赌,跟身材纤长的年轻男人跳舞甚至是调情。而乔治·霍布豪斯没有像路易斯第一任丈夫那样的精力,"路易斯丈夫"的全职工作太过繁重,他需要时不时喝上一两杯烈酒为自己加油鼓劲。可能就是这个原因,他染上了酗酒的毛病,这让路易斯厌恶不已,非常幸运的是(对她而言),战争爆发了。他回到了自己的军团,三个月之后牺牲了。路易斯大受打击。但是她觉得在这种国家的危难时刻,她不应该屈从于个人的不幸;不知道她的心脏病有没有发作,有的话也没人听说。为了转移注意力,她将自己在蒙特卡洛的别墅改建成了医院,供伤员恢复。她的朋友劝告她,这么繁重的工作她是承受不来的。

"我当然会死在这上面,"她说,"我知道。但是那有什么?我必须得做好自己的这份工作。"

那并没夺走她的生命。她度过了生命里最快活的一段时间。在法国,没有哪家疗养院比她家的更受欢迎了。我在巴黎碰巧遇见了她。她正在丽兹酒店跟一个身材高大又非常英俊的法国青年共进午餐。她解释说,她来法国是处理一些跟医院相关的事宜。她又说军官们都对她太过殷勤了,他们知道她有多娇弱,便什么事也不让她碰,个个都像她丈夫似的照顾她。她叹了口气。

"可怜的乔治啊,谁能想到我这么颗破心脏能活得比他更长呢?"

"还有可怜的汤姆!"我补充道。

我不明白她为何不喜欢我那样说。她给了我一个哀伤的微笑,美丽的大眼睛里盈满了泪水。

"我没几年好活了。可你说话的感觉好像一直是在抱怨我不该活这几年,应该立马死掉。"

"话说回来,你的心脏好多了,不是吗?"

"不可能变好了。我今天早上看了一位专家,他告诉我必须做好最坏的打算。"

"哦,不错,你已经为此打算了将近二十年,不是吗?"

战争结束之后,路易斯在伦敦定居下来。她现在四十多岁,依然瘦削又虚弱,有大大的眼睛和苍白的脸颊,但她看起来绝不超过二十五岁。爱丽丝长大了,之前住在学校,现在搬回来跟她一起住。

"她会照顾我的,"路易斯说,"当然,跟我这样的废人一起生活会给她很大的压力,但也就这么一会儿时间了,我想她不会介意的。"

爱丽丝是个好姑娘。她从小就知道她母亲的健康状况不稳定。还是个孩子的时候,她就不被允许发出任何噪音;她一直明白决不能让母亲心烦。即使路易斯现在告诉她不要为她这个惹人厌的老太婆做出任何牺牲,这姑娘也不会听。牺牲自己不是什么大事,她力所能及地为她可怜的、亲爱的母亲做些什么,就是一种幸福。于是她母亲叹了口气,让她为自己做了不少事。

"小孩子觉得自己能帮上忙,就会很快乐。"她说。

"你不觉得应该让她多出去走走吗?"我问。

"我经常这么劝她。可她就是不会玩乐,我也没办法,天知道,我从没期望谁为我做出牺牲。"

我后来见到爱丽丝,劝说她不要那样,她告诉我:"我可怜的妈妈呀,她想我出门跟朋友待在一块儿,参加派对,可我一离开她去任何地方,她就会犯心脏病,所以我还是更喜欢待在家里。"

但是不久后,她恋爱了。是我的一个年轻朋友,很优秀的一个小伙子,向她求婚,她也答应了。我很喜欢这个孩子,很开心她终于能拥有自己的人生。之前她似乎从未想过还有这种可能。可有一天,这个年轻小伙子找到了我,极为痛苦地告诉我婚礼被无限期地推迟了。爱丽丝觉得她不能抛下她的母亲。当然,这跟我毫无关系,但我还是找了个机会去见了路易斯。她向来喜欢在下午茶时间接待她的朋友,现在她年岁增长后,她经营的圈子里有不少画家和作家。

"喂,我听说爱丽丝不打算结婚了。"我等了一会儿说。

"我可没听说有这回事。她只是没有如我所期望的那样,出嫁得太快罢了。我都已经跪下来求她不要顾虑我,但她就是不肯离开我。"

"你不觉得对她太不公平了吗?"

"的确很不公平。不过当然也就几个月而已,但我讨厌有任何人为我做出牺牲。"

"我亲爱的路易斯,你都送走了两任丈夫了。我看你再送走两任也是一点问题都没有。"

"你觉得很好笑吗?"她竭力做出愤怒的样子。

"只要是你喜欢做的事,你就体力好得不行,而你觉得无聊的事,你脆弱的心脏就会为你挡掉,你从没意识到这很古怪吧?"

"哦,我知道,我知道你总是这么想我。你从不相信我身体有什么问题,是吗?"

我上下打量着她。

"对,我从不相信。我认为你这二十五年来是完成了一个惊天骗局。我想你是我所知道的最自私和可怕的女人。你葬送了两个可怜男人的生命,你还要接着毁掉你女儿的人生。"

就算路易斯当场心脏病发作,我也不会感到惊讶,我以为她会火冒三丈,可她只是温柔地朝我笑了笑。

"我可怜的朋友,某一天你会为你对我说的这些话后悔万分的。"

"你是坚决不允许爱丽丝跟这个男孩子结婚吗?"

"我已经求她跟他结婚了。我知道这会叫我送命,但我不在乎。没人在意我,我对任何人都只是个负担。"

"你告诉过她这会让你送命吗?"

"她逼我说的。"

"有哪件事不是你坚决想做而别人逼你的?"

"她想嫁的话,明天就可以嫁。如果我活不了,那就不活了。"

"好啊,我们就来冒这个险怎么样?"

"你对我就没有一点同情心吗?"

"你太好笑了,没人会可怜逗她开心的人。"我回答。

爱丽丝苍白的脸颊生出两抹淡淡的红晕,她的脸上还带着笑,但她的眼里充满了严肃和愤怒。

"爱丽丝会在一个月后完婚,"她说,"如果我发生什么的话,希望你和她能原谅自己。"

路易斯没有违背自己的承诺。婚礼的日子定下了,奢华名贵的嫁妆办置妥当,请帖也一一发出。

爱丽丝和新郎都喜气洋洋。在婚礼当天,早晨十点,路易斯,那个魔鬼般的女人因心脏病发作去世了。她临终时温柔地原谅了爱丽丝,她不怪她杀了自己。

领　事

皮特先生此时怒火中烧。他已经在领事这个位子上干了二十多年，应对过各式各样麻烦的人，包括不讲道理的官员，把英国政府当作讨债中介的商人，在中规中矩开展的活动中公然表现出不公企图感到愤怒的传教士。他本来是个性情温和的人，但是他却无缘无故地朝自己的文员发了一通火，还差点开除了一个欧亚混血的职员，因为人家在一封需要他正式签名的信函中拼错了两个单词。他是一个认真负责、一丝不苟的人，在四点之前，他绝不会离开自己的办公室，但是他现在却一下子从椅子上跳了起来，吵着要拿自己的帽子和拐杖。因为他的男仆没能立刻把东西拿过来，他将人家从头到脚狠狠骂了一通。人们都说，领事们的为人很奇怪，那些连用中文问路都不会，却能在中国居住三十五年的商人们说，这是因为领事们不得不学习中文。不可否认的是，皮特先生的性情非常古怪。他是个单身汉，因此他被派到了一系列的岗位去任职，由于这些岗位都不得不远离家庭，所以不适合那些有家室的男人。他一个人生活了太久，这大大滋长了他那些古怪的习惯。他有着让陌生人惊讶不已的怪癖。他时常走神，对自己的家也不是很在意，因此他的房子总是一团乱，更别提他的饮食了，男仆们按照自己的喜好给他什么，他就吃什么，这让他总是要被敲竹杠。他乐此不疲地致力于镇压鸦片交易，但是他也是唯一一个不知道他的仆人在领事馆里私藏鸦片的人,甚至,在大院的后门就有一个公开交易鸦片的地方。他热衷于收藏,政府为他提供的房子堆满了他一件一件收藏起来的东西,白镴器皿、黄铜制品、雕花木。收藏这些物品是他更加正当的事业,但是他也收藏邮票、鸟蛋、旅馆标记和邮戳。他曾经自吹自擂地说,他收藏的邮票在整个帝国也是无可比拟的。在他一个人住的时候,他读了很多书,尽管他不是一个汉学家,却对中国的历史、文化和人民了解甚多,比他大部分的同事都知道得要多。但是,他从丰富的阅读中获得的不是宽容,而是虚荣。他有着非凡的外表,矮小而瘦弱,他走路时会给你一种落叶随风抖动的感觉。除此以外,那顶小型的蒂罗尔帽子真的十分独特,里面饰有公鸡的羽毛,古老而破旧,他将帽子机智地戴在脑袋的一边。他秃得十分严重。透过镜片,你可以看到他淡蓝色的眼睛暗淡而无神,他的视力很差,胡子下垂,即使那么地蓬乱也掩藏不住他嘴角的怒气。现在,他从领事馆所在的街角转了出来,径直走向城墙,因为在人数众多的城市里,只有那里才可能舒适地散散步。

  他是个对待工作一丝不苟,对鸡毛蒜皮的小事也极度担忧的人,但每天来城墙这里散散步能让他感到些许安慰和放松。这座城市坐落在平原的中心,夕阳西下的时候,在城墙上向远方眺望,你能看到被白雪覆盖的群山——西藏的群山。但是现在,他脚步飞快,目不斜视,他的那只肥胖的西班牙猎犬跟随在他身旁,蹦蹦跳跳。他小声而飞速地自言自语。他之所以恼怒,是因为那天他接待了一位自称是俞夫人的女士,而他作为一个领事,有着强烈的追求精准的热情,坚持要称她为兰伯特小姐。而这次会面的本身就足以让他们的交流很不愉快。她是一个嫁给了中国人的英国女人。两年前,她的丈夫一直在伦敦大学求学,之后,她离开英国和丈夫一起来到了中国。她的丈夫让她相信了他在自己的国家是个了不起的人物,她也幻想过自己会住进一座金碧辉煌的宫殿,地位显赫。然而,当她被领到一个挤满了人的中国式房子时,她感到匪夷所思。那里甚至连一张外国式的床铺都没有,更别提什么刀叉了。每一样东西对她来说都显得脏兮兮,散发着霉味。让她更加震惊的是,她不得不和丈夫的父母一起生活,她的丈夫告诉她,她必须按照他母亲所说的去做。由于她对中文一窍不通,过了两三天她才发现她并不是丈夫唯一的妻子。在他年少远离故乡求学之前,就已经结了一门亲事。当她愤怒地指责丈夫欺骗了她时,丈夫只是耸了耸肩膀。在中国,要是男人想娶两个妻子,那是谁也拦不住的,他还不顾事实,添油加醋地说,没有中国女人会把这看成是一种苦难。正是由于发现了这一点,她才来拜访领事的。他早就听说了她的事情,在中国,每个人都知道每个人发生了什么事情。因此,他毫不诧异地接待了她。当然,他对此也没有表示出多大的同情。一个英国女人竟然嫁给了中国人,他感到义愤填膺,但是,她居然没有了解清楚情况就嫁了,更是让他感到就像是一种对个人的侮辱。她看上去不像是那种——你可以想象到的,会对自己愚蠢的行为而感到愧疚的女人。她身体结实,微微臃肿,年纪不大,个头不高,打扮朴素,实事求是。她穿着一套定制的廉价套装,头戴一顶苏格兰式的帽子。她的牙齿不好看,肤色暗沉。她的双手大而红肿,缺乏必要的保养。你可以轻易看出她不习惯干重活。她说英语时会夹杂着伦敦人特有的哼哼声。

"您是怎么认识俞先生的?"领事冷淡地问。

"嗯,你看,是这样的,"她回答道,"我的父亲有着十分体面的社会地位,在他去世后我母亲曾说:'唉,让这些房间白白空着浪费真是一种罪过,我要在窗户上放上一块招租的牌子。'"

领事打断了她。

"他租了您家的公寓吗?"

"好吧,其实严格意义上那算不上公寓。"她说。

"那我们叫它居室怎么样呢?"领事回答道,微微一笑,透着些许嘲讽。

那就是对这段婚姻大致上的解释。然后呢,因为在他看来,她就是个愚蠢而粗俗的女人,于是他坦率地解释道,根据英国的法律她和俞先生并没有结婚,目前她能做的就是立即返回英国。她开始哭了起来,他对她稍微心软了些。他向她保证,会把她托付给一些担任传教工作的女士,她们会在漫长的旅途上照应她,并且,其实他在想,如果她愿意的话,是不是可以到一所教堂去。但是在他说话的时候,兰伯特小姐擦干了自己的眼泪。

"回到英国有什么好的呢?"她最后说,"我又没有可以去的地方。"

"您可以去找您的母亲。"

"她一直都强烈反对我嫁给俞先生。要是我现在回去的话,我还真的不知道会有什么后果。"

领事开始说服她,但是他说得越多,她反而更加下定了决心不回去,最后,他没了耐心。

"如果您执意要和一个根本不是你丈夫的人一起留在这里,那您自己看着办吧,可是我可不会承担任何责任。"

她的回嘴总是让他感到生气。

"既然这样,那你就没有担忧的必要了。"她说道,每次他想起她的时候,她的表情总能浮现在他的脑海里。

这已经是两年前的事了,在此之后,他还见过她一两次。看上去她和婆婆以及丈夫的另外一个妻子关系很糟糕,她还来找领事问过一些关于她在中国的权力的愚蠢问题。他重申了自己会帮助她离开的承诺,但她仍然毫不动摇地拒绝离开,他们的会面总是在领事的大发雷霆中结束。他甚至开始有点倾向于同情那个无赖的俞先生了,毕竟这个俞先生不得不让三个敌对的女人保持相对和平。根据这个女人所说的话,俞先生并没有对她有什么不好的。他尽可能公平地对待自己的两个妻子。兰伯特小姐也没有什么长进。领事知道她平常情况下得穿中式的衣服,但是当她来找他时,她就会穿上欧洲的礼服。她看上去已经极其邋遢了。由于中国食物不合口,她看上去面黄肌瘦,健康状况十分糟糕。然而,当那天她被仆人领进门的时候,他真的被震惊到了。她没有戴帽子,头发蓬乱,整个人看上去歇斯底里。

"他们想要毒死我,"她叫道,并把一碗臭烘烘的食物端到了他面前。"这是被下了毒的,"她说,"最近这十天我一直都在生病,我能死里逃生都是奇迹啊。"

她把事情的经过原原本本地告诉了他,详尽得或许能够让他深信不疑:毕竟,没有什么比中国女人用熟悉的手段铲除可憎的侵入者可能性更大的了。

"他们知道您来这里了吗?"

"他们当然知道,我告诉了他们,我要让他们好看。"

现在,已经到了要采取关键行动的最后时刻了。领事以最官方的态度看着她。

"好了,您现在绝对不能再回去了。我也不会再接着听您讲这些毫无意义的话了。我坚决要求您离开那个根本不是您丈夫的男人。"

但是他很快发现在她近乎疯狂的固执面前,他根本无计可施。他不断地重复讲着自己经常说的道理,但她就是听不进去,所以就像往常一样,他失去了耐心。

"到底是什么原因让您非要留在这个男人身边呢?"他喊道。

她迟疑了片刻,眼睛里闪过了一丝异样。

"他前额上头发的样式让我没有办法不喜欢啊。"她回答道。

领事从未听到过如此让人震惊的事情,这的确是最后一根稻草。现在,当他大步向前,想要用散步来消除怒气的时候,尽管他不是一个经常说狠毒话语的人,还是克制不住狠狠说了一句:

"女人简直讨厌透顶。"

教堂司事

那天下午,在内维尔广场的圣彼得教堂有一场施洗礼,阿尔伯特·爱德华·福尔曼还穿着他的司事袍。他还有件新的司事袍,衣褶饱满而硬挺,尽管说是羊驼呢做的,但看上去却像是使用多年的青铜做的,不过这件是他专门为婚礼和葬礼准备的(现在的这些时尚名人都喜欢在内维尔广场的圣彼得教堂举行这两种仪式),现在他只是穿着自己除了那件新袍之外最好的司事袍。他穿着它,就有一种满足感,因为这是他高贵职业的象征,没有它的话(回家的时候要脱下),福尔曼就有种没穿衣服的不安感。他花了不少心思在这衣服上,折叠、熨烫都是他亲自做的。他已经在这个教堂连任了十六年的司事,但是他从没舍得扔掉任何一件司事袍,尽管已经穿得非常破旧了,全部都整整齐齐地用棕色的纸包好,放在他卧室衣柜最下面的抽屉里。

司事安静地忙了一会儿,先是把大理石圣水器上的彩漆木盖换了,再把一张刚刚为一位腿脚不方便的老太太拿出来的椅子放了回去,然后呢,等到牧师在法衣室里忙完以后,他就可以打扫一下,回家去了。没过多久,他就看到牧师穿过高坛,在祭坛面前跪拜了一下,沿着侧廊走了过来。但是牧师也还穿着教士服。

"他还在磨叽些什么呢?"司事自言自语道,"他难道不知道我急着去喝茶吗?"

这个牧师是最近才上任的,面色红润,精力充沛,四十出头的样子,而阿尔伯特·爱德华·福尔曼仍旧怀念着前任牧师,那是一位保守的牧师,总是用着清脆的声音悠闲地布道,还总是喜欢和教区里那些有地位的居民一起外出吃饭。他倾向于教堂里的东西维持原样,但是也从来不会小题大做。他不像这个新来的牧师,恨不得所有的事情都要插上一脚。但是阿尔伯特·爱德华·福尔曼心很大。圣彼得教堂这一带的邻里关系都很好,教区里的居民也都是有身份的人。这个新来的牧师是从东区来的,也不能要求他一下子就适应这种谨慎的做事风格。

"每天都在白忙活,"阿尔伯特·爱德华·福尔曼说,"但是给他足够的时间,慢慢地他就会了。"

当牧师沿着侧廊走到离他不远的地方,他就停了下来,在这个距离,不用提高音量也能听清说些什么,毕竟是敬神的地方。

"福尔曼,你能来一下法衣室吗?我有话想对你说。"

"没问题,先生。"

牧师等他走过来,然后他们两个人一起走过了教堂。

"先生,我觉得今天的洗礼挺顺利的。有趣的是你一抱那个婴儿,他就不哭了。"

"我发现他们总是会这样。"牧师微微一笑,说道。"说到底,应付他们我也算是比较熟练的了。"

尽管没有刻意炫耀,但牧师总是很自豪自己的怀抱几乎每次都能让哭闹的婴儿安静下来,他也能感受得到,当他把孩子放在自己穿着白色法袍的臂弯里时,母亲和护士们看着他露出的钦佩和惊喜之情。司事也知道,牧师很喜欢别人恭维他的这项天赋。

牧师走在阿尔伯特·爱德华·福尔曼前面,进了法衣室。当福尔曼走进法衣室的时候,已经有两位教会委员在那儿了,他感到有点惊讶。他并没有看到他们走进来。两位教会委员十分和善地朝福尔曼

教堂司事

点了点头。

"下午好,大人。下午好,先生。"他一一打了招呼。

他们两位年纪都很大了,福尔曼做了多久的司事,他们俩就差不多做了多久的教会委员。他们现在坐在一张漂亮的长餐桌旁,这张餐桌还是前任牧师很多年前从意大利带回来的,新任牧师坐在了他俩中间。福尔曼站在桌子的另一边,和他们面对着面,因为不知道发生了什么,他感到些许的不自在。他还记得那次风琴手捅了娄子,他们费了多大的力气才把这件事情掩盖了过去。在像内维尔广场圣彼得这样的教堂里,任何丑闻都是不能被容忍的。牧师微微泛红的脸庞上透露着些许坚决和慈祥,但是其他两位的表情里却带着一丝苦恼。

"他一定在烦他们,一定是的。"司事自言自语道,"他肯定要了什么手段逼迫他们做些什么,但是他们显然不想这么做。准是这样的,记住我说的话。"

但福尔曼的心思却没有表露在他轮廓鲜明、气度非凡的脸上。他站在那里,不卑不亢,态度恭敬。在成为一名神职人员之前,他曾做过一段时间的仆人,但是只服务于地位高贵的家庭,所以他的举止行为是无可挑剔的。从给一个商业大亨跑腿开始,他一步步从第四男仆升到了头号男仆,他还在一位寡居的贵族夫人那里单独当过一年男管家,然后去了一位退休的大使家里,尽管还是当管家,不过这次他手下还有两个人可以使唤,直到圣彼得教堂出现了这个空缺。他身材高挑而清瘦,面相冷峻而气度不凡。他看上去就算不像个公爵,也至少是个以前那种专门扮演公爵的演员。他老练、沉稳、自信,在品格上是无可挑剔的。

牧师开门见山地说:

"福尔曼,我们有一件不是那么愉快的事情要告诉你。你在这里工作也有些年头了,我相信爵爷和将军都会认同你一直以来都尽职地完成了自己分内的工作。大家都很满意。"

两位教会委员点了点头。

"但是前几天我了解到了一个很不寻常的情况,而且我认为向教会委员汇报是我职责的一部分。我感到诧异的是,你竟然不识字。"

司事的脸上并没有表现出半点窘迫。

"上一任牧师知道的,先生。"他回答道。"他说这并没有多大影响。他总是说现在这个社会,大家就是书读多了。"

"这真是我听到过的最不可思议的事情了,"将军喊道,"你是指你在这个教堂当了十六年的司事,却从来没有学过读书和写字吗?"

"我十二岁就开始干事了,先生。第一户人家的厨子试着教过我,但是我看上去并没有这方面的天赋,然后呢,事情一件接着一件来,我根本没有时间。我也从来不觉得不会读书写字有什么问题。我倒是觉得,现在许多年轻人都把时间浪费在了读书上,他们本可以用这些时间做些有用的事情。"

"可是你难道不想了解一下新闻什么的吗?"另一个教会委员问道,"你难道从来都没想过要写封信吗?"

"没有,爵爷,我觉得就算我不会读书写字,我也能应对得很好。而且最近这些年,报纸上都是图片,对于时事我也基本都了解。我的妻子学问很高,如果我想写信的话,她可以替我写。我也不是个爱赌博的人。"

两位委员焦躁地瞥了牧师一眼,又低头看向了桌子。

"是这样,福尔曼,我已经和这两位先生讨论过这件事了,他们也很赞同我,觉得现在这样的情况是不能再继续下去的。在像内维尔广场圣彼得这样的教堂里,我们的司事是不能既不会读书,也不会写字的。"

阿尔伯特·爱德华·福尔曼瘦削、土黄色的脸庞涨红了,他不自在地挪动着双脚,但没有作声。

"理解我吧,福尔曼,对你,我是没有什么好抱怨的。你的工作都完成得非常出色。我对你的品格和能力也都是高度赞扬的。但是,你在读写上的无知可能会造成事故,我们没有权力去冒这个险。这既是出于谨慎,也是原则问题。"

"但你不能学一下吗,福尔曼?"将军问道。

"不能,先生,恐怕现在不行了。你看,我已经不再年轻了,如果当我还是个孩子的时候我就没法学懂字母,那现在就更不可能了。"

"我们不是想要刁难你,福尔曼,"牧师说道,"但是委员和我都已经做了决定,我们会给你三个月的时间,如果三个月过后你还是不会读书写字的话,恐怕我们只能让你离开了。"

阿尔伯特·爱德华·福尔曼就没有喜欢过这个牧师。他一开始就说过,让他来接管圣彼得教堂是个错误。他并不是一个适合高等教会的人。爱德华挺直了自己的背。他明白自己的价值,所以他不会让自己任人摆布。

"我很抱歉,先生,我觉得还是算了吧。我年纪太大了,学不了新东西了。尽管不会读书和写字,但我也活了这么多年了,还有,我不是想要表扬自己,毕竟自夸是不被提倡的,但是我敢说,天意让我以这样的人生生活下去,我也尽到了自己的责任,就算现在我能学会,我恐怕也不是那么想学了。"

"如果是这样的话,福尔曼,那么你就只能离开了。"

"好的,先生,我理解了。等你找到能接替我的人之后,我很乐意递交辞职信。"

但是,当阿尔伯特·爱德华·福尔曼像往常一样彬彬有礼地送走了牧师和教区委员,关上教堂大门之后,他之前面对打击时保持的平静就维持不住了,他的嘴唇微微颤抖。他慢慢走回法衣室,指定的挂钩上挂着他那件最好的司事袍。想到它见证了那么多场庄严的葬礼、精致的婚礼,他不由得叹了口气。他把所有事情都处理妥当之后,穿上了大衣,拿着帽子走过了侧廊。他锁上了身后教堂的大门。穿过广场,因为深深地沉浸在忧伤中,他并没有走那条回家的路,尽管有一杯香甜的浓茶在等着他。他走向了另一条街,缓缓地向前走着。他心情沉重。不知道该干些什么。他没幻想过回去干他的老本行,毕竟已经好多年没听人使唤了。因为不管牧师和教区委员说些什么,处理内维尔广场圣彼得教堂大大小小琐碎事情的人还是他,再去做仆人不免有些丢脸。他也有些积蓄,但是一直吃老本总是不够的,每年的生活开销都在上涨。他从来都没想过自己会为这些事情而烦恼。圣彼得教堂的司事,就应该像罗马教皇一样,是终身制的。他常常想象,在他去世后的第一个周日的晚祷,牧师会多么亲切地在布道时提起他,提起他的尽职尽责,提起他们失去了一个品格多么高尚的司事——阿尔伯特·爱德华·福尔曼。他深深叹了口气。福尔曼不抽烟,也完全戒了酒,但他给自己留了点余地,也就是说,晚饭时,他喜欢来杯啤酒开开胃,累的时候,他也会抽根烟放松放松。现在,他觉得来根烟会让自己好受些,但是他身上没带烟,于是他四处张望,想找个小店买包"黄金叶"。他没有立马找到,便接着向前走了走。这条街很长,开着各种各样的商店,但却没有一家是可以买到香烟的。

"真奇怪。"爱德华说道。

为了确认,他又把这条长长的街重新走了一遍。没有,确实没有。他停了下来,若有所思地打量着周围。

"我总不可能是这条街上唯一想买香烟的人吧,"他说道,"我一点都不怀疑,要是有谁在这里开个小店,生意总不会太差。烟草、糖果什么的。"

他突然打了个激灵。

"这主意不错,"他说道,"奇怪的是,在你最不经意的时候,好点子

教堂司事　175

就来了。"

他转身,朝家走去,路上还喝了杯浓茶。

"你今天下午可真沉默啊,阿尔伯特。"他妻子说道。

"我在想东西。"他说。

他从各个方面把这件事盘算了一遍,第二天,他又去了那条街,碰巧的是,他刚好看到有一家中意的店面要出租。二十四小时过后,他就盘下了那个店面;一个月后,阿尔伯特就离开了内维尔广场圣彼得教堂,做起了出售香烟和报刊的小生意,再也没有回去过。他的妻子埋怨道,曾经圣彼得教堂的司事做这个真是一点面子都没有,爱德华回答说,你必须得跟上时代,教堂也不再是从前那个样子啦,他就要把凯撒的东西还给凯撒了。阿尔伯特·爱德华·福尔曼生意做得很好,因此一年过后,他有了开第二家分店的想法,雇个人打理。他找到了另一条没有香烟铺子的街,找了一个要出租的店面,盘了下来,备足了货。这家店的生意也不错。爱德华突然想到,既然他能开两家店,那么五六家店也一定能开,所以他开始在伦敦四处走动,只要他发现没有香烟铺子的街,还有待租的店面,他就把店盘下来。十年内,他就拥有了不下十家店铺,赚了大钱。每周一他都会亲自去这些店铺里收钱,再去银行存起来。

一天早上,他又带着一大捆钞票和一袋重重的银币来到了银行,出纳员告诉他,经理想见他一面。他被带到了一件办公室,经理和他握了握手。

"福尔曼,我想和你谈谈你在我们银行存的这笔钱。你知道具体数目吗?"

"肯定没法具体到个位数,先生,但是大致有多少我还是知道的。"

"不算你今天早上存的那笔钱,差不多得有三万英镑的样子。这么大数目的钱,如果只是存起来未免太浪费了,我觉得你不如用它来投资。"

"我并不想冒什么风险,先生。我知道把钱存在银行里是最安全的。"

"你不必担心。我们会给你一张金边证券的单子,绝对可靠。它们给你的收益一定比银行能给你的要多。"

一丝苦恼展开在福尔曼先生尊贵的面孔上。"我以前从没接触过股票和股份之类的东西,我只能交给你们全权代理了。"他说道。

经理微微一笑。"我们会处理好一切事情的。你要做的就是下次来的时候在转款的文书上签字就可以了。"

"这点我倒是会的,"阿尔伯特犹豫地说道,"但我怎么知道自己签的是什么呢?"

"你可以读上面的英文啊。"经理有些不开心。

福尔曼给了他一个抱歉的微笑。

"好吧,先生,是这样的。我不识字,我知道这听上去有些滑稽,但事情就是这样。我既不会读书,也不会写字,除了名字,这还是当我做了生意之后学的。"

经理大吃一惊,从椅子上跳了起来。

"这真是我听到过的最奇怪的事。"

"你看,是这样的,先生,我一直都没机会学,后来就太迟了,然后呢,我也就不想学了,可能是我脾气太犟了吧。"

经理瞪着他,仿佛他是一头史前巨兽。

"你是说,你在不识字的情况下经营起了这么大的生意,还累积了三万英镑的财富?我的上帝啊,要是你识字的话,那你现在得成什么样?"

"这我倒是可以告诉你,先生,"福特曼先生说道,一丝笑容展开在他高贵的脸庞上,"我会是内维尔广场圣彼得教堂的司事。"

简

我还记得第一次见到简的场景,简直历历在目,至今仍记忆犹新。的确,正是那惊鸿一瞥,我才确信我没有记错。现在想想,这简直就是跟我开了一个天大的玩笑。那段时间我刚刚从中国返回伦敦没多久,正在和托尔太太品着茶。托尔太太那段时间迷上了当时流行的家居装饰。她把那些从她结婚开始就一直伺候了她很多年的椅子、桌子、橱柜、装饰品给丢了,还有那些陪了她二三十年的照片,这倒颇体现了她作为女性冷酷无情的一面。她把房子的装修问题托付给了专家。客厅里凡是跟她有关的东西或者有纪念意义的物品都被处理得一干二净。因此,她邀请我去她如今翻修一新、时尚华丽的家里看看。家里只要是能被酸洗的都被洗过了,不能被酸洗的也都刷上了油漆。看上去是不怎么配套,放在一起却很协调。

"你还记得以前我客厅里那些可笑的家具吗?"托尔太太问我。

窗帘华丽却透着朴实,沙发也放上了意大利锦缎坐垫,我坐的椅子上的坐垫是花边的。整个房间的装修奢华美丽但无任何炫耀的意味,设计新颖却不做作。可是对我来说,却是少了点什么东西。我嘴上啧啧称赞,心里却在思考,为何我还是喜欢那些不起眼家具上的简朴印花棉布,久已习惯的维多利亚水彩以及壁炉架上傻得可爱的德累斯顿瓷器。我想:在这间房间里我是不是遗漏了什么装修商用来牟取暴利的东西,是我没有用心留意到吗?可是托尔太太很高兴地四下看了看。

"你不喜欢我的水晶灯吗?"她说,"灯光很柔和的。"

"我更喜欢亮光。"我微微一笑。

"亮光和柔光很难混搭在一起。"托尔太太笑着说。

我不知道她年纪几何。我还是一个年轻小伙子的时候,她就已经嫁作人妇,年纪比我大上不少。可是如今,她视我、待我为同龄人。她总说,就她的年龄而言,她没有瞒着我,她四十岁了,可又微微一笑,说女人总是少说五岁。她大方地承认她染了发(她的头发棕中带红),她还说她之所以染发是因为一旦头发灰白就会很难看,如果头发全部变白,那她就不染发了。

"到那时大家就会说我容颜未老。"

她的脸上化了精细的妆,眼里散发着生气,这很大程度上得归功于精雕细琢。她模样俊俏,着装高雅,在水晶灯柔暗的灯光下,她一点不像她自称的四十岁那样显老。

"只有在梳妆台前,我才能受得住相当于三十二根蜡烛点亮时那种亮度的灯泡。"她面带微笑,打趣地说,"那时灯光会告诉我可怕的事实,我才会强迫自己采取必要措施加以改变。"

我们愉快地闲话家常,谈论着我们的朋友,托尔太太跟我诉说着最近的流言蜚语。经历一番艰难的东奔西走后,躺进舒适的椅子里,身旁的柴火在壁炉里熊熊燃烧着,对着赏心悦目的桌子品尝茶点,跟这位美丽动人的女性有说有笑,这日子过得实在是惬意。她把我当作归家的浪子,悉心照顾。她素来对她举办的晚宴引以为豪;她的安排让来宾觉得十分周到,桌上摆满美味佳肴,宾客纷至沓来。他们都觉得能够被邀请参加她的晚宴实在是荣幸之至。而现在,她定下日子,问我想见哪些人。

"我得先告诉你一件事。如果简·福勒还在此地,那我只好把宴会推迟。"

"简·福勒是谁?"我问她。

托尔太太惨淡一笑。

"简·福勒简直就是我心头的一根刺啊。"

"噢!"

"你还记不记得我装修房子之前,放在钢琴上的那张女人的照片?她穿着窄袖紧身裙,脖子上挂着条小金盒子项链,额头比较宽,头发都梳到脑后露出耳朵,鼻梁有些僵硬,上面架着眼镜。那个人就是简·福勒。"

"你以前房间里照片很多。"我含糊不清地说。

"想想都禁不住发颤。我已经把它们扔进一个大牛皮袋里面,丢到储物间了。"

"简·福勒是谁?"我微笑着,又一次问她。

"她是我的小姑子,是我丈夫的妹妹。早年嫁给了一个北方的工厂老板,但她现在守寡很多年了,很有钱。"

"那她怎么会变成你心头的一根刺呢?"

"她身份还是不错的,只是衣着邋遢,有点土里土气。看起来比我大二十岁,她逢人就说我们以前是同学。她蛮看中家庭观念的,现在就剩我这么一个亲人了,所以就认定我了。她来伦敦也从没想过去别的地方住,因为她觉得会伤害我们的感情,所以就来我这里,她每次来看我就会住个三四周。我们坐在这里,她要么织毛衣要么读书。有时她还非要带我去克拉里奇酒店吃饭,她看起来真像个滑稽的打杂老女工。每次跟她出去我都不想被人瞧见。我们开车回家的路上,她说她很喜欢带我出去吃饭。她亲手给我织茶壶保暖套,她在这里的时候我还必须得用。她还给我做过漂亮的餐桌小饰品。"

托尔太太顿了一下,喘了口气。

"我以为你这么机智的人对这些情况应该能应付自如。"

"啊,你还不明白吗,我连这种机会都没有,想都别想。她对人真的相当友好,好到没边儿,简直可以说有着金子般闪闪发光的心灵。我烦她烦得要死,但我却不能表现出半点,免得她起疑。"

"她什么时候来?"

"明天。"

但托尔太太话音刚落,门铃就响了。大厅里传来一阵骚动声,没过一两分钟,管家就领着一位上了年纪的女士进了门。

"简·福勒太太到。"管家报告说。

"简,"托尔太太大叫着跳了起来,"我没想到你今天就来。"

"管家刚才也这么说的,可是我信里说过是今天来。"

托尔太太掩去情绪,恢复常态。

"没关系,你什么时候来我都欢迎。我还挺庆幸今晚没有别的事情呢。"

"希望我没给你添麻烦,给我煮个鸡蛋当晚饭就好。"

托尔太太俊俏的脸上浮现出一丝古怪的表情。煮鸡蛋!

"噢,我觉得其实我们可以吃得好一点。"

一想到这两位女性差不多大,我心底就忍不住偷笑。福勒太太看起来足有五十五岁。她体态丰满,身形丰腴,头顶黑色宽边草帽,黑色的面纱垂到肩膀,外袍严肃而整洁,一袭黑色长裙,裙摆宽大得就像里面穿了几层衬裙,脚上穿着一双黑色肥大的靴子,鼻梁上架着一副金边眼镜,明显是个近视眼。

"想来杯茶吗?"托尔太太问道。

"那就麻烦了,我先把外套脱下来。"

于是,她把手上那双黑色手套摘掉,然后脱掉外套。脖子上挂着

简　181

一串结实的金链子，上面挂着一个硕大的金盒。我敢肯定，里面有她亡夫的照片。她又把帽子拿下来，把它跟手套、外套一起整齐地放到沙发的一角。托尔太太噘起嘴。当然，这些服饰明显跟托尔太太装潢华丽而颇显庄重的家里极不搭调。我很好奇，福勒太太到底是打哪儿找到的这身特别的衣服。她这身行头的料子很新而且价格不菲，很难相信现在的服装设计师还能做出二十几年前的衣服款式。福勒太太有一头平整的灰发，露出前额和耳朵，头发中分。她的头发明显没有被马塞尔先生的烫发钳整弄过，她眼里现在只剩下茶桌上的乔治王朝银壶和老伍斯特茶杯。

"玛丽恩，我上次来的时候给你做的茶壶套去哪了？"她问道，"你没用吗？"

"我用了啊，每天都用呢，简，"托尔太太敷衍地回答，"很不幸，前段时间出了点意外，烧掉了。"

"上上次给你的好像也被烧掉了。"

"我这不是怕你说我太粗心了嘛。"

"没事，"福勒太太笑了笑，"我不介意再给你做一个，我明天再去'利伯蒂'买点丝线回来给你做。"

托尔太太赶紧绷紧了脸。

"你不必如此费心，你们教区牧师的太太不需要吗？"

"噢，我才给她做了一个呢。"福勒太太高兴地说。

我留意到福勒太太笑起来的时候，会露出她那一口洁白、玲珑而整齐的牙齿。真是漂亮！当然，她笑起来很甜。

不过，我觉得她们一定要说点体己话，所以我向她们道别。

第二天一大早，托尔太太就打了个电话给我，我立马从她的声音里感受到了她情绪高涨。

"我得告诉你一个大好消息，"托尔太太说，"简要结婚了。"

"那怎么可能？胡扯吧。"

"她的未婚夫今晚会和我们一起吃饭,到那时简会为我介绍他,所以我希望你也来。"

"噢,不过我可能会碍事吧?"

"不会的。简让我把你叫来,你就尽管来好了。"

她兴奋得笑出了声。

"那个男的是个什么人?"

"我不知道。她说他是个建筑师。你能想象跟简结婚的人是什么人吗?"

我反正无事可做,干脆去托尔太太家里享受一顿美餐。

我到托尔太太家里的时候,托尔太太一个人在家,她身着一条茶会礼服长裙,显得年轻而美艳动人。

"简很快就收拾妥当。我特别想让你看看她魂不守舍的样子,她说是那个男士爱慕她,那人叫吉尔伯特,她一提到他的名字,声音就变得奇怪,止不住颤抖。特别好笑。"

"不知道那个男人长什么样。"

"噢,不用想也知道,身材魁梧,秃头秃脑,戴着一串大金链子,挺着一个大啤酒肚,肥大的红脸上刮得干干净净,没有一丝胡茬,声如洪钟。"

福勒太太走了进来。她身穿一件样式拘谨的黑色丝裙,裙摆宽大,裙裾曳地。领子是浅V领型,袖口遮到肘部,脖子上挂着银钻项链,手里捏着一双长黑手套和一把黑鸵鸟羽毛的扇子。她想尽办法打扮得跟她的身份相符(其实很少有人这么穿)。你可能怎么都想不到她会是个北国富商的遗孀。

"你脖子可真漂亮,简。"托尔太太和蔼地笑着说。

她的脖子跟她那张经历沧桑的脸比起来,确实年轻不少:皮肤光

简　183

滑平整,白皙动人。我也注意到,她的肩和头有了脖子的修饰显得无比优雅。

"玛丽恩已经把我要结婚的消息给你说了吧?"她问我,脸上露出了迷人的微笑,语气显得仿佛我们俩是多年老友一样。

"恭喜你。"我说。

"你还是留着见到我家小伙子的时候再说恭喜吧。"

"听听,'我家小伙子',甜蜜也得有个度吧。"托尔太太在一旁笑着说。

福勒太太藏在怪诞的眼镜之后的眼睛里闪过了一丝光芒。

"别把人家想的那么老,你也不希望我嫁给一个命不久矣的老翁,不是吗?"

恐怕这时她就给我们打了一个预防针了。实际上,也没有多少时间可以留给我们继续讨论了,因为管家这时猛地打开大门,高声宣布:

"吉尔伯特·内皮尔先生到!"

一位年轻小伙子穿着裁剪得当的燕尾服走了进来。他身材瘦弱,不算很高,起伏不平的浅发,脸上干干净净,没有胡茬,一双蓝色眼眸,生得不是很英俊,但他面容亲切,惹人喜爱。谁也说不准或许十年之后他会面容枯槁,干瘦消瘦;可是现在,他风华正茂,年轻气盛,意气风发,身强力壮。他顶多也就二十四岁。我看到他时的第一反应就是他是简未婚夫(我不知道他是个鳏夫)的儿子,前来告诉大家他父亲痛风发作,不能赴宴。但他进来之后目光就落在福勒太太身上,继而,他眉开眼笑,朝着福勒太太走了过去,伸出双手。福勒太太也朝他递出双手,唇边露出一抹端庄而羞怯的笑容,转向她的嫂子。

"玛丽恩,他就是我家小伙子。"她说。

他抬起手,伸了出去。

"托尔太太,希望我能让你满意。"他说,"简告诉我您是她这世上的唯一亲人了。"

托尔太太脸上的表情可谓千变万化，丰富多彩。我看到良好的教养和社会礼仪能够让女性的天性无法发作，一股敬佩之情油然而生。托尔太太脸上的不可思议、沮丧再也无法藏掖，一闪而过，很快又恢复了正常，她的脸上又挂上了和善热情的笑容。不过，明显她不知道说什么好，若吉尔伯特显得有些尴尬，倒也在情理之中。我竭力抑制住大笑的冲动，挖空心思地想要说些什么缓解一下气氛。只有福勒太太镇定自若。

"玛丽恩，我知道你会满意他的。若说美食，他比谁都会尝鲜。"她又转向这位年轻小伙子，"玛丽恩主持的晚宴声名远播。"

"早有耳闻。"他展露笑颜。

托尔太太迅速回应了几句，然后我们下楼开始就餐。我短时间内自然不会忘记那场晚宴上的好戏。托尔太太搞不清到底是这两人在跟她开玩笑还是简有意隐瞒了她这位未婚夫的年龄，戏弄她。可是，简从来不会拿这种事开玩笑，也不会如此居心叵测。托尔太太内心或大为吃惊，或恼羞成怒，或迷惑不解，情绪交织繁复。可是她沉着冷静，此时她再怎么样也不会忘记：今晚，她才是当之无愧的女主人，她所该做的就是让晚宴照常进行，不出任何岔子。她兴高采烈，谈天说地；可我想知道吉尔伯特是不是能透过她的眼神，透过她表面上的友善看到她内心的真实想法。她打量着他，想探究他灵魂深处的秘密。我能感到她正在气头上，因为她脸颊上打了一层粉底，她的脸气得通红。

"玛丽恩，你脸色真红润。"简透过托尔太太那硕大的圆眼镜看着她，眼神亲切。

"我仓促间化的妆，我肯定打了太多粉底了。"

"噢，那是粉底吗？我以为你素颜就是这样呢，不然我也不会跟你

简　185

提。"她有些羞涩地朝吉尔伯特笑笑,"你知道吗?我跟玛丽恩是同学。现在看着我俩,你肯定想不到吧?当然,我们的生活还是很平静。"

我不知道她说这话是什么意思。要说她只是随口一说,我肯定不信。可是这番话让托尔太太更加怒火中烧,置面子于不顾,粲然一笑。

"简,我们俩可是已经过了五十岁了。"她说。

如果说这话是为了使这位寡妇难堪,那可真是没什么效果。

"吉尔伯特说,就算是为了他,我可不能承认我已经超过四十九岁了。"她柔声细语地回答。

托尔太太的手微微发颤,可是她还是找到了反驳她的理由。

"你俩年龄悬殊可不止这么点。"她笑着说。

"二十七岁,"简说,"你觉得差得太多了吗?吉尔伯特说我在同龄人之间还挺年轻。我也告诉过你们我不想嫁给一个命不久矣的老翁吧?"

我不禁笑出了声,吉尔伯特也笑了出来。他的笑,真诚明净,还带着一丝孩子气。似乎不论简说什么,他都觉得好笑。可是托尔太太几乎处于忍无可忍,将要爆发的边缘,我担心如果我不宽慰一下她,她就会忘掉她才是这次宴会的女主人。于是,我奋力救场。

"你是不是忙着置办嫁妆呢?"我说。

"没有,我想去利物浦那个裁缝那里置办点衣物,我从结婚到现在一直都去那。但是吉尔伯特不让我去。他在这方面很在行,当然,他的品位也很不错。"

她凝视着他,浓情蜜意地笑着,仪态端庄,仿佛她是个十七岁的少女。

妆容下,托尔太太面色苍白。

"我们要去意大利度蜜月。吉尔伯特还没有机会去研究文艺复兴时期的建筑呢,当然,建筑师肯定需要亲眼看看这些建筑。我们中途会在巴黎修整停顿,趁机在那置办我的衣物。"

"你们要去很久吗?"

"吉尔伯特跟公司都说好了,他请了半年的假。对他来说,这可真是难得,不是吗?你知道,在这之前他从来没有哪个假期超过两周。"

"怎么难得了?"托尔太太问道,难掩语气中的淡漠疏离。

"亲爱的,你还不明白吗?他以前可请不起这么长的假啊。"

"啊!"托尔太太意味深长地惊叹。

咖啡已经煮好,两位女士先行上楼。吉尔伯特和我开始漫无目的地聊天,有一句没一句地搭着话。两分钟后,管家塞给我一张纸条,是托尔太太写的,上面写着:

马上下楼,然后尽快离开。把他也一起带走。如果我现在不跟简说清楚的话,恐怕我要气炸了。

我马上撒了个小谎。

"托尔太太刚刚有些头疼,现在想去休息。不介意的话,我觉得我们尽快离开的好。"

"可以。"他干脆地回答。

我们下了楼,五分钟之后就到了门槛处。我拦了一辆出租车,提出要送他一程。

"不用了,谢谢你,"他回答说,"我走到街角然后坐公交回去就行。"

托尔太太听到前门关上的声音后,立刻朝福勒太太大发雷霆。

"你疯了吗,简?"托尔太太怒吼着。

"我觉得,跟那些住在精神病院里的大多数病人比起来,我还算正常的。"简温和地说。

"我能问问你为什么要跟一个年轻人结婚吗?"托尔太太问道,语气好似暴风雨前的宁静,冰冷且暗藏愤怒。

简 187

"要说原因,一方面是因为他不容我不同意。他跟我求婚都求了五次。我再拒绝就有点不太好了。"

"那你觉得为什么他这么急于跟你结婚?"

"他觉得我幽默风趣。"

托尔太太怒气横生地冲福勒太太"嗤"了一声。

"他根本就是个无耻的流氓,我当时差点当着他的面讲出来!"

"那你就错了,再说你这么说话也不礼貌吧。"

"他就是个身无分文的穷小子,而你呢?你是个家财万贯的贵妇人。你不会真的被他迷住了,傻到分不清他到底是跟你结婚还是跟你的钱结婚吧?他跟你在一起是图财!"

简依然格外镇静沉着。她好像置身事外,看着她怒不可遏的嫂子。

"我觉得他不是那样的人,你知道的。"她回答说,"我觉得他是真心喜欢我。"

"简,你年纪不小了,已经是个老太太了。"

"玛丽恩,我跟你同岁。"福勒太太微笑着回答。

"我从不会率性而为,我看起来还年轻。没人会觉得我已经超过四十岁了。但我绝不会幻想着跟一个比我小了二十岁的小伙子结婚。"

"是二十七岁。"简纠正了一下。

"你是打算告诉我,你深信一个年轻人会愿意照顾一个老得可以做他妈的妇女?"

"我已经在乡里住了这么些年了,我敢说人性里面还有很多不为我知的东西。他们告诉我有个叫弗洛伊德的人,我觉得他是个奥地利人……"

但托尔太太毫不留情地打断了她。

"别傻了,简。这种事情说出去有失尊严,而且不堪入耳。我以前总觉得你做事情很理智,有理有据。说句实在话,我觉得你不大可能跟一个乳臭未干的臭小子相爱。"

"可我并不爱他。我早就跟他说过了。当然我确实很喜欢他,不然我也不会跟他结婚。我觉得如果我直白地告诉他我的感受对他来说可能要公平一些。"

托尔太太急切地喘气。她只觉一股血液直涌脑门,呼吸不畅。她手里没有扇子,顺手抄过晚报就开始朝她自己用力地扇了起来。

"既然你不爱他,那你为什么还要嫁给他?"

"我已经寡居了许多年,生活一直平平静静的。我觉得我应该适时做出一点改变了。"

"如果你只是为了结婚而嫁人,那你为什么不找一个跟你年龄相近的人结婚?"

"我这个年龄的人可没有谁跟我求婚求了五次。而且,跟我年纪相近的人也确实没有谁跟我求过婚。"

简边说边略略地笑着。这样的举动着实让托尔太太觉得自己已经忍无可忍,烦躁无比。

"别笑了,简。我不会同意的。你肯定是疯了,太可怕了。"

托尔太太终于承受不住,失声痛哭起来。她知道,这个年纪的人哭起来,后果可能不堪设想:眼睛会红肿一天,引人注目。可是她实在是忍不住,这才潸然泪下,失声痛哭。简在一旁静默着。她透过她那硕大的镜片心事重重地看着玛丽恩,伸手抚摸着她穿着黑色丝裙的后背。

"你不会幸福的。"托尔太太啜泣着说,她轻轻拭去眼里的泪水,希望不会因此弄脏了她黑色的睫毛。

"我觉得不会,你知道,"简用温和的语气平静地回答着,好似话中

简　189

带笑,"我和他,我们坦诚地交谈过。我一直觉得我是个从容的人,跟我生活会很轻松。我觉得吉尔伯特跟我在一起生活会幸福安逸,从来没有谁好好照顾过他。结婚这事我们都是经过慎重考虑后才决定的。而且我们也达成了一致,如果我们其中任何一方想追求自由,那另一方不得成为他追求自由的障碍。"

此时,托尔太太已经从刚才的情绪中彻底缓过来了,言辞犀利地问问题。

"他这么处心积虑地要你嫁给他,你准备付多少钱给他?"

"我打算一年一千,但他不要。我跟他这样提议的时候他觉得心烦意乱,他说他可以挣钱养活自己。"

"他比我想象的奸诈狡猾多了。"托尔太太话中带刺。

简停顿了一下,望着她的嫂子,眼神善意而坚决。

"亲爱的,我们情况不一样,"她说,"你没有寡居这么些年,不是吗?"

托尔太太看着她,脸颊上晕出一抹绯红,觉得浑身不适。当然,简很坦率,不会指桑骂槐。托尔太太立刻打起精神,不失端庄仪态。

"抱歉我有点心烦,得上床睡觉了,"她说,"明早我们再谈吧。"

"亲爱的,恐怕明早不是很方便。吉尔伯特和我明早就要去领证了。"

托尔太太什么也没说,只是无奈地摆了摆手,她认输。

登记仪式在婚姻登记处举行。托尔太太和我作为证婚人出席。吉尔伯特身着潇洒帅气的蓝色西装,看起来出奇地年轻,但很明显也很紧张。对于所有男人来说,这是一个神圣而紧张的时刻。可是简默不做声,异常镇静。她对结婚这种事情表现得跟一名新潮女性一样,似乎习以为常。只有她面颊上浮现的一丝绯红表明她此刻镇定的面容下隐隐有些心潮澎湃。对所有女性来说,这是一个激动人心的时刻。她穿着一身肥大的银灰色丝绒裙子,这身裙子的裁剪方式让我立马想到这裙子肯定是出自利物浦那位裁缝之手(一定是一个德行无可挑剔的寡妇),这位裁缝已经给她做了许多年的衣服。但为了对婚礼的热闹场面做出回应,她戴上了插着蓝色鸵鸟羽毛的硕大阔边帽,搭着她那副格外引人注目的金框眼镜,看起来不伦不类,非常奇怪。

婚礼登记仪式结束后,登记员(我觉得他一定被这对夫妇的年龄悬殊吓得不轻)和她握了握手,满口官腔地祝福他们;新郎的脸有些羞赧,微红着脸与新娘亲吻。托尔太太不情不愿地也和新娘亲吻;这之后,新娘满怀期待地看向我。显然,亲吻她才显得我识时务,因此我照做了。走出婚姻登记处,与一群想一睹新婚夫妇面容的好事者擦肩而过时,我承认我表现得有些羞窘。直到我坐上了托尔太太的车,我才如释重负。我们驱车到了维多利亚火车站,这对幸福的夫妻将要搭乘两点的火车去巴黎。简坚持要在车站餐厅举办婚宴。她说如果不能提早进站,她会紧张。托尔太太只是出于亲属的责任而出席,但她就在一旁放任不管。她什么也没吃(这并不怪她,实在是这餐厅里面的食物难吃到没法下咽,况且,我不喜欢在宴席上喝香槟酒),跟人交谈时扯着嗓子,十分做作。可是简很认真地浏览着菜单。

"我觉得,旅行之前应该好好吃一顿,犒劳一下。"她说。

我们送别了他们,我又开车把托尔太太送回家里。

"你觉得他们能在一起多久?"她问,"半年?"

"别老想这么坏,往好的方面想想。"我笑了。

"别傻了,根本没有'好的方面'这一说。你不觉得那个男的跟她结婚是为了她的钱吗?所以,这样的婚姻自然不会长久。我只希望她不要自食其果。"

我开怀大笑。如此关怀的话用这种语调说出来实在是让我怀疑托尔太太是不是别有用心。

"如果他们的婚姻真的不长久,你就会欣慰地说:'我早就告诉过你'吧。"我说。

"我保证绝对不会这么说。"

"那你就会很庆幸你自制力还挺好,没有说:'我可是事先警告过你的'。"

"她都是个老太婆了,无聊、土气还邋遢。"

"你确定她无聊么?"我说,"她确实惜字如金,但她说的话都是针针见血。"

"我可从来没听她说过笑话。"

简和吉尔伯特蜜月归来时,我再一次奔赴远东地区。这一次我一去就是近两年。我和托尔太太的联系仅仅靠我偶尔寄些照片维系着,可她却极少回信。但我回到伦敦之后不到一周,就又见到了她。那时我正在外面吃饭,我发现我正好坐在她旁边。那次是一个大型聚会,我觉得我们就像"二十四只黑鸟烤成一个派"[1]一样,有人到得稍微晚一点,宾客云集,人潮涌动,我也处于其间。可正当我坐下来,环视长桌,却惊讶地发现宴席上的人都是业界名流,公众焦点。准确地说,女主人偏爱上层人物,名家名流。这简直就是一个群贤毕至的大型聚会。

我和托尔太太正叙旧,谈及那对经年不见的夫妻时,我问了简的近况。

"她很好。"托尔太太不露声色地答道。

"他们的婚姻呢?结果如何?"

托尔太太顿了一下,从她面前的盘子里捏起一颗腌制杏仁。

---

[1] 来自英国著名童谣《Sing a Song of Sixpence》(《哼一首六便士之歌》),全文为:六便士的一袋黑麦,二十四只黑鸟烤成一个派。派一打开黑鸟唱起来,如此佳肴讵国王乐开怀!王后在客厅吃着面包和蜂蜜,女仆在花园里晾衣,一只黑鸟把她的鼻子啄下来!"黑鸟"在此为饼里的活着的画眉鸟,比喻人群密集。

"简直好得不能再好了。"

"那好像是你输了?"

"我确实说过他们不会长久,我现在也这么觉得。他们本就违反了人类法则。"

"她觉得幸福吗?"

"他们两个都很满意。"

"你是不是不经常看到他们?"

"刚开始那段时间我还经常看到他们。可是现在……"托尔太太微微噘起嘴,"简直是尊贵无比。"

"怎么回事?"我笑着问。

"我得告诉你,她今晚就在这。"

"在这?"

我吓了一跳。我再次环视宴桌,我们的女主人是个幽默风趣的人,能让人不自觉地跟着她高兴起来,但我还是难以想象简她只是个名不见经传的建筑师的妻子,徐娘半老又土气邋遢,会被邀请到这种名流云集的聚会里。托尔太太看出了我的疑惑,知道我在想什么。她勉强挤出一丝微笑。

"她在男主人的左边。"

我看了过去。奇怪的是,坐在那里的是个光艳照人的女性,在这熙熙攘攘的客厅里,她一下子就吸引了我的注意。我一眼就认出了她闪烁的眼神。但在我的脑海里,我从没有见过她。她并不年轻,一头铁灰色的卷短发,厚厚地叠在她小巧玲珑的头上。她没有故意打扮得年轻,因为她没有用口红,也没用胭脂,更没用粉底,在聚会上并不显眼。她的长相不是特别俊俏,面色红润,饱经风霜。可正是因为她未施粉黛,透出人的自然美,令人赏心悦目。她雪白的肩部则正好与此相反,显得有些突兀。她的肩生得如此美丽,就是一个年纪大约三十岁的女性如果有这样的肩,肯定也会引以为豪。然而,她身上最引人注目的,是她的着装。我从没见过这么奔放大胆的穿法。领口非常低,配上一条短裙,没过多久这样的穿法就变成了时尚潮流,有黄和黑两款;化装舞会的晚礼服有这样大的效果,这件衣服穿在别人身上可能不堪入目,但是穿在她的身上就显得明亮自然。这件衣服让人印象深刻,穿在她身上显得并无矫揉造作之处,也无奢华浪费之感,更无卖弄炫耀之意。她鼻子上的单片眼镜则由一根宽大的黑色丝带连在一起。

"你可别跟我说,她就是你的小姑子。"我倒吸了一口气。

"没错,她正是简·内皮尔。"托尔太太冷冷地说。

此时,她正聊得开心。主人转向了她,露出了一个期待的微笑。坐在她左边的,是一个秃顶白发的男性,面容透着机智敏锐,他正翘首以待地靠向她,坐在对面的一对夫妇,也中止了谈话,专心致志地听她讲话。她说着话,而他们都不由自主地朝她移过来,把背靠在椅子上,然后刹那间哄堂大笑。与此同时,桌宴的另一边,一位男士朝着托尔太太打招呼:我认出他是个有名气的政治家。

"你的小姑子刚才开了个玩笑,托尔太太。"这位男士说。

托尔太太微微一笑,并不接话。

"她很风趣,不是吗?"

"我们好好喝一杯,然后,拜托你把事情都给我说一遍吧。"我说。

于是,我就这样知道了事情的原委。他们蜜月之初,吉尔伯特就带着简去了巴黎的很多裁缝店,简挑了一堆合她心意的衣服,他没有反对。但他劝她买条裙子或者穿上他为她量身定做的衣服。他在这方面很有天赋,他还雇了一个机灵能干的法国女仆。简以前从来没有这么生活过。日常缝补都是她亲力亲为,如果更衣打扮,她就要女仆服侍。吉尔伯特为她精心打造的衣服跟她以前穿的任何一件比起来都风格迥异,但他十分谨慎,不想在风格上与她之前穿的大相径庭。尽管心里疑虑重重,她劝说自己多穿他为她设计的衣服,这让他非常高兴。当然她不能配着那些她早已习惯的肥大贴身衣物穿这些衣服。她为此焦虑了一段时间,最终还是舍弃了那些肥大衣物。

"我就实话实说吧,"托尔太太嗤之以鼻地说,"她现在只穿紧身丝衣。我可真惊讶,她这种年纪了,居然没被冻死。"

吉尔伯特和那位法国女仆教她服饰搭配,出人意料的是,她居然很快就学会了。就连这位法国女仆都对女主人的藕臂和雪肩赞叹不已,如此姣好的部位不将之展露出来简直就是焚琴煮鹤。

"请等一下,阿芳希娜,"吉尔伯特说,"接下来我给太太设计衣服时,我们得充分发挥她的优势才好。"

那副眼镜自然不怎么入眼。戴着金框眼镜,谁都不好看。吉尔伯特尝试着换了玳瑁镜框,可他还是摇了摇头。

"这看起来更像是小女孩才会戴的,"他说,"简,你这个年纪不适合戴眼镜。"突然间,他灵光一现,"噢,我知道了。你应该戴单片眼镜。"

"噢,吉尔伯特,我不想。"

她看着他,他很兴奋,来自于一位艺术家灵光乍现之时的兴奋,让她笑了起来。他对她简直太好了,她愿意付出她的一切让他高兴。

"我会试试的。"她说。

当他们走进一家眼镜店,挑好了尺码,她满怀自信地戴好那副单片眼镜,吉尔伯特拍手称赞起来。就在店里,他们也不管震惊无比的店员,他朝着她的脸颊亲了又亲。

"你真美。"他赞叹起来。

之后,他们去了意大利,在那幸福地住了几个月,还研究了文艺复兴时期和巴洛克式的建筑。简不仅习惯了她的新面貌,而且发现她还很喜欢这样的风格。起初,她刚踏进旅馆的门厅,人们都转头盯着她看时,她显得有些不好意思。以前,从没有人正眼瞧过她,但现在,她发现这样被人注目的感觉也不错。女士们都蜂拥而至,向她询问着她从哪里得到的这种款式的衣服。

"你们喜欢吗?"她端庄地回答着,"是我丈夫为我量身定做的。"

"如果您不介意,我想照着这个样式做一套。"

简多年来一直过着平静的生活,但要说女性的本能,她可是一点不少。她对答如流。

"抱歉,我丈夫很挑剔,他不喜欢任何一个除我以外的女性仿制我衣服的款式。他想让我一枝独秀。"

她以为大家会因此笑话她,可是谁都没有笑话她。她们只是回答说:

"噢,当然了,我们很理解,您着实独树一帜。"

但她发现,这些人用心默默记住她的着装风格,这让她相当烦恼。她细想,这可是她人生中第一次不随大流,她还是不明白为什么大家都想学她穿的款式穿衣服。

"吉尔伯特,"她心烦意躁,大声地说,"下次你给我设计衣服的时候,你能不能设计成别人学不来的款式?"

"要做到这一点,只有一个办法,那就是设计成只有你能穿的款式。"

"你做得到吗?"

"当然,不过你得配合我。"

"怎么配合?"

"把你的长发减掉。"

简肯定是第一次相当不愿意做某件事。她的头发又长又厚,她还是个小姑娘的时候她就引以为豪了。经过了一番激烈的心理斗争,她才下定决心剪掉她这头长发,这过程对她来说相当痛苦,简直就是背水一战,没有退路。以她的情况来看,剪掉头发已经是付出了巨大的代价,但她还是剪了("我知道玛丽恩觉得我就是个不折不扣的笨蛋,我以后都不会再去利物浦了。"她说),而当他们在归途中路过巴黎的时候,吉尔伯特带着她(她感觉非常不舒服,心跳非常快)去了世界上最好的理发店。她走出店门时,头型变了,变成了一头俏皮大胆又干净利落的灰色卷发。这简直就是皮格马利翁完成了他的旷世杰作:加拉泰亚活了![1]

"好吧,"我说,"但这还是没有说明为什么今晚简会和公爵夫人、内阁大臣这些名人在一起,也不能说明为什么她跟女主人坐在一边,海军舰队司令坐在另一边。"

"简诙谐幽默,"托尔太太说道,"你没看到大家觉得她说的话好笑吗?"

现在托尔太太心里肯定是五味杂陈,相当不是滋味。

"简写信告知我他们将要蜜月归来的时候,我想我得邀请他们共进晚餐。我其实并不乐意,但我确实万不得已。我知道这样的宴会肯定无聊透顶,我也不打算牺牲那些地位不菲的朋友的时间。再说,我也不想让简知道我没有什么体面的朋友。你知道每次我举办宴会,邀请的人绝对不会超过八个,但这次我以为如果邀请十二个人的话,情况会好一些。那段时间我很忙,所以到了宴会那天晚上我才见到了简。她一如往常,让我们等了一小会儿——吉尔伯特就精明在这——最后她才神气活现地踏进宴会会场。我大为吃惊。她简直就是光芒

---

[1] 皮格马利翁:希腊神话中塞浦路斯的国王。他看不上塞浦路斯的凡间女子,决定永不结婚。但他用他精湛的技艺雕刻了一座象牙少女雕像,他把他的热情、精力、爱恋都付给了他的杰作。他像对待自己妻子那样对待这座雕像,为它起名为加拉泰亚,为它穿衣,每日爱抚。并向神乞求让她成为自己的妻子。爱神阿芙洛狄忒被他打动,赐予雕像生命,并让他们结为夫妻。

万丈,别的女人跟她一比就黯然失色,自愧不如。跟她比起来我觉得我就是个涂脂抹粉的老太婆。"

托尔太太抿了一口酒。

"我真希望能给你讲讲她那些礼服是什么样的。别人想都别想穿出那种风韵,可是在她身上真是体现得淋漓尽致,她再合适不过了。还有,她那副单片眼镜!从我认识她开始,这三十五年来我就没见她摘下过她从前那副眼镜。"

"但你很清楚她身材还是很不错的。"

"我怎么可能知道!你第一次见她时她穿的那件衣服,除了那件,我没见她穿过别的衣服了。你那时觉得她身材很好吗?她又不是对她带来的轰动全然不知,只是就这样自然地接受罢了。现在想想当时打算办宴会,我可是如释重负。即使她从前有些不开窍,就那副样子也没什么关系。可她就坐在桌子的那头,我听到那边传来的阵阵笑声,赴宴的人都装作很投入的样子,我还是很高兴的。可是宴会结束以后,我大为吃惊的是居然有不下三个男士来给我说我的这位小姑子简直就是稀世珍宝,有趣得很,他们还问我,她会不会介意他们去跟她搭讪。我被他们搞迷糊了,都不知道他们是真心还是假意。一天以后,女主人给我来电话,说她听说我的小姑子在伦敦,而且非常风趣,问我愿不愿意把她带来参加晚宴,介绍给她认识。女主人的直觉一向很准:不到一个月,大街小巷都对简议论纷纷。我今晚之所以能在这,不是因为我跟女主人相识二十年,邀请过她参加大大小小上百次晚宴,而是因为我是简的嫂子。"

可怜的托尔太太。这种处境的确难堪,但我还是忍俊不禁。真是三十年河东三十年河西,现在托尔太太变成了败方。我确实觉得她值得同情。

"我们总是难以推却幽默风趣的人。"我试着安慰她。

"我从没觉得她说的话好笑。"

桌上又传来一阵狂笑,我猜肯定又是简说笑话了。

"你的意思是说,只有你觉得她无聊没趣吗?"我笑着问。

"你从前觉得她是个幽默大师吗?"

"我以前还真没觉得。"

"她这三十五年就没说过别的话,一直在重复那些话,我跟着笑只是因为我看到大家都在笑,我不想让人以为我是个十足的傻子,其实我真不觉得好笑。"

"就跟维多利亚女王一样。"我说。

这个笑话如此愚蠢,托尔太太言辞刻薄地朝我抗议。于是我换了个话题。

"吉尔伯特在这吗?"我朝桌子那头看去。

"吉尔伯特也在被邀请之列,因为如果没有他的陪伴,简是不会出来的。但是今晚,他好像去参加一个叫建筑师协会的晚宴了。"

"我现在非常想和简叙叙旧。"

"晚宴后去跟她聊上几句吧。她肯定会邀请你参加她星期二的聚会的。"

"她星期二的聚会?"

"她每周二都在家里举办聚会。所有你听说过的人,在那里你都能遇到。那可是伦敦最有档次的聚会。我花了二十年都没做到的事情,她一年不到就做到了。"

"真是奇闻,她怎么做到的?"

托尔太太耸耸她优美而厚实的肩膀。

"我正想着你能告诉我呢。"她回答道。

饭后,我朝简坐的沙发那边走去,但根本过不去,走到一半就被卡住了。过了一会,女主人走到我跟前说:

"我今晚一定得给你介绍一个大明星。你认识简·内皮尔吗?她真是个幽默风趣的人,比你的喜剧还要幽默几分。"

我被领到沙发前,刚才就坐在简身旁的海军元帅还端坐在那,一点都没有离开的意思。简跟我握了握手,把我介绍给海军上校。

"你认识雷金纳德·弗罗比舍爵士吗?"

我们寒暄起来。简还是我以前认识的那个简,纯真,亲切,自然,但她美丽的外表自然而然地给她的言辞增添了一丝韵味。突然间,我发现自己笑得东倒西歪。她的话句句在理,切中要害,但依然妙趣横生。只是她说话的方式,眼镜后淡漠的眼神,令人无法抗拒。我感觉仿佛心里点亮了一束光,轻松愉快。我准备起身离开时,她朝我说:

"如果你没有要紧的事可做,周二晚上就来看我们吧。吉尔伯特会很乐意见到你。"

"在伦敦住上一个月,他就会知道,聚会是最要紧的事情。"海军元帅说。

就这样,周二那天晚上我去了简家里,只是到得晚了一点。这高朋满座的样子着实令我吃了一惊。作家、画家、政治家、演员,人才荟萃。贵妇、美人、座无虚席——托尔太太说得对,这是伦敦最高档次的聚会,自斯塔福德豪宅出售后,我再也没有在伦敦见过这种规模的大型聚会。聚会上没有什么出彩的娱乐方式。茶点低调而丰富。简乐享其成,安然自在。我看不出客人给她带来了什么麻烦,但大家似乎很喜欢待在那儿。愉快的聚会直到凌晨两点才结束。自那天的聚会后,我对简的了解又深入了一步。我不但常去她家做客,而且参与的午宴和晚宴也总能遇到简。我也爱好说笑,总想寻找她这种天赋异禀的秘密。再原封不动地重复她说过的话是不可能的,因为笑话,就像某些酒酿,换了地方就没了味道。她不善于引用经典名言,也从不会机智辩驳。她的言词并无恶意,机灵的应答也无冷嘲暗讽之意。可是有些人认为,放诞无礼才是风趣,而非言简意赅。不过,她的话从没有让维多利亚时代的人面红尴尬。我觉得她的幽默是自然流露,我敢肯定,她说话以前没有经过谋划。就像花丛中飞舞的蝴蝶,随心所欲,随性而为,既不限于方法,也不含任何意图。完全取决于她说话的方式以及她的装束。吉尔伯特为她量身打造的招摇而夸张的装扮为她的灵巧敏锐起到了锦上添花的效果,但她的外表只是其中之一。如今,她定然是引领时尚,她一张口,人们就会笑声连连。人们也不再好奇为什么吉尔伯特会娶了比自己年长许多的妻子。他们认为,对简这样的女性,年龄已经不再是一个要紧的问题。大家都觉得吉尔伯特是个走了好运的年轻小伙子。海军元帅引用莎士比亚的一句名言对我说:"年岁不能使她凋零,习俗也无法磨去她的万千姿态。"[1]吉尔伯特为她的成功发自肺腑地高兴。随着我对他了解的加深,我也越来越喜欢这个年轻人。很明显,他既不是流氓,也不为图财。他不但为简而自豪,而且对她忠心耿耿。他对她的关怀无微不至,实在感人。他是个慷慨大方、温柔体贴的好小伙。

"你觉得简现在如何?"他有次问我,语气里充满了孩子般的骄傲。

"你们两个,我不知道哪一个更优秀。"我说。

"噢,我不算什么。"

"你就胡扯吧。别以为我傻到看不出来,是你,也只有你,才让简有了今天。"

"我做的唯一一件有价值的事情就是:看到了别人眼里不足为奇的东西的价值。"他回答说。

"你发现了她身上潜藏的非凡美貌,而且你也成功地让她成为引领时尚的新星。这一点我明白,可是你是怎么做到让她变得幽默风

---

[1] 引于莎士比亚的悲剧:《安东尼与克丽奥佩特拉》

趣的?"

"我以前就觉得她说话幽默至极,她天生就是个幽默大师。"

"恐怕你是唯一会这么想的人了。"

托尔太太并不是小肚鸡肠的人,她大大方方地承认了她错怪吉尔伯特的事实。她很快倒戈,偏向了吉尔伯特。不过,虽然表面上她不说什么,可是她心里却还是觉得他俩不会长久。

"为什么?我从没见过这么恩爱的一对夫妻。"我说。

"吉尔伯特现在才二十七岁,正是年轻貌美的女孩追求他的年龄,他们会共同进步。简举办宴会那天晚上,你有没有注意到雷金纳德爵士的那位貌美如花的侄女?我知道简一直留意着那两个人。当时我心里已经有点明白了。"

"我觉得简不会惧怕世上任何小姑娘的挑战。"

"咱等着瞧吧。"托尔太太说。

"你以前给的期限是不超过半年。"

"现在我改口了,不超过三年。"

某个人对自己的观点自信满满时,别人总是希望他大失所望,人性本就如此。托尔太太实在是太自信了,但我并未获得这样的满足感:让她看到事与愿违。她对这对不搭调的夫妻做出的信心十足的预测实际上如她所愿。然而,命运极少按照人们心中所想眷顾到每个人。尽管托尔太太可以自吹她预测对了,我想最终还是只能说她的预测发生了错误。因为事情并没有如她所想那般发展。

一天,托尔太太匆匆忙忙地给我电话,我正巧不怎么忙,就立刻动身去了她那里。甫一进门,托尔太太就从椅子上起身朝我走了过来,她的动作就像一只悄悄跟踪猎物的猎豹那样轻巧敏捷。我看得出她神情激动。

"简和吉尔伯特离婚了!"她说。

"不见得吧？好吧，到头来你居然还说中了。"

托尔太太却用我百思不得其解的表情看着我。

"可怜的简。"我喃喃自语。

"可怜的简?!"她又重复了一遍，这嘲讽的语调让我直发愣。

她花了很大的力气才把事情的来龙去脉告诉我。

吉尔伯特前脚刚走，她就立马给我来了电话。吉尔伯特到她家时，面色苍白，心浮气躁，她一看到他的样子立刻就明白肯定是有什么情况。他还没开口，她就已经猜了个相差无几。

"玛丽恩，简丢下我了。"

托尔太太朝吉尔伯特微微一笑，捧起他的手。

"我知道你一直很绅士。如果有人认为是你离开了简，那对她来说就太可怕了。"

"我之所以告诉你是因为我相信你一定会同情我。"

"噢，我没有责怪你的意思，吉尔伯特，"托尔太太十分温和地说，"这是注定的事情。"他叹了口气。

"我觉得也是。我根本没想过能把她留一辈子。她很出色，我只是个再寻常不过的人罢了。"

托尔太太轻拍他的手，以示安慰。他在这事上做得非常不错。

"那现在情况如何了？"

"她，她准备跟我离婚。"

"简一直说，如果你要娶一个年轻姑娘，她不会拦着你。"

"你该不会认为是我有了新欢，不愿做简的丈夫吧？"他问道。

托尔太太被他弄糊涂了。"当然啦，是你说你已经离开简了啊。"

"我？我再怎么样也不会这么做。"

"那她为什么要跟你离婚？"

"等判决书一下来，她就要嫁给雷金纳德·弗洛比舍伯爵了。"

简　203

托尔太太大吃一惊,尖叫一声。她觉得她快要晕过去了,必须拿点嗅盐闻一闻才能让她保持清醒。

"你为她做了这么多,她怎么可以这样?"

"我没为她做什么。"

"你的意思是你打算让你自己就这么被她利用了?"

"我们婚前就约定好,如果我们其中任何一方想要追求自己的自由,另一方绝不可以阻拦。"

"但那是为了你的缘故才那样约定吧。因为你比她年轻二十七岁啊。"

"可是,如今这条约定却对她大有裨益。"他痛苦地说。

托尔太太又劝,又辩,又向吉尔伯特解释;但吉尔伯特就是固执己见,觉得没有什么规矩可以对简起作用,他只能遵循简的意愿做事。对此,托尔太太也无能为力。她详详细细地向我描述了会见的场景后,明显轻松了许多。看我跟她一样惊讶,她很高兴。但我并没有像她那样愤愤不平,于此,她则归咎于男性天生缺少道德感。直到门被缓缓打开,管家把简亲自领进门时,她依然怒火中烧。她身着黑白两色的衣服,正合她目前左右为难的境地。她的裙子漂亮新颖,帽子惹人注意,我看到她时的的确确倒吸一口冷气,她依旧这样镇静和蔼。她走上前,亲吻托尔太太,但托尔太太却端起架子冷冷地躲开了。

"吉尔伯特刚来过这。"她说。

"我当然知道,"简笑靥盈盈,"是我让他来见你的。我今晚就要前往巴黎,我希望我不在的时候你能多照顾他。我怕他一开始会觉得孤独,我指望着,如果有你照顾他,我会宽心一些。"

托尔太太捏紧了拳头。

"吉尔伯特刚刚跟我说了件我几乎不敢相信的事。他告诉我你要嫁给雷金纳德·弗洛比舍,跟他离婚。"

"你还记得我嫁给吉尔伯特之前,你曾经建议我嫁给一个和我年纪相仿的人吗?海军元帅现年五十三岁。"

"可是简,你欠他的太多了,"托尔太太怒不可遏地说,"没有他你就不会有今天。要不是他给你设计的那些衣服,你算得了什么?"

"噢,可是他也答应我继续为我设计衣服不是吗?"简平平淡淡地回答。

"这世上没有哪个女的不会想要一桩好姻缘。他是真心待你的。"

"噢,我知道他待我很好。"

"你怎么能这样没心没肺,无情无义?"

"可是我从来没有爱过吉尔伯特,"简说,"我早就告诉过他,我现在开始渴望一个同龄人的陪伴,我想我跟吉尔伯特在一起的日子够长了。平时我们没有什么共同语言。"说到这,她顿了一下,向我们露出了一个迷人的微笑。"当然我不会丢下他不管。我已经和雷金纳德元帅商量安排好了。元帅有一个侄女,正好跟他般配。我们结婚后就会让他们过来跟我们一起去马耳他住,元帅马上就要去地中海统帅军队了,假设他俩能相恋,倒也在情理中。"

托尔太太对此嗤之以鼻。

"这么说,那你和元帅商量过如果你们中的任何一方渴望自由,另一方不得阻拦吗?"

"我跟他提过,"简风轻云淡地答道,"但元帅说他看中了我就绝不会再变心,如果有人想娶我的话——他的旗舰上有八门十二英尺的大炮——他会在大炮的射程之内跟那人商量的。"她透过单片眼镜看看我们,尽管托尔太太怒火中烧,我还是忍不住想笑。"元帅可真是个霸道的人,势在必得。"

"我就没觉得你幽默过,简。"托尔太太说,"我根本不明白为什么大家都觉得你说的话很好笑。"

简 205

"我自己也从没觉得我风趣幽默,玛丽恩,"简笑着说,露出了她那一口明亮而整齐的牙齿,"我很高兴在大家都还没有对我的印象有所改观的时候离开伦敦。"

"我希望你告诉我你这些惊天动地成就的内幕。"我说。

她转向我,依旧是我熟悉的那样平和,镇定。

"你知道,我跟吉尔伯特结婚后定居伦敦,大家就开始觉得我说的话幽默风趣,于此,我比谁都惊讶。这些话我说了三十年,从没有谁觉得好笑。我那时想,是因为我的着装和我剪短后的发型以及我戴的单片眼镜让大家发笑。但后来,我发现是因为我道出了真谛,这让我显得不大一样,大家才觉得好笑,这很正常。总有一天会有人发现这个秘密,人们都习惯说真话的时候,大家就不会觉得好笑了。"

"那为什么只有我一个人不觉得好笑呢?"托尔太太问她。

简犹豫了一会儿,仿佛她在尽力为托尔太太找一个称心的解释。

"亲爱的玛丽恩,或许是因为真相近在眼前,你却还是不知道。"她依旧用着她一贯柔和、优雅的语气回答道。

对托尔太太来说,这话可真是言之凿凿,字字珠玑。我觉得简说话总是铿锵有力。她的确幽默风趣。

患难之交

　　到现在三十年了，我一直在研究我的同僚——人类。我对他们还不怎么了解。当然，我不会仅凭一个人的外貌来雇佣仆人，尽管在我看来，大多数情况下，人们是可以通过外表评价他人的。我们通过一个人下巴的形状、眼睛的弧度和嘴巴的轮廓得出结论，从而评价他人。这样做到底是否正确，我表示怀疑。小说和剧本之所以如此脱离生活，是因为必须的缘故，作者为了将其角色塑造得表里如一，刻意而为之。他们为避免产生误解，不敢让角色自相矛盾，但我们大多数人都是自相矛盾的。我们都是些不同的品质偶然交融为一体的人。逻辑书籍告诉我们黄色是管状的，或者感激之情重于空气；但对于一个自相矛盾的个体，黄色完全可以是一辆马车，并且感激之情可以在下一周的某一天产生。我耸肩回应那些告诉我第一印象总是正确的人。我觉得他们不是鼠目寸光，就是自大狂妄。在我看来，和一个人相处得愈久，对这个人的疑惑也就愈多；因此我交往最久的朋友，往往是那些我对他们一无所知的人。

　　这些想法之所以涌上心头，是因为今早我在报纸上看到了爱德华·海德·波顿在神户死亡的消息。他是个商人，在日本做生意好多年了。我对他知之甚少，但他曾经让我大吃一惊，所以后来我便对他产生了兴趣。要不是亲口听他说的那个故事，我永远无法想象他竟然可以做出那样的事。因为不论是外在容貌还是行为举止,他都是一副正派人物的形象,他的所作所为更是让人惊讶。如果说存在表里如一的人,他算是个典型代表。他小身板,身高不超过五尺四,身材瘦削,头发花白,红红的脸上布满皱纹,还有一双蓝色的眼睛。刚认识他时,我估摸着他大概六十岁左右。他总是衣着整洁、不张扬,符合他的年纪和地位。

虽然波顿的办事处设在神户,但他常常来横滨。我有一次为了等船,刚好在那待了几天,在大不列颠俱乐部有人介绍我与他认识。我们一块打桥牌。他牌打得不错,牌品也不错。从之前到现在,我们一块喝酒,他话都不多,但他一开口说的都是些明智的话,带有一丝冷幽默。他似乎在俱乐部里挺受欢迎的,在他离开之后,人们将他描述为最优秀的人之一。凑巧的是,当时我俩都住在格兰德大酒店,认识的第二天,他邀请我一起共进晚餐。我见过他的妻子,胖胖的,有些显老,但总是笑眯眯的,还有他的两个女儿。显然,这是和睦有爱的一家人。我觉得波顿给我印象最深的一点就是他的亲切友好。他温柔的蓝色目光给人以一种愉悦感,说话温柔,你无法想象他生气时嗓音可能会提到多高,笑容慈祥。这个男人如此吸引人是因为你能感受到他推心置腹地对待身边的人。他颇具魅力。并且他身上没有一点东西令人厌恶:他钟情于扑克游戏和鸡尾酒,能够绘声绘色地讲述高雅抑或粗俗的故事。年轻时,他也算一名运动健将。他虽然是个有钱人,但对每一分钱都精打细算。我猜,人们喜欢他的一个原因是他如此的矮小瘦弱,激起了人们的保护欲,让人感觉他甚至连一只苍蝇都不会伤害。

一天下午,我坐在格兰德酒店的大堂里。这是在大地震之前,大厅里还放着真皮扶手椅。通过窗户,港口忙碌的景象一览无余。开往温哥华、旧金山或者欧洲和途径上海、香港或新加坡的大型班轮都停靠在那儿;来自各个国家的货轮也停靠在那儿,都经历了大风大浪,遍体鳞伤。船舶船尾高翘,挂着鲜艳的船帆,里面装着无数的小舢板。整个港口呈现出一派让人兴奋的繁忙景象。虽说如此,不知怎的,一切让心灵感到放松。似乎美好故事就在眼前,让人不自觉地伸手去触碰。

不一会儿,波顿来到大堂,看到了我。他在紧挨着我的椅子上坐了下来。

"喝上一小杯怎么样?"

他拍了拍手,招呼了个服务员过来,点了两杯杜松子汽酒。服务员端来酒时,一个男人从街上走过,

那个男人看到我之后朝我挥了挥手。

"你认识特纳吗?"我朝外面点头示意时波顿问道。

"在俱乐部认识的,有人告诉我他靠家里的汇款生活。"

"是,我相信他是。这儿有很多这样的人。"

"他桥牌打得很好。"

"他们通常都这样。去年,这儿有个家伙,奇怪的是他和我同姓,他是我遇见过桥牌打得最好的人。我估计你从未在伦敦遇过他。他自称伦尼·波顿。我相信他活跃于很多家不错的俱乐部。"

"是,我是没听过这个名字。"

"他是个出色的棋牌手,似乎对棋牌有一种直觉,让人感到不可思议。我过去常和他一块儿玩。他在神户待过一段时间。"

波顿抿了口杜松子酒。

"这是个非常有趣的故事,"他说,"他不算是个坏人。我喜欢他。他总是衣冠楚楚,看上去很聪明,一头卷发,脸颊白里透红,在某种程度上称得上帅气。女人们都为他着迷。他没什么坏心眼,你知道,顶多有些狂放不羁。当然,他喝了太多酒,这些家伙都如此。每个季度收到点汇款,自己再玩牌赢点儿。我知道他赢了我不少钱。"

患难之交　209

波顿温和地轻笑了一声。根据我对他的了解,他打牌输了钱也会泰然自若。他会用他那瘦削的手轻抚剃干净了的下巴;手上的青筋暴出,近乎透明。

"我猜想他破产之后来找我就是因为他和我同姓。一天他来到我办事处,请我帮他找份工作。这让我极为震惊。他告诉我家里不再给他汇款,所以想找份工作。我当时问他年龄。

"'三十五岁。'他说。

"'到现在为止你做过什么?'我问他。

"'额,没做过什么。'他说。

"我忍不住大笑。

"'恐怕我暂时还帮不了你什么忙,'我说,'三十五年之后你再来找我吧,到时候再看看我能为你做什么。'

"他一动不动,脸变得煞白。踟蹰了一会儿,然后他告诉我他玩牌不景气有些时日了。他不想在桥牌上吊死,于是玩起了扑克,结果遭人暗算。他身无分文,把拥有的一切都典当了。他支付不起旅店的费用,旅店也不给他赊账。整个人已是穷困潦倒。

"'游泳!'

"我简直不敢相信自己的耳朵;没想到是这么个荒唐的回答。

"'大学时候我是游泳队的。'

"我隐约感受到他的用意,但我认识很多大学里因为某方面引以为傲,自命不凡的人。

"'我自己年轻时就是一名运动健将,'我说。

"一个想法忽然出现在我脑海里。"

波顿停住了他的故事,转向我。

"你知道神户吗?"他问道。

"不知道,"我说,"我曾经路过一次,但只在那待了一晚。"

"那你是不知道汐屋俱乐部了。我年轻时,从那下水游,绕过灯塔,之后在樽见的小海湾那上岸。总长超过三英里,灯塔那边水流很难对付。我把这件事跟与我同姓的那个年轻人说,告诉他如果他也能做到,我就给他份工作。

"我看得出来他有些为难。

"'你说你是一名游泳好手,'我说。

"'我身体状况不是很好。'他回答道。

"我一言不发,只耸了耸肩。他盯着我看了一会儿,然后点了点头。

"'没问题,'他说。'你想我什么时候去?'

"我看了看表,那会刚过十点。

"'全程游下来不会超过一小时十五分钟。我会在十二点半开车到小海湾那儿找你。到时候我会带你回俱乐部换好衣服,然后一块吃午饭。'"

"'行。'他说。

"我们握了握手。我祝他好运,之后他便离开了。那天上午我有许多工作要做,但总算是在十二点半赶到了小海湾那儿。但其实我没必要那么着急,因为他根本没出现。"

"他在最后一秒退缩了?"我问道。

"不,他没退缩。起初游得还行,但是酒精和声色犬马已经毁了他的身体。灯塔那里的水流超出了他的可控范围。三天之后我们才找到他的尸体。"

我一时半会说不出话,受到了惊吓。然后我问了波顿一个问题。

"你在承诺给他一份工作时,知道他会溺死吗?"

他轻声笑了笑,然后用他那善良而率真的蓝色眼睛看着我,用手摸了摸下巴。

"其实,那个时候我办事处并没有空位。"

患难之交

格拉斯哥来的人

不是谁都像雪莱一样,有那么好的运气,初到大城市就能目睹那不勒斯的大场面。一个年轻人从商店里跑出来,后边有个男人拿着刀追赶他。后面那个男人追上了他,一刀捅进他脖子里,那个年轻人就死在了马路上。雪莱有颗温柔的心。他没有把这事看成是当地特色,反而是惊恐万分。但当他向与他同行的一个卡拉布里亚的牧师诉苦时,这个身强力壮的男人竟然无情地嘲笑他,甚至还挖苦他。雪莱说他从未有过一个时刻那么有想打人的冲动。

我从未见过如此令人激动的事,但当我第一次去阿尔赫西拉斯的时候,那段经历确实不同寻常。阿尔赫西拉斯那时是个凌乱的、被人遗忘的小镇。我到达那儿的时候有点儿晚,就在码头上找了一家小旅馆。旅馆内相当破旧,但能看到直布罗陀的景色安静地横跨在海湾上。月光直直地照进来。办公处在一楼,里面有个邋里邋遢的女仆。我问她要一间房,她把我带上楼。店主正在打牌,他看见我好像有点儿不高兴。他上下打量着我,之后冷冰冰地给了我一个号码,就收回目光,继续玩牌。

女仆把我领到了一间房前,我问她有没有什么能吃的。

"什么都有啊。"她回答。

我很清楚很多东西听起来都是不真实的。

"你们店里有什么？"

"火腿和鸡蛋。"

这个旅店看起来如此寒酸，我估计我也没有什么别的可以吃。女仆把我领到一个狭小的房间，屋子内的墙壁很白，吊着低矮的天花板，里面一张长桌上摆着第二天的午餐。靠着门的地方坐了一个高个儿男人，蜷缩在一个黄铜制的火钵前，钵里满是炽热的灰烬，人们错误地认为这盆灰烬能给安达卢西亚温和的冬天带来足够的温暖。我坐在桌前，等着我那能勉强填饱肚子的食物。我漫不经心地瞟了那个陌生人一眼。他正在看着我，但当我们目光相遇的时候，他迅速地移开视线。我在等着我的鸡蛋，最后女仆把它们送来时，他又抬头看了看。

"你明天及时叫醒我，好让我赶上第一班船。"他说。

"好的，先生。"

我从他的口音中听出他的母语是英语，他体型魁梧，特征鲜明，看样子像是北方人。强壮的苏格兰人在西班牙比英国人更常见。无论你是去里奥廷托富饶的矿山，还是赫雷斯的酒庄，是去塞利维亚或是加的斯，听到的都是特威德河以北的悠闲语调。在卡莫纳的橄榄林，从阿尔赫西拉斯到博瓦迪利亚的铁路上，甚至在美利达遥远的软木林中，你都会遇见苏格兰人。

我吃完饭，走到那盆燃烧的灰烬旁。时处隆冬，从海湾上吹来的寒风使我不住地打寒颤。我把我的椅子往里拉，那个男人就把他的椅子往外拖。

"别挪了，"我说，"这里够咱俩坐的。"

我点燃一根雪茄，也递给他一根。在西班牙，直布罗陀来的哈瓦那雪茄向来很受青睐。

"我不介意来一支。"他说，伸出手来接雪茄。

我听出来这是格拉斯哥的口音，宛如歌声。但这个陌生人不大健

格拉斯哥来的人　213

谈。我试着开了几次口,都以他的单音节回答而告终。我们无声地抽着雪茄。他比我想象的还要魁梧,肩膀很宽,四肢显得有点笨拙;脸上有晒伤的痕迹,头发很短,发色偏灰白。他的面容有些僵硬,嘴巴、耳朵和鼻子都显得又大又笨重,皮肤皱纹丛生;蓝眼珠略显苍白。他不停地揪着他那参差不齐的灰色胡须。我觉得他这个焦虑的动作有点烦人。过了一会儿,我感觉到他在看我,目光越来越强烈,有一丝不耐烦,我抬起头来和他对视,希望他像上次那样,躲开我的目光。他确实把眼睛转过去了,但一会儿又转了回来。他从长而密的眉毛下审视着我。

"刚从直布罗陀来吗?"他突然发问。

"是的。"

"我明天就走了——回家,谢天谢地。"

他最后几个字说得很气愤,我笑了笑。

"你不喜欢西班牙吗?"

"西班牙还好。"

"你在这里待很久了吗?"

"很久很久了。"

他一边说一边大声喘气。我惊异于我随口一问竟让他如此激动。他一跃而起,来回踱步,像一只被关在笼子里的野兽一样,还一把推开了挡路的椅子,嘴里时不时地重复那几个字。"很久,很久。"我静静地坐着,感觉很尴尬。为了让自己看起来不那么尴尬,我搅动着火钵把底部更热的火灰翻上来。他突然站着不动了,居高临下地立在我旁边,仿佛是我的动作使他注意到了我的存在。然后他重重地坐在他的椅子上。

"你觉得我奇怪吗?"

"跟大多数人相比还好。"我笑着说。

"你看不出来我身上有任何怪异之处吗?"

他边说边往我这边靠,好让我看得更清楚。

"没有啊。"

"要是看出来,你会说的,是不是?"

"我会的。"

我不是很懂这是什么意思。我在想他是不是喝醉了。两三分钟过去了,他什么话也没说,我也不愿打破寂静。

"你叫什么?"他突然问道,我跟他说了。

"我叫罗伯特·毛里森。"

"苏格兰人吗?"

"格拉斯哥的,我来这个该死的国家已经很多年了,有烟草吗?"

我把烟草袋递给他,他把烟斗装满了,钳起一块木炭点着了烟。

"不能再待在这了,我已经待太久了,太久了。"

他有种想跳起来走来走去的冲动,但忍住了,牢牢地坐在椅子上。我看得出他在隐忍。我判断他坐立不安是慢性酒精中毒的缘故。我发现酒鬼向来无聊,于是我打算找个机会溜回去睡觉。

"我一直在经营橄榄园,"他接着说,"我在这儿是为格拉斯哥和西班牙南部橄榄油有限公司工作。"

"哦,是吗?"

"你知道吗,我们得到了一套炼油新工艺。适当处理的话,西班牙的油足以媲美卢卡的油,而且我们还能卖得更便宜。"

他以一种枯燥平淡的商业化口吻讲述着这件事,用词精准,有点像苏格兰人。看起来相当清醒。

"你知道,埃西哈差不多是橄榄油交易的中心,我们指派了一个西班牙人过去照看生意。但我发现他想方设法榨取公司的油水,于是我就把他开除了。我以前住在塞维利亚,那里运输橄榄油更方便一点。

格拉斯哥来的人

但我找不到一个可信任之人派去埃西哈,所以去年我只好自己去了,你听说过那吗?"

"没听过。"

"公司在离镇上两英里的地方有一大块地,就在圣洛伦佐村外,上面有一栋漂亮的房子,就建在山顶,远远望去美极了,雪白一片,你知道吗,有一种凌乱美,偶尔还有几只鹳鸟栖息在屋顶上。没人住在那,但是我想我要是住进去能节省一笔在城镇里租房子的钱。"

"是不是有点冷清?"

"是有点。"

罗伯特·毛里森又安静地抽了会烟。我想着他告诉我的话是否有任何意义。

我看了一眼手表。

"有事吗?"他厉声问我道。

"没什么事,时候不早了。"

"这有什么关系呢?"

"我猜你那个时候没见到多少人吧?"我扯回原来的话题。

"是没几个人,我住那儿的时候是对老夫妻,那个老妇人照顾我的起居,有时候我也会去村子里跟费尔南德斯打打三人牌戏,他是位药剂师,有时候还有一两个人,我们在他店里会面,我也经常射击或者骑马。"

"这日子听起来过得不错啊。"

"到去年春天,我已经在那里待两年了。天哪,我从没想到那里的五月会那么热。大家什么事也做不了。工人们就是躺在阴凉处睡觉。羊都被热死了,其他动物热疯了。牛都不干活了,弯腰驼背,喘着粗气。太阳直直照射下来,特别刺眼,你感觉眼珠子都要从脑袋里掉出来了,大地开裂了,庄稼都晒焦了,橄榄被糟蹋得乱七八糟。简直是地狱。人根本无法合眼。我从一间房走到另一间房,试图呼吸新鲜空气。当然,我把窗子紧紧关着,在地板上洒水,都没什么用。夜晚跟白天一样热,仿佛住在烤箱里。

"最后我寻思着在楼下一间靠北的房间里弄张床,那个地方平时都非常潮,所以几乎是废置的。我想着我在那儿至少能睡上几个小时吧,至少值得试一试。但是一点用都没有,彻底失败了。我在床上翻来覆去的,太热了,简直无法忍受,我就起身,推开门,来到走廊。夜晚的气息真是沁人心脾。我发誓那晚的月光明亮到你都可以在外面看书。我有没有告诉你房子建在山顶上?我倚在矮墙上,看着那些橄榄树,就像一片海一样。兴许是那一幕勾起了我对家乡的思念,我回忆起冷杉林间的清风和格拉斯哥街道上的喧嚣。你信不信,我能闻到那种味道,能嗅到大海的气息。天哪,只要能呼吸上一个小时那种空气,我就是倾家荡产也是愿意的。大家都说格拉斯哥气候恶劣,你可别信。我喜欢那里的雨和灰蒙蒙的天空,还有黄色的海和海浪。我忘记我是在西班牙了,身处这个橄榄之都,我张开嘴,做深呼吸,仿佛在呼吸海雾一般。

"突然我听到一声响,是个男人的声音。声音不大,你知道吗,很低沉。就像什么东西在静谧中蠕动,我也不知道那是什么感觉。吓我一跳。我觉得大半夜不会有人在橄榄林,已经过了午夜。好像有人在拍手大笑,笑得很怪异,你可能觉得只是谁在咯咯轻笑,声音仿佛慢慢地沿着山坡往上爬——断断续续的。"

莫里森看着我,想知道我是如何理解他用来表达那个奇怪声音的词的,因为他不知道如何描述那种感觉。

"我的意思是,就好像什么东西一跃而起,从桶里射出了石子。我把身子往外倾,凝视着。满月的光照得黑夜如同白昼,但我还是什么都没看见。声音停下了,但我还是盯着来声的地方,看看是不是有人出没。一分钟没到,那个声音又出现了,而且更大声。再也不能说这是在咯咯地笑,更像是捧腹大笑一样。整晚都在响,我在想我的佣人们怎么没被吵醒呢,那声音听起来就像是喝醉了酒的人在咆哮一样。

"'谁在那儿?'我大声喊。

"唯一的回应是一阵笑声。我不怕告诉你我那会有点发火,我有点想去看看到底是怎么回事。我绝不允许那些醉酒的讨厌鬼在我的住处深更半夜这样挑衅。这时突然听到一声大叫,我吓坏了,然后又传来哭声。那人笑的声音很低沉,但他的哭声却——很刺耳,就像一头猪被割破了喉咙。"

"我的天哪。"我惊叹道。

"我跳过矮墙,朝发出声音的地方跑去。我以为有人被杀了,四处寂静一片,然后突然一声刺耳的尖叫,之后又是抽泣和呻吟。我告诉你那听起来像什么,就像是有人快死了。接着是一声长长的呻吟,然后又什么都没了。寂静无声,我跑来跑去,一个人也找不到。最后我又爬上了山,回到自己的房间。

"你可以想象我那晚才睡了多久。天一亮,我就透过窗子,直直地望向昨晚吵闹的方向。我惊讶地看到在橄榄林那个小山谷里有栋白色的小房子。那块地不属于我们,我也没到那儿去过,而且我几乎不到房子这边来,所以我之前从没看到过那栋房子。我问何塞谁住在那儿,他告诉我是一个疯子住在那,还有他一个兄弟和一个佣人。"

"噢,这就是解释吗?"我说,"仅仅因为一个闹腾的邻居。"

这个苏格兰人迅速弯下腰,抓住我的手腕,他的脸凑过来,因为恐惧,眼睛瞪得大大的,快要从脑袋里跳出来。

"这个疯子已经死了二十年了。"他低声说。

他放开我的手腕,靠回椅子里喘着气。

"我走到房子前,绕着它走了一圈。窗子被围起来了,百叶窗也拉下来了，门锁上了。我敲了敲门，摇了摇把手，按了一下门铃。我听到门铃叮叮咚咚的声音，但没人来开门。那是一栋两层楼高的房子，我抬起头往上看。百叶窗紧紧地关着，任何地方都感觉不到生命的迹象。"

"那么，这幢房子的状况怎么样？"

"哦，十分破落。白石灰从墙上脱落，门和百叶窗上几乎看不出来曾经上过油漆。屋顶上的一些瓷砖掉在地上，看上去好像被大风刮落的。"

"奇怪了。"我说。

"我去找我朋友费尔南德兹，那个药剂师，他跟我说的和何塞说的一样。我问他那个疯子的事，费尔南德兹说从没人见过他。他通常都是昏迷不醒的状态，但有时他的急性狂躁症会发作，一会儿笑一会儿哭的，声音老远都听得见，经常吓到人。他死于一次发病，然后照顾他的人马上就搬走了，自从那时起就在没人敢住那。

"我没有告诉费尔南德兹我听到了什么，我估计他只会嘲笑我。我那晚熬着夜一直盯着，但是什么事都没发生。一点声音都没听到，一直等到了黎明我才去睡觉。"

"之后你就再也没听见什么了吗？"

"大概一个月没听到吧。天气还是干干的，我仍然睡在后面的储藏室里。有天晚上，我睡熟了，突然感觉好像发生了什么事。我不知道怎么形容，这种感觉很奇怪，就好像有人轻轻推了我一下，提醒我，突然我完全清醒了过来。我躺在床上，然后就听见了以前那种声音，很低沉的咯咯声，就像一个人在回忆以前听过的笑话。声音从山谷里传来，越来越响，很像是有人在吼叫。我跳下床跑去窗边。双腿开始发颤，站在那里听着那种笑声在黑夜里回荡十分恐怖。声音突然暂停了，继而又传来一声痛苦的尖叫，接着又是可怕的哭泣。听起来不像

格拉斯哥来的人 219

是人能发出来的声音,我的意思是,你可能会觉得是动物被折磨的声音。我不怕告诉你我当时吓得浑身僵硬,想动弹也动弹不了。过一会声音停止了,但不是突然消失,而是慢慢消散。我侧耳倾听,但什么都没听到。我爬回床上,把脸遮起来。

"我记得费尔南德兹曾跟我说过,那个疯子的发作是有间隔的。其他时间他都是安安静静的。费尔南德兹说了一个词,'冷漠'。我寻思着他的病发作起来是不是有规律。我估算我听到的两次发作之间隔了多久。二十八天。把两次发作的事放一起想,我一下就搞懂了,显然,正是满月使他感到不安。我并不是一个容易紧张的人,于是我打算把它弄清楚。我在日历上找到下一个满月的日期,那一晚我都没去睡觉。我擦拭了左轮手枪,给它上了子弹,还准备了一个灯笼,坐在院子里的矮墙上等待着。我自我感觉很棒。老实说,我心里挺高兴的,因为我一点也不怕。间或有风吹过,在屋顶上发出响声,吹动了橄榄树的叶子发出沙沙声,仿佛海浪拍打沙滩上的鹅卵石的飒飒的感觉。月光洒在空心房子的白色墙壁上。我心里高兴极了。

"终于我听到了一点声响,那声音是我熟悉的,我高兴得都要笑出来了。我猜得是对的,是满月使得他发病,简直跟钟表一样有规律。一切都很好。我翻过墙,穿过橄榄林,径直跑到那栋房子那里。我越靠近,里面笑得越大声。我走近房子,抬头看了看。一点光也没有,我把耳朵贴到门上去听,就听到那个疯子只是在笑他该死的脑袋。我用拳头敲门,然后拉了门铃。这些声音好像还把他给逗乐了。他笑得更大声。我又敲了敲门,声音越敲越大,我越是敲,他越是笑。然后我就用最大的声音喊。

"'把这该死的门打开,不然我就把它砸了。'

"我退后一步,用尽全力去踢门闩,然后用全身的重量去撞门,门裂了。然后我又使出全身力气去撞它,这该死的门终于开了。

"我从口袋里掏出左轮手枪,另一只手提着灯笼。现在门打开了,笑声更大了。我走了进去,那股恶臭差点把我熏倒了,我的意思是,你想啊,这窗子二十年都没有打开过。这吵闹声都能把死人吵活了,但那一刻我还是无法判断声音到底是从哪里传出来的。墙壁似乎把声音推来推去。我推开了我手边的一扇门,走进一个房间,里面空荡荡的,只有白墙,一件家具也没有。声音越来越响,我寻声而去,走到另一间房,里面也什么都没有。我打开一扇门,发现自己站在一个楼梯间的下面。疯子的笑声从头顶传来。我小心翼翼地走上楼梯。不能犯险,你说是吧。楼梯上面有一个通道,我打着灯,沿着通道往前走,在楼梯尽头有一个房间。我停下来,他就在这里,我和他仅仅只是一扇薄薄的门之隔。

"里面的声音听起来太可怕了。我身上一阵战栗,我咒骂着自己,因为我开始发抖。里面根本都不是人能发出的声音。天哪,我差点忍不住就要夺门而出了。我不得不咬紧牙关强迫自己留下来。但我却无法转动那门把手。突然,笑声终止了,就像被一把刀切断,接着我听到一声疼痛的嘶嘶声。声音很低,无法传到我住的地方去,所以我之前从没听过,然后又是喘气声。

"'诶',我听到里面的男人说着西班牙语。'你要杀我,快走开,上帝啊,救救我吧!'

"他大声尖叫,那些畜生在折磨他。我猛地打开门,冲了进去。风吹开了百叶窗,月亮流泻进来,屋内一片明亮,以至于我的灯笼都显得暗淡。我的耳朵里清楚地听到了那个可怜家伙的呻吟声,就像我听到你说话一样,这么近的距离。那些呻吟声,抽泣声,还有令人毛骨悚然的喘息声,实在是太可怕了。在那种折磨下,不可能有人活下来。他几乎就在死亡的边缘。我告诉你,我听到他那支离破碎,令人窒息的哭声就在我的耳边,房间内却空无一人。"

格拉斯哥来的人

罗伯特·毛里森坐回椅子上。那个高大结实的男人看起来奇怪得很像画室里的人体活动模型。你会觉得推一下他，他就会一节一节地倒在地上。

"然后呢？"我问。

他从口袋里掏出一块看起来脏兮兮的手帕，拭了拭额头上的汗珠。

"我再也不想睡在北边那个屋子里了，所以，管他热不热，我搬回了自己原来的房间。然而，四个礼拜之后，大概是早上两点，我又被那个男人的笑声吵醒了。声音仿佛就在我手肘边。我不怕告诉你我那会神经紧张到不行，所以下回那个疯子要发病的时候，就是下个月圆之夜，你明白吧，我喊了费尔南德兹过来跟我一起过夜。我什么都没告诉他。我们一直打牌打到凌晨两点，然后我又一次听到了那个声音。我问他有没有听到什么，他说'没有'。我说有人在笑。他说'兄弟，你喝醉了'。然后他开始笑，越笑越大声。'闭嘴，你个蠢货'，我朝他喊。笑声越来越响，我大喊一声，捂住耳朵，但是一点用都没有。我听到了，我听见痛苦的叫喊声。费尔南德兹觉得我疯了，但他不敢这么说，因为他怕我会打死他。他说要上床休息，早上起来我发现他偷偷溜了。他床上都没有睡过的痕迹，估计是跟我说完后就走掉了。

"在那之后我不能留在埃西哈了。我留了一个看守人在那，自己跑回了塞利维亚。我觉得待在那里才安全，但当那个时刻来临时，我又开始害怕起来。当然了我跟自己说别懦弱，但你知道吗，我他妈控制不了自己。事实就是，我很害怕那个声音一直跟着我，并且我知道，如果我在塞利维亚还能听到那个声音，我就一辈子都会听到那个声音。我和任何人一样有勇气，但是该死的，凡事都有极限。血肉之躯承受不了这个。我知道我会彻底疯掉的，如果再这样下去。我陷入了一种糟糕的状态，我开始酗酒，那种焦虑太可怕了，这些天我总是躺着,眼睛睁着,数着日子。我知道它最终一定会来的,它果然来了。我在塞利维亚听到了那些声音——而埃西哈在六十里以外啊。"

我不知道说些什么,沉默了片刻。

"你上次听到那些声音是什么时候?"我问。

"四周之前。"

我迅速抬起头,被吓到了。

"你什么意思,今晚就是满月吗?"

他阴沉而愤怒地看了我一眼。他张开嘴,欲言又止,仿佛丧失了说话能力一样。你可能会说他的声带瘫痪了,他终于奇怪地粗声粗气地回答我。

"是的,就是今晚。"

他盯着我看,淡蓝色的眼睛似乎闪着红光。我从未在一个人的脸上看到过如此恐怖的表情。他迅速起身大步走出房间,砰地关上了身后的门。

我必须承认那天晚上我睡得也不怎么好。

赴宴之前

斯金纳太太一向守时,早已经打扮完毕。因为要去参加女婿的葬礼,她身上穿着适合她这个年纪的黑色丝质丧服,最后戴上一顶无沿女帽。她有些犹豫,帽子上的白鹭羽毛可能会引来葬礼上一些朋友的不满。为了白鹭的羽毛而杀死那些漂亮的白鸟显然是让人震惊不已的,也是相当残酷的,更何况是在交配的季节。但它们的羽毛这么漂亮,这么时髦,傻瓜才会拒绝这顶帽子,而且真要不收的话也会伤了她女婿的心。他不辞辛苦,从婆罗洲带着这些羽毛回来,希望她能对这礼物满意。凯思琳以前不太喜欢它们,但经过一些事情,她现在一定很后悔,尽管她从未喜欢过哈罗德。斯金纳太太站在梳妆台前,戴上这顶帽子,用镶嵌着黑玉纽扣的别针别住,毕竟她只有这么一顶比较好的帽子。倘若有人问起这羽毛的事,她已经准备好如何答复了。

"我知道戴这顶帽子不太好,"她将这样回复,"我自己也不会想到去买的,只是它是我可怜的女婿最后一次回家休假带给我的礼物。"

这样可以解释为什么她会有这些羽毛,也为她戴这顶帽子找好了理由。大家还是很善解人意的。斯金纳太太从抽屉里拿出一块干净的手帕,喷了点儿古龙水在上面。她从来没用过香水,总觉得它们太张扬,但是古龙水能让人精神焕发。她现在打扮得差不多了,目光望向镜子后的窗外。卡农·海伍德的花园派对赶上了个好天气:天空湛蓝,温度适宜,树木还残留着春天的生机。她看到年幼的孙女在房子后面的花园里,忙着给自己的花圃松土。斯金纳太太一直希望琼的身体能再好些——将她一直养在热带地区就是个错误;对于年纪这么小的姑娘来说,她性格真的太严肃了,从来不会看到她跑来跑去;她总是安静地玩自己发明的小游戏,照看自己的小花园。斯金纳太太轻轻拍了拍前面的裙摆,拿起手套下了楼。

凯思琳正坐在床边的写字桌上忙着写事务清单,她是女子高尔夫球俱乐部的荣誉秘书,每当举行比赛时,总有很多事情要忙。但她也已经准备好出门了。

"你最后还是穿了这件针织套衫啊!"斯金纳太太说道。

午餐时间,她们已经讨论了凯思琳应该穿针织套衫还是黑色纱裙。针织套衫是黑白相间的,凯思琳认为它太光鲜亮丽了,不太适合葬礼的氛围。但米莉森特却觉得它很好。

"我们没有必要每个人都穿得像刚参加完葬礼回来一样,"她说,"哈罗德已经死了八个月了。"

在斯金纳太太听来,这样的话似乎有些没人情味。从婆罗洲回来以后,米莉森特就变得有些奇怪。

"亲爱的,你不会打算换掉你的丧服吧?"她问道。

米莉森特没有直接回答。

"现在的人不会像过去那样穿丧服了。"她说。她停顿了一下,又继续说时,斯金纳太太觉得她的嗓音有些奇怪。凯思琳也注意到她的语气很平淡,她好奇地看了姐姐一眼。"我很确信哈罗德不希望我无限期地为他服丧。"

"我早早地打扮好是因为我想跟米莉森特说几句话。"凯思琳回答道,算是对她母亲之前审视的眼神的回应。

"噢,是吗?"

赴宴之前

凯思琳没有解释。她把她的清单放在一边,皱着眉头再次阅读一位女士的抗议信,信中抱怨委员会将她的"差点"从二十四调至十八,这十分不公平。作为女子高尔夫球俱乐部的荣誉秘书,凯思琳必须得处事圆滑老练。斯金纳太太开始戴她的新手套。遮阳的窗帘使得屋子里凉快而幽暗。她看着哈罗德交给她保管的精致的犀鸟木雕,木雕上色彩艳丽,看起来有些古怪和野蛮的味道,但哈罗德十分珍爱它。这个木雕有着一些宗教意义,卡农·海伍德对它大加称赞。沙发上面的墙壁上挂着文莱的武器,她已经忘记它们叫什么名字了。在几张偶尔用来待客的临时茶几上,摆满了哈罗德不同时段送来的银器和铜器。她一直喜欢哈罗德,眼神不由自主地去瞟钢琴上他的照片。钢琴上还放着她两个女儿的照片,她孙女的,她姐姐和她姐姐儿子的照片。

"凯思琳,哈罗德的照片怎么不见了,放哪去了?"她问。

凯思琳四周望望,哈罗德的照片不在原来的地方了。

"有人把它拿走了。"凯思琳说。

她既惊讶又困惑,起身走到钢琴旁。那些照片已经被重新摆放整齐,所以没有留下空缺。

"可能是米莉森特想把它放在自己的房间里。"斯金纳太太说道。

"我应该注意到这一点的。除了这张之外,米莉森特另外还有好多张哈罗德的照片。她将它们都锁起来了。"

斯金纳太太觉得女儿的房间里竟然没有哈罗德的照片是很不合常理的。她曾提到过一次,但米莉森特没有回答。米莉森特自婆罗洲回来以后就格外沉默也不太搭理斯金纳太太想表现出来的同情心。她不想谈论她所遭受的极大不幸。每个人对待不幸事件的方式都不一样。她的丈夫说最好让她一个人好好静静。想到丈夫,她的念头又回到她们即将参加的派对上。

"你父亲问我他应不应该戴高顶礼帽",她说,"我觉得为了安全起见,他最好戴上。"

这将是个十分重要的场合。人们可以吃冰冻的甜食,比如从博迪的糖果店买来的草莓和香草,而冰咖啡则是海伍德自己在家里做的。每个人都会参加这个派对。他们已经被告知要和香港的主教见面。主教和卡农是大学同学,他们正好叙叙旧,一起好好聊聊在中国布道时的所见所闻。斯金纳太太的女儿已在东部地区生活八年了,而她的女婿则是婆罗洲地区闻名一时的人物,已经是该地区的常驻官了。很显然,比起那些从未给殖民地地区做过贡献的人来说,这对于斯金纳太太有更大的意义。

"他们怎么可能知道只有英国人才了解的英国呢?"斯金纳先生说道。

这时一个男人进了房间。正如他父亲一样,他也是一名律师,在林肯因河广场创办了自己的律师事务所。每天早上去伦敦上班,晚上回家。他可以陪妻子女儿参加卡农的花园派对是因为卡农挑了一个好时间,在周六举行派对。斯金纳先生穿着燕尾服和黑白相间的裤子,看起来很有精神。他的衣着不怎么讲究,但看起来干净整洁。他看起来像一个值得尊敬的家庭律师,他生活中确实也是这样;斯金纳先生从不接不光明正大的案子,倘若一个顾客遇上麻烦找到他,但这人又不太好,斯金纳先生就会很严肃地说:

"我认为这不是我们非常愿意做的案子,您最好去别的地方试试吧。"

他撕下一张纸,在上面写上一个名字和地址,将纸条递给了顾客。

"如果我是你的话,我就会去这些人那问问。你就跟他们说是我推荐的,我想他们会尽他们所能帮助你的。"

斯金纳先生的胡子刮得很干净,下巴光秃秃的。他苍白的薄唇抿得紧紧的,但蓝色的眼睛里目光内敛,含着怯意,而苍白的脸上满是皱纹。

"我发现你穿了那条新裤子。"斯金纳太太说。

"我觉得这是个穿它的好机会,"他回道,"我在想要不要在纽扣孔上别朵花。"

"我觉得最好不要,父亲,"凯思琳说,"我觉得这样不太合适。"

"有很多人会别花的。"斯金纳太太说。

"只有那些小职员之类的人物才会那样做,"凯思琳说,"你知道海伍德邀请了各种各样的宾客,更何况我们还在服丧。"

"我想知道主教致辞之后会不会有个募捐。"斯金纳先生问。

"我想应该不会吧。"斯金纳太太说。

"要是有的话也太不合规矩了。"凯思琳也同意道。

"为了安全起见最好还是准备点,"斯金纳先生说,"到时候我就帮大家一起捐了,只是不知道是该捐十先令还是一英镑呢?"

"如果你不捐其他东西的话最好还是捐一英镑吧,父亲。"凯思琳说。

"我到时候看吧。我不想比别人捐得少,另外我又想不到有什么理由捐更多。"

凯思琳将她的文件收好放进抽屉里,站了起来。她看了看手表。

"米莉森特准备好了吗?"斯金纳太太问道。

"时间还早呢。我们收到的邀请说是派对四点开始,我觉得四点半到那应该差不多,不需要太早。我让戴维斯四点十五的时候把车开过来。"

多数情况下,凯思琳自己开车,但像现在这样重要的场合,园丁戴维斯就会穿上制服充当司机,这样看来更气派。更何况,凯思琳今天穿了件新针织套衫,自然不想自己开车。看到她的母亲正将手指一根根塞进手套里,凯思琳想起自己也该戴上手套了。她闻了闻,看手套上是否残留了清洁剂的味道。味道很淡,觉得应该不会有人注意到。

终于门打开了,米莉森特走了进来。她穿着寡妇穿的丧服。斯金纳太太一点也不习惯,当然她明白米莉森特必须得穿一年才行。可惜的是米莉森特不太适合这身衣服(有的人可能很适合穿丧服)。她曾经试戴过米莉森特的帽子,就是有白色的绑带,很长的面纱那种,她觉得自己戴着挺好看的。当然,她希望亲爱的阿尔弗雷德能比她活得久,如果事情没有如她所愿,那么她就一直穿着丧服,再也不脱了。维多利亚女王就是这样做的。但米莉森特的情况不太一样,她更年轻,才三十六岁,三十六岁就守寡是一件很不幸的事。她再嫁的希望不太大了。凯思琳现在三十五岁,也不大可能嫁人。上次米莉森特和哈罗德回家的时候,她提过应该让凯思琳和他们住一起。哈罗德倒是没什么意见,但米莉森特觉得不太合适。斯金纳太太也不知道哪里不合适,至少这样能给米莉森特一个机会。当然他们并不是想赶紧摆脱她,只是一个女人终究还是要嫁人,不知道怎么回事,国内他们认识的男子都已经结了婚。米莉森特说那边气候不太好,她气色确实也不太好,憔悴了许多。现在没人会想到,以前米莉森特是两姐妹之间更漂亮的那个。凯思琳是越长越漂亮,尽管有人觉得她太瘦了,但现在她剪了头发,不管什么天气都坚持打高尔夫球,气色越来越好了,脸色红润,斯金纳太太都觉得她现在很漂亮。已经没人会觉得米莉森特漂亮了,她现在的身材已经完全走样。本来个子就不高,现在长胖了以后看起来又矮又壮。斯金纳太太觉得大概是热带气候不太适合锻炼,所以米莉森特才会胖了这么多。米莉森特现在皮肤蜡黄,以前最美的那双蓝眼睛也失去了神采。

"她应该注意下自己的脖子,"斯金纳太太心想,"她已经有双下巴了。"

赴宴之前

她已经和丈夫提过这件事好几次了。他说米莉森特年纪已经不小了,虽然这话有些道理,但也不能让她完全放任自己啊。斯金纳太太打定主意要和女儿好好谈一谈,但她还是会尊重女儿丧夫的悲痛之情,等一年期满后再提这件事。而且想到这次谈话她心里也有些紧张,能稍稍推迟些也不错。紧张的是米莉森特的确变了很多。和米莉森特待在一块儿的时候,米莉森特脸上抑郁的神色让她不太自在。斯金纳太太习惯想到什么就说什么,而米莉森特则有个不太好的习惯,有时候斯金纳太太随便找点话题想聊聊,她却老是沉默不语以至于你根本搞不清她到底有没有在听。有时候斯金纳太太很生气,想要严厉地说她两句,但也只能提醒自己可怜的哈罗德才死了八个月。

屋外的光照在米莉森特的脸上,她静静地往前走,凯思琳背对光站着,看着自己的姐姐。

"米莉森特,我想和你说些事,"她说,"今天早上我跟格拉迪斯打高尔夫球了。"

"你赢了吗?"米莉森特问。

格拉迪斯·海伍德是卡农唯一一个还没出嫁的女儿。

"她给我说了一些你的事,我觉得你应该知道。"

米莉森特的目光越过她妹妹,看向花园里浇花的小女孩。

"妈妈,有没有交代安妮让琼在厨房喝下午茶?"她说。

"放心吧,仆人们喝下午茶的时候会带她一起的。"

凯思琳冷冷地看着姐姐。

"主教回程途中在新加坡待了两三天,"她继续说道,"他很喜欢旅行,也去了婆罗洲,见到很多认识你的人。"

"亲爱的,他要是见到你一定会很高兴的。"斯金纳太太说道。"他认识可怜的哈罗德吗?"

"是的,他曾和哈罗德在吉娑勒见过一面。他对哈罗德印象很深,听说哈罗德去世,十分震惊。"

米莉森特坐下来,开始戴手套。斯金纳太太觉得很奇怪,为什么米莉森特听了这些话会一言不发。

"噢,对了,米莉森特,"她说,"哈罗德的照片不见了,是你拿走的吗?"

"是的,我把它收起来了。"

"我以为你愿意把它放在外面。"

米莉森特又一次沉默不言。这个习惯真的让人生气。

凯思琳微微偏过头面对她姐姐。

"米莉森特,你为什么跟我们说哈罗德是得了热病死的?"

米莉森特一动不动,只是定定地看着凯思琳,蜡黄的皮肤因为脸红变得更加阴沉了。她不做任何回答。

"凯思琳,你说的话是什么意思?"斯金纳先生吃惊地问道。

"主教说哈罗德是自杀死的。"

斯金纳太太惊叫了一声,她丈夫抬手示意她不必如此。

"米莉森特,这是真的吗?"

"是真的。"

"那你为什么不告诉我们?"

米莉森特停顿了片刻。她漫不经心地轻抚她身边桌上的婆罗乃(现在的文莱)铜器。那也是哈罗德带回来的礼物。

"我觉得对琼来说,还是让她以为她父亲死于热病比较好。我完全不想让她知道这件事。"

"你已经把我们置于一个十分尴尬的位置,"凯思琳皱着眉说,"格拉迪斯·海伍德说她恨我是因为我没有告诉她真相。我很难让她相信我真的对这件事毫不知情。她说她父亲十分恼怒。她父亲说我们两家认识了这么多年,从哈罗德娶了你这件事看,我们一直在讨论,他相信我们应该对他很信任。不管发生什么事,倘若我们不想告诉他真相,至少也不能对他撒谎啊!"

"我不得不承认我很同情他。"斯金纳先生酸溜溜地说。

"当然,我告诉格拉迪斯那不是我们的错,我们只告诉他们你给我们讲的那些。"

"希望这没有影响到你比赛。"米莉森特说。

"亲爱的,我觉得你这句话不太合适。"她父亲叫道。

他从椅子上站起来,朝着空壁炉走去,习惯性地站在它前面。

"这是我自己的事,"米莉森特说,"况且我有保守这个秘密的权利,为什么我不能这样做呢?"

"看起来你好像不爱你的母亲,如果你爱她的话,就会告诉她这件事了。"斯金纳太太说。

米莉森特耸了耸肩。

"你要知道事情的真相总有一天会被揭发的。"凯思琳说。

"为什么会?我不觉得那两个讲人闲话的老牧师会比我话多。"

"一旦主教提到他去过婆罗洲,海伍德肯定会问他是否认识你和哈罗德。"

"这不是在哪儿的问题,"斯金纳先生说,"我觉得你应该告诉我们真相,这样我们才能决定用最好的方法去应对这件事。作为律师,我可以明确告诉你,如果你试图隐瞒真相只会使事情更糟糕。"

"可怜的哈罗德,"斯金纳太太说,眼泪顺着画了浓妆的脸颊流了下来,"这真是太可怕了。他是一个好女婿。到底是什么让他做了这么可怕的事?"

"是天气。"

"米莉森特,我认为你最好把真相全部告诉我们。"她的父亲说道。

"凯思琳会告诉你们的。"

凯思琳有些犹豫。她要说的东西真的太可怕了。这样的事发生在他们这样的家庭里真的太糟糕了。

"主教说哈罗德抹了脖子。"

斯金纳太太倒抽了一口气,她冲动地跑到自己刚刚失去丈夫的女儿面前。她想要抱抱她。

"我可怜的女儿。"她哭泣着。

然而米莉森特挣脱她的怀抱。

"母亲,你别大惊小怪。我实在忍受不了别人对我的批评。"

"真的吗?米莉森特。"斯金纳先生皱着眉头问道。

他感觉米莉森特表现得没那么好。

斯金纳太太用手帕轻轻擦了擦眼泪,叹了口气,摇了摇头回到座位。凯思琳对于脖子上戴着的项链有些烦躁。

"这真是太荒谬了,我居然是从朋友那里知道姐夫去世的消息。这样看起来我们都跟傻子一样。米莉森特,主教很想见你一面,他想亲口告诉你他有多喜欢你。"凯思琳停顿了一下,但米莉森特仍保持沉默。"他说米莉森特跟琼出门了,等她回来,发现可怜的哈罗德躺在床上,已经死了。"

"这肯定很让人震惊。"斯金纳先生说。

斯金纳太太又哭了起来,凯思琳将手搭在她的肩膀上轻轻地安抚她。

"母亲,别哭了。"她说,"你哭得眼睛都红了,别人看到了会笑话的。"

房间里所有人都一言不发。斯金纳太太擦干眼泪,努力控制自己的情绪。这个时候看起来有些奇怪,她竟然还戴着哈罗德送她的带有白鹭羽毛的帽子。

"另外还有些事我也该告诉你。"凯思琳说。

赴宴之前

米莉森特再一次慢悠悠地看向她的妹妹,眼神镇定却保持警惕。她脸上的表情就好像一个人正在等着接下来的话,生怕错过什么。

"亲爱的,我不想说些会伤害到你的事,"凯思琳继续说道,"但是有些事你应该要清楚。主教说哈罗德喝酒了。"

"噢,亲爱的,这真是太糟糕了,"斯金纳太太哭着说,"这是多么令人震惊的事情啊。是格拉迪斯·海伍德跟你说的吗?你怎么回答她的?"

"我说这绝对不是真的。"

"这就是隐瞒事实的后果,"斯金纳先生恼怒地说,"事情就是这样。你越是想隐瞒一件事,各种各样的谣言会比事实可怕十倍。"

"主教在新加坡的时候,他们告诉他哈罗德是震颤性谵妄发作时自杀死的。米莉森特,我觉得为了我们大家好,你应该否认这件事。"

"这样去说一个已经死去的人真是太可怕了,"斯金纳太太说。"这也不利于琼的成长。"

"米莉森特,这个传言的依据在哪呢?"她的父亲问,"哈罗德一直都很节制的,不怎么喝酒啊。"

"在这里是。"米莉森特说。

"他喝酒吗?"

"他总是灌一堆酒。"

这个答案是出人意料的,米莉森特的语气又那样讽刺,让所有人都大吃了一惊。

"米莉森特,你怎么能那样说你死去的丈夫呢?"她的母亲大喊道,戴着手套的双手紧紧攥在一起。"我完全看不懂你了。你自从回来之后,变得好奇怪。我从没想到我的女儿会这样对待她丈夫的死。"

"先不谈这点了,孩子的母亲,"斯金纳先生说。"我们可以晚点再谈这些事。"

他走到窗边看了一眼阳光明媚的花园,然后走回了房间。他从口袋里掏出夹鼻眼镜,虽然并不打算戴上它,他还是用手帕擦了下。米莉森特看着他,她目光里的讽刺和嘲讽显而易见。斯金纳先生心里十分恼火。他已经做完了一周的工作,周一早晨之前,他都可以悠闲度日了。虽然他跟妻子抱怨说去参加花园派对是个麻烦的事,但他多想安静地坐在自己的花园里喝杯茶啊。他不太关心那些在中国布道的故事,但对于见见主教还是很有兴趣的。结果发生了这样的事!他一点也不想牵涉进去这件事,更何况突然之间知道自己的女婿不仅喝酒还自杀了,更加令人不快。米莉森特仔细地整理自己白色的袖口。她的冷漠让他感到愤怒,但他没跟她说话反而转向了小女儿。

"凯思琳你怎么不坐呢?房间里有很多椅子。"

凯思琳走向一把椅子,默默地坐下来。斯金纳先生走到米莉森特面前停了下来。

"我当然明白你为什么要告诉我们哈罗德是得了热病死的。我觉得那样做是错的,因为早晚那样的事都会被别人知道的。我不知道主教对海伍德所说的离事实有多远,但如果你能接受我的建议,就会尽可能地将前前后后发生的细节如实告诉我们,这样我们才能知道怎么办。既然卡农·海伍德和格拉迪斯都知道了,我们就不可能期望谣言到此为止。我们这种地方,人们都喜欢说长道短。如果我们能知道知情的真相,那么不管怎样都要好处理得多。"

斯金纳太太和凯思琳认为他把问题说得很清楚了。他们等着米莉森特的回答。她脸上一直是冷漠的表情,只是之前突然的脸红已经消失,脸色又变得苍白、蜡黄。

"我觉得你们不会想听我说的真相。"她说道。

"你也该知道,你可以相信我们会给你安慰和理解的。"凯思琳心情沉重地说。

米莉森特看了她一眼,嘴角似乎闪过一丝笑意。她慢慢扫视面前的三个人。斯金纳太太感觉她的目光有些让人不舒服,就好像在看裁缝店的人体模型。她似乎生活在一个和他们不同的世界,和他们没有丝毫的联系。

"你们知道,我嫁给哈罗德的时候并不爱他。"她好像在回忆些什么。

斯金纳太太正要感叹一句,这时她的丈夫飞快地做了个手势阻止了她,这个动作几乎看不出来,但多年的夫妻生活使得她完全能明白其中的意义。米莉森特继续说道,声音平缓,语调没有一点变化。

"我那时二十七岁,除了他似乎没有人想娶我。确实他当时已经四十四岁了,听起来很老,但他有份好工作,不是吗?我不可能找到更好的人了吧。"

斯金纳太太又想哭了,但她还记得一会还要参加派对。

"我现在总算明白你为什么把他的照片收起来了。"她伤心地说。

"母亲,别这样。"凯思琳大声抗议。

那张照片是哈罗德和米莉森特订婚时照的,照片上哈罗德特别帅。斯金纳太太一直认为他是个很好的男人。他身材高大魁梧,可能有点胖,但他控制得很好,每次出场总是很有气势。他那时候看起来要秃头了,只是这年头男人掉头发都掉得很早。而且他说过遮阳帽、太阳帽之类的对头发伤害蛮大。他留了浓浓的小胡子,脸晒得很黑。当然他最好看的地方是他那双褐色的大眼睛,琼的眼睛和他的很像。他的谈吐也很有趣。凯思琳说他很高傲,但斯金纳太太不这样认为,她觉得一个男人发号施令要好些,当她很快发现哈罗德对米莉森特有意,就更喜欢他了。他总是对斯金纳太太特别照顾,而每次他讲到自己管辖的区域,谈到那些他捕杀的大型猎物时,斯金纳太太也假装听得很起劲儿。凯思琳说他自我评价过高,而斯金纳太太这代人认为男人高傲自大是理所当然的事。米莉森特很快意识到风往哪边吹,尽管她没有跟母亲说什么,但她的母亲知道如果哈罗德向她求婚,她会答应的。

哈罗德曾和在婆罗洲生活了三十多年的人们待在一起,他们对那个地方的评价很高。没有什么道理一个妻子在那不能过上安逸的生活;当然孩子们七岁的时候就得回家,只是斯金纳太太觉得没必要这么麻烦。她邀请了哈罗德来家里吃饭,告诉他他们总会在一起喝个下午茶。他似乎没有要事在身,所以他拜访完朋友后,斯金纳太太告诉他如果他能来家里住两个星期的话,全家人都会很高兴的。两个星期差不多结束的时候,哈罗德和米莉森特订了婚。他们举办了盛大的婚礼,去了威尼斯度蜜月,然后出发去了东方。米莉森特在船靠岸的诸多港口写了信回家,看起来过得很开心。

"吉娑勒的人对他很友好。"她说。吉娑勒是森布鲁国的首都。"我们住在驻扎官的家里,所有人都邀请我们去吃饭。偶尔一两次我听到有人叫哈罗德去喝两杯,他拒绝了;他说他结了婚就要重新开始了。我不知道他们为什么要笑。格雷太太,那个驻扎官的妻子告诉我,他们都为哈罗德结婚感到开心。她说驻扎在边远地区的单身汉生活非常寂寞。我们离开吉娑勒的时候,格雷夫人跟我道别的方式特别奇怪。就好像她将哈罗德郑重地交到了我手上。"

他们静静地听米莉森特回忆。凯思琳一直紧紧盯着她姐姐面无表情的脸,但斯金纳先生则正视他前方挂在墙上的马来武器——波形刃短剑、帕兰刀,而他的妻子就坐在武器下的沙发上。

"直到一年半后回到吉娑勒,我才发现为什么他们的行为看起来那么奇怪。"米莉森特发出一个奇怪的声音,就像是在讥笑。"之后我就了解到一些我之前完全不知道的事情。哈罗德那次来应该就是为了找个人结婚。他不介意娶的是谁。母亲,你还记得当时我们耗费多

赴宴之前 237

少心思去讨好他吗？我们本不需要这么麻烦的。"

"米莉森特，我不懂你的意思。"斯金纳太太说，语气不太温和，大概是因为之前的小心机让她不太愉快。"我看得出来他当时喜欢上你了。"

米莉森特耸了耸肩。

"他就是个没救的酒鬼。他以前睡觉时老是带着一瓶威士忌上床，天亮之前喝个精光。布政司警告他要是不戒酒的话就只能辞职了，再给他最后一次机会。随后他告假回国。布政司建议他最好结婚，这样他回来以后就有人照顾他了。哈罗德娶我只是想找个人照顾他。他们甚至在吉婆勒打赌，看我能让哈罗德多长时间不碰酒。"

"但是他爱你啊。"斯金纳太太打断了她的话。"你不知道他之前是怎么跟我说你的，还有你刚刚说到的那段时间，就是你去吉婆勒生下琼的那段时间，他给我写了一大堆感人的信，全是和你有关的。"

米莉森特再一次看着她母亲，原本蜡黄的脸变红。她放在膝盖上的手开始微微颤动。她想起了她开头几个月的婚姻生活。汽艇送他们到了河口，他们晚上休息的那个小屋被哈罗德戏称为他们的海边别墅。第二天，他们乘坐快速帆船逆流而上。从她以往读过的小说来看，她一直以为婆罗洲的河水是深不可见的，看起来非常危险，然而那一天，天空湛蓝，零星地点缀着几朵白云，红树林和聂帕桐的绿意因为流水的冲刷，在阳光下熠熠生辉。河水两岸都是无径可寻的雨林，远处大山崎岖的轮廓和蓝天相映衬。早晨清新的空气让人心情愉悦。她似乎来到了一片友好、肥沃的土地，她感到无比的自由。他们看到岸上杂乱的树枝上坐着许多猴子，一次哈罗德还指着一个看起来像是原木的东西，说那是鳄鱼。副驻扎官穿着帆布工作服，戴着遮阳帽，正在码头上等他们，十几个排列整齐的士兵向他们致敬。哈罗德向米莉森特介绍了副驻扎官，他叫辛普森。

"啊,长官。"他对哈罗德说。"见到您回来真是太高兴了。您不在这里我们真的太寂寞了。"

驻扎官的小屋位于一座小山顶上,房子周围是一个花园,里面种满了各式各样的花。房屋有些破旧,没什么家具。但房间很凉快,也很宽敞。

"村庄就在那边。"哈罗德指着那个方向说。

米莉森特顺着她手指的方向看去,这时椰子林中传来一阵锣声。这让她心里涌起一股莫名的触动。

虽然她没什么事可做,但时间也是很容易消磨的。黎明的时候,一个男孩给他们沏好了茶,他们懒洋洋地坐在阳台上(哈罗德穿着汗衫和纱笼,她穿着睡袍),享受着清晨的芬芳,直到早餐时间才去换衣服。然后哈罗德去了他的办公室,而她则花费一两个小时学习马来语。吃过午饭她会睡个午觉,哈罗德则又回了办公室。一顿下午茶让他们两人都振作了起来,他们又去散散步或者在九洞的高尔夫球场打打高尔夫。这个球场是把屋后一片丛林铲平建起来的。六点左右,天差不多变黑了,辛普森先生会过来和哈罗德喝一杯。饭前他们总会聊聊天,有时也下下棋。柔和的夜色令人心醉。萤火虫清冷的光让阳台下的灌木丛成了摇曳着微光的灯塔。开花的树令空气充满芳香。晚饭后他们会读读伦敦六周前寄来的报纸,然后就上床休息了。米莉森特享受着作为一个妻子的生活,她有了属于自己的家,对这些当地的仆人也很满意,穿着他们艳丽的纱笼,光着脚在屋子里走来走去,安静又和善。作为驻扎官的妻子也让她感到自己备受尊敬。哈罗德讲当地方言时的流利,发布命令时的威风,高贵的气质都让她为之倾倒。她偶尔也会到法庭上听他处理案件。他身上承担的多样职责和他应对各类事件的方式都引来她的钦佩。辛普森先生告诉她这个国家里没有任何人比哈罗德更了解当地人了。他的坚决果断、机智圆滑和好

赴宴之前

脾气能够很好地应对这个懦弱、多疑、却又报复心极强的民族。米莉森特开始有些崇拜自己的丈夫。

他们结婚将近一年的时候,有两个要到内陆去的英国自然主义者来他们家借宿几天。客人带着总督的介绍信,哈罗德说他想好好招待他们。他们的来访给哈罗德夫妇的生活带来了可喜的变化。米莉森特邀请辛普森先生一起吃晚饭(他住在营地,只在周日晚上和他们一起聚餐),晚饭后男人们坐下一起打桥牌。没过一会儿,米莉森特就回房准备睡觉了,然而他们偶尔的吵闹声太大,她睡不着。不知道夜里几点她被哈罗德跌跌撞撞走进房间的响声吵醒了。她没有说话。哈罗德决定上床睡觉前洗个澡,而浴室在楼下,他顺着楼梯下了楼。显然,他滑倒了,发出巨大的碰撞声,他开始咒骂。然后可以听到他呕吐的声音。米莉森特听到他将一桶水冲到自己身上,过了一会儿,他小心翼翼地爬上楼,然后钻进了被窝里。米莉森特假装已经睡着了。她觉得有些恶心。哈罗德喝醉了,她决定第二天早上和他谈谈这件事。那两个自然主义者会怎么看待他呢?但是哈罗德第二天早上如此严肃庄重以至于她似乎没有决心提及这件事。八点钟的时候,她和哈罗德,还有他们的两个客人坐下来吃早餐。哈罗德环顾桌上的其他人。

"麦片粥,"他说,"米莉森特,你的客人早餐可能需要点伍斯特沙司,但他们可能没有胃口吃些其他东西了。至于我的话,能给我一杯威士忌和苏打水我就心满意足了。"

两个自然主义者笑起来,但是面带愧色。

"你的丈夫真可怕。"其中的一个说道。

"如果你们来我们家做客的第一个晚上还能头脑清醒地上床睡觉,那我就没有尽到主人的职责。"哈罗德处理任何事情事时都有他圆滑、恰当的言辞。

米莉森特的笑声中有些讥讽之意,但当她知道客人们喝得和她丈夫差不多醉的时候，松了一口气。第二天晚上，她一直坐着陪他们闲聊，散场的时间还不算太晚。两个客人继续出发，进行他们的旅行时，她感到非常高兴。他们的生活又恢复了平静。几个月之后，哈罗德去自己管辖的区域视察，回来时得了严重的疟疾。她以前听说过这个病好多次，但这是她第一次亲眼看到。哈罗德恢复以后，身子一直有些虚弱，她也不以为奇。她发现丈夫的行为有些古怪。哈罗德有时从办公室回来以后，就目光呆滞地盯着她；他会站在阳台上，微微地晃动身体，但看起来仍然很严肃，同时还会对英国的政治情况发表长篇大论；有时没了谈话的思路，他就会有点淘气地看着她，那脾气与他天生的威严相比较，有些让人不太适应。他会说：

"这个讨厌的疟疾真让人消沉。唉，小女人怎么会知道大男人想要建功立业的雄心呢？"

她似乎能看到辛普森先生渐渐有些焦虑。偶尔一两次，他们独处的时候，他好像有些话要对她说，只是他的羞怯总在最后关头阻挠了他。这种感觉越来越强烈，让她有些紧张。一天晚上哈罗德不知道为什么迟迟不归。她拦住了辛普森。

"辛普森先生，你有什么话要对我说吗？"她突然直接问了句。

他有些脸红，面露迟疑之色。

"没什么事。你怎么会觉得我有一些特别的事要跟你说呢？"

辛普森先生是一个二十四岁的年轻人。他身材瘦弱，性格有些软弱，有一头浓密的波浪卷发，每天他都要花很大的功夫才能把它抹平。他的手腕有些肿胀，全都是蚊子的咬痕。米莉森特定定地看着他。

"如果事情是跟哈罗德有关，你不觉得应该坦白地告诉我吗？"

他的脸涨得通红，坐在藤椅上显得有些坐立不安。她继续说道。

"我是害怕你觉得我不知羞耻，"他终于开口说道，"在我上司的背后说他的坏话，会让我感觉很差劲儿。得疟疾是一件很烦的事，特

赴宴之前

别是疾病发作之后,一个人可能会觉得有气无力,十分潦倒。"

他又迟疑起来,嘴角下垂好像他马上就要哭了。在米莉森特看来他就像个小孩子。

"我会像坟墓一般保持安静。"她微笑着说,试图掩饰内心的不安。"请告诉我。"

"我觉得你的丈夫在办公室里放一瓶威士忌很不理智。这样,他可能会比平时多喝两口。"

辛普森先生的嗓音因为不安,变得有些嘶哑。米莉森特感觉有股突如其来的冷意穿过身体。她抑制住自己的情绪,因为她知道,如果她想从这男孩那儿知道所有的事情就不能吓到他。他不太愿意说出来。她逼迫他,诱哄他,企图唤起他的责任感,最后她开始哭。然后他告诉她,哈罗德过去这半个多月来老是喝醉,当地人一直在谈论这件事,他们说可能不久,哈罗德就会变得和婚前一样糟糕。哈罗德喝醉是常见的事,尽管米莉森特尽了全部努力,辛普森先生依然坚决地拒绝告诉她事情的所有细节。

"你觉得他现在在喝酒吗?"她问。

"我也不确定。"

米莉森特觉得自己突然有些羞愤。"城堡"之所以叫做"城堡"是因为所有的枪支弹药都保存在里面,法庭也被设置在城堡中。它位于驻扎官小屋对面,周围也有花园。太阳正要下山,她不需要戴帽子。她起身向对面走去。她发现哈罗德正坐在大厅后面他办案的办公室里,面前放着一瓶威士忌。他一边吸着烟,一边和三四个马来人交谈。这些人站在他面前,顺从地听着,同时脸上又露出轻蔑的笑容。而哈罗德的脸通红。

那几个土著人走了。

"我来看看你在做什么。"她说。

他马上站起了身,因为他一直以来都对妻子礼数周全,只是身子有些摇晃。他也感觉自己有些站不稳,就开始小心掩饰他的言行。

"亲爱的,你坐,你坐。我被一些工作耽误了。"

米莉森特生气地看着他。

"你喝醉了。"她说。

他用微肿的眼睛看着她,傲慢的神情渐渐铺满了他肥胖的脸。

"我不太懂你说的是什么意思?"他说。

她本准备愤怒地斥责他,结果却突然哭了出来。她跌坐在椅子上,双手捂住脸。哈罗德看了她一会儿,然后眼泪慢慢地顺着脸庞流了下来;伸出双臂向妻子走去,重重地跪在地上,哭泣着将妻子紧拥入怀。

"原谅我,请原谅我!"他说,"我向你保证,这件事再也不会发生。都是可恶的疟疾造成的。"

"真是太丢人了。"她悲叹。

他哭得像个孩子。一个有尊严的大男人哭成这样,实在让人心软。米莉森特马上抬起了头。他的眼睛里全是恳求和悔悟之色,试探性地看着她。

"你能以你的荣誉向我发誓,再也不会碰酒了吗?"

"是,是的,我讨厌它。"

然后,米莉森特告诉哈罗德她怀孕了。哈罗德十分高兴。

"那是我一直以来的愿望。这会让我保持清醒,远离酒。"

他们回到了小屋。哈罗德洗了个澡,好好地睡了一会儿。晚饭后,他们小声聊了很久的天。他承认,结婚前偶尔会喝个大醉;在这偏远的驻扎地,很容易染上坏习惯。他赞成米莉森特说的所有事情。在米莉森特不得不到瓜拉索洛生产前的那几个月,哈罗德是一个非常好的丈夫,既温柔又体贴,为米莉森特自豪的同时,对她又深情款款;他

赴宴之前　243

做得很完美,毫无可以指责之处。一艘汽艇来接米莉森特了,她要和他分开将近六个月,但哈罗德发誓在她离开的这段时间绝不会喝酒。

"我从来都不会违背誓言。"他用他惯常的严肃的语调说道,"即使没有发这个誓,你能想象得出,在你要经历这么大的折磨的时候,我会做那些事来给你添麻烦吗?"

琼出生了。米莉森特待在驻扎官家里,他的妻子格雷夫人是一个性情温和的中年妇女,对她特别照顾。这两个女人整天待在一块儿,除了聊天没有什么别的事儿可以做。慢慢地,米莉森特知道了她丈夫醉酒的一切往事。她发现最让她难以忍受的事实是哈罗德被告知只有带一个妻子回来,他才能继续留在岗位上。这让她心里愤恨不满。而当她知道哈罗德一直是个酒鬼后,她有些不安起来。她很害怕在她离开期间,哈罗德抵挡不住对酒的渴望。她带着宝宝和一个护工回了家,在河口待了一夜,她派人乘着独木舟去传话。随着汽艇慢慢靠岸,她焦急地审视岸边的人。哈罗德和辛普森先生正站在岸边,旁边整齐的士兵也排好了队列。她的心往下一沉,因为哈罗德的身体在微微晃动,就像一个站在摇晃的船上的人,在努力保持平衡。她知道他又喝醉了。

这次回家不太愉快。她几乎已经忘了她的母亲、父亲和妹妹正静静地坐在那里听她说话。现在她振作起来,重新意识到他们的存在。她所说的所有事情听起来都很遥远。

"我知道我当时非常恨他,"她说,"我甚至想杀了他。"

"噢,米莉森特,别说那样的话,"她的母亲哭喊道,"别忘了他都已经死了,是个可怜的人。"

米莉森特盯着她的母亲,有那么一刹那,微怒的神情让她冷漠的脸阴沉下来。斯金纳先生不安地换了个姿势。

"继续说。"凯思琳说。

"当他得知我已经什么都知道了之后,他完全不在乎了。三个月后,他震颤性谵妄又发作了。"

"你为什么不离开他呢?"凯思琳问。

"离开能有什么好处呢?两周之内他就会被解雇。谁来养我和琼呢?我必须留下来。况且他头脑清醒时,我也没有什么可以抱怨的。虽然他不爱我,至少他喜欢我;我嫁给他不是因为我爱他,而是因为我想结婚了。我尽我所能让他远离酒;甚至想方设法让格雷先生禁止从吉娑勒运酒过来,但他又从中国人那里买到酒喝。我把他看得像猫看老鼠一样紧。只是他太狡猾了。没过多久,他的病又发作了,连自己的职责都顾不上,我很害怕会有人投诉他。我们离吉娑勒有两天的路程,还算得上安全,但是我觉得可能也有一些闲话了,因为格雷先生写了一封私信提醒我当心。我把它给哈罗德看了。他大发雷霆,怒冲冲地大吼。但我看得出来,他也有些害怕。接下来的两三个月,他都很清醒。然后又接着开始喝酒了。就这样,情况一直持续到我们离开。

"我们回来之前,我恳求哈罗德要小心点。我不想你们中的任何一个人知道我嫁给了那样一个男人。在英国的那段时间,他表现得还蛮好的。出发回来之前我又警告了他。他越来越喜欢琼,并且为她而自豪,她也很依赖他。至少比起我来,她更喜欢她的父亲。我问他,想不想孩子长大以后知道他是一个酒鬼,最后我发现我能够用这种方式阻止他喝酒。这个问题吓到他了。我告诉他我不希望发生这样的事,如果他让琼看见他喝酒了,我就会马上带着琼离开他。你们知道吗?我一说完这话,他的脸就变得苍白。那天晚上,我跪在地上感谢上帝,因为我终于找到了一个方法来拯救我的丈夫。

"哈罗德告诉我,如果我能够支持他,他会努力再试一次。我们下定决心要一起面对这件事。而他确实很努力。每次他想喝酒的时候,他就来找我。你们都知道他是一个很骄傲的人;可是面对我的时候,他如此谦卑,就像一个孩子一样,他很依赖我。也许他和我结婚的时候并不爱我,但是那个时候他确实爱我,也爱琼。之前我确实恨他,因为觉得羞耻,也因为他每次喝酒时都会做一些事来掩饰,实在令人作呕。但现在我的心里有一种说不出来的感觉。那不是爱,而是一种古怪的、畏缩的温情。他不仅仅只是我的丈夫,他更像一个我一直放在心底的孩子。你们知道吗?他为我感到骄傲,我自己也有些得意。他的长篇大论不再使我恼怒,我只会觉得他有时的威严看起来有些好笑并且吸引人。最后我们终于战胜了酒精。有两年的时间,他都没有再喝过一滴酒。他已经完全对酒失去了欲望。他甚至能够坦然地对此开玩笑。

"辛普森先生之后离开,去了其他地方,来了一个叫弗朗西斯的年轻人。

"'弗朗西斯,你知道吗?我是一个改过自新的酒鬼。'哈罗德有一次对他说道。'要不是我的妻子,我早就被解雇了。我娶了世界上最好的妻子,弗朗西斯。'

"你们不知道他的这些话对我有多么重要。我觉得我经历的一切都是值得的。我真的很幸福。"

然后她沉默了。她想到了多年前他们家附近的那条宽阔的河,河水浑浊不堪,看起来接近黄色;想到了在颤动的夕阳里,一大群白得发光的白鹭,沿着河水飞得又低又快,有时又分散开来。就像一只隐形的手抚动一架看不见的竖琴,奏出一段天籁之音。他们在两岸绿色之间振翅高飞,笼罩在夜幕的阴影下,仿佛获得了极大的满足。

"之后琼生病了。那三周的时间,我们都非常焦急。由于吉娑勒附近没有医生,我们不得不请当地的一个配药师给她治疗。琼病情好转之后,我带着她去了河口,让她呼吸一下那里新鲜的海风。我们在那儿待了一周。那是我生下琼之后第一次和哈罗德分开。

"离我们不远有一个渔村,房屋都建在柱子上,但真的可以算得上是个隔绝的地方了。我想了很多关于哈罗德的事,内心满是温情,突然之间,我意识到我其实爱上他了。那艘马来帆船回来接我们的时候,我很开心,因为我想告诉他我爱他。我觉得这对他来说也是很重要的事儿。我无法向你们形容那时我有多开心。我们划船逆流而上时,领头的人告诉我弗朗西斯去内陆抓捕一个杀害自己丈夫的女人了。他已经走了好几天了。

"发现哈罗德没有到码头来接我们时,我很吃惊,因为他一直对这种事情很讲究。他以前常说,夫妻对彼此应该以礼相待,就像对待熟人一样;我完全无法想象到底有什么工作让他耽搁了。我朝着山丘上的木屋走去,保姆带着琼跟在我后面。木屋里静悄悄的,连佣人的声音都没有,我不知道是怎么回事儿;我猜想是不是哈罗德没想到我们提前这么久回来,就出门儿了。我爬上台阶,琼有些口渴,保姆带着她去了佣人的房间,让她喝点水。哈罗德不在客厅。我喊了他两声,但是没有回应。我有些失望,因为我本来期望他会在家的。我进了我们的卧室,原来哈罗德并没有出去,他正躺在床上睡觉。我有些好笑,因为哈罗德自称下午从来不会打瞌睡。他说我们白人没必要有这个习惯。我轻轻地爬上床,想跟他开个玩笑。我撩开蚊帐,看见他只穿了一条纱笼,仰面躺在那儿,旁边有一个空的威士忌酒瓶。他喝酒了。

"又来了。我这么多年的努力都白费了。我的梦碎了,一点儿希望都没了。我气得差点昏过去。"

米莉森特的脸又开始红得有些阴沉,她握紧椅子的扶手。

"我抓住他的肩膀,使尽全身力气摇晃他。'你个混蛋!'我哭喊道,'你个混蛋!'我当时太生气了,完全不知道我在做什么,也不知道我说了什么。我只是一直摇晃他。你们不知道他看起来有多么恶心。他半裸,露出一身肥肉;好多天没有刮胡子的样子,他的脸浮肿而青紫,呼吸粗重。我朝他大喊,但他完全没有反应。我尝试着把他拖下床,但他太重了,躺在那儿像块木头。'睁开眼睛!'我开始尖叫。再一次摇晃他。我真的恨他,因为过去一周我对他全心全意的爱。他让我失望了,辜负了我的爱。我想告诉他,他是个肮脏的禽兽,但他完全不理我。'我会让你睁眼的!'我大叫。我一定要让他睁眼看我。"

这个寡妇舔了舔她干燥的嘴唇。呼吸变得有些急促,但没有说话。

"我觉得他那时那个样子,最好让他好好睡一觉。"凯思琳说。

"旁边的墙上挂着一把帕兰刀。你们也都知道哈罗德有多喜欢这样的古董。"

"帕兰刀是什么?"斯金纳太太问道。

"孩子的母亲,别犯傻了,"她丈夫生气地说,"你身后那面墙上就有一把。"

他指着那把马来武器,之前他也没意识到为什么目光老是停留在那把刀上。斯金纳太太迅速缩到沙发的角落里,一副害怕的样子,好像有人告诉她,一条蛇正蜷曲在她身旁。

"突然血从哈罗德的喉咙喷涌而出。他脖子上出现一个很大的血红色的伤口。"

"米莉森特!"凯思琳叫了起来,从椅子上一跃而起,几乎是跳到米莉森特的面前。"你究竟在说什么啊?"

斯金纳太太惊恐地看着自己的女儿,嘴巴大张。

"帕兰刀现在没有挂在墙上了。它在床上。这时哈罗德睁开了眼睛。他的眼睛长得和琼的太像了。"

"我有些不懂。"斯金纳先生说。"如果他是你说的那种状态,他怎么可能会自杀呢?"

凯思琳抓着姐姐的胳膊,生气地摇晃她。

"米莉森特,看在上帝的份儿上,你解释一下啊。"

米莉森特挣脱她的手。

"我告诉过你们,那把帕兰刀就挂在墙上。我也不知道发生了什么。到处都是血。哈罗德睁开了他的眼睛。他立即就死了。一句话也没有说,只是发出了急促的喘气声。"

最后,斯金纳先生终于回过神来,能说得出话了。

"你这个恶毒的女人,那是谋杀啊。"

米莉森特的脸上一块红一块白,对他露出一个轻蔑的眼神。目光中的仇恨,让斯金纳先生不由得后退一步。斯金纳太太大哭了出来。

"米莉森特你没有那样做,对吧?"

随后米利森特做的事让他们感觉全身的血都变得冰凉。她竟然咯咯地笑起来。

"我不知道谁还能做这样的事。"她说。

"我的天呐!"斯金纳先生喃喃自语道。

凯思琳身体僵硬,站得笔直,双手捂住胸口,就好像心跳得太快,以至于无法忍受。

"然后呢,又发生了什么?"她问。

"我开始尖叫。跑到窗边,推开窗户。我大声叫保姆。她抱着琼正穿过院子过来。'不,不要带琼,'我哭喊。'别让她进来。'她叫厨子把孩子带走。我又哭喊着让她赶快上来。她上楼以后,我让她看了哈罗德。'老爷自杀了!'我大叫。她尖叫一声,跑出了房间。"

"没有人敢靠近。他们都吓傻了。我写了封信给弗朗西斯先生,告诉他发生了什么,让他马上回来。"

"你怎么告诉他这件事的?"

"我跟他说,我从河口回来就发现哈罗德躺在床上,喉咙被割破。你们都知道在热带地区,人死后要很快下葬。我买了一口中国棺材。

赴宴之前 249

士兵们在堡垒后面挖了一个坟。等弗朗西斯回来以后,哈罗德已经埋了两天了。他还就是个孩子。我可以做任何我想做的事。我告诉他,我回来就发现哈罗德手里握着帕兰刀,毫无疑问,他是因为震颤性谵妄发作的时候自杀的。我还给他看了那个空酒瓶。仆人也说自从我去了海边,他就老是喝醉酒。我在吉娑勒的时候也这样告诉那里的人。每个人都对我非常友善。政府还给我发放了慰问金。"

安静了好一会儿都没有人说话。斯金纳先生振作起来。

"我是法律工作者的一员,我是一名初级律师。我有自己的职责。我们做事从来都光明正大。你让我陷入一个很难办的处境。"

他在自己烦乱的思绪中企图找到合适的语言来表达他的想法。米莉森特轻蔑地看着他。

"你会怎么做?"

"事实的真相就是你在谋杀,你觉得我会放纵这样的事吗?"

"父亲,别说胡话了!"米莉森特尖叫道,"你怎么能放弃自己的女儿。"

"你把我推到了一个很难办的境地。"他又重复了一遍。

米莉森特再次耸耸肩。

"是你们让我说出来的。我已经独自承受这个秘密这么久了,是时候让你们也来体验一下了。"

这个时候仆人推开了门。

"先生,戴维斯已经把车开过来了。"她说。

凯思琳还算有点理智,吩咐了仆人几句话。然后仆人离开了。

"我们最好现在出发吧!"米莉森特说道。

"我现在完全没办法去参加派对。"斯金纳太太害怕地说。"我现在太心烦了。我们怎么去面对海伍德?而且主教也想见你一面。"

米莉森特做了个无所谓的姿势,眼神里满是讽刺的神色。

"母亲,我们必须去,"凯思琳说道,"如果我们不到场的话,别人会觉得很奇怪。"她猛地转头看向米莉森特,"这整件事情简直太可怕了。"

斯金纳太太无助地看向丈夫。他走到她面前,把她从沙发上扶了起来。

"孩子的母亲,我们必须得去。"他说。

"我的帽子上还插着哈罗德亲手送我的白鹭羽毛。"她哭着说。

斯金纳先生带着妻子出了房间,凯思琳紧跟在他们身后,再后面一两步,米莉森特也跟了上去。

"你们要知道,你们会习惯这件事的。"她小声地说,"一开始我脑子里也老是想着这件事。而现在可能连续两三天我都不会再记起。因为我一点危险都没有。"

他们没有回答,穿过大厅,出了前门。三位女士坐到后排,斯金纳先生坐在副驾驶座上。这是一部旧车,他们没有安装自动启动器,司机要到引擎盖那里去自己启动。斯金纳先生转过头,生气地看着米利森特,说道:

"我就不应该知道这件事,"他说,"你真的太自私了。"

戴维斯坐上了驾驶座,车子朝着卡农的花园派对所在地点开去。

风　筝

　　我知道这个故事荒诞离奇,连我自己都弄不明白。如今我白纸黑字将它写下来,无非是想让我自己能弄得清楚一点,也或是希望那些对人性还熟悉的读者能给我一个更能接受的解释。当然我首先想到的是,这跟弗洛伊德的理论绝对脱不了干系。迄今为止,我看了很多弗洛伊德的书,也看了一些他的追随者写的书。最近,为了写这个故事,我翻阅了由现代图书馆出版的弗洛伊德的主要著作集。这项工程实在巨大,他的文章晦涩冗赘,言辞激烈,称自己提出了这样或那样的理论,无非表明了他的虚荣心以及对那些最终成为科学家的同行的嫉妒心。然而,我相信他是个心地善良、和蔼可亲的老者。我们知道,作家在行文和为人之间往往有着很大的区别。行文时,他的言词或许刻薄,严厉,无情;为人时,他或许温和、谦逊,绝不会吓唬别人。不过这些都无关紧要。重读弗洛伊德的著作,我发现对解决心中疑问并无作用。我只好呈现事实,唯此而已。

　　首先我要说明,这个故事并非我亲身经历,至于故事中的人,我也一无所知。这个故事源于我的一个朋友,叫奈德·普雷斯顿,他在某个晚上告诉我的。他之所以告诉我,是因为他不知道这种情况该怎么处理,并且他认为我能给他提供一些中肯的建议,可事实上他错得离谱。在前一篇故事里,我想读者已经了解了奈德·普雷斯顿的信息,因此我现在只需重申：我的朋友是沃姆伍德·斯克拉比的监狱社工。他对监狱的工作十分认真负责，时时刻刻为犯人着想。当时我们正在皇家咖啡馆享用晚餐。餐厅狭长，屋子低矮，其间装饰无不荒诞，惹人注目，尽显当初老皇家咖啡馆设计师的画风。我们的餐桌上放着咖啡跟白酒。奈德不顾医生的嘱咐，嘴里还抽着根上等的古巴雪茄。

"斯克拉比监狱来了个有趣的家伙，"他说，顿了一顿继续说道，"天知道该拿他怎么办。"

"他为什么进了监狱？"我问。

"他抛下妻子，法院强令他每周给他妻子一笔生活费，可是他果断拒绝了。我跟他讲道理，可是直被气得说不出话。我告诉他不要逞一时之快而害了自己。然而他说他宁愿一辈子待在监狱里也不会付给他妻子一分钱。我说：'你不能让你妻子活活饿死'，他却反问：'为什么不能？'他举止有度，从没惹祸，勤快辛劳，生性开朗，看到他妻子日子过得糟糕，他却乐此不疲。"

"他为什么这么恨她？"

"因为他妻子砸碎了他的风筝。"

"她干什么了？"我不可置信地大声说道。

"没错。他妻子砸碎了他的风筝。他说他死都不会原谅她。"

"他绝对是个疯子。"

"不，他没疯。他神智清醒，且敏捷聪慧，衣着得体。"

他名叫赫伯特·桑伯里，他的母亲十分讲究，从不许别人叫她儿子赫布或伯蒂，只许叫他赫伯特，正如她从不称她的丈夫为萨姆，只称他为萨缪尔。桑伯里夫人的名字叫比阿特丽斯。她与桑伯里先生订婚时，桑伯里先生斗胆称她为贝娅，遭到了她的强烈反对。

"我的教名是比阿特丽斯，"她说，"我一直叫比阿特丽斯，永远叫这个名字，对你来说是这样，对我最亲近的人来说也是一样。"

风筝　253

她身材娇小,但强壮结实,反应敏捷,皮肤暗黄,五官匀称,一双小眼睛里冒着精光。她的头发黑得让人不敢置信,梳理得整整齐齐,一丝不苟,留着维多利亚女王的公主们的发型,这发型打她小时候起就是这样了,直到现在,从未变过。她或许染过发,如果所传非虚,这倒是她唯一的轻浮之举。她也从未用过粉扑抹鼻子,更别说用胭脂口红了。她身上只穿一身质地良好的黑色裙子,裙子(出自街角一位小个头女人之手)的款式并不时髦,但耐穿且得体。她身上唯一的装饰只是挂在一根纤细的金链子上的小金十字架。

萨缪尔·桑伯里个头也不高。他的身材跟他妻子一样瘦削,一头黄棕色头发,十分稀疏,他只好把一侧的头发留得很长,精心梳理,让它遮盖住一大片秃顶。他有着淡蓝色的眼瞳,面色苍白。他是一家律师事务所的职员,从办公室杂工一步步干到令人尊重的职位。老板称他为桑伯里先生,偶尔还会让他接待一些无关紧要的顾客。二十四年来,除去礼拜天和每年两周的海滨度假时间外,萨缪尔·桑伯里先生每天早晨乘同一班火车进城上班,到了晚上又乘同一班火车回到郊外的家。他衣着整洁,上班时穿着白灰色的裤子,黑色外套,戴着常礼帽;回到家他又换上拖鞋和黑色外套,这件外套已经破旧,磨得锃亮,正因如此,它没法在办公室里穿。一到礼拜天,他和夫人就会去小教堂,这时他会穿上晨礼服,头顶常礼帽,以此表示对礼拜的敬意,同时也表现出他对缺乏信仰之人的抗议,这些人要么就骑车乱窜,要么就在大街上闲逛,就等着酒馆开门。通常情况下,萨缪尔夫妇不喝酒。每逢礼拜天,为了改善萨缪尔工作日里寒酸的午餐(通常是烤饼和黄油,外加一杯牛奶),比阿特丽斯会为他准备一顿丰盛的晚餐,包括烤牛肉和约克郡布丁。为萨缪尔的身体健康着想,她只许他喝一杯啤酒,无论如何,她决不许家里有烈性酒。早上晨祷结束后,萨缪尔就偷偷带着酒坛溜到街角的小酒馆。但他不会自饮自酌,为了交往,桑伯里夫人也会喝上一杯。

赫伯特是上帝赐予他们的唯一孩子,当然对他们来说,他们并非因为谨慎而只想要一个孩子,只是天意难违。赫伯特从小就非常可爱,外表帅气。桑伯里夫人用心教养他,教他坐在桌子前,不能用手肘搁在桌子上,也教他怎么像一位小绅士那样使用刀叉,还教他端起茶杯喝茶时要把小拇指翘起来。当他问妈妈为什么要这样做时,她回答:

"别问为什么,你照做就好。这样做才能显示你有教养。"

日复一日,年复一年,赫伯特渐渐长大,到了该上学的时候了。桑伯里夫人为此十分焦心,因为她从不许他跟街上的孩子们玩耍。

"近墨者黑,"她说,"我从不跟外面的人交往,也永远不会跟他们交往。"

尽管夫妇二人自打结婚起就一直住在这里,但是跟邻居始终保持着一定距离。

"在伦敦,你永远摸不清别人的底细,"她说,"一件事会导致另一件事发生,在你还没清楚自己的处境时,恐怕你已经跟那群乌合之众混在了一起,而且永远都无法脱身。"

她不喜欢赫伯特跟郡议会学校里粗鄙的孩子混在一起,于是对他说:

"赫伯特,现在你要学我,不跟别人交往。不到万不得已,不要跟他们产生任何瓜葛。"

可是赫伯特在学校的表现十分出色,与同学相处融洽,而且才思敏捷,成绩优异。事实证明,他天赋异禀,尤其在数字上。

"如果是这样的话,"萨缪尔·桑伯里说,"他将来最好当个会计,一个好会计不愁没有好工作。"

于是,就这样说定了。赫伯特将来要当会计。时光飞逝,他个头逐渐见长。

"天哪,赫伯特,"他妈妈说,"你快有你爸爸高了。"

等到赫伯特从学校毕业时,他又长高了两英寸。最后他的身高定格在了五英尺十英寸。

"这身高正好,"他妈妈说,"不算高但也不矮。"

他英俊帅气,遗传了他妈妈匀称的五官和黑色头发,也遗传了他爸爸的淡蓝眼瞳,尽管脸色依旧苍白,但光滑亮洁。萨缪尔·桑伯里将他送入会计师事务所,这家事务所每年为他自己开的公司清理账目两次,他二十一岁的时候每周就能给他妈妈带来一笔不小的收入。妈妈给他三先令六便士作为他的午餐钱,又给他十先令作为零花钱,然后帮他把剩下的钱存入储蓄银行,这么做是为了有备无患。

赫伯特二十一岁生日的那天晚上,桑伯里夫妇二人上床时,我敢说桑伯里夫人从不会说"上床",她会说"就寝",可是桑伯里先生就不一样了,他不像他的夫人那样矜持有礼,总会说:"总算进被窝了!"——两人上床后,桑伯里夫人感叹道:

"有些人总是身在福中不知福。苍天保佑,我有这福气。我们家的赫伯特简直就是天下最好的儿子。自打他出生以来就没有生过病,也没让我操过心,这恰恰说明,只要正确地培养孩子,父母就会轻松不少。想想他都二十一岁了,真是难以置信。"

"是啊,只怕我们还没弄清我们的处境,他就要成家,离开我们了。"

"他干嘛要那样做?"桑伯里夫人口气粗暴地问,"他难道没有个温馨的家吗?你可不要把那种荒谬的思想灌输给他,萨缪尔,小心我要你好看!结婚成家!他可聪明得紧,知道哪里才是最幸福的。他心如明镜,清楚着呢!"

桑伯里先生不说话了。他早就知道,要跟比阿特丽斯斗嘴的话,就没有他说话的份。

"我觉得,男人要结婚至少要等到他心智成熟以后才行,"她继续喋喋不休,"男人不到三十或三十五岁,心智绝不会成熟。"

"他对他的生日礼物很满意。"桑伯里先生试图转移话题。

"他本就该满意。"桑伯里夫人依旧心烦意乱。

事实上,生日礼物十分奢侈阔气。桑伯里先生送了他一块纯银夜光腕表,桑伯里夫人则送了他一只风筝。虽然这绝不是她送给赫伯特的第一只风筝,第一只风筝是赫伯特七岁的时候送的,当时,他们家附近有一大块公共草坪,一到周六下午,只要天气不错,桑伯里夫人就会携丈夫和儿子到那里走走。她说,萨缪尔工作日一直都在办公室里,出来呼吸新鲜空气对他的身体有好处。公共草坪上通常有很多人,但桑伯里夫人不喜欢跟人交往,尽可能离那些人远远的。

"妈妈,看'他们风筝'。"某天赫伯特突然说道。

和煦的微风吹拂着,天上有许多大大小小的风筝翩翩起舞。

"赫伯特,是'他们的风筝',而不是'他们风筝'。"桑伯里夫人纠正了赫伯特的错误。

"赫伯特,你想看看那些风筝是从哪里放出来的吗?"他爸爸问他。

"啊,好啊,爸爸。"

草地中央有处小高地,他们走近那处高地时,许多孩子和大人从高地上跑下来,顺风把风筝放飞。偶尔没有成功放飞的风筝,就摔到地上。当风筝乘风飞行,升上高空,风筝的主人就会继续放线,让风筝越飞越高。赫伯特看着天上的风筝,久久不曾移开视线。

"妈妈,我能要个风筝吗?"他大声问他妈妈。

他知道,如果他想要什么东西,最好还是先问妈妈。

"你要风筝做什么?"她问。

"放呀,妈妈。"

风筝

"如果你那么想要的话,你就动手自己做。"她说。

桑伯里夫妇两人越过孩子的头顶,互换眼神,相视一笑。他想要个风筝,挺好。都成了一个小大人了。

"如果你是个听话的好孩子,每天早上不用妈妈叫你按时刷牙,说不定圣诞节的时候圣诞老人会送你一只风筝。"

离圣诞节也不远了,圣诞老人为赫伯特送来了第一只风筝。一开始,赫伯特还不会操控它,桑伯里先生只好亲自从山上冲下来,把风筝放飞。这只风筝小巧玲珑,赫伯特看到它在天空中翱翔,手里感受到牵拉的力量,心中激动万分。那之后,每周六下午,爸爸从市里回来,他就会央求自己的父母赶快带他到公共草坪上放风筝。很快,他就学会了如何放风筝,桑伯里夫妇也为此而自豪。看着他从小圆丘的顶上跑下来,他们心潮澎湃,风筝顺风上升,他拉紧手中的风筝线。

风筝变成了赫伯特的最爱,随着他年龄渐长,身体渐壮,妈妈给他买的风筝也越来越大。他驾驭风筝的技巧愈发娴熟,还能用风筝完成有难度的动作。公共草坪上也有其他的风筝手,不但有孩子,还有成年人。只有共同爱好才能让人们自然而然地走到一起。尽管萨缪尔夫人不喜欢跟人交往,渐渐地,她发现她和萨缪尔还有儿子也愿意跟别人交谈了。他们会互相比较各自的风筝,吹嘘各自的优点。赫伯特已然是一个十六岁的小伙子,有时他会向别的风筝手挑战。他操纵风筝,迎上对手的风筝,让自己的线压在对手的线上,忽而猛拉,将对手的风筝拽下来。在儿子学会挑战他人之前,桑伯里先生也被儿子对风筝的激情感染,一次次要求放风筝过瘾。放风筝时,他穿着条纹裤子,黑色大衣,头戴常礼帽,甚是滑稽。桑伯里夫人看到风筝乘风飞起,飞得平稳时,就会面无表情地小步跑到他的背后,帮他拉着线,看着风筝直飞云霄。周六下午变成了一家人一周里最开心的时候。早上,赫伯特和桑伯里先生离开家乘火车进城时,第一件事就是抬头看看天气是否适合放风筝。他们尤爱风向不定的大风天,那样的天气适合他们练习放风筝的技巧。整周,每晚,他们都在讨论风筝。他们对个头小的风筝嗤之以鼻,对个头大的风筝则嫉妒不已。父子俩热烈而轻蔑地讨论着别的风筝手的表现,正如拳击手和足球运动员讨论着他们的对手一样。他们的梦想只是打造一只尺码最大,能飞得最高的风筝。他们早就不在意风筝线圈的问题,赫伯特二十一岁时,夫妇俩送了儿子一只高达七英尺的风筝,他们用钢琴的线绕在金属棒上。可是赫伯特并不满足,他不知从哪里听说了一种箱型风筝,便立刻神往不已。他自认为可以设计一款属于自己的风筝。因为他懂一点绘图,就立刻着手设计。他做了一个小号模型,在某天下午就拿去做了实验,但并未成功。他不想就此放弃,也不会因此而垂头丧气。肯定是哪里出了问题,他要立刻矫正。

之后,不幸的事情发生了。赫伯特开始晚饭后就外出。桑伯里夫人非常不悦,但桑伯里先生劝她,替儿子陈情。毕竟,儿子已经二十二岁了,如果一直待在家肯定会心生厌倦。如果他想出去散散步或者看场电影,倒也没什么关系。可是赫伯特恋爱了。某个周六晚上,他们在公共草坪上放完风筝之后,一家子正在吃饭时,他突然宣布:

"妈妈,我已经邀请一位女孩子明天来家里喝茶。可以吗?"

"你说什么?"桑伯里夫人失声惊叫,那个瞬间她已经顾不上语法规范了。

"你听到了,妈妈。"

"我能问问你她是谁,你怎么认识她的吗?"

"她的名字叫贝文,贝蒂·贝文,某个周六下午,正大雨倾盆,我跟她在电影院结识。这纯属机缘巧合,她坐在我的旁边,她的包掉了。我帮她捡起来,她朝我道谢,我们就这样聊了起来。"

"你是不是要告诉我,这种老掉牙的伎俩你都能掉进去?她这包掉得可真是时候!"

"你错了,妈妈,她是个好女孩儿,人很好,很有教养。"

"这是什么时候的事?"

"大概三个月之前吧。"

"噢,你三个月之前遇到了她,然后你已经邀请她明天来我们家喝茶?"

"呃,我们之后见了很多次面。第一次见面,电影结束以后,我问她周二晚上能不能跟我一起看电影,她说她不知道,或许能也或许不能。但她最后还是来了。"

"她肯定会去,要是我早知道,我肯定会告诉你。"

"从那以后,我们大概每周都会去看两次电影。"

"这就是你经常出去的原因?"

"没错。可是,您看,如果您不喜欢她来家里喝茶,我也不强求,我会跟她说您头疼,带她出去玩。"

"你妈会同意她来咱家喝茶的,"桑伯里先生赶紧出来调节气氛,"对吧,亲爱的? 不过你妈不喜欢陌生人,她从不喜欢陌生人。"

"我不喜欢跟人交往,"桑伯里夫人郁郁地说,"她是做什么的?"

"她在城里一家打字公司工作,住家里,虽然我认为那并不能算是一个家。您知道,她妈妈离世以后,她爸爸再娶,并且又生了三个孩子,她跟后妈合不来,她说她后妈整天唠叨,抱怨个不停。"

桑伯里夫人把这场下午茶宴安排得井井有条。她把客厅桌上平时不用的小玩意儿挪开,将桌布铺在桌上,把从未用过的茶具和茶壶拿出来,还做了烤饼,烤了蛋糕,切了薄片面包,涂上黄油。

"我要让她知道,我们不是一般人家。"她告诉萨缪尔。

赫伯特去接贝文小姐,桑伯里先生在门口迎接,以免赫伯特把她带到一家人吃饭休息的餐厅里。赫伯特惊讶地看了一眼茶桌,领着年轻女士进入客厅。

"这是贝蒂,妈妈。"他说。

"我猜是贝文小姐吧。"桑伯里夫人说。

"对,您叫我贝蒂就行。"

"我们见面才这么一会,相识太短,这么称呼不太好,"桑伯里夫人优雅地笑着说,"请坐吧,贝文小姐。"

说怪也怪,说不怪也不怪,贝蒂·贝文跟桑伯里夫人年轻时长得非常相似。面庞瘦削,小小的眼睛里闪着光芒,但她的嘴唇上涂着亮眼的口红,脸颊上抹了胭脂,黑色的短发自然卷曲。桑伯里夫人只一眼就将她看个清楚,心里准确无误地算出她人造丝裙子、夸张的高跟鞋以及头顶花哨的帽子的价格为几何。贝蒂·贝文的裙子很短,露出了一大截肉色长袜。桑伯里夫人非常不喜欢她的妆容以及打扮,立即对她心生厌恶,但她决心维持贵妇人的风范。如果连她都不知道怎么装出贵妇人的样子,那恐怕就没人知道了。如此,开场见面一帆风顺。桑伯里夫人倒了茶,让赫伯特端一杯给他的女朋友。

"亲爱的萨缪尔,问问贝文小姐想不想来点黄油面包或者烤饼。"

"都来点吧,"萨缪尔说,他笨拙地递过两个盘子,"我就喜欢看别人享用的样子。"

贝蒂坐立不安地取了一片黄油面包和一块烤饼放进自己的盘子里。桑伯里夫人和蔼地谈论着天气。看到贝蒂越来越局促不安,她很满意。后来,她切了一块蛋糕,强塞了一大块给客人。贝蒂咬了一小口,想把蛋糕放在托盘里的时候,蛋糕掉到了地上。

"噢,抱歉。"女孩儿说着,把蛋糕捡了起来。

"没关系,我再给你切一块。"桑伯里夫人说。

"噢,不用麻烦了,我不嫌弃。地上很干净。"

"希望如此,"桑伯里夫人笑里带刺,"我可不想让你吃掉在地上的

风筝

蛋糕。把它放这儿,赫伯特,我再给贝文小姐切一块。"

"我不想吃了,桑伯里夫人,真的不想吃了。"

"很抱歉,你不喜欢我烤的蛋糕,我可是专门为你烤的。"她自己咬了一口,"味道还不错呀。"

"不是因为这个,桑伯里夫人,蛋糕很好看,味道也很好,真的是因为我不饿。"

她不愿再添茶,桑伯里夫人看到她如释重负般将茶杯里的茶喝完,"我想她家人应该是在厨房吃饭吧。"她自言自语。后来,赫伯特点了一根烟。

"给我来一根,赫布,"贝蒂说,"我太想来一口了。"

桑伯里夫人对女人抽烟非常不悦,但她只是轻轻挑眉。

"我们更喜欢叫他赫伯特,贝文小姐。"她说。

贝蒂并不傻,她看得出来桑伯里夫人正想尽一切办法让她难堪,而她现在终于找到了反击的机会。

"我知道,"她说,"他跟我说他的名字叫赫伯特的时候,我差点笑了出来。哪有平时这么称呼人的,真是好笑。"

"真抱歉,你不喜欢我儿子受洗时取的名字。我觉得这个名字挺好听的。不过,我觉得这是因为我们处于不同的社会阶层,所以有不同的看法吧。"

赫伯特插话,出面救场。

"办公室里大家都叫我伯蒂,妈妈。"

"那我只能说,他们都是一些普通得不能再普通的人。"

桑伯里夫人神情威严,默默无言。桑伯里先生和赫伯特继续说着话。想到贝蒂被弄得无比难堪,桑伯里夫人心里爽快无比。她也知道这个姑娘想走,但又不知道如何脱身离开。她决定不帮她脱身。最后,赫伯特接过这个烫手的山芋。

"噢,贝蒂,我们该走了,"他说,"我送你回家。"

"你们现在就要走吗?"桑伯里夫人问,她站起身,"很高兴见到你,真的。"

"这姑娘真漂亮。"他们走后,桑伯里先生试探性地说。

"漂亮个鬼。满脸涂脂抹粉。相信我,如果她肯洗掉脸上的妆容,不烫头发,肯定判若两人。她太普通了,就跟凡尘一样。"

一小时后,赫伯特怒气冲冲地回来了。

"听着妈,你这么对一个可怜的小女孩是什么意思?我真替你感到羞耻。"

"不许这么对你妈妈说话,赫伯特,"她勃然大怒,"你不应该带她这种女孩儿来家里。她实在是粗俗普通,她就是这种人,跟灰尘一样普通。"

桑伯里夫人生气的时候,不仅说话不合规范,说话也不清不楚,含含糊糊。赫伯特在意的却不是她说的话。

"她说她这辈子从没被这么羞辱过。我费了好大劲才把她哄好。"

"噢,她别想再来我们家,我把话说清楚了。"

"那是你这么想吧。我已经跟她订婚了,你用这话安慰自己好了!"

桑伯里夫人倒抽了一口凉气。

"不是真的吧?"

"是真的。我考虑了很久,今晚她心情郁闷,对此我十分内疚,因此今晚我跟她求了婚,她好不容易才答允,特来知会您。"

"你个蠢货,"桑伯里夫人尖叫起来,"你个蠢货。"

之后的场面变得十分壮观。桑伯里夫人和她儿子闹得无休无止,不可开交,可怜的萨缪尔想插句话,他俩都恶狠狠地让他闭嘴。到了最后,赫伯特冲出房间,愤然离开,桑伯里夫人顿时潸然泪下。

风筝

到了第二天,谁也没有提起前一天的事情。桑伯里夫人对赫伯特既冷淡又客气,赫伯特则郁郁寡欢,一言不发。晚饭过后他就出门了。周六,他告诉父母下午跟人有约,不能陪他们去公共草坪了。

"没你我们照样玩得开心。"桑伯里夫人客客气气地说。

到了一年一度的海滨度假时间,他们从来都去赫恩海岸度假,因为桑伯里夫人认为那里云集了上流社会的人,这么多年来他们一直都住在同一家酒店。一天晚上,赫伯特尽可能风轻云淡地说:

"妈妈,顺便给您提个醒,您最好写信告诉他们,今年不要订我的房间了,贝蒂和我准备结婚,我们准备去索森德度蜜月。"

房间里顿时变得死一般沉寂。

"赫伯特,这是不是太突然了?"桑伯里先生说。

"哦,贝蒂的打字公司现在正裁员,她失业了。所以我们觉得最好立刻结婚。我们在达布尼大街上租了两间屋子,准备拿储蓄银行里的存款给它装修一番。"

桑伯里夫人一言不发。她面如死灰,眼泪顺着她瘦削的脸颊滚滚落下。

"噢,别这样,妈妈,别把事情想得这么糟,"赫伯特说,"男人总要结婚的。如果爸爸不跟您结婚,现在肯定也不会有我,是吧?"

桑伯里夫人匆忙抹掉眼泪。

"不是你爸爸娶我,是我要嫁给他。我知道他办事沉稳,令人尊敬,肯定是个好丈夫、好爸爸。我从没后悔,你爸爸也没有理由后悔。就是这样,对吧,萨缪尔?"

"十分正确,比阿特丽斯。"萨缪尔赶紧附和说。

"您以后跟贝蒂熟识后您会喜欢她的。她是个好姑娘,真的。我相信您会发现您跟她有很多相似之处。您要给她机会,妈妈。"

"除非我死,否则她永远别想踏进我家门。"

"这不可能,太荒谬了,妈妈。唉,只要您理智一点,一切如前。我是说,我们还可以和往常一样,周六下午去放风筝。只是这次,我刚订婚,有点不太方便。您知道,贝蒂不知道放风筝的乐趣,但她会接受的。结婚以后就不一样了,我是说,我来陪您和爸爸放风筝,就是合乎情理,顺理成章的事情了。"

"那是你这么想。好吧,我告诉你,如果你跟这个女人结婚,你就别想碰我的风筝。我从来没有把风筝给你,我用养家的钱买的,风筝是我的,懂吗?"

"那好吧,您就自己留着自己玩吧。贝蒂说放风筝是小孩子的把戏,我这个年纪还放风筝,确实是挺丢人的。"

他起身,再次愤然冲出家门。两周后,他结婚了。桑伯里夫人拒绝出席婚礼,也不许桑伯里先生出席。相反,他们去度假,度假回来后,一切如旧。周六下午,夫妇俩去公共草坪放硕大无比的风筝。桑伯里夫人从来不想儿子,她打定主意不会原谅儿子。但桑伯里先生经常在早上乘火车时遇到赫伯特,如果刚好同一节车厢,父子俩就聊上一会。一天早上,桑伯里先生抬头看了看天空。

"今天的天气真适合放风筝啊。"他说。

"您和妈妈还放风筝吗?"

"你觉得呢?她现在动作跟我一样敏捷。她用别针把裙子别起来,从山丘上往下冲。我向你保证,我还从来不知道她有这一手。要说跑,她跑得比我还快。"

"爸爸,您就别开玩笑啦!"

"赫伯特,你怎么不去买只风筝,你不是一直很喜欢风筝吗?"

"我知道我很喜欢。我确实提过一次,说要买一只,可您知道女人的脾气,贝蒂说:'你都多大了啊。'噢,我倒不是介意这个。当然,我不想要一个小孩子的风筝,可是大风筝又贵。刚开始装修房子的时候,

风筝

贝蒂说,从长远来看,最节俭的办法就是一开始就买最好的家具,于是我们去了分期付款的商店,每个月付完家具的费用再加上租金,就没有多少余钱了,只能勉强维持生活。大家都说两个人过日子不比一个人花的钱多,可是,照目前我的境遇来看可不是这样。"

"她还没有找到工作吗?"

"嗯,没有,她说辛辛苦苦上了这许多年的班,如今已为人妇,她想过得轻松一点。不过,家里也得有人搞卫生,下厨做饭。"

就这样过了半年,之后某个周六的下午,桑伯里夫妻二人照常去公共草坪时,桑伯里夫人对丈夫说:

"萨缪尔,你猜我刚才看见了谁?"

"我刚才看见赫伯特了,你是想说这个吗?我没告诉你,因为我不想让你心烦。"

"别跟他说话。就当没看见。"

赫伯特站在围观的人群里面。他不想跟父母搭话,可他的视线紧紧盯在以前常常放飞的大风筝身上,桑伯里夫人把这一切都看在眼里。桑伯里夫妇回到家的时候,气温骤降。桑伯里夫人脸上尽是掩不住的怒意,脸变得通红。

"不知道他下周六还会不会来。"萨缪尔说。

"如果我不反感赌博的话,我会跟你赌六便士,他会来,萨缪尔。我一直等着这一天呢。"

"一直等这一天?"

"从一开始我就知道,他不能没有风筝。"

她说中了。第二个周六以及接下来的每个周六,只要天气不错,赫伯特就会出现在公共草坪上。他没有跟父母搭话。他只是站在那里看一会,然后就走开。就这样过了几个星期,桑伯里夫妇给了他一个惊喜。他们没有放飞以前他经常放飞的那只风筝,而是换了新的,一只小号箱型风筝,用他自己设计的那只模型。他看到这只风筝引起了其他风筝手的极大兴趣,他们围着这只风筝,而桑伯里夫人正口若悬河地说着。萨缪尔第一次从山丘上冲下来时,风筝并没有飞起来,反而笨拙地跌落到地上。他实在忍受不了风筝跌落的惨状。桑伯里先生再一次爬到了山丘顶上,第二次,风筝乘风升起。围观的人们爆发出喝彩。过了一会,桑伯里先生把风筝收了起来,走回山丘。桑伯里夫人走到儿子跟前。

"赫伯特,想试试吗?"

他呼吸一滞。

"是的,妈妈,我想。"

"这只是个小号箱型风筝,因为他们说你得先用小号的掌握住诀窍。这种风筝跟传统的风筝不一样。但我们已经订了一个大号的,他们说掌握诀窍后,在风力合适的时候,它能飞两英里高。"

萨缪尔先生也来和他们聊天。

"萨缪尔,赫伯特想来试一下这个风筝。"

桑伯里先生把风筝递给儿子,脸上扬起一抹微笑,赫伯特把帽子递给自己的妈妈,让她拿着。之后,他往山丘下面冲去,风筝乘着风优美地飞上高空,看着风筝越升越高,他心里止不住地欢欣鼓舞。这黑色的小东西扶摇直上,让人振奋不已,他盯着这只小风筝,心里却惦记着爸妈订做的大号风筝。想到那只大号风筝,他们肯定无法放飞。妈妈说,能飞两英里呢,哇!

"赫伯特,回家喝杯茶吧?"桑伯里夫人说,"给你看看订做的新风筝的设计图,搞不好你还能提点建议。"

他犹豫不决。他告诉贝蒂,他只是出来散散步,活动一下双腿,她并不知道他每周都来公共草坪,她肯定还在家里等着他。可是,他无法抵挡眼前的诱惑。

风筝　267

"好啊。"他说。

喝完茶,他们一起看了风筝的规格。这只风筝巨大无比,上面的装置他从没见过,价格不菲。

"单靠你们自己肯定飞不起来。"他说。

"我们可以试试。"

"一开始要不要我帮你们试一下?"他语气里充满了不确定。

"这主意不错。"桑伯里夫人说。

赫伯特回到家里时,已经很晚了,比他预想的还要晚不少。贝蒂十分恼怒。

"赫布,你到底去哪儿了?我以为你死了呢,一直都在等你回来吃饭。"

"我遇上了熟人,聊了一会。"

她眼神犀利地看了他一眼,没有再继续说下去。她是真生气了。

晚饭过后,他提议去电影院看电影,但她拒绝了。

"你想去就去吧,"她说,"我不想看。"

接下来的周六下午,他照旧去公共草坪上,妈妈又让他放风筝。他们订了一个新的大风筝,三周内到货。这时,妈妈对他说:

"你的女王陛下在这。"

"贝蒂?"

"在监视你呢。"

他大吃一惊,但装出满不在乎的样子。

"她想监视我就随她去吧,我不在乎。"

可是他心里紧张不已,也不想跟爸妈回去喝茶。他径直回到家,贝蒂正等着他。

"你就是跟那两个熟人聊天是吧?你每个周六下午去散步,我早就觉得不对劲了,现在我什么都想明白了。你是放风筝去了,你呀,一个大男人。我真替你害臊。"

"我不管你怎么说。我喜欢放风筝,你不喜欢也得凑合。"

"我才不凑合呢,我把话说清楚。我不会让你自己出丑的。"

"从小到大,我每个周六下午都会去放风筝,我想什么时候放风筝就什么时候放!"

"肯定是那个老妖婆,她想从我这儿把你抢走。我太了解她了。如果你还是个男人,你就永远都不要理她,想想她是怎么对我的吧。"

"我不许你这么叫她。她是我妈,我有权利见她,想见多少次见多少次!"

争吵无休无止地进行着。贝蒂朝赫伯特尖叫,赫伯特朝贝蒂大吼咆哮。因为两人都互不相让,曾经他们也有过小争执,但这是两人第一次闹得如此无法收拾。周日两人都没有再说话,接下来的一周里,尽管表面风平浪静,但双方对彼此都越来越厌恶。接下来的两个周六都是倾盆大雨。看着瓢泼大雨,贝蒂暗自庆幸,虽然赫伯特对此很失望,但他没有显露出任何迹象。吵架的事情渐渐被两人忘却。像他们夫妻这样,只有两间屋子,睡在同一张床上,自然很快就会和好如初。贝蒂想方设法,不厌其烦地对赫伯特好,她暗想:如今已经让他尝到了她的厉害,让他明白她不会任人欺骗,他总该知趣了。他总归还是个好丈夫,出手大方,毫不吝啬,处事沉稳。假以时日,她就能把他调教得服服帖帖。

两周的恶劣天气后,天气终于好转放晴。

"看起来明天的天气很适合放风筝,"桑伯里先生在站台上等早班火车时遇到了儿子,他告诉他说,"新风筝已经到货了。"

"到了吗?"

"你妈说我们当然希望你来帮忙,但是谁都没有权利插手在你们夫妻中间,如果你担心贝蒂的话,我是说,担心她挑三拣四,吹毛求疵,你最好还是不要来了。我们在公共草坪上认识了一个年轻人,他想放这只风筝都快想疯了,他说他一定能飞得起来。"

赫伯特顿时醋意横生。

"不能让陌生人碰我们的风筝。我会来的。"

"噢,赫伯特,你还是再掂量掂量吧,如果你来不了,我们能理解。"

"我一定会来的。"赫伯特说。

第二天从城里回家以后,他换下了工作服,换上了宽松的裤子,穿上一件旧大衣。贝蒂走进卧室。

"你在干什么?"

"换衣服,"他兴高采烈地说,他心情激动,再也难以掩藏心中的秘密,"新风筝到了,我要去放风筝。"

"噢,不,你不能去,"她说,"我不许。"

"别傻了,贝蒂。我要去,我告诉你,如果你不喜欢,你可以做其他事。"

"我不准你去,绝对不可以。"

她关上门,站在门口。眼里冒着怒火,紧绷下巴。她身材娇小,而他人高马大。赫伯特捏紧她的双臂,将她推搡到一边,但她使劲踢着他的小腿。

"你想让我赏你一巴掌吗?"

"你要是走了,就别回来。"她大声嚷嚷。

他抓起她,尽管她拼命挣扎,拳打脚踢,她还是被他扔上了床,然后大步流星地离开。

如果说小号箱型风筝在公共草坪上引起了骚动的话,那新风筝带来的轰动效果与之前比简直是云泥之别。可是新风筝难以操控,尽管他们跑得气喘吁吁,有很多热心的风筝手也来帮忙,赫伯特还是没能把新风筝送上天。

"没关系,"他说,"我们要不了多久就能掌握要领,今天的风向不对,仅此而已。"

他回家跟爸妈一起喝茶,一家三口又像以前那样讨论着风筝的事。赫伯特磨蹭到很晚才回家,因为他不想面对贝蒂对他的穷追猛打。桑伯里夫人走进厨房准备晚餐,他只好自己回家。那时贝蒂正在读报纸。她抬起眼皮瞧了他一眼。

"你的包我已经给你收拾好了。"她说。

"我的什么?"

"你听到我说的话了。我说过,如果你走出这个家门,就不要回来。我忘了告诉你把东西也带走。东西全都打包好了,在卧室里。"

他惊讶地看了她好一会。她假装继续看报纸。他真想揍她一顿。

"好吧,随你的便。"他说。

他走进卧室,他的衣服都装进了行李箱,还有一个牛皮纸包裹,贝蒂把剩下的杂物都放了进去。他一手拿着背包,一手拿着包裹,一言不发地穿过客厅,出了大门。他回到了家里,按响门铃,桑伯里夫人开了门。

"妈妈,我回来了。"他说。

"真的吗,赫伯特?你的房间已经准备好了。把东西放下,赶紧进来。我们正准备吃晚饭。"他们走进了餐厅,"萨缪尔,赫伯特回来啦。出去买一夸脱啤酒回来。"

从晚饭后到上床睡觉之前,他向父母讲述了他和贝蒂之间的问题。

"唉,你总算从那里逃出来了,赫伯特。"听他说完,桑伯里夫人感叹,"我跟你说过,她不适合当你的妻子。她太普通,普通如凡尘,而你从小就很有教养,她配不上你。"

他发现,睡在自己的床上确实很惬意,他从小到大都睡在这张床上。礼拜天早上不用刮胡子,不用洗漱就可以直接吃早餐,读《世界新闻》的感觉实在是太舒服了。

"我们今天早上不去教堂了,"桑伯里夫人说,"赫伯特,这段时日你辛苦了,我们今天放松一下。"

接下来的一周,他们谈话的主题主要围绕风筝,但他们也说了很多关于贝蒂的话。他们猜她接下来会有什么动作。

"她会想方设法让你回去。"桑伯里夫人说。

"那她倒是很有把握。"赫伯特说。

"你得养她。"爸爸说。

"凭什么要养她?"桑伯里夫人大声嚷嚷,"她已经骗得赫伯特娶了她,现在却把他从家里赶出来。"

"只要她别过多干涉我,该给的我还会给。"

日子一天天过去,他的感觉越来越舒适。事实上,他感觉从没离开过这个家。就像狗离不开自己的窝一样,他决定留下来。他喜欢妈妈给他洗衣服,缝袜子,妈妈给他做从小到大他爱吃的饭菜;贝蒂的厨艺杂乱无章,一开始他还觉得有趣,跟野餐一样。但她的厨艺抓不住男人的胃。他觉得妈妈的观点是对的,新鲜食物总比罐头食物来得新鲜。他看见三文鱼罐头就觉得胃里一阵翻江倒海。而且,再也不用屈居于两间房间里(其中一间还兼做厨房),他喜欢这种行动自如的感觉。

"妈妈,我这辈子犯的最大的错误就是离开家。"有次他对桑伯里夫人说。

"我知道,赫伯特,不过你现在回来了,没有理由再离开。"

周五他拿到了工资。晚上,他们刚吃完晚饭,门铃就响了。

"是她。"一家三口不约而同地说。

赫伯特脸色苍白。他母亲看了他一眼。

"让我来,"她说,"我去见她。"

她打开门。贝蒂站在门槛上,试图挤进去,但桑伯里夫人拦住了她。

"我要见赫布。"

"不行,他出去了。"

"没有,他在家。我看到他跟他爸爸一起进来,之后就没有出门。"

"好吧,他不想见你,如果你敢乱来,我就叫警察。"

"我想要这个星期的生活费。"

"你就只会从他身上要钱,"她掏出钱包,"给你,三十五先令。"

"三十五先令?每周的房租就是十二先令。"

"你也就能得到这么多。他住在这里还得付伙食费,不是吗?"

"还有家具分期付款的费用。"

"到时候我们会处理这事的。这钱你到底要不要?"

贝蒂满心困惑、悲伤、恐惧地站在那里,犹疑不定。桑伯里夫人将钱塞进她手里,当着她的面猛地把门一砸,回到了餐厅。

"我已经把她搞定了。"她说。

门铃再次响了起来,响个不停,但没有人应门,过了一会,门铃声停止了。他们估计贝蒂已经离开了。

第二天天气晴朗,风速恰到好处,赫伯特在失败两三次后,终于掌握了操控这个大号箱型风筝的技巧。他不断放线,风筝随风上升,直飞云霄。

"如果能测量的话,现在得有一英里高了。"他心情激动地对他母亲说。

他心情激动到无以复加。

几周过后。他们盘算着让赫伯特给贝蒂写信,只要她不来骚扰他跟他的家人,每周六早上她都会收到一张三十五先令的邮政汇票,他

风筝

也会在期限之内付清家具的分期付款。桑伯里夫人反对这一点,但是桑伯里先生这次,也是第一次,不同意她的做法,赞同赫伯特的做法,说他这么做是对的。没过多久,赫伯特就掌握了放飞新风筝的窍门,现在,他能驾驭新风筝完成了不起的动作。他已经不屑于跟其他风筝手比赛,已经远远地把他们甩在后面。周六下午是属于他的荣光时刻。他沉醉在围观人群的羡慕之中,享受着其他不那么幸运的风筝手的嫉妒。一天晚上,他跟爸爸一起从火车站回来的路上,贝蒂拦住他。

"你好啊,赫布。"她说。

"你好。"

"我想单独跟我丈夫聊聊,桑伯里先生。"

"我们两个之间没有什么事情需要避开我爸爸。"赫伯特爱搭不理地说。

贝蒂踌躇不定,桑伯里先生坐立不安,他不知道到底是去是留。

"那好吧,"她说,"我想让你回家,赫布。那天晚上我给你打包,不是真心赶你走。我只是想吓吓你。当时我正在气头上,我错了。为了一只风筝跟你吵架,我太蠢了。"

"噢,我不会回去了,明白吗?你把我赶出来的时候,就已经给我带来了最大的改变。"

泪水从贝蒂的脸上滑过。

"但我爱你,赫布。如果你想放风筝,那你就去吧,只要你回来,我什么都不在乎。"

"非常感谢,不过现在太迟了,已经回不去了。我知道哪里才幸福,我已经受够了婚后的生活,这辈子都不想再有了。爸爸,走吧。"

他们快步朝前走去,贝蒂没有打算跟上。接下来的礼拜天,他们去了教堂,晚饭过后,赫伯特到放风筝的煤棚里看风筝。他离不开风筝,简直爱不忍释。过了一会,他冲了回来,面如死灰,手里攥着一把短斧。

"她把风筝砸碎了,用这把斧头。"

桑伯里夫妇惊诧万分,大叫一声,冲进煤棚。赫伯特所说千真万确。崭新而价格不菲的风筝,被劈得支离破碎。木头被劈成碎片,线轴被剁得稀碎。

"她肯定是趁我们去教堂的时候干的,趁我们不在家,就是这样。"

"可是她是怎么进来的?"桑伯里先生问。

"我有两把钥匙,进家的时候,我留意到有一把不见了,可是我没有多想。"

"不敢说一定是她,公共草坪上有些家伙早就眼红了。如果说是他们干的,倒也不奇怪。"

"好吧,我们会让真相大白,"赫伯特说,"我去问她,如果是她干的,我会杀了她。"

他大发雷霆,桑伯里夫人有些害怕。

"你想因谋杀被处以绞刑吗?不,赫伯特,我不会让你走到那一步。让你爸爸去,等他回来,我们再说不迟。"

"没错,赫伯特,让我去。"

他爸妈好不容易劝服他,最后还是桑伯里先生去了。不到半小时,他就回来了。

"是她干的,她直接承认了。还很得意。我不想重复她说的话,那话说得让我无比惊讶,但大概意思是说,她非常嫉妒风筝。她说赫伯特居然爱风筝胜过爱她,所以,她把风筝砸烂。还说如果她还有机会,她还会这么干。"

"幸好她没跟我这么说。即使我要被处以绞刑,我也会拧断她的脖子。好吧,她别再想从我这里拿到一分钱,就这样。"

"她会起诉你。"他爸爸说。

"由她去。"

"家具的分期付款下周就要到期了,赫伯特,"桑伯里夫人平静地说,"如果我是你,我就不会付钱了。"

"那他们就会把家具搬走,"萨缪尔说,"到现在为止你付的钱就全部白费了。"

"对,可是那又如何?"桑伯里夫人问,"他付得起这钱,他已经彻底摆脱那女人,现在又回到了我们身边,这才是关键。"

"我根本不关心钱的问题,"赫伯特说,"等他们来搬家具的时候,我想看到她的表情。家具对她来说意味着太多太多,相当重要,还有钢琴,她对那架钢琴可是很特别。"

因此,接下来的周五,他没有把每周的生活费寄给贝蒂,贝蒂把家具商的信寄给他,信上说,如果他不在某个日期前付清分期付款的话,他们就会把家具搬走,他回信说他不能继续付费,家具可以任由他们搬走。贝蒂开始到火车站等他,如果赫伯特不跟她说话,她就跟着他,扬声恶骂。晚上,她来到他家门口,不停地按门铃,直到他们觉得快发疯为止。赫伯特要冲出家门暴揍她一顿,桑伯里夫妇百般拦阻才将他拦下。有次,她扔石头砸烂了客厅窗户的玻璃。她还在明信片上写一些污言秽语寄到他的办公室。最后,她到地方法院起诉她丈夫抛弃她,拒不提供她的生活费。赫伯特接到一张传票。两人各执其词,法官即便觉得事情很荒谬,也没有明说什么。他试图让两人和解,但赫伯特坚持拒不回到妻子身边。法官令他每周付给贝蒂二十五先令。他说他不会付这钱。

"那你就会被判坐牢,"法官说,"下一桩案子。"

赫伯特言出必行。在贝蒂的起诉下,他再次被传唤到了法官面前。法官问他为什么拒不执行法令。

"我说不付就是不付,因为她砸烂了我的风筝。如果你判我坐牢,那我就去坐牢。"

"年轻人,你很愚蠢,"法官说,"我给你一周的时间付清欠款,如果你再胡来的话,你就去牢里蹲着,直到你想清楚为止。"

赫伯特没有付钱,这就是我的朋友奈德·普雷斯顿得以认识他的缘故,因此我才听到这个故事。

"你怎么看这件事?"奈德说完后问我,"你知道,贝蒂这个女孩儿不坏。我见过她几次,除了神志不清地嫉妒赫伯特的风筝外,她并无不妥;赫伯特也并非愚蠢。事实上,他比一般人聪明。难以想象放风筝怎么会把这个傻子变得如此疯狂?"

"我不清楚。"我回答说,我思忖片刻,"你知道,我对放风筝所知甚少。或许,他看到风筝扶摇直上,直冲云霄时,他有一种掌权的感觉,能够驾驭自然,让天上的风臣服在他的个人意志下。或许,他用放飞风筝,看着风筝在天空中自由翱翔且俯瞰大地的方式,看到了他自己的影子,好像这样他就能摆脱毫无色彩的单调生活。这或许隐约、依稀象征了自由、冒险的理想。你也知道,男人一旦中了理想的毒,就算是皇帝的御医也拿他束手无策。但这一切都只是猜想,我敢说这些都是废话,天方夜谭。我想,你最好还是向那些比我更了解人类这种动物的心理专家请教。"

大　班

没有人比他自己更清楚，他享有多么高的声望。他是英国在中国设立的一所非同小可的公司里响当当的大人物。想起三十年前，自己刚到中国时还是个乳臭未干的小职员。如今，他凭借自己的领导能力，摇身一变成为了公司里首屈一指的人物。一想到这，他脸上不禁流露出一丝笑意。他回忆起地处郊区的巴斯恩，他的老家：一所红色的小房子，坐落在长长的一排红房子当中。那里的人们拼命跻身上流社会，最终都逃不掉一个惨淡的下场。相较而言，自己住着富丽堂皇的府邸，有开阔的游廊和宽敞的房间，他满意地笑了。这里曾经是公司所在，如今却成了他的豪门大宅。他的身份早已水涨船高。他想起以前每天放学回家（他就读于圣保罗学校），跟父母还有两个姐姐坐在一起喝下午茶的时光。一片冷肉，一些面包和黄油，还有一杯兑了大量牛奶的茶，大家都只顾吃自己的。又想想如今自己享用晚餐的场景：无论是不是一个人就餐，他总是穿着得体，有三个男仆在桌旁服侍着。一号男仆对他的喜好了如指掌，从不需他为家务琐事烦心。他的晚餐总是有汤有鱼，有主食，有烤肉，有甜点，还有美味小菜。所以就算他临时兴起打算宴请客人，也有充足准备。他热爱美食，因此他不明白，为什么只有请客的时候才能大宴一场，而没有客人的时候就随便打发了事？

他确实今非昔比,那也就是他为什么到现在都不想回家的原因。他已经有十年没有回去英格兰了。度假时,他一般选择去日本或者温哥华,确保在那里能遇到中国沿海的一些老朋友。而他在自己老家却谁也不认识。他的两个姐姐都嫁给了自己的同事,丈夫是职员,儿子也是职员。他觉得自己跟他们没有共同话题,相处起来枯燥无味。每年圣诞节,他都会给他们寄去一匹上好丝绸,一些精致刺绣或一盒茶叶,以此来维系他们之间的情谊。他不是一个小气的男人,他母亲还健在的时候都由他尽赡养之责。等他快到退休时,他也不打算回到英格兰。因为他目睹了很多人回到英格兰之后,最终都难成大器。他打算在上海赛马场旁边买栋房子:打打桥牌,赛赛马,玩玩高尔夫,安享晚年。但在考虑退休之前,他还得工作很多年。再过五六年,希金斯就会回国,然后他就能接手上海总部的工作。同时,他对这个地方感到很满意,在这里他可以省钱,而在上海是办不到的。这里可以尽情地讨价还价。与上海相比,这里还有另外一个好处:在这个社交圈子里,他身份显赫,说话很有分量。即使领事也不得不对他礼让三分。有一次领事与他发生争执,最后却不是他投降。想到这事,大班就扬起下巴,一副好斗的模样。

　　大班笑了,他觉得很好笑。他刚从汇丰银行参加完一场重要的午宴,步行回办公室。午宴很是令人满意。食物一流,酒水畅饮。刚开始他喝了几杯鸡尾酒,接着又来了些上等的白葡萄酒和两杯波特葡萄酒,末了又喝了一些高档陈年白兰地,感觉很不错。离开时,他做了一件平时几乎不做的事——步行回家。为防他醉得走不动道,他的几个轿夫抬着椅子在他身后不远不近跟着。他自己倒是很享受这种伸展胳膊腿儿的感觉。这么些天他没怎么锻炼,现在胖得连马也骑不了,更没法锻炼。但就算体重再怎么超标,他仍然可以赛马。他一边在和煦微风里悠闲散步,一边想着春季赛马大会的事。他手下有几匹有望夺冠的混种马。刚好他公司里有个小伙子,是名出色的赛马手(他可得当心,别让这小伙子被其他人挖墙脚挖走了,上海的希金斯那个老家伙可是愿意为此花大价钱)。他兴许会赢上那么两三局。他毫不吹嘘,自认为有全城里最好的马厩。他像只鸽子一样挺起宽阔的胸脯。今天天气真好,活着的滋味儿真棒!

走到公墓前,他停了下来。这里的公募排列得整整齐齐,显示着这个社区的富庶。他每次经过公墓时都倍感骄傲。尤其是他身为一名英国人。当时这块墓地还一文不值,如今随着城市的日益繁荣,这里的价位早已翻了数倍。当初有人提议说把这块墓地给挪走,把地儿空出来盖房子。但社区人民对这儿有感情,都不同意这项决议。一想到这些长眠的人身下的这片土地如此富足,大班心里便十分得意。这说明了他们心里有比钱还要在乎的东西。钱算什么东西。真碰上什么"至关重要的事儿"(这是他常挂在嘴边的一句话),人们就会知道钱并不是万能的。

此刻,他想去溜达一圈。他环视这片墓地,这儿被打扫得干干净净,整整齐齐,看起来一片繁荣。他一边闲逛,一边打量着墓碑上的名字。有三个名字紧靠在一起:分别是玛丽·巴斯克特号帆船的船长和大副二副。他们都在1880年那场台风中罹难。他记得清清楚楚。还有几位传教士和他们的妻儿,都在义和团运动中惨遭屠杀,令人震惊不已。倒不是传教士令他震惊,而是那些中国人竟然屠杀了他们。他走到了一个交叉口,看到了一个熟悉的名字。好家伙,爱德华·玛洛可。他是自己喝多了,酗酒而亡的。可怜的家伙,年仅二十五岁就早逝。大班认识的很多人就如此丧生。还有几座坟墓被整齐地十字排开,墓碑上刻着那些人的名字和生卒年,都是二十来岁。他们的故事都大同小异:这些人来中国之前,没见过那么多的钱。人倒都是好人,就是想跟别人拼酒却斗不过别人,最后把自己喝死在这儿。在中国沿海喝酒,你得酒量好还得身子骨强健。这听起来确实很悲伤,但大班想到他跟这些长眠于地下的年轻人都曾喝过酒,不由得笑了笑。这里有一个人的死对他来说还是具有价值的,这个人和他一个公司,比他年长,也是个聪明的家伙。如果这个人还活着的话,他或许今天还坐不上大班这个位置。命运还真是神秘莫测。这里躺着特纳太太,她的全名叫维奥莱特·特纳,是个迷人的美娇娘。他之前跟她相好过,因此她死的时候他还伤心过一段时间。他望着她坟墓上刻的年龄,心想如果她现在还活着,也是个半老徐娘了。他想着这些死者,全身涌上一股满足感。他打败了所有人,他们都死了,而他还活着。他才是人生赢家。他环视着这累累坟墓,发出嘲弄的笑声,他简直想鼓掌大笑。

"再也没有人拿我当傻瓜看待了"。他轻声低语道。

对于那些沉默的死者他有着天生的轻蔑。他继续朝前走着,突然看到两个正在挖坟的苦力。他吃了一惊,因为他并没有听说社区里有谁死了。

"这是在给谁挖坟?"他大声询问。

苦力看都没看他一眼,继续干手边的活儿。他们站在坟墓里,继续往深处挖,铲起大块的土。大班来中国很久了,但仍听不懂中国话。在他那个年代,他觉得完全没必要去掌握这该死的语言。他用英语问那两个苦力在给谁挖坟,他们当然听不明白。他们用中国话回答他,他大骂他们愚蠢无知。他知道布鲁姆太太的孩子生病了,可能死了,但他不可能没听说这事儿啊。再说了,这也不是孩子的墓,这么大,明显是个成年男子的墓。太不可思议了!他只求自己从未进过那片公墓,于是赶紧跑了出去坐上轿子。他的好心情一扫而光,脸上愁云密布。一回到办公室就赶紧喊来了他的二号男仆:

"我说,彼得啊,你听说有谁死了吗?"

彼得什么也不知道。大班困惑不已。他喊来一个当地职员,叫他

大班　281

去墓地问问那两个苦力。大班开始在信上签字，工作了起来。那个职员回来了，说那两个苦力已经走了，无人可问。大班变得有些恼火，他不喜欢发生了什么事，而自己却一无所知这种感觉。他的贴身男仆肯定会知道。那个男仆无所不知，他就打发人前去找他。但就连那个男仆都说并没听闻社区里有谁过世了。

"我就知道没人过世，"大班气愤地说，"但那个墓是用来干什么的呢？"

他打发男仆去找公墓监工问问清楚，既然没有人过世，那个墓到底是挖来做什么？

"在你走之前给我倒一杯威士忌，里面兑点苏打水。"大班吩咐那个正准备离开房间的男仆。

他不清楚为什么看到那个墓会让他感觉周身不适。但他试着把看到的东西忘掉。喝完威士忌感觉好多了，他继续完成手边的工作。他上楼看了几页《笨拙》。过一会儿，他要去俱乐部打上几把桥牌，再去吃饭。但是，他只有亲耳听到自己的贴身男仆告诉他才能安心，于是他就等他回来。不一会儿，男仆回来了，把监工也带来了。

"你挖坟墓是为了什么？"他直截了当地问监工，"又没有人过世。"

"我没找人挖坟墓啊。"监工答道。

"你究竟是什么意思？下午明明就有两个苦力在那边挖坟。"

两个中国人面面相觑。男仆开口说道，他们一起去了公墓，确实没有新坟。

大班一时无话可说。

"该死的，我明明亲眼所见。"这话已到嘴边。

但他却没说出来，硬生生憋了回去，涨得满脸通红。两个中国人用他们稳重的眼睛望着他。一会儿大班就感觉喘不过气来。

"好了，出去吧。"他喘着气说。

他们刚走,他又唤来了男仆,气急败坏地叫他拿一些威士忌过来。他用手帕拭去了脸上的汗珠,把酒杯举到唇边时,手颤抖不已。不管他们怎么说,他确实亲眼看见了那个坟墓。为什么呢?他甚至听到了那两个苦力把满满一铲子土块儿扔到地面上的闷响声。这意味着什么呢?他能感觉到自己的心脏狂跳。他感到极度不安。但他打起精神,这些都是无稽之谈。如果那里没有墓,那一定是他出现了幻觉。现在最好赶到俱乐部,如果能遇到医生,就让他给自己做个检查。

俱乐部里的人看起来跟往常一样。他也不知道为什么,他期望大家会有所不同。大家与往日无异反而给了他一丝安慰。这些人有条不紊地生活了多年,养成了种种怪僻:其中有个人在打桥牌时总是哼哼唧唧,还有一个人喜欢用吸管喝啤酒。而这些平时让大班很恼火的东西,现在给了他一丝安全感。他需要这种感觉,要不然他就无法忘却脑海里那诡异的场景。他今天打桥牌手气很差,牌友念念叨叨,大班发了火。他觉得这些人都在以一种奇怪的眼光看他。他暗忖着是不是他们发现他与往日有所不同。

突然间,他觉得自己无法忍受再待在这个俱乐部了。刚一出门,他看见医生在阅览室里看《泰晤士报》,但是他并不想跟他讲话。他只想知道那个墓是否真的存在,于是他跳上轿子并告诉轿夫把他带到那个公墓。人不可能产生两次幻觉,是吧?另外,他还要喊上监工一起,如果墓地真的不存在,他没看见就算了。要是有的话,他一定要把那个监工好好打一顿。但监工却无处可寻,他出去了,还带走了钥匙。大班发现他无法走进那个公墓,感到突如其来的一阵沮丧。他返回轿子,叫轿夫把他抬回家。他要在晚饭前躺上半个小时,他实在是累坏了。事实就是如此,他听人们说,人在疲劳时容易产生幻觉。男仆进来打点他晚饭时穿的礼服,他才挣扎着勉强起身。今天晚上他很不想换上礼服,但他还是换上了:这是他给自己定的规矩,晚餐时必须换上

大班

礼服,他已经照做二十年了,绝对不能坏了这个规矩。晚餐时,他喝了一瓶香槟,为了让自己舒服点。之后,他又让男仆拿来了最上乘的白兰地。几杯酒下肚他感觉好多了。让幻觉去死吧!他走进台球室练习了几个高难度击球动作。他的视力不错,还没出现问题。之后,他回到卧室,很快就安然入梦了。

但是,他突然惊醒。他梦到了那个大开的墓穴,那两个苦力在悠闲地挖坟。他确信他看到了。如果他亲眼目睹这一切,还说这只是个幻觉,就真的很荒诞了。他听到了梆梆声——那是更夫在打更。更声打破了夜晚的寂静,也使得他不寒而栗。他被恐惧紧紧包围。他感受到了中国城市蜿蜒曲折的街道的恐怖,庙宇错综复杂的屋顶上盘绕的怪物让他心惊不已。他厌恶那刺鼻的气味,厌恶这里的人。那些身穿蓝衣的苦力,衣着破烂的乞丐,还有那些身着黑色长袍、处事圆滑、满面堆笑、难以琢磨的商人和地方官员。他们带着威胁迫近他。他恨死中国了,他为什么要来这儿?他现在惊恐万分。他必须马上逃出去。他一年都不愿待在这里了,一个月都不行,上海算什么。

"哦,天哪,"他惊慌失措道,"要是我能平安返回英格兰就好了。"

他想回家。就算一定要死,他也要死在英格兰。他无法忍受和那些黄种人埋在一起,以及他们斜视的眼睛和他们的笑脸。他想被埋在自己家里,而不是那天看到的坟墓里。他不能在那里长眠,绝不可能!别人想什么无关紧要,他们爱怎么想就怎么想。眼下最重要的事就是趁早逃走。

他爬下床,给公司老板写信,说他发现自己已经病入膏肓,必须有人来取代他的工作。他绝对不能再待在这儿了,必须得马上回家。

早上,人们发现大班手里紧握着那封信,从桌子和椅子之间滑了下来。他已经死了。

承　诺

　　我太太是个不守时的人。所以,和她约好在凯莱奇酒店共进午餐,我迟到了十分钟还不见她人影,我一点也不惊讶。我点了一杯鸡尾酒。那正是社交的旺季,休息室里只有两三张桌子还空着。一些人早早地享用过午餐后,正坐在那儿喝咖啡,其他人就像我一样浅酌一杯干马提尼;穿着夏季连衣裙的女人们看起来娇艳迷人,男人们看起来温文尔雅;可我没看见有谁的外表足够有趣,能让我打发等待的这一刻钟。他们都身材苗条,看起来赏心悦目,穿着时髦,安然自在,但他们几乎大同小异,我观察他们也不是出于好奇,也就没太计较。很快两点了,我感到饥肠辘辘。我太太告诉我她既不能戴绿松石的饰品,也不能戴手表,因为绿松石会褪色而手表会停;她把这归结于命运的恶意捉弄。对绿松石我倒没什么好说的,但我有时候会想,她若是给手表上上发条,兴许还能再走。我脑海中闪过这些念头的时候,一个服务生向我走来,悄声跟我说话(就好像他们的话里藏着一些不祥的含义),他告诉我一位女士刚刚打电话来说她有事情耽搁了,不能跟我共进午餐。

　　我犹豫了。一个人在拥挤的饭店里用餐倒不是那么搞笑,但是去俱乐部又太晚了,所以我决定还是留在这里。我走进了餐厅。或许跟大多数人不同,被时髦餐厅里的领班叫出名字并不是什么值得我特别开心的事,但这次我却觉得要是他的眼神里能少些冷漠,我会更开心。这位经理板着一张脸,毫不友善,告诉我桌子都被订光了。我无助地扫视着这个又大又气派的房间,突然欣喜地发现了一位熟人——伊丽莎白·弗蒙特,她是我的老朋友了。她朝我笑笑,我见她是一个人,就走上前去。

"可怜可怜我这个饥肠辘辘的男人吧,我可以跟你坐一块儿吧?"我问。

"喔,当然。但我快吃完了。"

她坐的这张小桌,靠着一根巨大的廊柱,我坐下时发现,尽管今天客人很多,我俩的座位却几乎是很僻静的。

"我真是走运,"我说,"我刚刚快要饿得昏倒了。"

她露出一个笑容,令人舒服极了,不是突然就点亮了整张脸,而是逐渐晕染开,迷人至极;先是在唇边逗留了一会儿,而后缓缓地流向她闪亮的大眼睛,在其中缠绵,流连不去。没人会说伊丽莎白·费蒙特是从大众的模子里刻出来的。她还是个小姑娘的时候,我还不认识她,但许多人告诉我她那时候美丽极了,使得看见她的人不觉热泪盈眶,我对此深信不疑;因为即使现在五十多岁了,她依然美得无与伦比。她那经历岁月打磨过的美,衬得年轻女子的新鲜和活力寡淡无味。我不喜欢那些浓妆艳抹的看起来千篇一律的脸。涂脂抹粉,僵化了表情,模糊了个性,这实在不是明智的做法。但伊丽莎白·弗蒙特化妆不是为了模仿自然美,而是提升了自己本来的美貌。你无需过问方法,只需为最后的结果鼓掌。她使用化妆品时大胆不羁,非但没有减损她的个性,反而让她完美的脸更显特别。我猜她头发是染过色的,乌黑顺滑,闪耀着光泽。她很瘦,总是挺直着身子,仿佛从没学过懒洋洋地依靠椅背。她身穿一条黑色绸缎的连衣裙,其线条的简洁都让人赞叹不已。脖子间只戴了一条长长的珍珠项链,除此之外,她全身上下唯一的珠宝是一块硕大的翡翠，守护着她的结婚戒指。它像一团幽幽燃烧的绿焰，衬得她的手更加白皙。但这双指甲涂了红蔻丹的手暴露了她的年龄，它们没有女孩的那种轻柔圆润，手背上也不见酒窝般的深陷，让人看了止不住伤感。用不了多久，它们就会看起来像鸟类捕食的爪子了。

伊丽莎白·弗蒙特不是寻常女子。她出身不凡，是第六代圣厄斯公爵的女儿。她十八岁嫁给了一个极富有的男人，新婚不久后就开始了一段令人震惊的奢靡放荡、挥霍无度的生活。她太骄傲了，毫不掩饰，不计后果，两年不到，丈夫实在难以忍受她的一系列丑闻，跟她离了婚。随后，她嫁给了离婚诉讼案中的三位奸夫之一，十八个月后也离开了他。接着她又有了一连串的情人。她因放荡变得声名狼藉。她惊人的美貌和可耻的行径让她时刻处于公众视线中，每次用不了多久，她就能给爱说长道短的人提供新的谈资。她的名字对正派人来说简直臭不可闻。她是个赌徒，是个挥霍者，是个荡妇；她虽然对情人不忠，却从不背叛朋友，所以不论她做了什么，总有几个人坚持认为她是个好女人。她坦率、勇敢、斗志昂扬，从不虚伪，慷慨大方，真诚待人。我刚好在她人生中的这段时期认识了她：对贵妇们来说，宗教已经不流行了，她们开始一窝蜂地对艺术感兴趣起来。当她们在同一阶级的人那儿遭到冷遇，她们有时就屈尊到作家、画家、音乐家的圈子。我发现伊丽莎白是个很好相处的人。她是个幸运的人，心里有什么话就毫不畏惧地说出来（因此省出不少时间做有用的事），而且应答机智。她不介意陪你聊聊她丰富多彩的过往，她讲起故事来幽默风趣。虽然没有多少艺术修养，但她依旧是个很好的谈天对象，因为不论怎么说，她是个诚实的女人。

然后她做了件惊掉众人下巴的事。四十岁时她跟一个二十一岁的男孩子结婚了。她的朋友说这是她目前为止做过的最疯狂的事，一

承诺　287

些陪她共经风雨的人,认为这个男孩还不错,因此利用他的青涩似乎是可耻的,他们拒绝再和她有任何瓜葛。凡事都有个度。他们都预言这会是场灾难,因为伊丽莎白·弗蒙特从来不能对一个男人专情超过半年,不仅如此,他们都等着看好戏,期望这个年轻人赶快不能忍受自己妻子的无耻行径而离开她。不过他们都错了。我不知道是不是时间改变了她的心性,还是皮特·弗蒙特的纯真个性和纯粹的爱打动了她,但事实就是事实,她成了令人羡慕的好妻子。他们生活拮据,过去那么铺张的她却成了勤俭持家的家庭主妇;她突然对自己的名声在意起来,那些对她说三道四的人渐渐都闭了嘴。似乎除了皮特的幸福,别的她都不在意。毫无疑问,她对皮特的爱忠贞不渝。这么多年来,做了这么多次茶余饭后的女主角,伊丽莎白·弗蒙特终于不再被人们谈论了。似乎她的故事就到此为止了。她成了一个不一样的女人,有时我自娱自乐地想,当她老了,成了受人尊重的人,回想这段姹紫嫣红的过往,会不会觉得这段经历不属于她,而是某个她依稀相识的早已逝去的人,因为女人总是有叫人嫉妒的遗忘能力。

可谁又能猜到命运的安排呢?眨眼之间一切都变了。在当了十年的模范夫妻之后,皮特·弗蒙特疯狂地爱上了一个叫芭芭拉·坎顿的姑娘。她是个好女孩,是前外交部副部长罗伯特·坎顿勋爵最小的女儿。她当然长得不错,不过是那种顺眼却空洞的好看,不能跟伊丽莎白·弗蒙特相提并论。不少人都听说了这件事,他们好奇她会怎样面对这种情况,这对她来说可是头一回。向来都是她抛弃自己的爱人,还从来没有人抛弃过她。在我看来,她会迅速解决掉那位坎顿小姐,她的手腕和勇气我都见识过。我们吃午餐闲聊时,我就在想着这些事。她的神态和举止还是一如往常地愉悦、迷人和坦率,看起来没什么烦心事。她的言谈也和平时一样,对各种话题都能应对自如,看似漫不经心却有道理,谈到荒谬可笑的事也能有敏锐的见解。我们聊得很尽兴。最后我得出一个结论：出于某种奇迹，她对皮特的变心毫不知情。我对自己的解释是，可能她对他的爱太热烈，根本无法想象对方不是同样地爱着自己。

我们一起喝了咖啡，抽了几根香烟，她问我时间。

"三点还差一刻钟。"

"我必须买单了。"

"能不能算我账上？"

"当然可以。"她笑道。

"你赶时间吗？"

"我约了皮特三点见面。"

"哦，他还好吗？"

"他很好。"

她朝我微微一笑，又是那种迟缓的、可爱的笑容，但我似乎从中看出了某种嘲弄。她迟疑了会儿，看着我，心里在盘算着什么。

"你这人就喜欢什么稀奇古怪的局面对吧？"她说，"你一定猜不到我要干什么，今天早上我给皮特打了电话，约他三点见面。我会让他跟我离婚。"

"不是吧！"我惊呼一声。我感觉自己激动得脸都红了，不知道该说什么。"我还以为你们一直都很恩爱。"

"你觉得全世界都知道的事我会不知道？我还没蠢到那个地步。"

在她这样的女子面前，根本说不出糊弄她的话，所以我也不用假装听不懂她话里的意思。我沉默了两三分钟。

"为什么你同意离婚呢？"

"罗伯特·坎顿是个古板的老家伙。我很怀疑他会不会同意芭芭拉嫁给皮特。至于我嘛，你知道的，离婚就不是什么要紧的事，多一次不多，少一次不少……"

承诺 289

她耸了耸优美的肩膀。

"你怎么知道他想娶她?"

"他已经爱得无法自拔了。"

"是他告诉你的吗?"

"没有,他甚至不知道我已经知道了。他最近可痛苦了,哎,可怜的家伙。他一直在努力不去伤害我的感情。"

"也许他只是一时迷恋,"我试探着说道,"可能没多久就过去了。"

"为什么呢?芭芭拉这么年轻漂亮,人又很好,他们很般配。再说了,过去了又有什么好的?他们此刻彼此相爱着,没有什么比当下的相爱更重要了。我比皮特大了九岁。如果一个男人对一个大得足够当他母亲的女人不爱了,你觉得他还会再爱上她吗?你是个小说家,关于人性那方面,你一定知道得更多。"

"你为什么做出这样的牺牲呢?"

"十年前他向我求婚的时候,我答应过他,当他想要走的时候我会放手。你看,我俩年龄差距这么大,我想这样才公平吧。"

"即使他并没有要求,你也要坚持兑现这个承诺吗?"

她挥了挥细长的手掌,我越发觉得翡翠那阴沉的光芒里有一丝不祥。

"喔,我必须这么做,你知道的。一个人必须得表现得像个绅士。实话告诉你,这就是我今天在这里用餐的原因。就是在这张桌子,他向我求的婚;我们在这里用餐,你知道吗,我就坐在现在的位置。可恶的是我还像当时一样爱着他。"她停顿了片刻,我可以看见她咬紧的牙关。"好了,我想我该走了,皮特讨厌等别人。"

她朝我看看,表情里略微的无助让我意识到她只是无法从椅子里起身,但是她笑了笑,突然站起身。

"要我陪你去吗?"

"就到酒店大门吧。"她笑道。

我们穿过餐厅和休息厅,到达了门口,一个服务生推动了旋转门。我问她需不需要替她叫出租车。

"不用了,我想走走,今天天气多好啊。"她伸出手,"见到你很开心,我明天就要出国了,可我倒是期望在伦敦过完整个秋天,到时候记得打我电话。"

她笑笑,点头转身离开了。我看着她沿着戴维斯街远去。空气依旧和煦,春意盎然,屋顶上,小片的白色云朵在蓝天上缓缓流动着。她依旧身姿挺拔,顽强地扬着头。她苗条的身材和绰约的风姿使路过的人纷纷回头看她。有认识的人向她脱帽致意,她便优雅地微微欠身,我想那些人恐怕永远也想不到,她此刻的心是破碎的。我得再说一遍,这是一个十分诚实的女人。

公主与夜莺

早先,暹罗王有两个女儿,他分别给她们取名黑夜与白天。不久,他又新添了两个女儿,于是他把大女儿和二女儿的名字改掉了,用四季来为四个女儿命名,分别是:春天,秋天,夏天和冬天。随着时间的流逝,他又有了三个女儿,于是他又一次为她们改名,以星期为她们命名。当第八个女儿降生的时候,他不知道该怎么办了,突然他想到以月份来命名。但是皇后说一年有十二个月份,而且要记住那么多新名字会把她搞糊涂。但国王很坚定,他下定决心就不会再改变了。于是他把女儿的名字改成了一月,二月,三月(当然是暹罗语),小女儿自然就叫八月,如果再生一个女儿就叫九月。

"那只剩下十月,十一月和十二月了,"皇后说,"在那之后我们还是要改啊。"皇后说。

"不,我们不改了,"国王说,"因为我觉得一个父亲有十二个女儿就足够了,等亲爱的小十二月生下来,就算心里有一万个不愿意,我也会砍掉你的脑袋。"

说完他痛苦不已,因为他很爱自己的皇后。当然,这也使得皇后十分不安,因为她知道如果国王不得不砍下自己的脑袋,他自己也会感到痛苦万分。看到国王痛苦,她心里也不会好受。但实际上谁也不用担心,因为九月是他们的最后一个女儿。在那之后,皇后只生男孩,以字母表上的字母为各个王子命名。所以在很长一段时间里，他们都不用再焦虑了，最后她只生到了J这个字母。

因为暹罗国王的女儿们不得不以这种方式改变自己的名字，她们的性格被涂上一层永久愤恨的色彩。由于年长一点的女儿改名字比其他女儿更加频繁，因此她们愤懑更甚。但是九月自出生以来就知道自己叫做九月，从未被叫过其他名字（除了她的姐姐们给她取的各种各样的名字），所以她的性格十分温和。

暹罗国王有一个习惯，一个在我看来应当被欧洲各国效仿的习惯：他生日的时候，都是送别人礼物而不是收礼物，他还很热衷于这么做。他常说，他是一年中的某一天出生的，因此一年只能过一次生日，他为此感到遗憾。长此以往，他通过这种方式，把全部的结婚礼物，暹罗国各城市市长呈递给他以表忠心的地图和他所有过时的旧皇冠都送了出去。有一年，他过生日的时候，手边已经没有东西可送了，他就送给九个女儿一人一个精美的笼子，每个笼子里有一只漂亮的绿鹦鹉，并且九个笼子上都刻上了代表了各位公主名字的月份。九个公主都为自己的鹦鹉感到骄傲，她们每天花上一个小时来教鹦鹉说话（她们像自己的父亲一样条理清晰）。现在所有的鹦鹉都会说"天佑吾皇"（这句话用暹罗语来说很难学），有几只鹦鹉甚至还可以用七种以上的东方语言说出"漂亮的鹦哥"。但是有一天早上，九月公主去跟她的鹦鹉打招呼的时候，发现那个小家伙躺在笼子下面，已经死掉了。她忍不住号啕大哭，她的那些宫女无论说什么都不能让她缓过来。九月哭个不停，宫女们没有办法，就把这件事禀报给了皇后。皇后苛责九月，说她简直是在无理取闹，让她赶紧去睡觉，晚饭都不让她吃。宫女想去参加一个晚会，就早早地服侍公主上床歇息，之后就留下她一个人待着。九月躺在床上还是止不住地抽泣，她哭着哭着就饿了。然后，她看到一只小鸟蹦蹦跳跳地进了自己的房间，她把拇指从嘴里拿出来,然后坐了起来。小鸟开始唱歌,旋律十分动听,歌里描述了国王后花园的那个湖。平静的湖面倒映着柳树的倩影,还有在枝桠间来回穿梭的金鱼。一曲唱毕,九月不哭了,也忘了自己还没吃晚饭。

"多么动听的一首歌啊!"她称赞道。

小鸟给她鞠了一躬。艺术家天生举止得体,他们喜欢被赞赏。

"你愿意让我代替你的鹦鹉吗?"小鸟问九月,"确实,我没有美丽的外表,但是我有一副好嗓子。"

九月开心地拍起手,小鸟跳上她的床尾,唱着歌,哄公主入眠。

第二天早上,九月醒来,一睁开眼就看到小鸟仍然站在那儿,跟她说"早上好"。宫女端来了她的早餐,小鸟从她手里啄米,在她的茶碟里沐浴,也在里面喝水。宫女议论纷纷,说喝掉自己的洗澡水是不礼貌的行为。但九月公主说这就是艺术家独有的气质。小鸟用完早餐后又唱起了动听的曲子。宫女十分讶异,因为她们从未听过如此美妙的歌声。九月公主十分自豪,开心极了。

"现在,我想让我的几个姐姐看看你。"公主说道。

她伸出右手食指,就像一根树杈一样,小鸟飞上去,坐了下来。然后,她就带着宫女,穿过层层宫殿,依次拜访自己的姐姐。因为她十分注重礼节,所以先拜访大姐一月,接下去逐个拜访直到拜访完最小的姐姐八月。小鸟为每位公主唱了不同的歌曲,而其他鹦鹉却只会说"天佑吾皇"和"漂亮的鹦哥"。最后,她带着小鸟去拜见国王和皇后。他们都很惊讶,并且开心不已。

"我就知道不让你吃晚餐去睡觉是对的。"皇后说。

"这只鸟比其他鹦鹉唱歌悦耳多了。"国王说。

"我早该想到你听大臣说天佑吾皇已经听烦了,"皇后道,"我也想不通为什么我们女儿要教她们的鹦鹉说这些。"

"她们的这种态度还是值得赞赏的,"国王答道,"我不介意经常听到别人说天佑吾皇,但我确实听腻了这些鹦鹉说'漂亮的鹦哥'。"

"但是他们可以用七种不同的语言说呀。"公主们说道。

"我想也是,"国王说,"这让我想起了我的顾问。他们用七种不同的方式说同一件事,但是无论他们说什么,都没有任何意义。"

几位公主,就如同我之前提到的那样,她们的性格里充满愤懑的色彩,在听说了这件事后非常生气。但确实,她们的鹦鹉看起来一副闷闷不乐的样子。相比之下,九月公主的小鸟跑遍了宫殿里的所有房间,像只百灵鸟一样歌唱,小鸟环绕着九月一圈一圈地转着,像夜莺一样歌唱。它本来就是只夜莺。

事情这样持续了好几天,然后八位公主凑到一起商量。她们去找九月,围绕着她坐成一圈并藏起她们的脚。因为这是每个暹罗公主都要遵守的礼仪。

"我可怜的小九月,"她们说道,"你美丽的鹦鹉死掉了,我们都感到很难过,你心里一定很害怕没有像我们这样拥有一只宠物鸟儿吧。所以我们几个凑了自己的零花钱,打算给你买一只黄绿相间的鹦鹉。"

"对不起,我并不打算领你们这份情。"九月回答道。(九月这么说不是因为她缺少礼教,而是暹罗国的公主们相处得并不是很友好。)"我已经有一只夜莺了,它会为我吟唱最迷人的歌曲,所以我并不需要一只黄绿相间的鹦鹉。"

一月吸了吸鼻子,接着二月也吸了吸鼻子,三月也吸了吸鼻子——事实上几位公主都吸了鼻子,只是按照合适的先后顺序来的。她们吸完鼻子后,九月问她们:"你们怎么都在吸鼻子啊,是不是受凉了?"

"好了,亲爱的,"她们说,"说起你的小鸟,这个小东西随心所欲地飞进飞出,实在是荒谬极了。"她们环视着这个房间,眉毛抬得很高,把她们的前额都遮住了。

"你们这样会长可怕的皱纹的。"九月说。

"你介意我们询问一下你的小鸟现在在何处吗?"公主们问道。

"它去拜访它的继父了。"九月回答。

"你凭什么觉得它还会飞回来呢?"几位姐姐询问她。

"它每次都回来。"九月答道。

"好了,亲爱的妹妹,"八月公主说,"听我们的,你绝不会冒任何风险,听着,它要是回来了你就很幸运,你应该把它关进笼子里,让它待在那,这是唯一一个确保你能拥有它的办法。"

"但是我喜欢让它在房间里飞来飞去。"九月说。

"以防万一吧。"她的几个姐姐说着,一脸阴险。

她们站起身,走出房间,摇了摇头,留下九月一个人在屋子里焦躁不安。小鸟确实离开很久了,她不禁在想,她的小鸟此刻在做些什么?会不会已经出事了?它会不会被鹰吃掉了?或者掉到了猎人的陷阱里?会不会遇上什么麻烦?而且,可能已经把她给忘了,或者是它已经喜欢上了别人。天呐,实在太可怕了!她现在只想它能安全归来。空荡荡的金色鸟笼早已为它准备好。那些宫女把鹦鹉埋掉之后,就把笼子放在了老地方。

突然,九月听到耳边传来了一阵啾啾声。她看到小鸟正站在她肩膀上。它轻轻地飞回来,又悄悄地坐下,九月几乎没听到它的声音。

"我在想你到底遭遇了什么。"公主说道。

"我知道你对这个感到好奇,"小鸟回答说,"事实上我今晚压根儿没打算回来的。我的继父在举办一场派对,他们都希望我留下来,但是我怕你会着急。"

九月感到自己的心在胸腔内砰砰狂跳,她下定决心不要再冒险了。她抬起手抓住了小鸟,小鸟已经习惯了九月这么抓着他。九月很喜欢小鸟站在她空空的手掌上,感受小鸟卜卜跳动的心脏。小鸟也喜欢九月的小手上传来的柔和与温暖,因此小鸟没有丝毫怀疑。所以,当九月把小鸟放进笼子,并关上了门。小鸟一瞬间惊讶得说不出任何话。过了会小鸟跳上了象牙栖问道:

"这开的什么玩笑啊?"

"没有开玩笑,"九月答道,"只是母后的一些猫喜欢在夜晚捕食,我觉得你还是待在这里更安全一些。"

"为什么皇后想养这些猫?"小鸟很生气地说道。

"这些猫种类很特殊,"公主答道,"它们长着蓝色的眼睛,尾巴上还有一个扭结,属于皇宫中特有品种。我说的你能听懂吗?"

"完全理解,"小鸟说,"但是你把我关到笼子里怎么都不跟我说一声呢?我不喜欢待在这里。"

"不确认你的安全,我整夜都无法合眼。"

"好吧,这一次就算了,"小鸟说道,"只要你明天早上让我出去就行。"

小鸟吃了一顿丰盛的晚餐,然后开始歌唱。但是唱到一半就停了下来。

"也不知道我这是怎么了,"小鸟说,"但我今晚就是不想唱歌。"

"好的,"九月说,"那就去睡觉吧。"

小鸟把头埋在了翅膀里,不一会儿就深深地睡了过去。九月也睡着了,黎明破晓时分,九月就被小鸟最大的叫声给吵醒了。

"醒醒,快醒醒,"小鸟呼唤着,"把门打开,让我出去,我要趁着地上还有露珠,好好去外面飞翔一次。"

"你最好待在里面,"九月说,"你有一个漂亮的金色鸟笼,这是我父皇宫里最棒的匠人打造的。我父皇对这个鸟笼非常满意,他甚至砍掉了那个匠人的脑袋,这样他就没法再做一个像这么好的笼子了。"

"让我出去,让我出去。"小鸟喊道。

"我的宫女会为你提供一日三餐。从早到晚你不用担心任何事，可以随心所欲地唱歌。"

"放我出去，放我出去!"小鸟喊着。它试着从笼子间的空隙滑出去，当然，它失败了。它用翅膀紧紧地拍打着鸟笼门但无济于事。另外八位公主来看这只小鸟，她们告诉九月听她们的话是没错的，说过不了几天这只鸟就会适应笼子，并且会完全忘记它以前的自由生活。九月的八位姐姐在场时，小鸟一句话也没说，但是她们刚离开，小鸟又开始哭喊着："放我出去，放我出去。"

"别傻了，"九月说，"我把你放进笼子里，是因为我喜欢你。我知道什么才是真正对你好。给我唱首歌吧，我给你吃一颗红糖。"

但是小鸟只是站在笼子角落里望着窗外的蓝天。一声不出，它已经一整天都没有唱过歌了。

"生气有什么好的，"九月说，"为什么你不选择好好唱歌忘却烦恼呢？"

"我怎么唱啊，"小鸟回答，"我想去看看大树和湖泊，还有田野上绿油油的稻田。"

"那我可以带你去散步。"九月回答道。

她拎着笼子，沿着长着垂柳的湖边散步，站在田野边望着绵延不绝的稻海。

"我每天都会带你出来散心的，"她说，"我爱你，所以我只想让你高兴。"

"这根本不同，"小鸟说，"当你透过鸟笼上的铁栏去看田野，湖泊和垂柳时，感觉是完全不同的。"

所以九月又把小鸟带了回来，给它喂晚餐，但是它什么都不吃。小九月很担心他，找姐姐们寻求帮助。

"你的态度一定要坚定。"她们说。

"但是再不吃饭,它会死的。"她答道。

"那就是这只小鸟没良心,"她们说,"它必须得知道你这么做是为了它好,如果它还是这么固执,活该死了算了,这样你就能摆脱它了。"

九月不知道这样做会对她有什么好处,但是她们是八个人,而且都比自己年长,于是她什么也没说。

"兴许它明天就能适应笼子的生活了。"她自言自语道。

第二天早晨她醒来时,很高兴地跟小鸟说"早上好",却没得到任何回应。她跳下床冲到笼子前面,惊叫了一声,面如死灰。她打开笼子门,把小鸟捧在手心拿出来。随后她松了一口气,因为她感受到小鸟的心还在跳动。

"醒醒,小鸟,快醒醒。"九月喊道。

她开始大哭,眼泪滴在小鸟身上。小鸟睁开眼睛,感觉到自己周围没有铁栏了。

"除非重获自由,否则我没法再歌唱,不唱歌的话,我会死的。"

九月公主大哭不止。

"去享受自由吧,"九月说,"我把你关在金色的鸟笼里是因为我爱你,我希望你能完完全全属于我。但我知道这样会逼死你的,你走吧,去湖边的树林里飞翔吧,去看一看那片绿油油的稻田。我很爱你,所以我愿意让你用自己的方式获得快乐。"

九月推开窗户,小心地把小鸟放到窗台上,它轻轻地抖了抖翅膀。

"小鸟啊,以后来去都是你的自由,"九月说,"我再也不会把你关进笼子了。"

"我还会回来的,因为我也爱你,小公主,"小鸟回应道,"我会给你唱我学会的最动听的歌曲。我会飞到很远的地方,也一定会飞回来,我不会忘了你的。"它又抖了抖身体。"太好了,我还能保持平静。"

接着它张开了翅膀飞向蓝天。但是小公主哭了起来,因为她知道把自己心爱之物的快乐放在自己的快乐之前是很难做到的事。小鸟离开了她视线的刹那,她突然觉得很孤独。她的姐姐们听说了这件事之后纷纷嘲笑她,还说小鸟再也不会回来了。但是小鸟最终还是回来了。它站在九月的肩膀上,从九月手里啄食。它在世界上美丽的地方飞来飞去的时候学会了很多动听的曲子,并把这些曲子一一唱给九月听。九月从早到晚都开着窗子,以便小鸟想来的时候随时可以飞进她的房间。这对九月来说十分有好处,因此九月出落得格外美丽。公主到了一定年纪的时候,嫁给了柬埔寨的国王。国王骑在一头白色的大象背上,载着九月公主穿过了一座座城市。但是九月的几位姐姐睡觉时从不打开窗户,所以她们的面貌特别丑陋而且看起来很不友善。她们最后嫁给了国王的那几个顾问,还带了一磅茶叶和一只暹罗猫作为陪嫁。

倒闭的妓院

没有什么能诱导我说出这个极乐天国的名字,而我所要讲述的故事就发生在这个国度。但是稍微透露一点儿倒也无妨:这是位于美洲大陆上的一个独立自由的国家。凭良心,这样说已经足够委婉,想必不会招致任何外交冲突。如今,这个独立自由国度的总统欲寻觅一位美人,于是一位来自密歇根州的年轻女子来到了他的首府———一处宽敞阳光的城镇上,小镇上还有一个广场,一座庄严肃穆的教堂,以及几座古老的西班牙建筑。女子如花似玉,总统对她充满好感,并立马向她表明爱意,女子也回报以同样的芳心。但让他烦恼的是,女子嫌他已有家室,自己也已为人妻,这成为两人在一起的绊脚石。如同一般女性一样,婚姻仍是她们的软肋。虽然这听起来并不合理,但他从来不会拒绝此等娇人给予他的一片芳心,于是他承诺,会设法促使两人结成连理。总统把法官们召集到一块儿,把这个难题摆在他们面前。他说,他已经考虑了很长时间,对于这个进步的国家,他们的婚姻法已经明显跟不上时代的脚步,故此,他建议彻底修改法律。法官们退席后,不久便制定出一部令总统满意的离婚法。但是我笔下的这个国度总是遵循宪法办事,因为其算得上是个高度文明、民主以及备受尊敬的国家。一个尊重自己,也遵守就职誓言的总统,即便是出于自身利益,也无法在不顾及形式的情况下颁布实施一部法律,而且制定法律是需要时间的;总统前脚签署了新离婚法生效的法律,后脚革命就爆发了。很不幸,总统被绞死在了那座庄严肃穆的教堂前面广场的灯柱上。那个年轻貌美的女子也仓皇而逃,但这部法律被遗留了下来。内容很简单:只需支付一百金币并且分居达到三十天,男人就可以对女人提出离婚,女人亦如此,甚至都不用提前告知另一方自己的打算。你的妻子可能跟你说她要回去和她年迈的老母亲住上一个月,然后在某天早上你吃早餐,查阅邮件时,就会收到一封通知信,信上写着她已经与你解除婚约,并且还附带着她二次婚嫁的消息。

很快,这个幸福的消息不胫而走,说在距离纽约不远的地方有那么个国家,在那个国度,气候宜人,环境可嘉,女人们在那里可以从令人厌恶的婚姻生活里挣脱出来,解放自我,快捷又实惠。既然可以不用告知丈夫整个步骤,妻子就省去了歇斯底里的激烈争论。每个女人都知道,无论丈夫多么不同意离婚这一举动,渐渐地他们都会妥协,乖乖接受现实。妻子告诉丈夫想要一辆劳斯莱斯,他会说买不起,但最后还是会像小羔羊一般买下它,签署支票。所以短时间内,无数的美丽主妇们涌入到这个幸福、阳光的城镇。有饱经风霜的女商人和时髦潮流的女子,还有追求享乐和闲暇的女人;她们来自纽约、芝加哥、旧金山,她们从佐治亚州和达科他州赶来,从美联邦各州蜂拥而至。联合果品公司的渡轮舱位几乎供不应求,如果你打算给自己订个特等舱,必须提前六个月下手。繁荣突袭了这个魅力之州的都城,没过多久,那儿的每一个律师都拥有了自己的福特车。格兰德大酒店老板唐阿哥斯托打算斥巨资修建几间大浴室,他不在乎这点钱,因此他变得财源滚滚,每当走过那个被施予绞刑的总统死亡之地时,他都会洋洋得意地挥挥手。

"他是个了不起的人,"他说,"总有一天,人们会为他立尊雕像。"

按照我的说法,似乎只有女人受益于这部便捷合理的法律,这似乎表明，美国女人比男人更渴望从神圣婚姻的羁绊中挣脱出来。真实情况并非如此。尽管来到这个国家的大多是想要离婚的女人，我想这归因于女人更容易离家六周（出门一周，回家一周，再花三十天时间在外定居），对男人来说，没法放下手头的事如此之久。他们暑假倒是可以到那儿去，但那里的夏天总有些酷热难耐，而且也没有高尔夫球场；丈夫在高尔夫上花一个月的时间才能与妻子离婚，这样有理由让人相信，丈夫在与妻子离婚之前都会犹豫。的确有两三位男士在格兰德大酒店住了三十天，但一般来说，他们都带着些不可告人的商业秘密。我只能想象，商人的此等嗜好，既能获得自由，亦能追求利益。

即使如此，格兰德大酒店的绝大多数客人也都是女性，并且让人欢愉的是，每到午餐和晚餐时间，她们都围坐在露台拱门下的小方桌边，吐槽她们的婚姻琐事，酣饮手中的香槟。唐阿哥斯托生意旺盛，将军和上校（这个地方的军队里，将军要比上校多得多）、律师、银行家、商人、城里的纨绔子弟都前来目睹这些美丽的尤物。但是，世间万物极少完美。不如意之事时有发生，正准备和丈夫离婚的女人或多或少会有些焦躁，所以有时很难取悦她们。如今，这个幸福小镇尽管优点颇多，但不得不承认的是，娱乐场所为数不多。当地只有一家电影院，而且放映的电影都是些十分古老的好莱坞电影。白天，你可以与律师交谈，做指甲，或是逛街购物来消磨时光，但是晚上，人总会寂寞难耐。人们抱怨三十天实在太长了，不止一位急性子的年轻女子询问律师，为何不修订法律，将三十天缩短为四十八小时。然而，智谋过人的唐阿哥斯托雇了一队危地马拉流浪汉演奏马林巴琴。世上再无如此乐声能让人脚尖发麻，转眼间，露台里的男男女女都翩翩起舞。很显然，二十五个美人不可能只与三个商人共舞，亏得还有这些个将军、上校和城里的纨绔子弟。他们奇迹般地跳着舞，黑色眼珠互相交流着。时光飞逝，日子一天接一天地过去，还没等你反应过来，一个月时间就没

倒闭的妓院　303

了,况且不止一个客人离开时向唐阿哥斯托坦白,她们愿意待得更久。唐阿哥斯托容光焕发。他喜欢看到人们自得其乐。马林巴琴乐队的表演的确值得他付双倍的费用,看到时髦的官员和城里的纨绔子弟与女人们共舞极称他心意。唐阿哥斯托崇尚节俭,所以他总是在午夜十点过后关掉楼梯和走廊上的电灯,时髦的军官和城里的纨绔子弟的英语水平也因此得到了很大的提高。

俗话说:"快乐不知时日过。"直到有一天,克拉里太太受够了这一切。一个人的快乐往往建立在另一个人的痛苦之上。她穿戴好,然后去拜访她的好友卡门西塔。巧舌如簧的她表明了此次拜访的目的之后,卡门西塔叫了个女仆,派她赶快去把拉格达找来。她们有重要的事想要和拉格达商议。拉格达是个胡子较重的女人,她很快赶来加入讨论,一瓶马加拉葡萄酒的工夫,三人已经完成了一次交谈。三人最终讨论决定写信请求面见总统。新总统是个年轻力壮的小伙子,几年前在一家美国公司当搬运工。凭着他那天生的雄辩口才和阐明观点、强调立场时的精准抓点获得了总统一职。一个秘书把求见信呈到他面前,他不禁笑了笑。

"这三个老女人找我什么事?"

但是,总统和蔼可亲,平易近人。他没有忘记他是人民选出来的总统,作为人民群众中的一分子,保护人民是他的职责。年轻的时候,克拉里太太还雇他当过跑堂伙计。他跟秘书说打算第二天早上十点会见三人。三人在约定时间来到府邸,走过一段富丽堂皇的楼梯,来到了会客室。给他们引路的人轻轻敲了敲门,被挡住的猫眼里露出一只警惕的眼睛。新任总统可不想重蹈覆辙,尽力保护好自身安全,所以无论何人拜访,他都会打起十二分精神。引路的官员报了三人的名字,门开了,但只有一个缝隙,于是三人挤了进去。那是个气派的房间,里面有些小工作台,各个秘书身着衬衣,腰上别着把手枪,坐在各自工作台那儿忙着手头的工作。另外还有那么一两个年轻男子,全副武装,躺在沙发上,吸着烟,看着报纸。总统也是穿着衬衣,腰带上同样别了把手枪,大拇指插在西装背心孔洞里。总统高大壮实,相貌英俊,甚至还有几分尊贵的气息。

"几位好,"他愉悦地打招呼,露出洁白的牙齿,"是什么风把三位吹来了?"

"唐曼纽尔,您真可谓是英俊潇洒,仪表堂堂啊。"拉格达说。

总统与三人握了握手,员工停下手头的工作退下了,总统诚挚地向三个女人挥挥手。大家都是老朋友了,虽然这次见面显得有些讥讽,但还算友好。现在,我必须阐明一点事实(我可以把话说得十分晦涩,让人无法理解;要么我把话说得明明白白,以避免误解):眼前的这三个女人是这个独立自由国度首府的三家妓院的老鸨。拉格达和卡门西塔都是西班牙人,穿着得体,一身黑,头上还披着块黑色的丝绸披肩,但是克拉里太太是个法国人,戴着一顶圆帽。三人都上了一定的年纪,举止端庄。

总统请三位坐下,递去马哥拉葡萄酒和香烟,但三人婉拒了。

"不用了,谢谢你,唐曼纽尔,"克拉里太太说,"我们这次来是因为公事。"

"是吗,那有什么能为各位效劳?"

拉格达和卡门西塔及克拉里太太对视一番。几人互相点头示意,克拉里太太明白了大家希望由她做代表发言。

"唐曼纽尔,事情是这样的。我们仨辛苦努力工作多年,从未因为一丁点儿事情玷污我们的名声。在全美都找不出三家比我们更加杰出的妓院,我们都成了这座美丽城镇的名片。我们为何能做到这样?仅去年,我就花了五百金币在大厅里装好了玻璃镜。我们一直以来备受尊敬,一直按时交税。但是现在,有人想要从我们的手里抢走这一杯羹。我不得不说,多年的良心经营,却要受到如此待遇,未免也太不公平了。"

总统听了这些话后大吃一惊。

"但是,我亲爱的克拉里,我不明白你什么意思。是有人胆大到对你们索取法规以外的钱,而且还是在我不知道的情况下吗?"

他给了秘书一个可疑的眼神。大家装作无辜,尽管他们的确与此事无关,看上去还是极不自然。

"我们抱怨的正是这部离婚法,我们就要破产了。"

"破产?"

"只要这部新的离婚法存在,我们就没法儿做生意了,那我们的妓院也就只能倒闭了。"

这时,克拉里太太直言不讳,解释道。我来重复一下她的意思,由于外来美女入侵这座小镇,三座向国家交税的华丽妓院就要彻底倒闭了。赶时尚的年轻人都在格兰德大酒店过夜,在那儿,他们只需付出几句甜言蜜语就能身心愉悦,但在妓院,那是需要支付现金的。

"这不能怪他们。"总统说。

"我没怪他们,"克拉里太太反驳道,"我怪的是那些女人。她们没权利从天而降从我们手里抢走我们的生意。唐曼纽尔,你是人民中的一分子,不是贵族;如果您眼睁睁看着这些骗子从我们手中抢走生意,国家会怎么处理? 我问您,这公平吗? 这诚实吗?"

"但我能做什么呢?"总统说,"我总不能把她们锁在房间里三十天吧。就算这些外国人再怎么不知廉耻也不该怪到我头上吧?"

"对一个穷人家的小孩来说不一样,"拉格达说,"这是她的谋生手段。但是这些女人完全没必要,完全没有,对这一点,我始终无法理解。"

"这部法律既糟糕,又缺德。"卡门西塔说。

总统站起身来，双手夹在腋下。

"你们不会是想让我废除这部法律吧，这部给这个国家带来太平富裕的法律。我生于人民，选于人民，家乡的繁荣昌盛自然刻印在我的心里。离婚算得上我们主要的产业。除非我死了，不然这部法律没法儿废除。"

"噢，我的天呐，到头来还是这样，"卡门西塔说，"可怜我和我在修道院的两个女儿。做生意十有八九不如意，但是我总是安慰自己，两个女儿终会嫁个好人家，等我退休了，她们也能继承我的生意。我要是一无所有了，你认为我还能让两人继续待在修道院吗？"

"唐曼纽尔，你说如果我的妓院倒闭了，谁替我养我的儿子？"拉格达问道。

"至于我自己，"克拉里太太说，"我倒是不在乎。可以回法国。我的老母亲已到八十七高寿，已命不久矣。如果我能回去陪在她左右度过余下的日子，也算是对她的一种慰藉。但让人痛心的是，这件事本身就不公平。唐曼纽尔，您在我那儿也度过不少良宵，如果您真能容忍这样的事发生在我们身上，也太让人痛心了。跟我说作为客人来到曾经干跑堂的地儿的那一天是某人这辈子最引以为傲的时刻的人难道不是您吗？"

"我不否认这一点，当时我还请大家喝了香槟。"唐曼纽尔在大堂里来回踱步，边走边耸肩，时不时陷入沉思，他比划着说道，"我生于人民，选于人民，"他尖叫道，"但事实是，这些女人是骗子。"他转向秘书，做了个大动作，"这是我行政不妥的地方，违背了我的原则。怎能允许那些门外汉抢走我们的饭碗。这三位女士来找我请求我的保护合乎情理。我决不允许这种情况愈发恶劣下去。"

这显然是一次要点明确、切实有效的演讲，但是在场的每一个人都明白，说的始终比唱的好听。克拉里太太补了补鼻头的粉，用包里

倒闭的妓院　307

的小镜子欣赏了下那张傲娇的脸庞。

"我当然知道人本性是什么,"她说,"也能理解那些女人寂寞难耐。"

"我们可以建一个高尔夫球场,"一个秘书斗胆发言,"只不过这也只能打发她们白天的时光。"

"如果她们想要和男人在一起,为什么不带着男人一起来呢?"拉格达说。

"天呐!"总统惊叫道,之后又突然沉默了一会儿,"我有办法了。"

总统能坐上今天的位置,不愧是有些独特见解和谋略的。他的脸上堆满笑容。

"我们可以修订法律。男人可以像以前那样出入自由,但是女人只有在丈夫的陪同下或者带着书面同意来到这来。"秘书惊愕的嘴脸映入眼帘,他只是挥了挥手,"但是,得让移民部门知道,要把'丈夫'这个词模糊处理。"

"我的天呐!"克拉里太太尖叫道。"如果她们可以把朋友带来,而这样就没人会妨碍两人,往日的贵客又会重新回到我们的妓院来,回到他们一直醉生梦死的地方来。唐曼纽尔,您真是一位伟人,总有一日,人们会为您立一尊雕像的。"

最棘手的问题往往只需要一个最简单的解决方法。按照唐曼纽尔的指示,离婚法已经稍作修改。自此,这个独立自由的都城继续欣欣向荣。克拉里太太继续从事着她利益丰厚的事业,卡门西塔的两个女儿得以继续在新奥尔良的修道院完成学费高昂的学业,而拉格达的儿子也得以从哈佛大学顺利毕业。

信

外面的码头阳光灼热。摩托车、卡车、公共汽车、私家车、出租车熙熙攘攘地穿梭在大街上,每个司机都在按喇叭;车夫们喘着粗气,互相吆喝,拉着黄包车,迈着敏捷的步子从人群中穿过;苦力们扛着沉重的包裹,侧着身子,向路人高呼让道,朝前碎步疾跑;流动小贩叫卖着各自的商品。新加坡是各民族汇集之地,聚集了肤色各异的人:黑皮肤的泰米尔人、黄皮肤的中国人、棕皮肤的马来西亚人、亚美尼亚人、犹太人、孟加拉人,这些人都大声互相叫嚷。然而,普利、乔伊斯和内勒律师事务所里却是一片清爽宜人的景象,与外面飞扬的尘土、刺眼的阳光和无休无止的喧嚣相比,这里更是显得一片幽静而惬意。乔伊斯先生坐在自己办公室的桌边,电风扇开到了最大并正对着他吹。他靠在椅子上,手肘杵着椅子扶手,十指相抵,眼睛紧紧地盯着面前那个长长的书架上那本被翻旧了的《判例汇编》。一个小橱子顶上放着上过日本漆的方形铁皮盒子,盒子上有每个委托人的名字。

这时有人敲了敲门。

"请进。"

一个身穿白帆布衣,着装整洁的华人助理上前开门。

"克罗斯比先生到了,老板。"

他说着一口流利的英文,每个单词的发音都精准无误,这让乔伊斯先生总是惊叹于他庞大的词汇量。他叫王智生,是中国广东人,曾在格雷律师学院研修法律。为了将来能够自立门户,他决定先在普利、乔伊斯和内勒律师事务所实习一两年,可以说他是一个勤奋、礼貌,各方面都堪称楷模的人。

"请他进来。"乔伊斯先生说。

乔伊斯先生起身与这位到访者握手并请他坐下。他站起来时阳光正好从他身上掠过,但是乔伊斯先生的脸还是在阴影中。他生性沉默,面对着眼前的罗伯特·克罗斯比,他一声不吭,只是静静地看着。克罗斯比是个大家伙,足足有六尺多高,肩膀宽厚,肌肉结实。他经营着一个橡胶园,常常在庄园里四处走动。每天工作结束后,他还喜欢打打网球,锻炼锻炼身体。他整个人被晒得乌黑,毛茸茸的双手还有塞在大笨头靴子的脚都显得巨大无比,给乔伊斯先生一种他一个偌大的拳头挥出手就可以打死一个泰米尔人的感觉。但与他外表完全不同的是,他的眼里没有一点凶气,甚至给人以一种信任和温柔,虽然五大三粗,但却有着一张坦诚的脸。但此刻,这张脸苍白憔悴,写满了悲痛。

"你看起来昨晚没睡好,甚至几天都没睡过好觉了。"乔伊斯先生说。

"我是没有。"

此时,乔伊斯先生注意到克罗斯比放在桌上的那顶宽檐旧毡帽,随后又扫了一眼他的那条卡其色短裤,短裤底下露出他发红的大毛腿,身上的网球衫领口敞开着,领带也没系,外面套了件脏兮兮的卡其色夹克,袖口被卷了起来。眼前的克罗斯比,看起来就像刚从橡胶林里兜了一圈爬出来一样。乔伊斯先生看着眼前的这个人,不禁皱了皱眉。

"你必须要振作起来,打起十二分精神。"

"没事,我还好。"

"你今天去见你太太了吗?"

"还没,我准备下午过去。他们竟然逮捕了她,真是可恶!"

"我觉得他们必须那么做。"乔伊斯先生冷静而又温柔地回道。

"我以为他们会让我把她保释出来的。"

"这可不是件小案件。"

"去他妈的吧,任何一个正派的女人在那种情况下都会那么做的,只不过十个里面有九个没有她那样的胆量罢了。莱斯莉是这个世界上最善良的女人,她连只苍蝇都不会伤害。我和她都已经结婚十二年了,难道还不知道她是个什么样的人吗?真是岂有此理!我发誓,要是那个家伙落在我手里,我一定会毫不犹豫地亲手拧断他的脖子。换作是上帝,他也会这么做的。"

"我亲爱的朋友,大家都站在你这边,没有人会为哈蒙德说一句好话。我们都想把她救出来,并且我认为不论是陪审团还是法官,开庭前肯定都下定决心要判她无罪的。"

"这整件事都很荒唐,"克里斯比愤怒地说,"一开始就不应该把她抓起来,现在这样只会让这件事情变得更糟。毕竟这个可怜的女孩儿已经经历了那可怕的一幕,更何况现在又要让她受审判的折磨。在整个新加坡,我遇到的每一个人,不论男女,都跟我说莱斯莉当时的反应是合情合理的,真不该把她抓进去关这么久。"

"法律毕竟是法律。毕竟她承认她杀了哈蒙德这个事实。所有的一切的确很糟,我对莱丽丝和你,都深表同情。"

"杀了那样的败类有罪吗?她朝他开枪就像会对一条疯狗开枪是一个道理。"

乔伊斯先生再一次靠在椅子上,又是十指相抵,看着像是搭了一个屋顶架子。他又沉默了一会儿。

信 311

"身为你的法律顾问，"他终于开口了，语气平和，一双棕色的眼睛直勾勾地盯着他的委托人，"我有责任向你坦白。如果你妻子只向哈蒙德开了一枪，整件事情就好办了，但是很不幸，她开了足足六枪，这一点使我很苦恼。"

"她这样做的理由十分简单。在那种情况下，是个人都会那么做的。"

"我承认，"乔伊斯先生说，"并且我也相信这个理由铁定说得过去。但是忽视事实对我们没什么好处。我们可以试着换位思考，我不否认，即使我是为王室辩护的，这一点也绝不容忽视。"

"我亲爱的朋友，那样做可谓愚蠢之至了。"

乔伊斯先生用眼睛瞥了罗伯特·克罗斯比一眼，目光锐利，发现他有形的嘴角露出一丝微笑。克罗斯比是个不错的人，但算不上聪明。

"我敢说这确实没什么大不了的，"乔伊斯先生说，"我只是觉得有必要提及这一点。不用等太久案件就解决了。等这一切结束了，我想你最好和莱斯莉暂时离开这里，随便到哪里去旅行，然后忘了这一切。即使我们十分肯定会无罪释放，但这样的一场审判还是很折磨人的，所以等一切结束了，你们俩都需要好好休息下。"

克罗斯比终于露出了笑脸，这一笑惊奇地改变了他整张脸，同时让人忘了他原本的粗鲁，唯一能看到的是他灵魂深处的美好。

"我想我比莱斯莉更需要休息。她生来坚强，不可思议她勇敢地挺过了这一切。"

"是啊，她的自控能力着实令人诧异，"乔伊斯先生说，"我没想到她会如此决断。"

在莱斯莉被逮捕后，作为她的辩护律师，乔伊斯先生不得不经常与她见面。虽然对于她来说，狱中的一切事务都安排妥当，但事实是她现在人在监狱里。如果她因此精神崩溃了，也不足为怪。然而，面对这样的折磨，她却表现得很镇定。她读了很多书，尽可能地找机会做运动，并且当局还准许她在狱中绣枕头花边，以此作为娱乐来消磨她漫长的闲暇时光。乔伊斯先生和她见面的时候，她整洁地穿着一条连衣裙，清爽简洁，精心梳理好头发，修剪好指甲。她言谈举止泰然自若，甚至还不忘拿她在狱中的小小的不便开玩笑。当谈及这场悲剧时，她表现得漫不经心。这让乔伊斯先生感觉到：正是她的良好教养，促使她在如此严峻的形势下，对那些荒唐琐事不屑一顾。乔伊斯先生惊讶于她的幽默感，他从未想过她还有这样的一面。

前前后后算下来，乔伊斯先生和莱斯莉也认识好多年了。每次她来到新加坡都会到他家和他夫妇二人一块共进晚餐。有那么一两次，莱斯莉还会待在乔伊斯夫妇的海边平房里度过周末。乔伊斯的太太也跟莱斯莉在橡胶园住过两周，那个时候见过杰弗里·哈蒙德几次。两家人虽算不上是至交，但好歹也算相处得不错。正因如此，在灾难发生后，罗伯特·克罗斯比才第一时间赶到新加坡请求乔伊斯先生亲自为他不幸的妻子辩护。

从乔伊斯先生第一次见到莱斯莉起，她每一次向他陈述的内容都一模一样。不论是悲剧刚刚发生后不久那会，还是现在，她在描叙整件事情的经过时都表现得镇定自若。她将整个过程娓娓道来，显得十分镇定，语气也十分平静。只是有那么一两次，她的脸上闪过一丝困惑。谁都想不到这种事情会发生在她身上。她刚刚满三十岁，有些娇弱，不高不矮，比起她的美貌，让人更加着迷的是她的优雅。她的手腕和脚踝都如此纤弱，整个人看上去瘦骨嶙峋，皮肤白皙，手上的骨头都隐约可见，青筋突出。她面无血色，显得有些灰黄，嘴唇也有些发白。她眼睛的颜色倒是不引人注意。她的头发浓密，是浅棕色的，有点自然卷，是那种稍稍打扮一下就会很惊艳的样子，但你无法想象克罗斯

信　313

比太太会允许任何设备摆弄她的头发。她是如此地文静、讨喜、谦逊。她的言谈举止优雅迷人,如果说她并不受欢迎的话,那仅仅是因为她太过羞涩罢了。但这一切都是情有可原的,作为种植园主的妻子,她的生活充满孤独。不过待在家里,和熟悉的人在一块时,她却能散发出一种文静的魅力。乔伊斯太太在和她相处两周过后,回到家向丈夫表明莱斯莉是多么地讨人喜欢。她身上散发着许多超出人们想象的魅力,当你真正和她相处时,你才会发现她博览群书,是多么幽默风趣。

她是世上最不可能犯下谋杀罪的女人。

乔伊斯先生说了些他能想到的好话让罗伯特·克罗斯比安下心来后,才把他送走,独自坐在办公室里翻看着诉讼书。其实这不过是种下意识的动作,他对整个案件的过程早已了然于胸。这件案件轰动一时,从新加坡到槟榔屿,在整个半岛的俱乐部里和餐桌上,成为了人们热议的话题。事实上克罗斯比太太陈述的案发过程很简单:由于丈夫到新加坡去出差,案发那晚只有她一个人在家。她九点差一刻才吃的晚餐,那会已经很晚了,吃完后就坐在起居室里绣枕头花边。通往走廊的门是开着的,此时仆人们都已经回到屋后的住处休息了,所以屋子里一个人都没有。她被花园里碎石路上传来的脚步声吓到了,听着是个穿着靴子的男人进来了,所以来者应该是个白人而不是本地人。但是她并没听到任何汽车发动机的声音,也想不出这么晚了谁会来找她。那人上了几级台阶,来到房前,穿过了走廊,出现在起居室那扇敞开大门的门口。起初她没认出那人是谁。她坐在一盏昏黄的灯旁,而他站在黑暗里。

"我能进来吗?"他开口了。

她听声音后还没认出是谁。

"你是谁?"她问道。

她边说边将戴着的眼镜取下。

"杰夫·哈蒙德。"

"是你啊,快进来,要喝点什么吗?"

她起身,热情地同他握手。尽管他们是邻居,并且最近罗伯特也没怎么跟他在一块,况且莱斯莉已经好多周没和他见过面了,所以见到他的那一刻,她多少有些惊讶。哈蒙德也是个橡胶园园主,他的橡胶园距离他们八英里远。莱斯莉很奇怪他怎么挑了这个时间过来。

"罗伯特不在,"她说,"他到新加坡去了,要在那过夜。"

也许他认为有必要说明一下自己来访的理由,于是他说道:

"真是抱歉,今晚我一个人太无聊了,所以就想着过来拜访你们,看看你们过得怎么样。"

"你究竟是怎么来的?我都没听到汽车引擎声。"

"我把车停在公路上,怕开上来扰到你们睡觉。"

这个解释也是说得通的。橡胶园主为了监察工人的上工情况,总是黎明时候就起床,所以晚饭过后不久他们就会上床休息。第二天,也确实是在距小平房四分之一英里的地方找到了哈蒙德的车。

克罗斯比走后,起居室里就没备过威士忌和苏打水。莱斯莉想到仆人们可能都已经睡着了,就没惊扰他们,而是亲自去端来。然后眼前这人给自己调了一杯酒,并点燃了烟斗。

杰弗里·哈蒙德在殖民地这块有不少朋友。他虽然已经三十几快四十了,但看上去还是个年轻小伙子。战争爆发后,他是第一批志愿参军的并且战功赫赫。但由于膝盖受了伤,参军两年后就被迫退役,带着杰出服务勋章和十字勋章,回到了马来联邦。他曾是当地数一数二的台球手,也是一名优秀的舞者,一名不赖的网球运动员。虽然他膝盖的伤使他无法再像从前那样穿上舞鞋,拿起球拍,但是他天生带着一种人气,普遍招人喜欢。他个子很高,人也挺帅,长着一双吸引人的蓝眼睛和一头乌黑浓密的卷发。那些过来人都说他唯一的缺点就是他太爱拈花惹草了,而灾难发生过后,这些人都摇头宣称道,他们早就料到哈蒙德会因为这一点毁掉自己的。

他跟她谈起了一些当地的事务:马上要在新加坡举行的比赛、橡胶的价格,还有最近出现在他家附近,差点就可以打死的一只老虎。莱丽丝手头正忙活的枕头花边是要送给她母亲当作生日礼物的,所以她急着在定好的日子前把它绣完。于是她又戴上了眼镜,把放着枕头的小桌子拉到椅子跟前,继续她的工作。

"你要是不戴这副大牛角边眼镜就好了,"他说,"我不明白你这么漂亮为什么要把自己装扮得那么朴素。"

她被哈蒙德的这番评论吓了一跳。他从未用这样的语气和她说过话。而此时莱斯莉觉得当作没听到比较好。

"我从不觉得自己美艳绝伦,如果你真的对我的眼镜有意见的话,我可以告诉你,我根本不在乎你怎么看我。"

"我可不认为你相貌平平,在我眼里,你美若天仙。"

"你嘴可真甜,"她反讽道,"但你说出这样的话,我只会觉得你蠢到家了。"

他咯咯地笑了起来,站起身,坐到了她的隔壁。

"那你总不至于否认你这双玉手是世上最漂亮的吧。"他说。

他作势像是要抓住她的一只手,她轻轻拍了他一下。

"你正常一点儿,坐回你原来的位置去并且说话注意点儿,否则我就只能请你回去了。"

他一动不动。

"难道你不知道我已经疯狂爱上你了吗?"他说。

此时的她仍从容自若。

"我不知道。而且我一点儿都不信,就算是,我也不想你说出来。"

在过去的七年里,哈蒙德从未对莱斯莉表现出特别的关注,这让莱斯莉更加惊讶于哈蒙德所说的话。哈蒙德退役回来,两家人就经常见面。有一次他生病了,罗伯特还特地开车去把他接到家里,一待就是两星期。但是由于他们兴趣不同,他们之间这种仅仅是相识的关系始终没有上升到真正的友谊。最近两三年,他们就很少见面了,除了偶尔在网球场上、其他种植园主的派对上见到过。总之,一个月才见面也是常有的事。

接着他又给自己调了一杯酒。莱斯莉怀疑他来之前就喝了酒。他有些不对劲,这让她有些不安。看着他这副模样,莱斯莉不屑一顾。

"我是你的话就不会再喝下去了。"她说,依旧心平气和。

他干了杯子里的酒,把杯子放下。

"你以为我是喝醉了才对你说出这样的话吗?"他突然问道。

"这是最明显不过的解释了,不是吗?"

"不,这不是真的。在我第一次认识你的时候就爱上你了,但我一直忍住没说出来,但我再也抑制不住自己了,我爱你,我爱你,我爱你!"

她站起来,小心翼翼地把手上的枕头放到一边。

"晚安。"她说。

"我还不走。"

她终于怒不可遏了。

"你个蠢货,难道你不知道除了罗伯特我从没爱过任何人吗?而且就算我爱的不是罗伯特,也不会爱上你。"

"管他呢,反正罗伯特不在。"

"你如果再不离开,我就喊仆人把你给扔出去。"

"他们是听不到的。"

此时此刻的她已然怒火中烧。她向着走廊移动,想要到仆人能听到她叫喊的地方去。但他一把抓住了她的胳膊。

"放开我。"她气急败坏地哭喊道。

"别想了,你现在是我的人。"

她张开嘴大喊:"来人呐,来人啊!"但三两下他就用手捂住了她的嘴。还没等她反应过来,他已经把她揽在怀里,疯狂地亲吻她。她挣扎着,躲开他那滚烫的嘴唇。

"不,不,不,"她哭喊道,"放开我,我不要。"

接下来发生的事她就有些记不清了。在这之前他说的话,她记得清清楚楚,但接下来他说的每一句话,都像穿过了一层恐惧的迷雾才钻进她的耳朵里。他渴望得到她,他不再抑制内心的欲望,变得狂暴起来。整个过程他一直紧紧地把她抱在怀里。面对这个强壮而又有力的男人,她是那样无助,此时她的手臂已被箍在两侧。她的挣扎显得那样徒劳,她感觉自己越来越无力,担心自己随时有可能晕过去。他那灼热的呼吸喷到她的脸上,让她感到恶心至极。他亲吻着她的嘴巴,她的眼睛,她的脸颊,她的头发。他手臂的力量压得她快要窒息。她被举了起来,离开了地面。她拼了命地想要踢他,但这只会令他抱得更紧。此时此刻,他已经完全掌控住了她。他不再说话了,可她知道他面色苍白,但是眼里充满了强烈的欲望。他想要将她抱到卧室,此时的他不再是个文明人,而是一个未开化的野蛮人。跑向卧室时,他被挡在前面的桌子给绊了一下,由于他那受伤的膝盖,本来就腿脚不便,加上还抱着一个女人,他最终跌倒了。就在这时,她抓住机会挣脱了他,朝着沙发跑去。他迅速起身,迅猛地扑向她。桌上放着一把左轮手枪。她并不是一个神经质的人,之所以那儿有把手枪,是因为那晚罗伯特不在家,她放那打算睡觉时带到卧室去的。此时她已经被吓丢了魂,不知道自己在干嘛。只听见一声枪响,她看到哈蒙德踉跄了几步,喊了一声,还说了些什么,但她没听清。他跌跌撞撞地往走廊那走。此时的她已经陷入了狂乱之中,忘乎所以,跟着他走出去。是的,肯定是这样的,她一定是跟了出去,就算她对这一点没印象,然后下意识地扣动扳机,一枪接着一枪,直到六发子弹全部射完。哈蒙德最终倒在了走廊的地板上,躺在一片血泊中。

仆人们被枪声惊醒,赶来时,只见莱斯莉站在哈蒙德一旁,手里还握着手枪,而哈蒙德已经奄奄一息。她看了他们一会儿,一句话没说。他们吓得挤在一块。然后她松开手,让手枪滑下去,一言不发地转身回到起居室。仆人们看着她进到卧室里,反锁了门。没人敢动尸体,只是盯着他,眼里充满了恐惧,互相之间激动地低声谈论着。只有仆役长最先回过神来。他已经跟了克罗斯比夫妇很多年了,是个头脑冷静的中国仔。罗伯特把摩托车骑去新加坡了,唯一能用的只有车库里那辆车。他派司机去取车,他们必须马上赶到地区助理官那,告诉他发生了什么。他把枪捡起来,装到口袋里。地区助理官名叫威瑟斯,住在离此地最近的市镇郊区,离这大概三十五英里远。两人花了一个半小时才赶到助理官家。所有人都已经入睡,所以他们不得不唤醒助理官家的仆人。不一会儿,威瑟斯出来了,并且从两人口中得知了来由。仆役长还将口袋中的手枪掏出,以证明他们所说的一切。之后助理官回到房间里换衣服,喊人把他的车开来,随即与二人踏上了那空寂无人的道路。等到他赶到克罗斯比夫妇的小屋时,天刚破晓。下车后他冲上台阶,看到哈蒙德的尸体时,停了下来,顿了会儿。他摸了摸哈蒙德的脸,甚是冰冷。

"太太呢?"他问仆人。

中国仔手指向卧室。威瑟斯走到卧室门前敲了敲门,但是没人回应。他又敲了敲。

"克罗斯比太太。"他唤道。

"谁?"

"威瑟斯。"

空气再一次静止。之后只听见门锁开了,房门慢慢打开。莱斯莉就站在他面前。她没上床睡觉,身上还是吃饭时穿的茶会长袍。她伫立在那,一声不吭地看着威瑟斯。

"你家仆人找我来的,"他先开口,"你对哈蒙德做了什么?"

"他对我意图不轨,我向他开了枪。"

"天呐。你最好出来当面和我说清楚到底发生了什么。"

"不行,现在不行。给我点时间,把我丈夫找来。"

威瑟斯还是个新手,不知道在遇到这样超出他职责范围的事时该怎么做。莱斯莉一直只字不提,直到她丈夫出现那一刻,她才开口说话。她将整件事从头到尾地告诉了他们。虽然那之后她一遍又一遍复述此案件,但她所说的内容没有一丁点儿不同。

乔伊斯先生总是想不明白开枪这一点。身为她的辩护律师,他感觉棘手的是,莱斯莉不止开了一枪,而是整整六枪,尸检结果还表明其中有四枪是近身射击。人们很容易认为她是在哈蒙德倒下后,站在他身边,把剩下的子弹全部射向他的。她承认自己对此之前的一切记忆都清晰无比,但是开枪时的情况她什么都不记得了。她的记忆一片空白。这说明她当时已经愤怒到了极致,但谁又会想到如此文静、端庄的女人会爆发呢。乔伊斯先生也算认识她好多年了,在他看来,她并不是个情绪化的人,并且在悲剧发生后的两周里,她的镇定让人惊叹。

乔伊斯先生耸了耸肩。

"但事实上,可以说,"他想到,"你永远无法知道再优雅端庄的女人背后也会藏着怎样野蛮的一面。"

此时传来一阵敲门声。

"请进。"

中国助理进来并关上了门。关门时,他动作轻柔,但态度慎重而又坚决,然后朝乔伊斯先生的办公桌走来。

"可否打扰您一下,先生?我想和您单独说几句话。"

每次这个中国助理说话时的遣词用字总是让乔伊斯先生感到很费解,但他都会以微笑回应,比如现在。

"谈不上打扰,智生。"他回道。

"先生,我想要告诉你的这件事,十分微妙并且机密。"

"说来听听。"

乔伊斯先生与助理面面相觑,助理一双敏锐的眼睛盯着他。跟往常一样,王智生的穿着打扮总是紧跟当地潮流。脚上穿了双漆皮鞋,套了双艳丽的丝绸袜子。黑色领带上别的是嵌有珍珠和红宝石的领带夹,左手无名指上戴了颗钻戒。整洁的白色外套胸口处突起的部分,别了一支纯金的钢笔和一支纯金的铅笔。手腕上戴了块纯金的手表,鼻梁上架了一副不显眼的夹鼻眼镜。他咳了两声。

"接下来我要说的事与克罗斯比一案有关,先生。"

"你继续。"

"我了解到一个情况,先生,推翻了我此前对本案的看法。"

"什么情况?"

"先生,据我了解,被告给这次悲剧中的受害者写过一封信。"

"这有什么值得惊讶的。在过去的七年里,克罗斯比太太无疑时不时会写信给哈蒙德。"

乔伊斯先生知道自己助理是个聪明人,他之所以这么说是为了装糊涂。

"你说得没错,先生。克罗斯比太太肯定经常给死者写信,像是邀请他到家里来一起吃饭,或是邀约他一起来打网球。在我得知这一情况时,最开始也是这样想的。但是,这封信是在哈蒙德先生死的那一天写的。"

乔伊斯先生眼睛都没有眨一下。他继续以一副稍有兴趣的表情看着王智生，就如同往常那样。

"谁告诉你的？"

"我从一个朋友那了解到的，先生。"

乔伊斯先生知道没必要再深究下去。

"您一定还记得，先生，克罗斯比太太在陈述案件时，她说算上案件发生当晚，她已经好几个星期没和死者通过信了。"

"信在你手里吗？"

"不在，先生。"

"信的内容是什么？"

"我朋友给我了一份抄本，您要研读一下吗，先生？"

"给我看看。"

王智生从衣服内衬里掏出一个庞大的皮夹子，里塞满了各种纸片、新加坡票据和香烟卡。他很快从这堆杂乱无章的纸堆里抽出一张撕下半页的、薄薄的便签纸，并把它搁在乔伊斯先生前面。信的内容如下：

乔伊斯今晚不在，我一定要见你。十一点在家等你。我很迫切，你如果不出现，后果自负。别把车开上来。——莱斯莉

笔迹很顺畅，一看就是在外国学校学到的。字体毫无个性，写出这样的话显得十分诡异。

"怎么就肯定这是克罗斯比太太写的？"

"我敢保证给我提供消息的人十分可靠，先生。"王智生答道。"并且信件的真实性也很容易得到证明。不用说，克罗斯比太太很快能告诉您她写没写过这样一封信。"

谈话开始到现在，乔伊斯先生的视线就没有离开过眼前这个助理，离开他那毕恭毕敬的面孔。

此时他对眼前这张面孔是否存在玩笑成分表示存疑。

"难以置信克罗斯比太太竟写过这样一封信。"乔伊斯先生说。

"您既然这样想的话,先生,那这件事就到此为止了。我的朋友之所以告诉我,是觉得我是您的助理,您或许想要在同副检察官对峙前先明白有这样的一封信存在。"

"原件在谁手里?"乔伊斯先生问道,语气犀利。

王智生若无其事,仿佛并未从乔伊斯先生问问题的语气中看出他转变的态度。

"您无疑应该记得,先生,哈蒙德先生死后曾曝出他生前与一个中国女人有染。现在信就在她手里。"

这也是人们激烈讨论谴责哈蒙德的原因之一。大家都知道了,数月以来,他一直和一个中国女人同居。

他俩同时沉默了一会儿。很明显,两人该说的都说了,而且各自对对方的用意都心知肚明。

"谢谢你告诉我这件事,智生。让我再好好考虑一下。"

"好的,先生。您需要我帮您给我朋友搭个桥吗?"

"你要是能和他继续保持联系就再好不过了。"乔伊斯先生一本正经地答道。

"好的,先生。"

助理悄无声息地离开了房间,从容不迫地带上了门,留乔伊斯先生一个人在那沉思。乔伊斯先生盯着眼前这份抄本,这份来自莱斯莉的抄本,字迹工整而又平齐。他不禁有些怀疑,而这些怀疑使他不安,他努力将其抛之脑后。为什么会有这样一封信肯定能解释得通的,并且毫无疑问,只有莱斯莉能马上解释清楚,但现在最重要的是找到一个解释。于是他站起身,把信装进包里,戴上遮阳帽,准备出门。他出门时,看到王智生正在办公桌那忙自己的事。

信　　323

"我出去一会儿,智生。"他说。

"乔治·里德先生和您约好十二点见面,先生。那到时候我该跟他说您去了哪里?"

乔伊斯先生微微一笑。

"你说你不知道就好了。"

乔伊斯先生清楚地知道王智生意识到他是要去监狱了。尽管事情发生在荷兰村,审判也定在那举行,但由于监狱里拘留一个白人女士有些不便,克罗斯比太太被关在新加坡。

她被带到面见室,伸出她那双纤细的手同乔伊斯先生打招呼,还面带微笑。她的穿着还是一如既往地整齐简洁,浓密的浅色头发也被悉心打理过。

"没想到今天上午能见到你。"她说,语气彬彬有礼。

她就像在自己家一样,甚至给乔伊斯先生一种听到她唤仆人给客人端来杜松子酒的错觉。

"还好吗?"他问道。

"一切都好,谢谢你的关心,"她眼里闪过一丝愉悦,"这是个休养生息的好地方。"

此时看守者退了出去,房间里就剩他俩。

"快坐。"莱斯莉说。

他拖了把椅子坐下。他不知道该从哪说起。她看起来如此镇定,这让他很难开口。她虽然谈不上漂亮,但也算惹人喜爱。从她身上可以看出端庄典雅,是一种生来就有的、出淤泥而不染的典雅。只需要看着她,都不用了解她,就能知道她平常跟什么样的人交往,她生活在一个什么样的环境里。她的娇弱可怜更是增加了几分韵味。你根本做不到把她和任何粗鄙之事联系在一起。

"我很期待今天下午能见到罗伯特,"她说,声音轻快而又从容。

(听她说话让人舒服,她的嗓音和口音是她那个阶层独特的存在。)"我可怜的罗伯特,这个严重的案件肯定给了他很大的打击。真庆幸还有不到几天这一切就要结束了。"

"就还剩五天了。"

"我知道,每天早上我醒了,都会对自己说'又过了一天',"她又笑着继续说,"就像以前读书时候每天倒计时等着假期来一样。"

"对了,我没记错的话,好像你说过那场悲剧发生之前你已经好多个星期没和哈蒙德联系过了,是吧?"

"是的,我敢肯定。我和他最后一次见面是在麦克法伦的网球派对上,记得当时和他也没说几句话。那有两个球场,我们碰巧在两个不同的地方。"

"那你也没给他写过信?"

"是的,当然没有。"

"你确定吗?"

"是的,我十分确定。"她答道,浅浅一笑。"除了邀请他来吃饭或者打网球外,我没理由要写信给他,并且我已经好几个月没邀请他干嘛了。"

"之前有段时间你们还算亲近,发生了什么让你不再写信邀请他了?"

克罗斯比太太耸了耸她瘦削的肩膀。

"可能是因为厌倦了吧。我们和他没什么共同的话题。当然了,他生病了我和罗伯特还是尽力去照顾他的,但是近一两年他过得挺好,一直挺受欢迎。他的日程总是满的。"

"你确定就只是这样?"

克罗斯比太太犹豫了会儿。

"嗯,不妨告诉你吧。据传言,他正与一个中国女人同居,为此罗

信　325

伯特说不愿让他踏进我家大门半步。我亲眼见过那个中国女人。"

乔伊斯先生这会儿就坐在一个直背扶手椅上,手杵下巴,盯着莱斯莉看。他不知道是他的想象还是真的,莱斯莉说话的时候,有那么一瞬间,一道阴暗的红光闪过她黑色的瞳孔,那画面让人震惊。乔伊斯先生换了个姿势。他十指相抵,说话时语速很慢,仔细斟酌着他说的每一个字。

"我想,我该告诉你,现在出现了封信,发现是你写给杰弗里·哈蒙德的。"

他离她很近,观察到她没什么大动作,脸色也没什么变化,但她隔了好一段时间才开口说话。

"过去我常常给他写信问他些有的没的,要么他去新加坡时,我写信给他请他带点东西。"

"这封信是喊他来见你,因为罗伯特去了新加坡。"

"那不可能。我从来没做过这样的事。"

"你最好亲自看看这封信。"

他把信从包里掏出来,递给莱斯莉。莱斯莉扫了一眼,不屑一顾地把信递还给他。

"这就不是我的字迹。"

"我知道,据说这只是誊抄版,信的内容和原件一模一样。"

听了他的话后,她仔细地读了读信,这时她身上发生了可怕的变化。苍白的脸逐渐变得惨绿,让人看着害怕。身上的肉一瞬间耷拉了下来,皮肤就像是紧紧挂在骨头上一样。嘴唇向后缩,牙齿露了出来,像是在做鬼脸。眼睛从眼眶暴突出来,盯着乔伊斯先生。此时此刻,他只看到一个在胡言乱语的骷髅头。

"这是什么意思?"她轻声道。

她的嘴巴太干了,发出的声音都不像是人发出的,最多是一些嘶哑的声音。

"这该由你来说。"他答道。

"我没写过这样的信,我发誓我真的没有。"

"你最好想清楚再说,如果说原件是你的笔迹,那否认是没用的。"

"那是伪造的。"

"假不假不好证明,但要是证明它是真的,那易如反掌。"

她瘦弱的身子骨微微颤抖了一下。额头上冒出了几大滴汗珠。她从包里掏出手绢擦了擦手心,再次瞥了一眼信,斜瞟了一眼乔伊斯先生。

"上面都没日期。就算是我写的,我也可能已经忘了,说不定是几年前写的了。如果你能告诉我这封信的时间,或许我能试着想起些什么。"

"我也注意到这上面没日期了。如果这封信落在控方的手里,他们一定会盘问你家的仆人。那样的话,控方很快就会发现哈蒙德死那天,是否有人给了他这样一封信了。"

克罗斯比太太紧握双拳,坐在椅子上晃来晃去,他以为她快要晕过去了。

"我对你发誓,这不是我写的。"

乔伊斯先生沉默了片刻。他将目光从莱斯莉心神不安的脸上移开,低头看着地板,陷入了沉思。

"如果真是这样的话,没必要继续再深究了,"他打破沉寂,不急不慢地说道,"如果持有这封信的人认为应该把这封信交给控方的话,你最好有个心理准备。"

从他所说的话听得出,似乎他也没什么好讲的了,但并没有离开的意思。他在等,于他而言,似乎等了很长时间。他没盯着莱斯莉看,但他能感觉到莱斯莉没动过,甚至一点声响都没有。最后还是他先开口说话的。

"如果你没什么要补充的,我就回办公室了。"

"看了这封信的人会怎么想?"她问道。

"会认为你故意撒谎。"乔伊斯先生严厉地回道。

"我什么时候说谎了?"

"你之前坚称你和哈蒙德至少三个月没有任何交流。"

"这整件事吓坏我了。那天夜里发生的一切是那么可怕,简直就是个噩梦。就算有的细节我不记得了也并不奇怪。"

"你能清清楚楚地记得那晚的每一个细节,却把他来见你的原因这么重要的事情给忘了,这多少有些说不过去。"

"我没忘。这一切就那样发生了,我不敢提及这一点。我怕我承认他是我邀请来的话,没人会相信我所说的一切。我知道那样做很傻,但我当时已经昏了头脑,一旦我说了我和哈蒙德没什么来往的话,我不得不坚持我所说的话。"

这时,莱斯莉才回到她那令人钦佩的镇定中来,她坦然地面对乔伊斯先生那审判的目光。她是如此文雅,很容易消除人们对她的怀疑。

"你得跟我解释清楚,为什么罗伯特不在的那晚,你要哈蒙德来见你。"

她直勾勾地盯着乔伊斯先生。他原本以为那是一双普通的眼睛,但是他错了,那双眼睛十分迷人,而且除非他看错了,此时此刻那双眼睛里正闪烁着泪光。她的声音也有些哽咽。

"这一切都是因为想要给罗伯特一个惊喜。下个月就是他生日了,我知道他想要一把新枪。但你知道,我对这些东西一窍不通。于是我就想到了杰弗里,想请他帮我弄一把。"

"或许你记不太清这封信是怎样措辞的吧,要再看一眼吗?"

"不了,我不想看。"她很快回复道。

"难道你认为,一个女人会写一封这样的信给一个不太熟的朋友,就为了咨询他关于买枪的事吗?"

"我不得不说这样是太过分,太感情用事了。但你要知道,我平时讲话就是这样的。我承认这样做太傻了。"她笑了一下,"话说回来,杰弗里·哈蒙德并不是什么生疏的朋友啊,他生病时我就像他母亲一样照顾他。我之所以让他在罗伯特不在家的时候过来,仅仅是因为罗伯特不想他踏进我家。"

乔伊斯先生以同一个姿势坐了太久,有些坐不住了。他站起身,在房间里来回踱步,斟酌他接下来要说的每一个字。然后停下,倚在之前他坐的那个椅子上。他一个字一个字地说,语气严肃。

"克罗斯比太太,我现在和你非常,非常严肃地说。这件案子的进展可以说是相当顺利,但只有一点我实在是想不通:就我看来,哈蒙德身上中的六枪中,至少有四枪是在他倒地后才中的。实在很难想明白,一个娇弱的女士,生性文雅,儒雅端庄,并且一直以来都是一个能自制的女人,受到惊吓后竟会如此丧失了理智。当然,这种情况也不是完全不可能发生。尽管杰弗里·哈蒙德非常受欢迎,而且总体来说人们对他的评价也还不错,我都已经准备好指控他,认为他也是极有可能对你做出这一切。并且他死后,和中国女人同居这事还被曝出,这对我们就非常有利。任何人都不会对他存有一丝同情。我们也决定要利用好这一点,激起所有德高望重的人对他的憎恶。今天上午,我还向你丈夫保证你会被无罪释放,这不只是随便说说。我相信陪审团也不会判你有罪的。"

两人四目相对。克罗斯比太太一动不动,十分古怪,像一只被长蛇迷惑的小鸟。乔伊斯以同样的语气慢慢继续说着:

"但是这封信的出现完全改变了整个局面。我是你的法律顾问,要在法庭上为你辩护。我接受你告诉我的所有东西,且我的辩护基于你告诉我的一切。不论我对你所说的一切表示相信还是怀疑,辩护律师的职责就是在法庭上说服审判官,现有证据不足以判你有罪,而不论我的意见是什么,认为你有罪还是无罪,这都是次要的。"

他惊奇地发现莱斯莉的眼睛里闪过一丝笑意,这让他感觉受到了不敬,接下来说话时他显得有些冷漠:

"你现在不否认哈蒙德是因为你的急邀才到你家的是吧,或夸张一点说,你那盛情的邀请?"

克罗斯比太太犹豫了一下,仿佛是在思考。

"控方能证明这封信是经你家一仆人之手送到他家里的。他是骑自行车去送的。"

"你千万别认为所有人都比你蠢。这封信会使别人对你产生怀疑,尽管此前没人这么想。我不会告诉你我看到这份抄本时个人是怎么想的。我也不希望你告诉我任何除了能保住你脖子的东西。"

克罗斯比太太尖叫了一声,站了起来,整个人被吓得苍白。

"你不会认为他们会绞死我吧?"

"如果最后他们得出的结论是你出于自卫而杀了哈蒙德的话,陪审团有责任对你做出有罪判决。这可是谋杀,法官的职责就是判你死刑。"

"但他们能证明什么呢?"她细碎念道。

"我不知道他们能证明什么,况且我也不想知道。但一旦他们起疑了,开始着手调查,盘问你家的仆人——你认为他们会发现什么呢?"

她突然倒下了,在他还未来得及抓住她时,已经跌倒在地上,随后晕了过去。他环顾房间四周找水,但始终没有找到,但他又不想惊扰看护者。于是他把她扶正,跪在旁边等她醒来。她刚刚睁开眼,他就被眼前这双眼睛中充满的恐惧吓到了。

"先别动,"他说,"你最好再躺会。"

"你不会让他们绞死我的。"她悄声道。

她开始歇斯底里地哭了起来,而他则低声竭力地让她镇静下来。

"看在老天的份上,冷静下来。"他说。

"给我一分钟。"

她勇气可嘉,不禁让人赞叹。她努力使自己冷静下来,这一切他都看得出来,很快,她又恢复了平静。

"扶我起来吧。"

他扶她起来,把她搀到椅子那坐下。她乏力地坐了下来。

"暂时别和我讲话。"她说。

"行。"

最后她终于开口说话了,但其所说的话超出了他的预料。她先是轻轻叹了口气。

"恐怕这整件事都被我搞砸了。"她说。

他没应答什么,空气再度寂静下来。

"有什么办法能拿到那封信吗?"最后她先开口说道。

"我想,要不是拿着这封信的人想要趁此机会捞一笔的话,就没人会告诉我这件事了。"

"信在谁手里。"

"在那个和哈蒙德同居的女人手里。"

莱斯莉的面颊骨上有那么一瞬间,闪过一丝变化。

"她想要多少?"

"我猜想她非常清楚这封信的价值,我怀疑不花一大笔钱是拿不到那封信的。"

"你想看我被判绞刑吗?"

信 331

"你认为将一件没太多关注的证物弄到手有那么简单吗？这无异于教唆别人提供伪证。你没权利要求我做出这样的事。"

"那你认为我的结局会是什么？"

"正义自有它的决定。"

她面色苍白，身体微微颤了一下。

"我把我自己交到你手里，当然，也不是说我就有权力要求你做任何出格的事儿。"

乔伊斯先生没有再继续下去了，因为她那惯于自我克制的哽咽声让人于心不忍再继续和她讨价还价。他看她的眼神谦逊可怜，他怕不答应她的请求的话，那个眼神在接下来的日子会一直萦绕于心。毕竟，可怜的哈蒙德不可能再起死回生了。但他想要知道这封信背后的隐情，她不可能没有受任何刺激，而无缘无故杀了哈蒙德。他在东方生活了太长时间，二十年前的那份高尚的职业操守已经不复存在了。他盯着地板，做出了一个他知道有失公允的决定，这个决定让他羞于启齿，开始暗自怨恨莱斯莉。接下来他说话时不免有些尴尬。

"我不清楚你丈夫现在到底处于一种怎样的境地？"

她脸涨得通红，迅速瞟了一眼乔伊斯先生。

"他有许多锡矿的股份，手上还有两三个橡胶园的股份。我相信他能拿出一笔钱。"

"他要清楚这笔钱的去处。"

她沉默了一会儿，像是在沉思。

"他一直爱着我，为了救我，他可以做出任何牺牲。有必要让他看到这封信吗？"

乔伊斯先生皱了皱眉，她马上注意到了，于是继续往下说着。

"罗伯特和你是老朋友了，我不是在求你为我做什么，而是求你为了这个如此之单纯、善良的男人,他没有做过任何伤害你的事,让他避免受到任何可能的伤害。"

乔伊斯先生没有说一句话,只是站起身准备走。而克罗斯比太太因为其文雅端庄,习惯性地伸出手。她朝着乔伊斯先生的背影挥挥手。她看起来十分憔悴,但还是尽力礼貌地送走了乔伊斯先生。

乔伊斯先生回到办公室,独自坐在屋里,一动不动,什么事也不想做,陷入了沉思。他的脑子里充满了奇怪的想法,使他不禁颤抖了一下。最终一阵谨慎的敲门声传来,和他猜想的一样,是王智生。

"我正准备去吃午饭,先生。"他说。

"好的。"

"不知道在我走之前还有什么是需要我做的,先生。"

"没什么了。你和里德先生确定好见面时间了吗?"

"是的,先生。他今天下午三点钟过来。"

"很好。"

王智生转身离开,走到门前时,用他细长的手指握住门把。然后仿佛突然想到了什么,又掉头回来。

"有什么需要我跟我朋友说的吗,先生?"

虽然王智生的英语让人赞叹,但是他仍然很难发清楚"p"这个音,所以他一直说的都是"甫友"。

"什么朋友?"

"告诉我那封信的消息的人,先生,就是那封克罗斯比太太给死者哈蒙德写的信。"

"噢!你不说我都忘了。我问过克罗斯比太太了,她说从没写过那样的一封信。那显然是伪造的。"

乔伊斯先生把那份抄本从包里掏出来,递还给王智生。王智生只当作没看到。

信　333

"先生,在这个案件里,如果我的'甬友'把那封信交到检查司那边的话,那么一切就没有回旋的余地了。"

"是的。但是我不明白那样做对你朋友有什么好处。"

"我的朋友认为他有责任维护正义,先生。"

"我是这世上最不可能干涉别人履行自己职责的人了,智生。"

两人面面相觑,脸上都没露出一丝表情,但是两人对对方的想法都心知肚明。

"我十分理解,先生,"王智生说,"但依我对此案的研究,我认为这样一封信的存在对我们委托人来说是非常不利的。"

"一直以来我都非常赞赏你在法律方面的睿智,智生。"

"我突然想到,先生,如果我能说服我的'甬友'给我们引见那个中国女人,让她把信交到我们手里的话,就会省去许多麻烦了。"

乔伊斯先生不以为意地在吸墨纸上勾勒出几张面孔。

"我想你朋友是个生意人。你觉得你的朋友怎样才肯交出那封信?"

"那封信不在他手里,在那个中国女人手里。我朋友是她唯一的亲戚。她很无知,要不是我'甬友'告诉她那封信的价值,她一概不知。"

"她打算要多少钱?"

"一万美元,先生。"

"天呐!是什么让你认为克罗斯比太太能拿出一万美金的!我告诉你吧,那封信就是伪造的。"

乔伊斯先生边说边抬头看着王智生。而眼前的这个助理面对乔伊斯先生的爆发纹丝不动,礼貌地、淡定自如地、全神贯注地站在桌子一旁。

"克罗斯比先生在勿洞橡胶园拥有八分之一的股份,吉兰丹橡胶园六分之一。如果他愿意用他的财产做抵押的话,我倒是有个'甬友'能够接他这笔钱。"

"你朋友圈还真不小呢,智生。"

"是的,先生。"

"你可以告诉他们全都去死吧。最多五千美金,我是绝不会让克罗斯比先生多花一分钱去换这样一封极容易就能解释清楚的信的。"

"那个中国女人本不想卖这封信,先生,还是我好朋友花了好长时间才劝下来的。不给她一万美金她是不会交出那封信的。"

乔伊斯先生盯着王智生看了至少有三分钟。而王智生就那样一直承受着审视般的目光,没有感到一丝尴尬。他低着头,毕恭毕敬地站在那儿。乔伊斯先生知道他的为人。聪明的家伙,智生,他揣测这个家伙能在其中得到多少。

"一万美金可是个大数目。"

"比起看到自己太太上绞架,克罗斯比先生肯定会出这笔钱,先生。"

乔伊斯先生再一次楞住。他心想:除了已经说明白的这些,智生还知道些什么?显然,他不愿意讨价还价,他肯定胸有成竹了。这笔钱的数目是计算好的,无论是谁要求的,那个人都知道克罗斯比能够拿出这么大一笔钱。

"那个中国女人现在在哪?"乔伊斯先生问道。

"她在我'甬友'家呢,先生。"

"她可以过来吗?"

"依我看您去找她更好,先生。今晚我可以带您过去,找她拿那封信。她是个土包子,先生,不懂什么是支票。"

"我没打算给她支票,到时候我会带钞票过去。"

"一定要带够钞票,先生,少于一万美金那就是在浪费时间。"

"我明白。"

"我吃过饭就去和我'甭友'说一声,先生。"

"很好。今晚十点,俱乐部门口见。"

"好的,先生。"王智生回答道。

他向乔伊斯先生鞠了个躬,然后离开了那间屋子。随后乔伊斯先生也出门吃午饭去了。他来到俱乐部,正如他所料,在这,他见到了罗伯特·克罗斯比。他就坐在人群中间,乔伊斯先生在找位置时经过他身边,拍了拍他的肩膀。

"在你走之前,我有几句话要跟你说。"他说。

"行,准备好了随时告诉我。"

乔伊斯先生整理好思绪要怎么和他开口。为了等俱乐部人走光,吃过午饭后,他一直在打桥牌。他并不想在这个特殊时期和罗伯特在办公室见面。不一会儿,克罗斯比进到桥牌室里,在旁边看着,等到最后一圈结束。有两人有事先走了,这时,就剩他们两人在这屋里。

"发生了件非常不幸的事,我的老朋友,"乔伊斯先生说,他控制着语气,想要尽可能地表现得随意些,"现在有这么一封信,是你太太在哈蒙德被杀的那天晚上给他写的,目的是请他到你家去。"

"这不可能,"克罗斯比尖叫道,"她一直坚称和哈蒙德没什么往来。而且据我所知,他们已经好几个月没见过面了。"

"但事实是这封信真的存在,现在就在之前和哈蒙德同居的那个中国女人手里。你太太说是因为想给你准备一个生日礼物,所以才想到让哈蒙德帮忙的。悲剧发生之后,她由于情绪过于激动把这事给忘了,并且她之前否认和哈蒙德有过交流,后来也不敢站出来承认这个错误。当然了,这实属不幸,但也没什么好奇怪的。"

克罗斯比没有说话。他脸上浮现出了困惑不解的表情,看到这样的表情,乔伊斯先生不禁舒了口气,但马上又表现出不耐烦。他是个愚蠢的人，而乔伊斯先生讨厌在蠢人身上浪费时间。但是灾难发生之后他所遭受的一切又触碰到了乔伊斯先生内心柔软的那一块地方，并且克罗斯比太太也请乔伊斯先生看在他的份上帮帮她。

"我不必说你也知道，如果这封信不论以什么样的方法落到了控方手里，事情该会有多么棘手。这可以说明你太太撒谎了，那么她必须解释清楚到底怎么一回事。如果能够证明哈蒙德并不是以一个不速之客的身份侵入你家的，而是应邀前去，那么事情可能会有些变动。这很容易动摇陪审团的决定。"

乔伊斯先生有些犹豫。他现在必须直面自己的内心。可惜现在不是开玩笑的时候，不然一想到他现在正在为某人迈出重要的一步，而他帮的那个人现在却对事情的严重性一无所知，否则他一定会笑出来的。就算那个人精心思量一番，他说不定还以为乔伊斯先生现在所做的一切是每一个律师业务范围内必须要做的。

"亲爱的罗伯特，你除了是我的委托人，更是我的朋友。依我看来，我们很有必要拿到那封信。但这可能要花一大笔钱。要不然我压根儿不会跟你提这事儿。"

"多少钱？"

"一万美金。"

"这可是笔大数目。眼下经济不景气，再加上些别的事，这可能要花掉我的全部家当了。"

"你能马上凑够吗？"

"我想应该可以。如果我以锡矿的股份和两家种植园的权益做担保的话，老查理·梅多斯会借钱给我的。"

"你准备那样做吗？"

"是不是真的有那个必要？"

"如果你想让你的太太无罪释放的话。"

克罗斯比脸变得通红,嘴巴奇怪地嘟下来。

"但……"他不知道该怎么表达,此时的脸色发紫,"但我不明白。她可以解释的啊。难道你的意思是他们会查出她有罪,就因为除掉了一个社会毒虫就绞死她吗?"

"他们当然不会绞死她。他们最多判她过失杀人罪,可能关个两三年就放出来了。"

克罗斯比突然站起来,他的脸被吓得惊恐万分。

"三年。"

这时,愚钝的男人似乎想到了什么,脑中突然闪过一丝光亮。乔伊斯先生看到他那双饱经风霜的糙手在颤抖。

"她要给我准备什么礼物来着?"

"她说准备送你一把新枪。"

他原本就红彤彤的脸再一次涨得通红。

"你什么时候能把钱准备好?"

这会他的声音变得很奇怪,听起来就像是有人故意掐住他不让他说话一样。

"说好的今晚十点交易,所以你最好六点就把钱送到我办公室来。"

"是那个女人来找你吗?"

"不,是我去找她。"

"到时候我会把钱带来,但我要和你一块去。"

乔伊斯先生盯着他看,眼神犀利。

"你真的有必要这样做吗?我觉得你把这件事交由我来全权处理要好些。"

"这是我的钱,不是吗?我要跟你一块去。"

乔伊斯先生耸耸肩。两人起身握手道别。罗伯特走时,乔伊斯先生望着他的背影,内心充满好奇。

晚上十点,两人在空无一人的俱乐部门口碰面。

"一切都准备妥当了吧?"乔伊斯先生问道。

"是的,钱我都放包里了。"

"那我们出发吧。"

两人下了楼。那个点外面十分寂静,乔伊斯先生叫的车就在广场上等着。他们朝着车子走过去时,王智生也从一幢房子的阴影里走了出来。王智生选了司机旁边的位置,上车之后和司机说明了目的地。车子驶过欧罗巴大饭店,在"水手之家"那拐进了维多利亚大街。在这,华人商铺还没打烊,许多无所事事的人还在街上闲逛,黄包车、汽车、马车都在大马路上穿梭着,热闹极了。这时,他们的车突然停了下来,智生扭过头来说:

"接下来我们走路会比较好,先生。"

三人下了车,王智生走在前面,另外两人紧跟着他。走了一会后,王智生让两人停下。

"你们在这等会儿,先生,我先进去和我'甪友'打个招呼。"

他走进一家店里,那家店正对着大街,收银台那站了三四个中国人。这店和有的店一样,放眼看去什么都没有,让人好奇他们到底卖什么东西。他们看到王智生正和一个矮胖的男人在讲话,那男的一身帆布衣,脖子上挂了串大金链子。之后那男的迅速瞟了一眼门外的两人,然后将眼神转移到了外边的漫漫黑夜,随后给了王智生一把钥匙。智生拿到钥匙后走了出来,他喊两人跟上,并把他们带到了商店侧面的一个边门。两人跟着他,来到一段楼梯下。

"可以的话,你们在这等我一会儿,我弄个火把来,"他说,还是那么地足智多谋,"请上来吧。"

他举着一把日式火把走在他们前面,但还是不足以照亮脚下的

信　339

路,于是他们跟在他后边摸索着走。到了二楼,助理打开了一间房,走进去,点燃了一盏煤气灯。

"请进。"他说。

这是个小房间,四四方方,只有一个窗户,唯一的家具就包括两个铺着席子的中式床榻。房间的一角有个大箱子,一把精致的锁锁住了它,箱子上摆着个破旧的托盘,上面放着把鸦片烟枪和一盏烟灯。屋子里弥漫着淡淡的苦涩的鸦片味儿。两人坐了下来,智生给他们递烟。过了一会儿,门开了,之前在店里见到的那个矮胖的中国男人走了进来。他用一口流利的英语向两人问好,然后坐在他老乡的旁边。

"那个中国女人正在来的路上。"智生说。

店里的一个伙计端了个托盘进来,上面放了一个茶壶和几个杯子,那个中国人给两人一人递了一杯茶。克罗斯比没接。几个中国人互相低声谈论着,只有两人默不出声。终于,房间外传来一阵声音,似乎有人在低声唤着什么,那个中国人走了出去。他开了门,朝着外面说了几句话,然后带进来一个女人。乔伊斯先生注视着这个女人,虽然哈蒙德死后听过很多关于她的事,但是乔伊斯先生从未亲眼见过她。她身材微胖,不算太年轻,长着一张大扑克脸,浓妆艳抹,两道细眉浓黑,不过她给你一种极富个性的印象。她披了件水洗牛仔衣,里面穿了条白裙子,穿得不中不西,而脚上套了双中式丝面拖鞋。她脖子上戴了条大金链子,手腕上套着个金镯子,耳朵上戴的是金耳环,黝黑的头发上还别着精致的黄金头饰。她缓缓地走了进来,一副自信从容的样子,但步子有些沉重,最后坐到了王智生边上。王智生对她说了几句话,她点点头,漠不关心地扫了房间里的两个白人一眼。

"她把信带来了吗?"乔伊斯先生问道。

"带来了,先生。"

克罗斯比没说一句话,只掏出一卷五百美元的钞票。他数了二十张递给智生。

"你点点看对不对?"

助理点了一遍,然后把钱递给了那个肥胖的中国佬。

"对的,先生。"

那个中国人亲自再点了一遍,之后把钱放到包里。他和那个中国女人说了几句话,随后中国女人从怀里掏出一封信,递给了王智生,王智生扫了一眼。

"这是那封信的原件,先生。"他说,并在克罗斯比拿过去之前递给了乔伊斯先生。

"来给我看看。"乔伊斯先生说。

乔伊斯先生见他在读信便伸手过去接。

"最好让我来保管。"

克罗斯比小心翼翼地把信叠好,装进包里。

"不,我打算自个儿来保管,毕竟这花了我不少钱。"

乔伊斯先生没有反驳。那三个中国人看着眼前这一幕,但无法从他们板着的脸上看出他们在想什么,甚至看不出他们是否在思考。乔伊斯先生站了起来。

"今晚还有什么需要我帮忙的吗,先生?"王智生说。

"没事了。"他知道这个助理想要留下来瓜分这笔钱,按照他们先前约定好的部分。之后乔伊斯先生转向克罗斯比,说:"我们走吧?"

克罗斯比没有回应,直接站了起来。那个中国人走到门口,帮他们把门打开。智生找了些蜡烛点上,给他们照明,好让他们下去。智生和那个中国人陪着两人走了下去,他们把中国女人一个人留在房间里,她默默在那抽着烟。把两人送到街边后,两个中国人又蹿回二楼去了。

"接下来你准备怎么处理这封信?"乔伊斯先生说。

"留着。"

信　341

两人走到一直等着他们的车旁边，乔伊斯先生打算送克罗斯比一程，但克罗斯比拒绝了。

"我打算走走。"他迟疑了一下，拖着步子往前走。"哈蒙德死的那晚我之所以去新加坡，部分原因是为了去入手一把新枪，我认识的一个人正好打算出一把。晚安。"

很快，他消失在了黑暗里。

整个审判过程不出乔伊斯先生所料，陪审团出席的所有成员才开庭时就决定判克罗斯比太太无罪。她亲自辩护，言简意赅，坦诚地叙述了整个案件的过程。副检察官骨子里是个善良的人，对自己的职责表现出一副漠不关心的样子。为了走个过场，他象征性地问了几个问题。陪审团也仅仅花了不到五分钟就得出了最终判决。果不其然，法院里的人群中传来热烈的掌声。法官向克罗斯比太太道贺，并将她释放。

没人能比乔伊斯太太更加鄙弃哈蒙德的所作所为了，她待人真诚，坚持要在案件结束过后招待克罗斯比夫妇，因为她和其他人一样，对案件的审判有十足的把握。她自然不能再让可怜、亲爱而又勇敢的莱斯莉回到灾难发生的地方。

中午十二点半审判就结束了。他们才回到乔伊斯先生家，一场盛大的午宴已经为他们准备好。宴席上备好了鸡尾酒，乔伊斯太太那价值百万的鸡尾酒在整个马来联邦可以说是出了名的。乔伊斯太太举杯为莱斯莉的重生干杯。原本她就是个健谈、活泼的人，这个时候，她更是在兴头上。幸亏她如此活跃，因为另外三个人都没什么生气。这倒没什么好疑惑的，她丈夫本身就是个沉默寡言的人，另外两人也被所经历的一切弄得精疲力竭。午宴上，她进行了一场乐观积极、振奋人心的演讲。之后就到了咖啡时间。

"现在，孩子们，"她以她那副愉悦而又忙乱的模样说道，"你们正需要一次好好的休息,等下午茶结束了,我载你俩去海边。"

乔伊斯先生今天还是破例回家吃午饭,自然吃完是要回事务所去的。

"恐怕我去不了了,乔伊斯太太,"克罗斯比说,"我得马上赶回庄园去。"

"不是吧,现在?"她尖叫道。

"是的,就现在。生意耽搁太久了,很多事急着处理。但在我们决定下一步怎么做之前,你能让莱斯莉待在这,我不胜感激。"

乔伊斯太太想要劝他留下来,但被她丈夫拦了下来。

"如果他真的要走,就让他走吧,别劝了。"

律师的语气里似乎透露出什么,她不由得快速看了他一眼,欲言又止,然后场面一度安静。这时,克罗斯比开口了:

"实在抱歉,可以的话我现在就动身了,这样才能在天黑前赶回去。"他站起身,离开餐桌。"你要送送我吗,莱斯莉?"

"当然。"

两人一起走出餐室。

"我觉得他太不懂体贴人了,"乔伊斯太太说,"他肯定知道这会儿莱斯莉非常需要他在身边。"

"我相信如果不是真有事的话,他不会走的。"

"行吧,我还是去把莱斯莉的房间给准备好吧,她需要好好休息,之后才能重获新生。"

乔伊斯太太也离开了餐室,他坐了下来。不一会儿,他听到了克罗斯比发动汽车引擎,然后碾过院子里碎石路的声音。他起身走到客厅。克罗斯比太太站在客厅中间,茫然若失,手里拿着一封摊开的信。他认出了那封信。他走进客厅时,她瞟了他一眼,他看到她脸色煞白,面如死灰。

"他都知道了。"她轻声说。

乔伊斯先生走近她,把信从她手里拿过来,擦燃一根火柴,点着了那张信纸。她只是呆呆地看着。直到信纸没法拿了,他才把它扔到瓷砖地板上,两人看着纸张卷曲,然后变黑。之后他用脚把它踩成了灰烬。

"他知道什么了?"

她久久地望着他,眼里显现出一副奇怪的表情。乔伊斯先生说不出那是轻视还是绝望。

"他知道哈蒙德是我的情夫。"

乔伊斯先生一动不动,并且一声不吭。

"我和他在一起已经好多年了,基本上是他从战场上回来之后,我们就在一起。我们知道一切都该小心翼翼。所以我们在一起后,我假装厌烦他,并且罗伯特在家时他也很少到我家去。我通常开车到一个只有我们两个知道的地方和他见面,一周两三次,或者罗伯特去新加坡时,等夜里仆人们都睡了,他会到我家找我。一直以来我们见面都挺频繁的,没人起疑过,哪怕一点点。但之后,大概是一年前,他开始有了变化。我不知道发生了什么。我不相信他不再关心我了。他总是否认这一点,搞得我都抓狂了。我和他大吵大闹。有时候我都觉得他讨厌我。天呐,你知道我承受着多大的痛苦吗?我就像活在地狱里。我知道他不再需要我了,但我是不会放他走的。痛苦,痛苦啊,我爱他。我给了他一切,他是我的全部。之后我听说他和一个中国女人同居了。我不相信,打死我都不信。直到我看到她,亲眼见到了那个女人,比我要老,戴着金项链、金手镯走在村子里。真可怕!村庄里所有人都知道她是他的情妇。我经过她时她看了我一眼,那时我知道她也知道我是他的另一个情妇。我给他写信,告诉他我一定要见他。你看过那封信的,我是出于愤怒才写的那封信。我不知道我在干嘛。我不在乎。我有十天没见到他了,像是过了一辈子。我们最后一次分别时,他把我搂在他怀里,亲吻我,告诉我不用担心。"

她心情激动,说话声音低沉,说完拧着自己的手。

"那封该死的信。我们一直以来都小心谨慎。每次他看完我给他写的信他都会撕掉。我哪知道他遗漏了这张,他来见我,然后我告诉他我知道了关于中国女人的事。他不承认,说那只是谣言。我崩溃了,不知道自己对他说了什么。天呐,我当时恨透了他,恨不得把他撕碎。我说尽了一切会伤害到他的话。我破口大骂,甚至朝他吐了口水。我甚至打了他一耳光。最后他终于忍不住。他说他已经受够了我,厌倦了我,并且再也不想见到我了。他说我压得他要死了。之后他承认了和那个中国女人的事。他说他们已经认识很多年了,战争之前就认识,并且那个女人是他唯一的真爱,别的不过就是些消遣。他还说他很高兴我知道了这件事,这样我就能不再纠缠他了。之后我就不知道发生了什么,我丧失了理智,眼里充满了愤怒。我抓起手枪就对着他开了一枪。他尖叫了一声,我看到我射中他了。他踉跄了一下,然后跑到走廊上。我跟了上去,又开了一枪。他最终倒下了,然后我站在他身旁继续开枪,直到枪发出咔咔声,我才反应过来弹夹已经空了。"

她终于停了下来,气喘吁吁。她的脸不再是人脸,已经被残暴、狂怒和痛苦扭曲变形。你永远想不到如此文静、端庄的女人能够激动得如此,如恶魔一般。乔伊斯先生往后退了一步。看到眼前的这个女人,他不免受到了惊吓。这根本不是人脸,而是一张语无伦次、丑陋无比的面具。这时,一个明亮的、亲切的、令人振奋的声音从另一间房里传来,是乔伊斯太太的声音。

"快来,亲爱的莱斯莉,你的房间收拾好了。你一定能好好睡上一觉。"

慢慢地,克罗斯比太太再次恢复了平静。那些激烈的情绪不见了,就像用手抚平一张被揉皱了的纸那样,很快,这张脸再一次变得冷静自然。尽管她的脸还有些苍白,但是嘴唇已经露出了愉悦而又友善的笑容。她又回到了那个完美无缺的、高贵端庄的女人。

"我来了,亲爱的多萝西。真是抱歉给你们添这么多麻烦了。"

毛姆给你故事，你读出自己的人生

毛姆经典作品·精装系列（全3册）

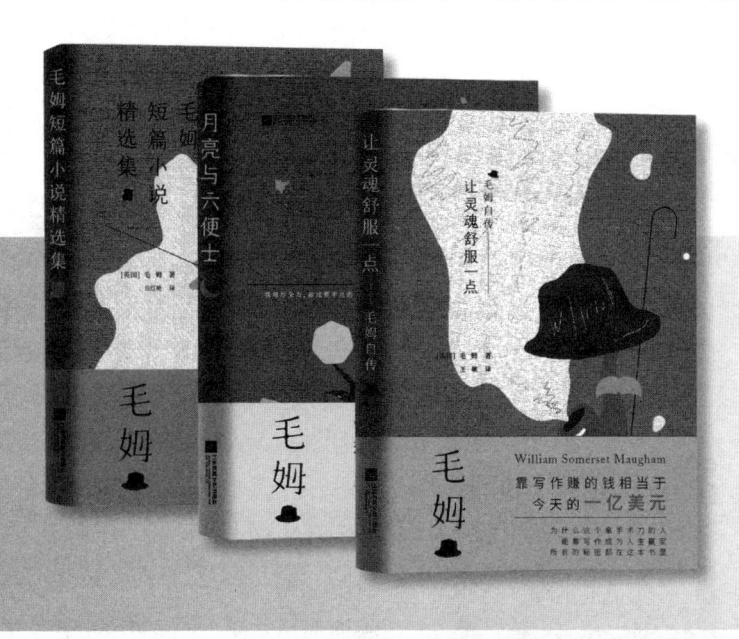

我们为什么要读毛姆
因为他的冷静、毒舌与讽刺
如手术刀般犀利，戏剧般离奇

我们为什么需要一遍一遍地读毛姆
人世漫长，我们需要不时审视自己的人生
唯有他的文字能带你回味那份对人性的怜悯

加西亚·马尔克斯将毛姆列为最钟爱的作家之一
乔治·奥威尔称毛姆是"影响我最大的现代作家"
张爱玲坦言令自己深受影响的"最会讲故事的作家"是毛姆

毛姆给你故事，你读出自己的人生

爱、幻灭、生死、背叛、别离……

《让灵魂舒服一点：毛姆自传》

大师文学课，一本给青年人的写作指南，一部对生活与阅读的洞见之书。

《月亮与六便士》

"满地都是六便士，他却抬头看见了月亮"
毛姆巅峰杰作，20世纪风靡全球，热销千万册。

《毛姆短篇小说精选集》

毛姆最富有代表性、流传最广、影响最大的经典短篇小说选。